超级富豪的七次考验（全译注释本）

【印度】**维卡斯·史瓦卢普**/著　于海生/译

THE ACCIDENTAL APPRENTICE

中国友谊出版公司

图书在版编目（CIP）数据

超级富豪的七次考验 /（印）史瓦卢普著；于海生译. -- 北京：中国友谊出版公司，2013.6
ISBN 978-7-5057-2834-9

Ⅰ. ①超… Ⅱ. ①史… ②于… Ⅲ. ①长篇小说-印度-现代 Ⅳ.①I351.45

中国版本图书馆CIP数据核字（2013）第093215号

著作权合同登记号：01-2013-2349

书名	超级富豪的七次考验
作者	（印）维卡斯·史瓦卢普 著 于海生 译
出版	中国友谊出版公司
发行	中国友谊出版公司
经销	北京时代华语图书股份有限公司　010-83670231
印刷	北京建泰印刷有限公司
规格	690×980 毫米　16 开 17.5 印张　312 千字
版次	2014 年 11 月第 1 版
印次	2014 年 11 月第 1 次印刷
书号	ISBN 978-7-5057-2834-9
定价	32.80 元
地址	北京市朝阳区西坝河南里 17-1 号楼
邮编	100028
电话	（010）64668676

目录

contents

超级富豪的七次考验

开篇

在生活中，你永远不会得到你应得的结果；你得到的只是你与别人谈判的结果。

这是他教给我的第一课。

过去三天中，我一直在践行这一教导。我拼命地同告发我和迫害我的人谈判，为避免死刑而绝望地挣扎，可是他们都认为，死刑才是我应得的下场。

在监狱外面，新闻界像秃鹰一样四处逡巡。新闻频道不能从我这里得到更多猛料，就力图通过我的经历警告人们：一旦贪婪和轻信结合在一起，将会发生什么情况——那就是制造出一起被称为“一级谋杀重罪”的血腥案件。他们反复利用我在被捕后警方拍摄的犯人脸部照片。阳光电视台甚至还搞到了我在奈尼塔尔市上学时拍的一张略显模糊的照片。照片上的我拘谨地坐在第一排，旁边是我的八年级教师桑德斯女士。但是，现在的奈尼塔尔似乎是一个无比遥远的地方，一块仅仅存在于想象中的乐土，那里有郁郁葱葱的群山和泛着银光的湖水，在那个地方，我那散发着青春气息的乐观精神一度诱使我相信，未来无限美好，人类的精神不可战胜。

我想要希望，想要梦想，想要再次拥有信心，可是，令人沮丧的现实使我备感窒息。我好像活在一场噩梦里，整个人被困在漆黑的深井中，那里充满无尽的绝望，毫无出路可言。

我坐在闷热无窗的牢房里，反复想起导致这一切发生的那命中注定的一天。尽管已经过去了六个多月，我仍然能够无比清晰地回忆起每一个细节，仿佛就是昨天的事情。在我的脑海里，我依稀看见自己在那个寒冷的铅灰色的下午，正在走向位于阔佬地广场的猴神庙……

那天是 12 月 10 日，星期五，巴巴卡拉克・辛格公路像平时一样车水马龙，炎热和噪声混杂在一起。迟缓而笨拙的公交车、喇叭嘶鸣的小汽车、呜呜作响的小摩托车和发出爆裂声的嘟嘟车[①]，将这条道路挤得水泄不通。天空晴朗无云，而太阳却不见踪影，被每年冬天覆盖住这个城市的雾霭遮住了容颜。

我已经谨慎地脱下工作服，穿上了端庄娴雅的淡蓝色夏尔瓦格米兹[②]，外面套一件灰色开襟羊毛衫。在午饭时溜出大卖场，经过短暂的步行穿过市场，来到供奉印度猴神哈奴曼[③]的那座古庙，是我在每个星期五的固定安排。

大多数人去寺庙是为了祈祷，我去那里是为了赎罪。对于艾尔嘉的死，我仍然无法原谅自己。我总是认为，在某种程度上，她那不幸的命运是我的过错所致。自从那个可怕的悲剧之后，神灵就成了我唯一的避难所。我对杜尔伽女神[④]更有一种特殊的情感，在这个猴神庙，她有属于自己的一个神龛。

我的美国朋友劳伦•洛克伍德对我们有多达3.3亿个神灵这一事实备感惊奇。“我的天，有那么多的神在保佑你们！你们印度人太能给自己留退路了！”她说。这个数字可能有点儿夸张，但对于每个像样的寺庙而言，它们的确都供奉着至少半打以上神灵的神龛。

这些神都各具特长。杜尔伽女神是无敌之神，能把一个人从最痛苦的处境拯救出来。自从艾尔嘉死后，我的生活因悲伤、痛苦和悔恨而变得一团黑暗，是杜尔伽女神给了我力量。每当我需要她时，她总是和我在一起。

星期五下午，这座神庙变得异常拥挤，信徒们互相推搡着纷纷拥进圣所，我陷在络绎不绝的人潮中难以行动。踩在大理石地板上，我赤裸的双脚感觉有些冰冷，混合着汗水、檀香、鲜花和焚香味道的空气让人兴奋。

我所在的女性队列相对较短，不到10分钟时间，我就完成了与杜尔伽女神之间的私密交流。

我结束了“沾光”[⑤]，正准备下楼，一只手搭在了我的肩上。我扭头看去，只见一个男人目不转睛地注视着我。

在德里，当一个陌生的成年男子和一个年轻女子搭讪时，后者会本能地摸出随身携带的那瓶胡椒喷雾剂。不过，这个正盯着我的陌生人绝不是那种街头无赖。他是一个上了年纪的男人，穿着米色丝绸无领长袖宽袍，一条白色披肩

---

① 在南亚非常普遍的一种公共交通工具，是传统人力车的机动化形式，通常由乘客拖车和摩托车两部分组成。

② 许多印度人穿的一种民族套装，上衣是夏尔瓦，宽松长裤是格米兹。

③ 在印度教中，猴神名叫哈奴曼，是最高神灵罗摩的助手。

④ 杜尔伽女神，印度教中最受崇拜的女神，代表了幻化宇宙的力量。杜尔伽女神有着金色皮肤，身着缀满珠宝饰物的红色莎丽，头戴皇冠，八条手臂各持武器，坐于狮子或老虎背上。

⑤ 在印度教中，有缘与神灵交流或者见面被称为“沾光”，印度教信徒认为由此即可得到神灵的赐福。

随意地搭在肩上。他肤色白皙，身材高大，鼻如鹰隼，嘴角透着刚毅和果敢，一头稍显凌乱的银发梳向脑后，额头正中央涂着一个朱红色的吉祥痣。他的手指戴满了闪闪发光的、镶有钻石和祖母绿的戒指。但是，真正使我感到不安的，是他那双富有穿透力的棕色眼睛：它们似乎要从我这里搜寻什么秘密，那种不加掩饰的直率实在有些咄咄逼人。直觉告诉我，这是一个控制欲很强的男人。

“我可以和你说几句话吗？”他问，语速很快但吐字清晰。

“您有什么事？”我不动声色地回应道。出于对其年龄的尊重，我并未像通常那样口气尖酸。

“我的名字叫维奈·莫汉·埃加利亚，”他平静地说，“我是埃加利亚商业集团的负责人。你听说过ABC集团（埃加利亚商业集团的英文首字母缩写）吗？”

我扬眉表示肯定。ABC集团是印度众所周知的最大企业集团之一，制造包括从牙膏到涡轮机在内的各种东西。

“我有一个提议，”他接着说，“它将会永远改变你的人生。请给我十分钟时间向你解释一下，可以吗？”

我以前可没少听这种话。从讨厌的保险业务员到上门推销洗涤剂的销售人员，他们总是让我充满警觉。“我没有十分钟时间，”我说，“我要回去上班了。”

“你只需要听我简单地把话说完。”他执意坚持。

“你有什么提议？你说吧。”

“我想给你一个机会，成为ABC集团公司的首席执行官。也就是说，我现在要提供给你管理一个价值100亿美元的商业帝国的机会。”

我于是知道，此人果然不可信。他的话很容易让人联想到那种首先博取你的信任，然后掠走你钱财的骗子，一如德里简巴特大市场上那些无所不在、竭力向你兜售各种劣质人造革腰带和廉价手帕的小商小贩。我等待他突然面露微笑，表明他其实是在同我开个玩笑，但他的表情并无任何变化。

“我不感兴趣。”我果断声明并开始下楼。他跟在我后面。

“你的意思是说，你要拒绝一个世纪性的大礼，拒绝哪怕你再活上七次也不会见到的巨款？”他的语气犀利如一条呼呼作响的鞭子。

“听着，埃加利亚先生——不管您究竟是谁——我不知道您的游戏是什么，但我对它毫无兴趣。所以，请您不要纠缠我。”我一边说，一边从寺庙入口处的老太太那里取回我的“Bata牌”拖鞋——她看管那些没人照顾的鞋，以此换取一点儿小费。

“我知道，你可能认为这只是个玩笑。”他边说边穿上一双棕色凉鞋。

“哦，难道不是吗？”

“在我的一生中，还从未这样严肃过。”

“那么，你一定是哪家电视台制作恶作剧节目的。我敢说，只要我答应你的提议，你就会让我看到那台在你附近的秘密摄影机。”

“你觉得像我这种身份的人，会去做那种愚蠢的电视节目吗？”

“难道把你的商业帝国交给一个陌生人就不愚蠢吗？这让我怀疑你究竟是不是你自己说的那个人。”

“说得好。”他点点头，“适度的怀疑绝不是坏事。”他把手伸进衣兜，取出一个黑色真皮钱包，从里面拿出一张名片交给我：“也许这玩意儿能说服你。”

我粗略地看了一下。它看起来很醒目，是用某种半透明塑胶做的，上面有ABC集团的浮雕商标图案，下面用加粗的黑体字蚀刻出“董事长维奈·莫汉·埃加利亚”字样。

“随便什么人花上几百卢比，都能印制出这种东西。”我一面说，一面把名片还给他。

他又从钱包里掏出一个塑料做成的东西递给我：“那你再看看这个怎么样？”

这是一张黑色的美国运通贵宾卡，底部刻着“维奈·莫汉·埃加利亚”这几个字。这个稀罕物件我以前只见过一次——那个来自德里市诺伊达区、浑身珠光宝气的建筑商在购买一台60英寸索尼LX-900电视机时，使用它支付了将近四十万卢比的账单。“这还是证明不了什么，”我耸耸肩，“我怎么知道，这是不是伪造的？”

这时我们已经穿过神庙的前院，正在接近公路。“那是我的车。”他指着停在路边的一辆耀眼的豪车说。驾驶座上那个司机戴着尖顶帽，穿着笔挺的制服。一个身着军装的警卫倏地跳出前排座位，身体绷得笔直而僵硬。埃加利亚摇摇手指，他就立刻行动，敏捷地打开后车门。他那虔诚的奴态不像是装出来的，更像是多年来绝对服从磨砺的结果。我不乏惊羡地注意到，那是一辆银色梅塞德斯·奔驰CLS-500，售价超过900万卢比。

“请给我一秒钟，”埃加利亚一边说，一边弯腰钻进车内。他从汽车后座拿出一本杂志。“我把这个作为最后的证据。如果连这个也说服不了你，那就没什么能说服你了。”

这是一本2008年12月号的《商业周刊》杂志。封面是一个男人的肖像，醒目的标题写着“年度企业家”几个字。我瞥了一眼封面上的那张面孔，又看了一眼我面前的这个人，他们一模一样。不管是那一头特点鲜明的梳向脑后的银发，那只弯曲的鹰钩鼻子，还是那双目光如炬的棕色眼睛，都是千真万确的。我真的是和实业家维奈·莫汉·埃加利亚在一起。“好吧，”我承认道，“那么您真是埃加利亚先生了。您对我有什么企图？”

“我已经告诉你了，我想要你做我的首席执行官。”

“您认为我会相信您的话吗？”

“那就再给我 10 分钟，我会让你相信我的。我们可以坐下来聊聊吗？”

我看看手表，我的午休时间还剩 20 分钟。“我们可以去咖啡屋。”我指指马路对面那个略显破败的建筑物，它是中下层阶级高谈阔论的社交中心。

“我宁愿去香格里拉酒店的大堂，”他带着一副因为不得不接受糟糕的选择而感到不情愿的表情说，“你介意我的一个同事和我们一起去吗？”

他话音刚落，一个男子就如幽灵一般从一群行人当中一跃而出，站到他身边。这个人看上去要年轻得多，大概三十出头，穿着一身休闲的深蓝色“锐步”运动装。他身长接近六英尺，具有粗壮而结实的运动员体魄。我注意到他剪着板寸，长着小而警觉的眼睛，还有两片无情的薄嘴唇。他的鼻子略显歪斜，好像遭受过某种重击，这也为那张原本不大起眼的面孔提供了唯一使人难忘的特征。我猜想他必定像影子一样，一直悄悄跟在埃加利亚身后。即便是现在，他那锐利的眼睛也仍在不断瞟向两边，像专职保镖一样审视四周的情况，然后才收回目光看看我。

“这是拉纳，我的得力助手。”埃加利亚向我介绍说。我礼貌地点点头，此人冰冷的眼神不能不使我感到畏缩。

“我们可以走了吗？”拉纳问。他的嗓音听上去有种饱经风霜的嘶哑，就像掠过地面的沙沙作响的干树叶。他没有等我回答，就率先引路，穿过地下通道。

我刚刚从餐馆的旋转门走进去，一股煎炸道萨斯薄饼[①]和烘焙咖啡的浓烈气味就扑鼻而来。在这种地方，你会感觉自己犹如置身一家医院食堂。我注意到埃加利亚皱起鼻子，似乎后悔来到这里。由于是午餐时间，这里变得格外拥挤。“请至少等待二十分钟。”那位经理告诉我们。

我看到拉纳塞给他一张折起来的 100 卢比钞票，角落里的一张餐桌当即成了我们的。埃加利亚和他的这名跟班坐在桌子一侧，我单独坐在他们对面的座位上。当拉纳态度有些粗鲁地要了三杯过滤咖啡之后，主角就换成了埃加利亚。他目不转睛地盯着我的眼睛。“坦白说，这对我而言就像是一次豪赌。所以，在我向你解释我的提议之前，能否简单说说你自己？”

“哦，我其实没有太多可说的。”

---

① 一种印度食品，用大米面配马铃薯并添加辛辣香料制成的薄饼卷。

“可以从你的名字说起。”

“我叫萨布娜。萨布娜·辛哈。”

“萨—布—娜。”他一字一顿地重复着这几个字，又点点头，似乎显得很满意，“好名字。你多大了，萨布娜，如果你不介意我这么问的话？”

“23 岁。”

“你做什么工作？是学生吗？”

“我是从奈尼塔尔的库蒙大学毕业的，目前在古拉蒂父子公司做销售助理。他们在阔佬地广场有一个销售家电和电子器材的大卖场。”

“我去过那儿。离这里不是很近吗？”

“是的，很近。在 B 街。”

“你在那里工作多长时间了？”

“刚刚超过一年。”

“你的家庭是什么情况？”

“我和我母亲、还有我妹妹妮荷住在一起。她在卡玛拉·尼赫鲁大学读本科。”

“你父亲呢？”

“他一年半以前去世了。”

“啊，我很遗憾听到这个消息。那么，现在就是你养活全家了？”

我点点头。

“如果不介意的话，可以告诉我你每月有多少工资吗？”

“算上销售佣金，大概是 18000 卢比。”

“一共就这么多？既然如此，你难道不应当抓住这个可以领导一家数百万美元的公司，并获得大笔财富的机会吗？”

“请原谅，埃加利亚先生，我仍然对你的提议感到很疑惑。我的意思是，首先，你为什么需要找一个首席执行官？”

“为什么？因为我已经 68 岁了，不可能再变年轻了。上帝在造人的时候，就把人体造得像是具有老化和过时内置的机器，我就快要退休了。不过在我离开之前，我需要确保这个我经营了 40 年的组织能够有序过渡，我要确保我的继任者和我拥有相同的价值观。”

“可是，您为什么选择我呢？为何不选择你自己的儿子或者女儿呢？”

“哦，是这样的，我已经没有任何家人了。我的妻子和女儿死于 18 年前的一次空难。”

“噢！那您为什么不从您的公司选一个人呢？”

“我在公司内部已经做了细致的考察。我找不到真正合适的人选。我的那些经理人的确都是很好的执行者，也是优秀的部属，但是，我从他们身上看不到一个杰出领导者的素质。”

“那您看中了我什么呢？我对管理企业一窍不通。我甚至没有工商管理硕士学位。”

“这类所谓的学位，只不过是一张纸罢了。它们不会教给你如何成为真正的领导者，只会教给你怎样管理下属。这就是我没有去一家管理学院挑选我的首席执行官的原因，而是去了一座神庙。”

“您还是没回答我的问题。为什么是我？”

“你的眼睛里有某种独特的东西，那是一种光芒，一种我过去在任何地方都没有见过的光芒。”他再次审视着我的眼睛，然后才把目光移开。“我一直很擅长观察人，”他接着说，又环顾了一下餐厅，看看那些坐在其他餐桌旁的中产阶层的购物者和办公室人员，“我在庙里观察过所有的人，在他们当中，你似乎是最专注的人。你可以把这叫作直觉，第六感——随便叫它什么都可以，总之有某种东西告诉我，你可能就是我要找的那个人。只有你具备我需要的那种最有说服力的组合——决心和绝望。”

“我一向认为，绝望是一种消极品行。”

他摇摇头：“幸福的人不可能成为优秀的首席执行官。志得意满只会滋生惰性。只有强烈的渴望才能带来成功。我需要有饥饿感的人。我说的是由那种极度不满足导致的饥饿感。你似乎就具有那种特征：饥饿感。”

我开始被他言简意赅的叙述和独具特色的观点所吸引。但是，他那些华丽措辞背后的逻辑还是让我难以理解：“您总是根据随时冒出的念头做出决定吗？”

“永远不要低估直觉的力量。就在 11 年前，我在罗马尼亚买下了一个名叫‘扬固轧钢’的工厂，它当时已经陷入困境，每天都在亏损。所有的专家顾问都劝过我不要购买，说我是要斥巨资买一堆垃圾。但我仍然坚持自己的决定。我对那个工厂感兴趣，只是因为它的名称。‘扬固’在罗马尼亚语中的意思是‘上帝是仁慈的’。如今，我们的全部钢产品收入的 53% 都来自那个罗马尼亚的工厂。上帝确实是仁慈的。”

“所以，您真的相信天神？”

“这个证据难道还不足以证明我的话吗？”他指着前额上那个朱红色的吉祥痣，“我到神庙选择继任者的主要原因，就是我需要一个像我一样虔诚的人。我们生活在‘Kalyug[①]’当中，一个充满罪恶和腐败的黑暗时代。宗教不再流行，

---

① 印度导演山亚姆·班尼戈尔在 1981 年指导的一部同名印度影片。

为我工作的年轻人被消费主义所吞噬。他们可能很多年都不会到哪里去祈祷一次。我不是说他们都是无神论者，他们的神就是金钱，金钱对于他们是最重要的东西。但是，你和他们不同……”他面带赞许地朝我点点头：“你好像就是我一直在寻找的那个虔诚的、敬畏神灵的候选人。”

“OK，我懂您的意思了。您是凭借一时心血来潮做事情的，而您最近一次心血来潮的结果，就是您觉得我应该就是您要选择的人。现在请您告诉我：这中间究竟有什么陷阱？”

“没有任何陷阱。不过我的提议是有条件的：你必须通过几个考验。”

“考验？”

“不用担心，我不是要让你再回到学校里，去完成一张张的试卷。学校只能考验你记忆力之类的东西，但生活却能考验你的品行。我将为你准备的七个考验是一种标准程序，目的是为了衡量你是否具有成为首席执行官的素质和潜力。”

“为什么是七个？”

“在我管理企业的40年里，我明白了一件事：一个公司能够达到的高度，完全取决于那个管理它的人所能达到的高度。而且，我已经提炼出了一个出色的首席执行官的特质，并将它们归结为七个基本特质。所以，这七个考验都将分别侧重于七个特质当中的一个。”

“哦，那么我究竟需要做什么，才能通过这些考验呢？”

“在日常生活中，你什么也不需要做。我不会让你去偷窃，去杀人，或者去做其他任何违法的事情。事实上，你甚至都不会注意到这些考验的存在。”

“你这么说是什么意思？”

“我的考验将来自生活这本教材。难道生活不是每天都在考验我们吗？难道我们不是每天都在做出选择吗？我只是要评估你的选择，你对生活中日常挑战的反应。这将会表明你的性格特质是什么。”

“那么，假如我没有通过某一种考验呢？”

“哦，那我将不得不去寻找其他人。但我的本能告诉我，你不会失败。这几乎是注定的。你的彩票将会中奖，一个本世纪最大的大奖。”

“既然如此，我的决定也是明确的：我对您的提议不感兴趣。”

他似乎感到震惊：“可是，为什么？”

“我不相信彩票。”

“但你相信神。而且神给予你的，要比你索求的多得多。”

“我没那么贪婪，”我一面说，一面从桌边站起身，“谢谢您，埃加利亚先生。很高兴见到您，不过我现在必须回大卖场了。”

“坐下！”他严厉地对我说。他的声音有一种不可抗拒的力量。我只好忍气吞声地坐下来，就像一个听话的学生。

“听着，萨布娜。”他的声音变缓和了，“这个世界只有两种人：赢家与输家。我是在给你机会成为赢家。作为一种回报，我只有一个要求：你需要签署这份知情同意书。”他向拉纳做了个手势，后者从他的运动服口袋里取出一张打印纸，放到我面前。

自从艾尔嘉死后，我就对某些事情有了第六感：只要情况有些不对劲儿，我的脑海里那个小小的警报铃就会响起。我刚拿起那张纸，铃声就开始鸣响起来。纸张上的内容很短，只有五句话：

1. 签名者特此声明：同意成为 ABC 集团公司首席执行官职位的候选人。

2. 签名者特此声明：允许 ABC 集团执行必要的考察程序，以便评估签名者是否适合本工作。

3. 在必要的检查程序仍在执行期间，签名者不得中途终止协议。

4. 签名者同意对本协议完全保密，不与任何第三方讨论。

5. 作为对以上规定的酬劳，签名者可以获得 10 万卢比的预付金且无须返还。

“这里只提到了 10 万卢比，”我提出异议，“难道我刚才没有听到你提过 100 亿美元这个数字吗？”

“这 10 万卢比只是用于你接受考验的。如果你失败了，这些钱就会归你所有。如果你通过了考验，你就能得到这份工作。我向你保证，首席执行官的薪水将在这一数字后面增加很多个零。”

这时，警报声大作，如同发出火警一样。我知道这是一个骗局，而且之前埃加利亚必然尝试过这一伎俩。“告诉我，到目前为止，你已经让多少人在这张表格上签过名了？”

“你是第七个候选人。”埃加利亚呼出一口气，说：“但是我的心告诉我，你将是最后一个。我的寻找之旅结束了。”

“我的时间也到了。”我果断地站起来，“我根本无意签署这份协议，也无意接受任何考验。”

拉纳做出了回应：他把一沓 1000 卢比的钞票放到桌子上。它们看上去崭新而发脆，显然是从银行直接取出来的。这是在引诱我上钩，但我不会受到诱惑。“你认为，你可以用钱收买我？”

“哦，这毕竟是一项谈判，”埃加利亚强调说，“记住，在商业战场和在生活中一样，你永远不会得到你应得的结果；你得到的只是你与别人谈判的结果。”

“我不会和几乎不认识的人谈判。再说，如果这当中果真有某种陷阱怎么办？”

“唯一的陷阱就是你的期望值太低。听着，我理解你的顾虑，”埃加利亚俯身向前安慰我说，“但你没必要把人性看得那么悲观，萨布娜。我真诚而且由衷地希望你能成为我的首席执行官。”

“你知道这样的对话听上去有多么可笑吗？这类事情只会出现在电影和书籍当中，而不是在现实生活中。”

“你瞧，我是真实的，你是真实的，我的提议也是真实的。像我这样的人是不会浪费时间去做蠢事的。”

“我敢肯定，你能找到其他更愿意接受你提议的候选者，而我对它并不感兴趣。”

“你是在犯一个大错。”埃加利亚向我摇着食指，“这大概是你一生最大的错误，但我不会向你施加压力。把我的名片拿着，如果你在接下来的48小时内改变了主意，就给我打电话，这个提议仍将有效。”他把一张名片推到桌子对面，拉纳像老鹰一样盯着我。

我拿起名片，勉强冲他们笑笑，头也不回地走向门口。

当我快步走向B街时，我的大脑旋转得比CD光碟还快。我感觉如释重负，好像费了九牛二虎之力，才逃离了某种可怕的险境。我不断地回头看去，确保那两个家伙没跟在后面。我越是反思刚刚发生的一切就越是确信，埃加利亚要么是一个狡猾的骗子，要么是发狂的神经病，无论是哪一种，我都不想跟他有任何牵连。

一回到能给我带来安全感的大卖场，回到我的空调世界——那里陈列着等离子电视机、无霜冰箱和全自动控制洗衣机——我才长出了一口气。我把埃加利亚和他疯狂的提议丢到脑后，又换回我的工作制服，习惯性地开始寻找潜在买家。下午通常是销售疲软期，没有多少值得拼命招揽的顾客。我试图让一个大腹便便、看上去有些茫然的购物者对三星公司最新推出的高清摄像机产生兴趣，但他似乎只对我红色短裙下露出的两条腿更感兴趣。不知道是谁设计的这种暴露的制服（最大的嫌疑人就是拉加·古拉蒂，老板的那个浪荡公子），他的用意就是要让我们这些促销小姐看起来更像空姐。不过这样一来，正如我的同事普拉姬所说的那样：“我们得到的是献媚，而不是小费。”

老实说，和其他三个促销小姐不同，我不需要面对好色之徒的过多纠缠。时尚的发型、无可挑剔的妆容和泛着光泽的皮肤，让她们看上去倒是颇像空姐。我那一向略显拘谨的微笑，以及那种在征婚广告中被描述成“小麦色”的肤色，让我看起来就像是联合利华旗下Fair&Lovely净白霜的一幅活广告。我始终都是我们家中那只“丑小鸭”。我的两个妹妹，艾尔嘉和妮荷，都从妈妈那里继承了乳白色的皮肤。我继承的则是我父亲那肤色较深的皮肤。而且不夸张地说，在我们这个国家，肤色就是命运。

当我开始在大卖场上班时，我才发现，肤色较深和相貌平平也有优势。富有的女性客户害怕同性间的竞争，她们无法忍受周围有其他漂亮女性，和我打交道会让她们感觉更舒适。再加上大多数家庭的购买决策都由女性负责，我总是能更快地比其他人完成每月的销售目标。

我在大卖场学到的另一件事是：永远不要仅凭外表对顾客进行判断。他们的体形、身高和穿着五花八门。比如，那个在刚过下午3点走进大卖场的中年男子，就不协调地裹着穆斯林包头巾，腰间围着一条系腰布。他像是一个健美爱好者，长得虎背熊腰，两臂粗大，那只可笑的翘八字胡简直被他整饬成了一件艺术品。他像迷途的孩子一样在过道徘徊，大卖场的光怪陆离让他目不暇接。他注意到其他促销小姐都在窃笑他那土气的穿着和举止，就迈步走到我的跟前。不到10分钟，我就了解了他的整个人生故事。他名叫库尔迪普·辛格，是距离德里约140公里的哈里亚纳邦卡纳尔地区禅丹加尔村一个兴旺农家的家族族长。他那18岁的女儿巴卜莉下周就要结婚了，所以他来到首都购买商品，作为送给女儿的嫁妆。

他对于机器的知识似乎仅限于拖拉机和管井。他一辈子没有见过微波炉，而且竟然以为重15公斤的LG顶装式洗涤机是一种用来搅拌稀酸奶[①]的精妙装置！他还不厌其烦地和我砍价，我试着向他解释，大卖场里所有商品的价格都是固定的，但他仍拒绝接受。

“你听好了，姑娘。”他用他那地道的方言拖长了音调说，“在我们哈里亚纳邦有一句老话：甭管一头山羊有多犟，最后都要下奶的。”

他就这么坚持着，以至于我不得不说服经理，给他让了5%的折扣，他最终买下了能装下一卡车的货物，包括一台42英寸等离子电视机、一台三开门冰箱、一台洗衣机、一部DVD播放机和音响系统。其他促销小姐都敬畏地看着他掏出一沓厚厚的1000卢比面额的钞票，来支付他购买的这一大堆奢侈品。她们没有想到，她们眼里的这个乡巴佬竟是个腰缠万贯的购物狂！我再一次创下了销售纪录！

当天余下的时间乏善可陈，我和往常一样，在当晚8：15离开了大卖场，像

① 一种常见的印度冷饮，由稀酸奶或奶酪制成，可加入盐或糖等调味。

平时那样坐上从拉吉夫站开往露天市场站的地铁。

这45分钟的旅程将把我送到罗希尼——德里西北部一个规模庞大的中产阶层聚居区。这个被誉为亚洲第二大聚居区的地方，是首都的一个廉价而丑陋的角落，挤满了简陋单调的混凝土公寓和秩序混乱的市场。

我在地铁“红线”的最后一站瑞塔拉下车，由此走到我居住的11区B-2巷的LIG住宅区需要20分钟。在罗希尼的所有住宅区当中，我所在的住宅区是最叫人沮丧的一个。它的名称本身——LIG，“Lower Income Group”（低收入群体）的简写形式——就像是一记响亮的耳光。这个在20世纪80年代由德里开发管理局建造的四栋红砖塔楼形似砖窑的烟囱，它们丑陋的外观和破损的内饰清晰地表明政府工程的敷衍了事。不过，我对能够住在这里依然心怀感激。自从爸爸死后，我们甚至都租不起条件一般、每月需缴纳1.2万卢比的2-BHK公寓。但幸运的是，我们不需要为B座二层公寓支付任何租金，因为它属于迪努·辛哈先生，爸爸富有的弟弟。迪努叔叔同情我们，才使得我们可以免费在此居住。其实也并非完全免费。我得偶尔带着他的两个弱智儿子洛鲁和格鲁出去吃大餐。我不明白为何他们的父亲自己开着三家餐馆，却非得让我掏钱请他们到外面吃饭。

倘若你进入我们的公寓，首先映入眼帘的是放着电冰箱的小门厅里，爸爸那张镶在相框里的黑白照片。在这张用干得发脆的玫瑰花环装饰起来的照片中，爸爸还是个年轻男子，当时尚未承受拥有三个成年女儿的父亲所要面临的责任重负。尽管摄影师手下留情，替他抹平了过早镌刻在额上的那些愁纹，却无法掩饰永远定格在他嘴角周围那令人生畏的怒容。

在我们简陋的起居室当中，最醒目的就是那张挂在中央墙壁上艾尔嘉的大幅彩色照片。她戴着一顶红得刺眼的帽子，做派仿佛是参加英国皇家阿斯科特赛马会[①]的名媛淑女。她的头略微歪向一边，一双黑眼睛睁得很大，还有些可笑地噘着嘴。这就是我会永远记住她的原因：美丽，年轻，无忧无虑。每次看到这张照片，我就能感觉到房间里似乎响起她那有感染力的笑声。“姐姐！姐姐！今天发生了一件神奇的事！”[②]我能够听见她向我打招呼时那急切的声音，我知道她要向我讲述她在学校里鼓捣出的又一个傻乎乎的恶作剧。

照片下方是一套配有白色绣花防尘罩的褪色绿沙发，几个放着破旧坐垫的直背竹椅。在那个塞满刀叉和陶制品的餐具柜上，摆放着一台“创视通”牌旧电视

① 每年6月在英国阿斯科特赛马场举行的为期四天的赛马活动。它是英国最重要的赛事之一，英国皇室家族成员都会出席。其中的一天被称为“淑女日”，一些妇女喜欢戴上与众不同的帽子，通常都是大帽子。

② 此处话语原文为印地语。后文碰到类似例子，若无特殊情况，将不再注明。

机。在它们左侧是一张再生柚木餐桌，还有与之匹配的四把椅子，都是我在一次大使馆的拍卖中用白菜价淘来的。

穿过一面珠帘，你将走进第一间卧室，它是属于妈妈的。里面有一张床，周围放着两个木制衣橱和一个金属文件柜，这个文件柜现在主要用于存放她的药品。妈妈本来就体弱多病，小女儿和丈夫的突然死亡让她完全垮掉了。她把自己封闭起来，变得疏离沉默；吃东西总是马马虎虎，也不再在意自己的外表。她离这个世界越远，疾病侵袭她的身体就越厉害。她患有慢性糖尿病、高血压、关节炎和气管炎，需要经常去公立医院。看着她那芦柴棒般的身体和一头银发，你很难相信她只有 47 岁。

另一个卧室是我和妮荷共有的。我这妹妹只有一个人生目标：成名。她在我们这个小房间的墙壁上贴满了歌手、模特和电影明星的海报。她希望有一天也能像他们那样名利双收。妮荷幸运地拥有一张漂亮的脸蛋儿，一副魔鬼身材和光洁无瑕的肌肤，她敏锐地意识到获得这种“基因头奖”所代表的经济潜力，她决心利用她的美貌来得到她想要的一切。她也是一个受过训练的歌手，具有良好的印度音乐基础和与生俱来的好嗓子，这自然也成为她的另一个优势。

附近地区所有的男孩都对妮荷着迷，她却不给他们任何机会。她用三个字母概括了她的未来：B-I-G[①]，因此她的未来不包括属于 L-I-G 的任何男人。她白天和大学里那些富有的朋友交往，晚上就忙着去写信申请参加电视模仿秀、歌曲才艺大赛和选美比赛。妮荷·辛哈是那种典型的梦想一夜成名的女孩。

她也喜欢盲目消费和追求时尚。我每月工资的一半都要用来满足她不断增加的物质需求：细腿牛仔裤、夺目的唇彩、富有设计感的手提包、黑莓手机……这张清单永远没有尽头！

最近两个月，她老是缠着我要一台笔记本电脑。但我已经明确了消费界限：一条 800 卢比的腰带是一回事，一个 30000 卢比的电子产品则完全是另外一回事。

“欢迎归来，姐姐。”我刚踏入公寓房间，妮荷就主动和我打招呼。每当我拒绝了她的要求，她就不会再像往常那样闷闷不乐地噘起小嘴，而是竭力让自己的脸上挂着微笑。

“你知道我一直想要的那款宏基笔记本电脑吗？”她向我露出我再熟悉不过的、她那小狗似的讨好表情。在她提出新的要求之前，我几乎都会看到这种表情。

“知道。”我谨慎地回应道。

“你知道吗？这款电脑刚开始打折，现在只卖 25000 卢比，便宜吧？这个价

---

①BIG，即 Bigger Income Group，高收入群体。

儿你肯定买得起。”

“买不起，”我坚定地说，“还是太贵了。”

“求求你了，姐姐。在我们班，就我没有笔记本电脑。我向你保证，只要你给我买了这个，别的我什么都不要了。”

“我很抱歉，妮荷，我们真的买不起。实际上，我的工资刚够咱们糊口。”

“你就不能从公司贷款吗？”

“不，我不能。”

“你太狠心了。”

“我这叫现实。妮荷，你要明白咱们是穷人。过日子太难了。”

“我宁可去死，也不要过这种日子。我都20岁了，可是我有什么啊？我连飞机里面是什么样子都没见过。”

“唉，我还不是一样。”

“那你就应该去坐一次。我所有的朋友暑假都会去瑞士和新加坡之类的地方，可是我们呢？连国内的山间避暑地[①]都没钱去。”

“我们以前就生活在山间别墅地，妮荷。不管怎样，笔记本电脑和度假都不重要。你最应该考虑的是如何取得好成绩。”

“好成绩能给我什么好处？你在大学的成绩倒是名列前茅，可是瞧你，现在混的。”

妮荷总有这种神奇的本事来伤害我：要么用她的沉默，要么用她的说辞。虽然我已经习惯了她的尖酸刻薄，但这句真实得近乎残酷的话还是刺痛了我，我一时间无言以对。就在这时，我的手机响了起来。

“你好。”我回答道。

是迪努叔叔，他的声音听起来不大像是他本人：“萨布娜，闺女啊，我有个重要事情跟你说，恐怕是个坏消息。”

我绷紧了神经，准备面对家族中又一个人的死亡。可能是某个生病的姨母，也可能是相距遥远的外祖母。尽管做好了心理准备，可是，他接下来的话不啻为一颗炸弹。“我需要你们在两周内把公寓腾出来。”

“什么？”

“是的。我很抱歉，但是我的手头很紧。我刚刚投资开了一家餐馆，急需现金，所以我决定把罗希尼的公寓租出去。一个房地产经纪人今天给我打了电话，报的租金很高。在这种情况下，我别无选择，只能让你和你的家人另找地方了。”

---

① 指印度人在夏季可以去避暑的天气较为凉爽的山间城镇，诸如著名的西姆拉一带。

"可是叔叔，我们哪能这么快就找到地方呢？"

"我会帮你找。只是有一点，你们得给我交租金了。"

"既然必须交租金，我们宁可继续住在这里。"

迪努叔叔思考了一会儿。"有道理，"他勉强同意了，"但你们租不起我的公寓。"

"新房客打算给你多少钱？"

"我们议定的是月租 14000 卢比，比市价高整整 2000 卢比。此外他还能预付一年的租金。你要是接受同样的条件，我不反对你们接着住。"

"你是说，你想我们预付给你 168000 卢比？"

"没错，你数学很好嘛。"

"叔叔啊，我们没办法凑够这么多钱。"

"那就去找别的公寓吧。"他的口气变得生硬了，"我也要考虑我的家庭，我又不是开救济院的。到现在为止，我都让你们白住 16 个月了。"

"我爸当初就没帮过你吗？你就不想想你死去的大哥？你想让他的老婆孩子住大街上去？你是个什么样的叔叔？"我试图唤醒他的良知。

不料我的策略适得其反。"你们这些人啊，就是一群忘恩负义的海盗！"他对我骂道，"给我听好了，别叔叔长叔叔短地套近乎了。从现在起，我们之间纯粹是房东和房客的关系。你们要么一周内把租金交齐，要么就给我把房子腾出来。"

"起码要再多给我们一点儿时间筹钱吧。"我恳求道。

"就一星期。要么交钱，要么走人。"他说完就挂断了电话。

我发现自己的双手在发抖。在向这屋里的另外两个人讲刚才的谈话之前，我先花了点儿工夫诅咒迪努叔叔遭遇各种惨死。妈妈只是摇头，她的悲伤远多于愤怒，这世上的邪恶在她看来都是理所当然的。

"我从来就没信任过那个人。人在做，天在看。早晚有一天，迪努要为他的罪孽付出代价。"

妮荷竟然很高兴："依我说，既然那头猪要赶我们走，咱们索性离开这鬼地方。住这儿简直憋死我了。"

"那我们能去哪儿？"我反驳说，"你以为找新房子很容易？"

在我们之间爆发又一场舌战之前，母亲把重点带回到更实际的问题上。"我们怎么才能弄到这么多钱呢？"这个问题就像一朵不祥的阴云笼罩着我们。

爸爸没给我们留下多少钱。他很早以前就动用他的养老金，资助迪努叔叔首次涉足餐饮业。而且，我们搬到这个新城市的安家成本，花光了他教书攒下的微薄积蓄。在他去世的时候，他的银行账户只剩下区区 1 万卢比。

妈妈已经想到这个问题的答案。她打开衣橱，从里面取出两对金手镯。“本来是留给你们结婚用的。不过，既是要卖了才能保住房子，那就认了吧。”她怅然叹息一声，把它们交给我。

我很同情妈妈。自从爸爸死后，这是第三件她被迫割舍的祖传首饰了：先是为了给妮荷交学费，然后是为了交她自己的医药费，现在则是为了保住这个住处。

当我们坐下来吃晚饭时，沉重的静默笼罩着我们家。我的心头萦绕着一股尖锐的挫败感：在全家人最需要我的时候，我却让她们失望了。我过去对穷从未有过如此强烈的感觉，在某个稍纵即逝的瞬间，放在“咖啡屋”餐桌上那一沓簇新的钞票的幻象浮现在我意识里，然后，我又把它像一个无聊的玩笑一样否决了。怎么能把埃加利亚那样的疯子当真呢？可是在我的脑海里，他就像一只恼人的苍蝇一样兜兜转转。

出于好奇，我在晚饭后坐到了电脑跟前。这是我从大卖场那里捡回来的一台破旧的戴尔台式机，当时他们正要把它处理给一个废品收购商。尽管这是一款使用 Windows2000 的过时产品，但我还是可以用它上网、收邮件，以及在每月月末使用文字处理系统把家庭开支制成表格。

我登录到互联网，在搜索框输入“维奈·莫汉·埃加利亚”这个名字，立刻检索到多达 190 万个显示条目。

有关这个企业家的信息遍布网络各处：关于他商业交易的新闻报道，关于他个人身价的揣测，捕捉到他的不同情绪的“个人形象画廊”，以及 YouTube 上他在股东会议和国际会议上发表演讲的视频。在接下来的半个钟头，我了解到了他的更多情况，比如他热爱板球，曾涉足政界（不过并不成功），他和他的双胞胎弟弟、鼎立集团的掌门人阿杰伊·克里什那·埃加利亚之间的激烈竞争，另外，他还积极参与慈善事业。把大量现金捐赠给了各种慈善机构，并以“最佳企业社会责任”项目两次获得“总统勋章”。我还确认了一个事实：由于 1992 年 7 月 31 日从曼谷飞加德满都的泰航航班失事，机上 113 名乘客全部罹难，他确实失去了妻女。

当我从有关他的浩如烟海的互联网信息中努力理出一点头绪时，埃加利亚开始凸现出复杂而矛盾的个性。他的崇拜者称颂他是印度最有良心的商人，而批评者则谴责他的怪癖、自恋和自大。但有一点毫无争议，那就是他凭借一己之力和无与伦比的才能，把 ABC 集团从一个小公司发展成印度第八大企业集团，在钢铁、水泥、纺织、发电、人造纤维、铝、生活消费品、化学制品、计算机、咨询业甚至电影业都持有股份。

我的研究让我弄清楚了一件事：ABC 集团的老板既不是狂躁性的精神病患者，也不是狡猾的骗子。我很想知道，那么快就拒绝了他的提议，是否意味着我错过了一个巨大的机会呢？我第一次感受到了自我怀疑的痛苦。不过我随后又开始自责，我不应当容许幼稚的希望凌驾于理智的判断之上。在这个世界上，永远不可能得到免费的午餐——我这样提醒自己。如果一个提议好得似乎叫人难以置信，那么在通常情况下，你都不应当去相信它。

尽管如此，我在上床睡觉时仍然感到心情烦闷，感觉时间正从我的身边一点一滴地溜走。我想到了眼下这种不会给我带来多少希望的工作，我的未来仿佛被永久地搁置起来。曾经有一段时间，也就是在不久以前，我曾一度感觉到，我的生命之舟有了方向感和前进的动力。现在它看上去就如一次没有目标的无舵漂移，日复一日，周而复始，什么也没有改变。

至少在那天晚上，我的梦境有所不同。通过一大堆使人迷惑的图像碎片，我清楚地记得自己坐着一架豪华的私人飞机飞越壮观绮丽的瑞士雪峰。这当中只有一个小问题：飞行员碰巧就是那个实业家维奈・莫汉・埃加利亚。

第二天早上，我开始了漫长而危险的通勤之旅。这一次，陪伴我的是一种积极的态度和一个清醒的头脑。地铁在周末不是那么拥挤，但我非常在意我的手提包，一只手紧紧地按住它。这是我的朋友劳伦送给我的礼物，它是一款具有米色仿蛇皮装饰的“玖熙”牌棕褐色编织手提包，看上去非常有品位。今天，它里面装着四个黄金手镯，我们一家人的未来与它们息息相关。

在音德洛克这一站，一个留着染色头发和长鬓角、身着政治家常穿的那种印度土布衣服的男子大模大样地闯进了车厢。这个似曾相识的人身后跟着几个随从和一队荷枪实弹的保安，而且后者开始驱赶乘客，让他们给这个重要人物及其随行人员腾出地方。我认出了他的一个跟班，也意识到此人是我们本地的立法委员安瓦尔・努拉尼，他每周都会“乘坐地铁，以便接触平民百姓”。我在报纸上看过有关这位先生的报道，他经营着几家连锁私立医院，据说医院的建设资金来自于一次非法的哈瓦拉交易[①]。“如果有任何重要的本地问题希望引起我的关注，请随时到我位于德里技术学院后身的竞选办公室来找我。”他在报纸上这样宣布。此时，他那双长着厚眼睑的不安分的眼睛，在车厢里游移不定地四处扫描，最后停留在我的身上。“你好吗，小妹？”他向我露出做作的微笑。我移开目光，假装看着窗外。幸好他在下一站就下车了。

① 印度地下外汇活动，指企业和居民在外汇业务中逃避金融当局监管或违反金融当局有关外汇管理规定的活动，类似于中国的“飞钱”，国际上称之为哈瓦拉汇款体系。

在我看来，德里是一个奇怪的城市。在这里，看一个人的身份不是取决于你是否穿阿玛尼、开奔驰，或是在鸡尾酒会上能够随心所欲地引用法国哲学家让•保罗•萨特的名言。你的身份取决于你能够打破多少规则，以及你可以欺压多少人——这一特征本身，就足以将你置于重要人物之列。

从上午开始，大卖场就非常热闹。周六是我们最忙碌的一天。而且，随着板球世界杯即将来临，我们的促销活动变得如火如荼。我们预期在未来的两个月内，平板电视机的销售将达到高峰。

一对新婚夫妇让我指导他们选择合适的电视机。他们为购买液晶电视还是等离子电视已经争论了半天。我没用多少时间，就说服他们喜欢上了最新推出的索尼LED电视机，而且在我们买二赠一的促销活动中，他们还可以免费得到一台烤面包机，但我并没有尽全力招揽顾客：我的心思不在这里。我不耐烦地等待着午饭时间到来。当下午1点钟的钟声响起时，我从后门偷偷溜出去，却偏偏碰见了拉加•古拉蒂——德里最讨厌的花花公子。不知道什么原因，他最近一直在“贝克特”的门前转悠，那是一家和大卖场只隔着四个门脸的爱尔兰酒吧。他此时穿着一件名牌皮夹克，靠着他的雅马哈摩托车点数一沓钞票。他一看见我就立刻藏起现金，露出谄媚的笑容。拉加长得又胖又矬，有着滚圆的肥脸、浓密的胡子和一头长发，他唯一可以炫耀的资本，就是他的百万富翁父亲是大卖场的老板。他唯一的消遣是喝酒和泡妞。如果办公室的八卦新闻真实可信，那么他已经勾搭上了一个促销小姐。这些天来他不断地讨好我和普拉姬。但我宁可去生吃蟑螂，也不愿和这个猥琐男有半点儿暧昧。

“哈——喽，瞧瞧，这是谁来了？我们的冰美人！”他笑得像一头色狼，拍拍他的雅马哈后座，“想不想让我带你去爽一把？”

“不想，谢了。”我冷冷地回答。

“你有一双美腿。”他的视线顺着我的身体往下爬，“它们什么时候张开？”

我感到怒火中烧，但眼下不便和他对峙。“回家问你妈去！”我回敬了一句，从他的身边走过去。他叹息一声，走进了酒吧，也许是为了用酒精稀释他的挫败感。

我没有浪费时间，径直走向N街的“雅韦里珠宝行”。那个年轻的老板普拉辛特•雅韦里过去曾经是爸爸的学生，他总能给我一个公平的收购价格。我手提包内的四个金手镯，我希望他的报价能够超过20万卢比。

在拉迪尔6号大街十字路口处，交通被某种宗教游行堵住了。那里有数以百计身穿橘黄色服装的男人、女人和孩子，他们跟着小号和手鼓的曲调又唱又跳。汽车司机沮丧地按着喇叭，行人们都备感恼火，但那些人仍在自顾自地狂欢，根本不考虑他们的游行活动带来的不便和滋扰。这种情况几乎每天都在发生，德里已经变成了一个满是集会和路障的城市。

当我仍在等待游行队伍通过时，有人碰了一下我的腰。那是一个穿着破烂毛衣的街头流浪儿。他不会超过八九岁，满身泥土，头发脏兮兮的。他一言不发，只是摊开双手，做出那种司空见惯的乞讨姿态。没有什么比看到这些儿童乞丐更让我心酸。在本该读书上学的年龄，他们却流浪街头自谋生路，而且不得不利用他们掌握的唯一生存技能：唤起他人的同情心。我几乎从来不给他们提供施舍，因为这只会鼓励他们养成乞讨的习惯。更糟糕的是，这常常引导他们养成其他更加危险的恶习，比如赌博、酗酒甚至吸毒。他们真正需要的是命运的转机、有利的成长环境和教会他们懂得自尊自爱的良师益友。劳伦和她的 RMT 阿莎基金会就能为他们提供这样的帮助。

眼前的这个小乞丐似乎不易打发。“我都两天没吃东西了。您能赏我点儿钱吗？”他嘴里嘟哝着说，一边把一只骨瘦如柴的手按在肚子上。注视着他那充满恳求的大眼睛，我简直没法拒绝。“我不会给你钱，”我告诉他，“不过我可以给你买午饭。”他脸上露出了笑容。附近有一个路边小贩在卖五香豆烤饼，每盘 10 卢比。“你想来一盘吗？”我问他。

“我最喜欢吃五香豆烤饼了。”他吧嗒着爆皮儿的嘴唇回答说。

我把手提包从肩上取下来，打开拉链并取出现金。就在这时，有人从后面猛扑过来，把我手里的包一把夺走了！这一切发生得那么快，我甚至都没有看清那个人的脸。我看到的只是一团飞快移动的橘黄色。我还没有回过神，他的身影就消失在那群信徒当中。我转过身来才发现，那个乞丐男孩也不见了。我成了书上所说的那种最古老骗术的牺牲品。

有那么一会儿，我站在那里一动不动，完全被突如其来的事件惊呆了。我双手发冷，呼吸也几乎要停止了。“不！”我发出了一声痛苦的喊叫，一头钻进那橘黄色的人海。我遭受着来自四面八方的挤压和撞击，但我还是奋力地拨开一层又一层厚厚的人墙，盲目地寻找那个小偷的踪迹。

我没有找到那个家伙，但是当游行队伍终于通过十字路口时，我在道路一侧看见了我那被丢弃的手提包。我冲过去把它捡起来。我的手机和房屋钥匙还在里面。我的身份证、口红、墨镜和胡椒喷雾剂完好无损。所有的东西都在，就是那两对金手镯不见了。

我一屁股坐到路边，感觉头晕恶心，胳膊沉重而酸软，视线也开始变得模糊起来。当我终于能够看清周围的景象时，我发现旁边蹲着一名警察。“你没事吧？”他问。

“我没事，”我虚弱地回答说，“有人偷了我的手提包。”

“那这是什么？”他用警棍轻轻敲了一下我膝盖上的“玖熙”。

“他——他拿走了我母亲的金手镯，扔下了包。”

“你看清他的脸了吗？你能给我描述一下小偷的样子吗？”

“不能。难道警方不知道在这一带活动的那些团伙吗？我相信你们能抓到他。”这时，我突然抓住他的手臂，如同抓住了一条生命线。“求求你，一定要帮帮我。如果找不回手镯，我们全家就完了。如果需要的话，我可以写一份报告。”

“这不会给你带来任何帮助。这种事情天天发生。除非你知道那个人详细的面貌特征，不然我们什么也做不了。听我的劝，别浪费你自己和我们的时间去警察局做笔录了。下次留点儿神，看好自己的东西。”他扶我站起来，同情地看了我一眼，拍打着警棍走开了。

我绝望地把手提包又彻底翻了一遍，幻想还能发现那几个手镯，但奇迹只存在于童话故事和电影中。我想到我承受的是什么样的损失，不由得感到喉头发紧，眼泪顺着脸颊扑簌簌地滚落下来。我周围的人们都在欢笑、吃东西、购物、晒太阳。他们都不能理解此刻我内心遭受的折磨。小时候我丢失过一个最心爱的玩具娃娃，我当时哭了整整两天。现在，我丢失了我母亲最珍贵的珠宝首饰。小偷抢走的不仅仅是黄金，他抢走了我们的未来。

当我仍在人行道上哭泣时，我的目光落在那个显示温度和时间的巨型广告牌上，我不禁被吓了一跳：已经过了下午两点了。马登，那个令人讨厌的经理，对延长午休时间的雇员不留任何情面。在失去手镯的同时，我又面临着丢掉工作的危险。

我迈开步子跑起来，三英寸高的鞋跟让我的双脚很难受，好几次差点儿将我绊倒。当我终于上气不接下气地赶回到大卖场时，却发现那里和平时有点儿不大一样。有人在大声喊话，有人在低声下气地道歉，把感到困惑的顾客引到外面。卷帘门也正被人匆匆地关上了一半，就好像降下半旗一样，是出了大麻烦的明确信号。

我弯腰进入门内，发现里面更加混乱。我听到更多的叫嚷声和咒骂声，有人发出一连串的斥责，就像是在空气中飞行的纸飞机一样。似乎所有的人都围在出纳柜跟前，包括我们那个值得尊敬的老板古拉蒂先生本人，还有人正在痛苦地喊叫。跑腿的男孩、后勤办公人员、运货卡车司机和销售人员构筑的人墙挡住了我的视线。我用力钻进拥挤的人群，发现喊叫的人是乔贝先生，我们那个 55 岁的有些秃顶的出纳员。他在地板上滚来滚去，我们的经理、也是店里最可恨的马登正在残忍地揍他。“你这个吃里扒外的浑蛋！”马登一边咆哮着，一边用力抽打乔贝的耳光，狠踢他的小腹。马登是一个粗暴而下贱的人，平时只喜欢做两件事：奉承和讨好古拉蒂先生，以及责骂店内员工而获得虐待的快感。

“我不知道是怎么回事，我就是在吃午饭时离开了 20 分钟。”出纳员哭诉说，但这不能使他免于新一轮的毒打。我不禁打了个寒战，我对他感到同情。我只是失去了几个金手镯，乔贝却失去了他的尊严。

“发生了什么事？”我轻轻推了一下普拉姬。她对我解释了在我离开期间的情况：古拉蒂先生在下午进行了突击检查，发现上午的账面金额少了将近 20 万卢比。由于现金归出纳员直接监督，因此乔贝现在被指控挪用公款。

“我拿我的三个孩子发誓，我没有那样做。”出纳员哭着说。

“告诉我这笔钱在哪里，说不定我还会饶了你。”古拉蒂先生说，他浓密的眉毛紧皱到一起，就像是两条试图彼此靠近的毛毛虫。

“马登已经搜过我了，我身上没有钱。”乔贝泪流满面。

“这个王八蛋一定是把钱交给了他的同伙，”马登得出结论，“我看我们应该把他交给警方。他们很快就会让他说实话的。我和阔佬地广场警察局督察长戈斯瓦米是老交情了。现在到我们用他的时候了。”

“别啊，先生。”倒在地上的乔贝抓住古拉蒂先生的脚。“我在店里工作了 30 年。要是没有我，我的妻子和孩子就没活路了。”

“那就让他们去死。”古拉蒂先生把他的脚拽出来，恶狠狠地说。“马登，给你认识的督察长打电话！”他命令道。

我对乔贝不算太了解，他是个安静而内向的人，我们的交流仅限于彼此间礼貌的寒暄，但是我感觉他是那种负责任、为人谦和也很敬业的人。很难想象他会监守自盗。就连一个惯犯都不会拿自己的孩子发虚假的誓言。这时一个场景跳入我的脑海：拉加·古拉蒂靠在摩托车上，正忙于清点一沓钞票。我知道老古拉蒂对拉加酗酒和泡妞之举一向不以为然。不过，为了满足他那奢侈的生活方式，这个败家子完全有可能偷偷地“洗劫”收银台。

“等一下！”我叫住马登，“您怎么知道这件事就是乔贝先生干的？”

所有的人都把目光转向我。马登凶狠地瞪了我一眼，不屑一顾地回答说：“只有他有保险箱钥匙。”

“难道古拉蒂的家人就没有保险箱钥匙吗？”

“你什么意思？”古拉蒂先生打断我说，“你是说，是我偷了我自己的店铺？”

“我说的那个人不是您，先生。但是，假如那个人是拉加呢？”我话音刚落，所有的人都倒吸了一口冷气。就连我自己都对这种不计后果的大胆感到惊讶。

“你是不是疯了？”马登怒气冲冲地说，“拉加今天都没到店里来过。”

“可是一小时前，我在大卖场外面看见他了，他正在数一沓钱。”

我可以看出，古拉蒂先生对这个消息感到很不自在，他紧张地绞着两只手，牙齿咬住下唇，似乎是在掂量这种可能性是否存在。最终，慈父的感情还是战胜了他的疑虑。“你怎么胆敢这样无礼地诽谤我的儿子？”他两眼冒火地痛斥我，“你要是再敢多说一个字，我就当场开了你。”

我只能保持沉默，我知道不管我拿出什么样的论据，都无法战胜一个父亲对子女盲目的爱。

半个钟头以后，一辆警用吉普车赶来了。督察长戈斯瓦米是一个身材高大而强壮的警官，一直以来，他从我们这里购买任何电子产品都可以享受35%的折扣。他抓住那个出纳员，就像屠夫抓起一只小鸡似的。乔贝未做任何反抗，也没有大嚷大叫，似乎已经接受了他的命运。我的内心充满激愤，但只能无助地看着这人世间的不公在我面前发生。乔贝被贴上小偷的标签，只是因为他是弱者，没有任何能力保护自己。拉加·古拉蒂窃取公款却可以逍遥法外，因为他是富二代。我觉得恶心，几欲呕吐，整个身体都因为憎恶拉加和他的父亲而颤抖。我清楚地知道，今天发生在乔贝身上的情况，明天也很容易发生在我身上。而且就和乔贝一样，我对此同样无能为力。对于这个世界的弱势群体而言，只能有两种选择：要么接受虐待，要么选择离开，但到头来，你照旧还是会受到其他强者的欺侮。

埃加利亚是正确的，这个世界的人的确分为赢家和输家。像古拉蒂父子这样的人就是赢家，像我和乔贝这样的平民就是输家。

一个人的一生总会有几个关键时刻，眼下就是其中之一。一种决心正在我的内心缓慢但却稳步地形成。我打开手提包，掏出埃加利亚留给我的那张名片。那个小小的警报铃再次在我的脑海里响起来，但这次我不再理会它，一个弱者已经没有什么怕失去的。我深深地吸了一口气，然后用手机拨打了名片上的号码。

电话里传出一个训练有素的女性声音：“这里是ABC集团。请问有什么可以帮助您的？”

“我想找维奈·莫汉·埃加利亚先生。”

“请问您是哪位？”

“萨布娜·辛哈。”

我等待她接下来问“萨布娜是哪位”，再经过十多个部门的逐级确认和通过，才有可能最终联系上那位实业家。事实上，我听到的却是“小姐，请您稍候”，然后几乎立即就接通了埃加利亚，仿佛他始终都在等待我的电话一样。

“我很高兴你打电话给我。”他说。

“我决定接受您的提议。”

“很好。”他简单地说。从他的声音里，你听不出任何胜利者那种得意的窃笑，或者是“我早就告诉过你”之类的沾沾自喜。“6点钟到我办公室来找我。名片上有地址。”

“可我的下班时间是在——”我话音未落，埃加利亚就打断了我：“下午6点。”他重复了一遍，于是我们的对话就结束了。

我看看名片上的地址。ABC集团总部在距离阔佬地广场不远处巴拉汗巴路的京都大厦。我看看时间，现在是下午三点一刻。我还有不到三个钟头为这次能够改变我的人生的会面做准备。

马登，我们的暴君上司，以从不允许员工提前离开而臭名昭著。而且今天是星期六，提前离开的权限已被排除在外——除非我能拿出一个听起来很合理的借口。

到了下午5点半，我一脸沮丧地找到马登。“先生，我妹妹刚才打电话来。我母亲的哮喘病又发作了。我需要送她去医院。我可以现在离开吗？”

经理使劲揉着脸，好像嗅到了什么不正常的味道：“我们已经少了一个收银员。我们不能再少一个促销小姐。”

“问题是，要是我妈出了什么意外……”我故意让这句意味深长的暗示停留了一会儿。在印度的万神殿里，母亲是仅次于大神的最高典范。就连马登也不敢冒险让雇员失去母亲而招致咒骂。“那你就走吧。”屈服于人情威胁的他无可奈何地说。

10分钟后，我坐着一台嘟嘟车赶往巴拉汗巴路。我仍穿着白色衬衣和红色裙子的工作制服，有意没穿那件虽然更加舒适、但却不太正式的夏尔瓦格米兹。我毕竟是去参加一次商务会面，而不是赶赴一场家庭聚会。

京都大厦是一座全玻璃幕墙的15层大楼，看上去十分宏伟壮观。那里的保安设施和政府机构没有什么不同。私人警卫在入口处巡逻，我必须让我的手提包通过安检机的检查才能进入楼内。前厅颇似一个优雅的酒店大堂，巨大的水晶吊灯下安放着公牛南迪①的大型青铜雕塑，这是ABC集团的企业标志。一个身穿深色西装、系着红领带的高个子男人正在前台等我。过了好一会儿我才认出他是拉纳，埃加利亚的得力助手。

“为什么这里的保安这么严格？”我问。

“这是必要的，有的竞争对手挖空心思地窃取我们的机密。”他简短地回答后，将我护送到电梯那里，电梯悄无声息地快速上升到15层。

---

①印度教三大主神之一湿婆的坐骑，被认为是湿婆最忠实的信徒，其雕像常被放在神庙的大厅或门廊里，面对着内部的圣所。

我迈入一个引人注目的天井当中，那里有古罗马风格的立柱和20英尺高的瀑布，玻璃穹顶的天花板折射出晚空中的夕照。拉纳带我穿过一道桃花心木的双层过道门，走进一个用大理石和马赛克铸就的、看起来像是管理部门的明亮大房间。这里的墙壁涂着斑驳的金色，配有大型壁画、厚实的地毯和青铜雕像，里面所有的镀金装饰会使人联想到华丽的巴黎沙龙。另一个公牛南迪雕塑——这一个是镀金的——守卫着进入埃加利亚的私人套房入口。

我惊讶地看到，一个金发碧眼的白种女人坐在桌子后面。

“这是詹妮弗，埃加利亚先生的私人秘书。”拉纳介绍说。

“您一定是萨布娜。”她站起身来并伸出一只手。她的口音就像劳伦的口音，因此我猜想她是美国人。她大概不到30岁。我首先注意到她的身高：她至少有5英尺10英寸这么高，就像电线杆一样耸立在我面前。她有一双碧蓝的眼睛，带着一副直角框的亮眼镜，那一头蓬松的齐肩金发简直就是为拍摄杂志封面准备的。她上身穿着时尚的蓝色西装上衣，里面是一件扣紧的乳白衬衫，下身穿灰色长裤，整个人看上去，就好像是一个穿戴得体的美国有线电视新闻播音员和一个高级妓女的结合体。

她面对我的姿态如同一个妻子碰上了丈夫的情妇。她对我冷静的扫视，一半出于好奇，一半出于傲慢，我立刻对她产生了本能的反感。

墙上的时钟显示，时间是下午5点58分。我又等了两分钟，才听到詹妮弗桌上的蜂鸣器响起来。“埃加利亚先生现在要见你。”她向我淡淡一笑，把我领进埃加利亚的私人办公室。

这个神秘的地方更加令人印象深刻：这里有一张会议桌，摆满了各种书籍的书柜，还有固定在墙上的一台显示股票市场利率的大屏幕电视。家具看起来很结实，地面铺着昂贵的地毯。

我的目光被一个俯瞰会议桌的女人那硕大的金色头颅吸引住了，那双凸出的大眼睛让我认出它是印度艺术家拉温德尔·瑞迪的系列纪念性玻璃钢雕之一，我在国家美术馆里看到过这些雕塑。镶嵌着桃花心木的墙壁上的油画原作看上去也很熟悉。有侯赛因画的马、曼吉特·巴瓦画的母牛，还有一幅立体派风格的裸女，似乎是毕加索的杰作。如果埃加利亚把我叫到办公室的目的是要镇住我，他已然令人钦佩地如愿了。

他本人坐在古朴典雅的马蹄形办公桌后面那张形似帝王宝座的椅子上，正透过一面大玻璃凸窗向外眺望。他穿着条纹西装，一只粉红色绸帕从胸前口袋探出，这使他看上去完全符合企业大亨的形象。倘若对此还需要更多证据的话，那么它们就来自他身后的那面墙壁：墙上挂满了框起来的工作照，展示着他与各种各样的国际名流——从教皇约翰·保罗二世到比尔·克林顿、纳尔逊·曼德拉——互相敬酒和亲切交谈的场面。我感觉如同置身于一个舒适的私人博物馆——这是埃加利亚为他自己建造的一个纪念馆。

“怎么样，你喜欢我的办公室吗？”他问道，同时示意我坐下来。

“非常不错。”我点点头，坐到他对面的一张豪华皮椅上。这时我才注意到桌子上有一个木牌，上面有这样的铭文：“目标、决心、纪律和勤奋。”

“在ABC集团，这些都是支撑我们事业的核心价值观。”他的手指敲敲木牌，“当你成为它的首席执行官时，我希望你秉承同样的理念。”

“您的意思是，如果我会成为首席执行官的话。”

“这完全取决于你。作为董事会主席，我的任务只是选择合适的接班人并确立合适的发展方向。我相信你是本公司首席执行官的最佳人选，但你也必须有同样的感觉。记住，取得成功的第一步，就是你必须真正渴望成功。”他垂下眼睑，仿佛是在追忆什么东西，然后用地道的梵文引述了一段诗歌。

我很熟悉这些诗句。它来自印度古老而经典的哲学著作《广林奥义书》。“你就是你内心深处的强烈愿望。你有什么样的愿望，就有什么样的意志。你有什么样的意志，就有什么样的行动。你有什么样的行动，就有什么样的命运。”

“我从来就没有真正相信过命运。”我回答说。

“但命运却可能相信你。”他反驳道。

“那就让我们面对现实吧。我想，您需要我签署那份承诺书。”

“没错，我要叫一下拉纳。”他按下蜂鸣器，拉纳带着一个皮革文件夹走进房间。他在我身旁坐下来，递给我一张纸，就是我上次见过的那张承诺书。

“在你签署它之前，我需要知道，你是否和其他人讨论过我的提议。”埃加利亚说。

“没有，”我回答说，“我没有对任何人提过这件事。”

“对你的母亲和妹妹也没有说过？”

“没有。可是为什么需要保密呢？”

“嗯，你也看得出来，我的方式有点儿……哦，不合常规。我不想让我的股东们感到不必要的焦躁。做这类事情必须完全保密。关于我们之间的约定，你不能向任何人透露半个字。”

“没问题。”我点头说，“我想知道，有关不得中途退出协议的条款是什么？”

“它只是意味着一件事：在完成七个考验之前，协议始终都是有效的。你不能中途退出。”

“如果我没有通过哪一个考验呢？”

“那么就由我来终止协议而不是你。”

“请在这下面签上名字。”拉纳说，递给我一支钢笔。

“在签字之前，我还有个要求。”

埃加利亚皱起眉头：“什么要求？”

“我想要加上一倍。”

“你是什么意思？”

“根据这项合同，您会付给我 10 万卢比作为参加考验的报酬。我现在想要 20 万卢比。”

“你凭什么认为我会同意你的要求？”

“在生活中，你永远不会得到你应得的结果；你得到的只是你与别人谈判的结果。这难道不是您在咖啡屋对我说过的话吗？要知道，我只是在履行您的忠告，我是在和您谈判。”

“说得好！”埃加利亚似乎不情愿地鼓掌说，“你学得很快。但是你要想和我谈判，就需要拥有某种谈判的资本。在这种情况下，你有选择吗？”

“我可以问您同样的问题：您有选择吗？您有比我更好的候选者吗？”

“我喜欢你的胆识。”埃加利亚点点头，“你为什么需要这么多钱呢？”

“我有急需解决的家庭问题。”

埃加利亚凝视着窗外，思忖着我的要求。从他站的这个角度向下俯视，仿佛居高临下的雄鹰，他能看见新德里在他下方铺展开来。从远离混凝土丛林的烟尘以及道路的炎热与喧嚣的超高层建筑上俯瞰一座城市，具有某种令人惊叹的神秘意味。我伸长脖子看了一眼我们的首都，看到的却只是跨越地平线的一道熠熠闪烁的光带，它使天地间的界限变得模糊不清。

在经过让我备感紧张的一分钟以后，埃加利亚终于转过身来点点头，似乎做出了一个重大决定：“拉纳，给她 20 万卢比。”

拉纳冷冷地看了我一眼，走出了房间。

我转向埃加利亚：“我可以问您一个问题吗？”

“随便问。”

“您为什么没有考虑让拉纳接手您想要提供给我的工作呢？他毕竟是您信任的心腹，如果我可以这么说的话。”

“原因很简单：这就像我不会从我的理发师那里征求投资建议一样，”他把身体向后靠在座椅上，并摆弄起一个甘内侍[①]形象的水晶镇纸：“用板球来打比

① 甘内侍 (Ganesh)，即象头神，湿婆大神之子，印度神话中的智慧、财富之神，在印度普通百姓中人气极高。

方吧，拉纳是击球和投球都很优秀的全能选手，但他无法成为出色的队长。他不具备一个领导者的思维方式，所以永远都不可能坐在这里。”他敲敲他的椅子：“但是你可以，前提是你要成功地通过我的七个考验。”

“您的考验正在让我感到紧张。”

“你不用紧张。与其说我的考验希望你能交出什么样的答卷，不如说它是你的一次自我探索的过程。经由这七个考验，你将获得在现实世界中管理一个企业的实践智慧。”

“它让我想起那种古老的传说：国王们给子女出各种各样的考题，用来确定在他们当中谁可以继承王位。”

“相比之下，我的设计灵感更具现代性。我鄙视世袭这种封建文化。通过世袭继承制度，那些被宠坏的富家子弟就能够轻易获得移交给他们的一切。我是一个白手起家的人，我在ABC集团创造了一种靠自觉努力去实现成功的文化。你必须为你的梦想而战，靠实力赢得你在公司里的位置。”

我想告诉他，管理一家公司从来都不是我的梦想，就在这时拉纳回来了。他把一个马尼拉纸信封“啪”的一声放到我的面前。“这里是20万卢比。你点一下。”

我打开鼓鼓囊囊的大信封，发现里面装着一沓厚厚的1000卢比面额的钞票。在这里数这么多钱似乎显得粗鲁。“我相信埃加利亚先生。”我说，然后就在协议上一挥而就签下我的名字。

拉纳拿起这份承诺书，把它放回到皮革文件夹里。

“考验什么时候开始？”我一面把那个信封放进手提包里，一面问。

“已经开始了。”埃加利亚有些神秘地说。

我还没来得及进一步了解，桌上的对讲机响了起来。他注视了一会儿，才按下一个红色按钮。“先生，香港方面的客人马上就到了。”詹妮弗活泼轻快的声音通过扩音器传来。

埃加利亚点点头，又抬起头看着我。“祝你好运。”他说，这意味着这次会面结束了。

5分钟后，我重新走上街头，回味着刚刚发生的不可思议的事情。我钱包里的钱比以往任何时候都要多，它使我的内心洋溢起一种奇特的喜忧参半的感觉。我能够觉察到，那只模糊的命运之手正按住我的肩膀，似乎是在警告我：我签下的是一个浮士德契约[①]。现在，我必须准备承担严重的后果。

---

①浮士德是德国16世纪民间传说中一个人物。据说他用自己的血和魔鬼签订契约，出卖灵魂给对方，以换取世间的权力、知识和享受。德国诗人歌德在其不朽长诗《浮士德》中描写了浮士德与魔鬼梅菲斯特之间的交易。

离开埃加利亚的办公室以后，我做的第一件事情就是去哈奴曼神庙感谢杜尔伽女神，只有她能够帮助我穿越即将面对的危机四伏的人生湍流。

离开寺庙，我在搭乘地铁以前，先绕了一小段路去了G街的一个商店。我当晚没有直接回瑞塔拉，而是在皮坦普拉站下车，然后坐嘟嘟车来到迪努叔叔的住处。尽管他是个富有的餐馆老板，却仍住在一所破旧的二层楼房里，那里毗邻一条散发着恶臭气息、被大量垃圾堵塞的水沟。

我的婶婶曼朱，一个懒惰而且过于肥胖的女人（她令人费解地总喜欢穿无袖衬衫）打开了门。“你好，萨布娜。”她睡眼惺忪地打着招呼。迪努叔叔懒洋洋地坐在客厅里，身上只穿着背心和宽松睡裤，这是因为房间的一台电加热器已经开足了马力。他长着圆脸盘、宽肩膀和短脖颈，整个人看上去好像是一个过气的摔跤选手。我扫视了一眼房间，映入眼帘的是那些花哨的、边缘凹凸不平且出现磨损的红色沙发座椅，放在壁炉架上杂乱无章的家庭照片，还有角落处的蜘蛛网。房间散发着灰尘和霉烂的气息。我过去总是从家族成员的亲情角度打量迪努叔叔，从未想到他其实多么卑鄙和粗俗。

“你要是来求我让你们继续留在罗希尼公寓，那是在浪费时间，”我刚刚坐下来，他就开口说道，“除非你能想办法筹到钱，不然你们就要做好准备，两周后搬家。”

虽然我的父亲有各种缺点，但他是一个非常讲原则的人。他的弟弟却没有什么原则。迪努是一个擅长花言巧语，又精明透顶的机会主义者，做事只讲目的，不择手段。他总是偷税漏税，大概他也会同样不诚实地对待他的肥老婆。

“我把钱都带来了。”我告诉他，并数出了16.8万卢比。

他的震惊似乎多于喜悦。“你怎么这么快就弄到这么多钱？”他说，随即向我狡黠一笑，“抢银行了？”

“跟你没半毛钱关系，包租公。”我刻薄地回了一句，让他闭嘴，“还有，既然我们现在是交租金的房客，我们希望你起草一份合理的租赁协议，帮我们修理好浴室墙壁渗水的地方，还有厨房漏水的水槽，另外，还要给公寓涂上一层新油漆。”他像只受惊的猴子那样目瞪口呆地看着我。我以前从未像现在这样对他说话。其实，不是我在说话。那是我手中的钱所代表的力量在说话，它给了我一个声音和一种勇气。我带着津津自得的胜利笑容，大摇大摆地离开了迪努家，又叫了一辆嘟嘟车。

我到家时已经过了晚上七点半。母亲正在厨房准备晚餐，妮荷正躺在沙发上看 Zee-TV 卫星频道播放的一场音乐才艺大赛。

“那个珠宝商给了你多少钱？”妈妈想马上知道结果，“够不够用？”

“足够我们偿还无耻的叔叔了，”我回答说，“我们现在可以在这里稳稳当当地住上一年。”

“那一年以后怎么办呢？”

“车到山前必有路，我们会有办法的。”我把手提包放到餐桌上，在妮荷身边一屁股坐下来。

她完全沉浸在电视节目中，几乎都没有注意到我，也没有注意到那个放在我脚边的购物袋。屏幕上，一个身材苗条的女选手正在大声演唱电影《无畏警官》中的一首流行歌曲。“我唱得比你强多了，”妮荷嘲笑她，“而且我长得也肯定比你强多了。”

“别跟电视得瑟了，瞧瞧我给你带了啥。”我对她说。

妮荷转过身。当她看见我从购物袋内取出的东西时，眼睛立刻睁大了：是一台全新的宏基笔记本电脑。

“姐姐！”她惊喜地尖叫起来，紧紧地抱住我，“你太牛了。”

她从我的手中抢过电脑，就像突然得到新玩具的孩子一样，一脸兴奋地开始摆弄起来。母亲轻轻抓住我的肩膀。“要是你爸还在，他一定会为你感到骄傲，”她用手擦着眼角说，“我从没见过妮荷这么高兴。”

可是，谁又能让我真正开心呢？我很想问问她，但我什么也没说。在这短暂的时光，我被这亲情的温暖光辉所笼罩，一切都似乎那样美好而充满希望。这些天来很少有过这样的时刻，而这一切很快就会消逝。不久以后，妈妈将再次变得沉默而冷淡；妮荷将恢复她一向自私自利的本色；与我每天为伴的绝望、头痛和内心的痛苦也将再次折磨我。

但无论怎样，我至少在今天能够摆脱这些侵扰。我仍在思考我与埃加利亚的协议所指向的全部可能性，而这小小的住宅似乎限制了我的进一步思考。所以，我径直走到住宅区门外的花园。它不是一个真正的花园，只是一块四周是低矮砖墙的平地，零星地生长着几丛灌木和一些果树。白天，邻舍的孩子会在这里玩板球，晚上的这个时候寂静无人。我坐到一个木制长椅上。夜晚的空气凉津津的，脚下的地面渗出湿气。我把肩膀上的羊毛围巾系得更紧些，抱紧双臂让自己感觉暖和一点儿。

我坐了不到一分钟，就听到印度歌星基肖尔·库马尔开始为我唱起电影《阿氏三兄弟》中的一首歌曲：

我名叫安东尼·贡萨尔维斯。
我在这个世间满怀孤寂。
我的心空荡荡，我的家空荡荡，
某个幸运的人儿会住进去。
只要她想起我，她就会光临
爱情巷美人宫——门牌号420！

我感觉脸上发热，一团红晕已经不知不觉地爬上我的双颊。我知道影片里的那个传奇歌手并未死而复生，而且他住所的门牌号也不是420。这个悦耳的声音属于卡兰·坎特，B-35公寓的住户。

卡兰在我们搬来后的一个月住进了LIG住宅区。在过去的15个月里，他对我而言已远非一个邻居那样简单，他是一个孤儿，没有任何家人，目前在印度第三大手机服务商印度移动公司的呼叫中心做业务代理。虽然他都25了，但那孩子气的外表让他看起来要年轻5岁。中等偏上的身高、完美动人的体形、轮廓分明且不留胡须的脸庞，还有那一头卷发，这一切使他毫无疑问地成为罗希尼（即便不是整个德里）最英俊的男子。再加上他那真诚的微笑和梦幻般的眼睛，足以让校园女生为他神魂颠倒。不只是女生，就连我们这个住宅区那些到了更年期的家庭主妇也会被他迷住。她们会寻找各种借口在傍晚站到阳台上，只为趁着他下班回来时看上他一眼。然而，卡兰的眼中似乎只有我。我不知道他看中了我什么。也许他把我看成是一个志趣相投的人。我们都是具有发展潜力的“后进生”，都遭受过人生的挫折和命运的打击。在这个住宅区的所有人当中，他唯独选择我作为他的红颜知己，我们彼此都是对方的咨询顾问，也是最坚定的支持者和最诚实的批评家。

给我们的关系贴上一个标签仍为时过早。我只想说，他是我的知音，我的力量，我的靠山。有时我把他看成是兄弟，有时是一个值得信赖的同伴，有时把他视为——我敢说出口吗——我的男朋友。虽然他试图用大大咧咧的外表和滑稽可笑的举止来掩饰他的感情，但他的言行中总有一种微妙的爱慕之意。他是一个天才的口技高手，几乎能够模仿任何人的声音——从演员夏鲁克·汗到板球明星萨金·坦多尔卡。

尽管他一向风趣滑稽，他的眼神却总是透着一股忧伤。我常常发现他带着迷茫、忧郁的表情看着我，我能够触摸到他内心深处强烈的孤独感，便会产生深切的同情和共鸣。他是一个真正的小丑，他在带给别人欢笑的同时，一个人却在默默地哭泣。

“干吗这么严肃，尊敬的小姐？”他在我身边坐下来，问道。

“这是真正疯狂的一天。”我呼出一口气。

“你可能有如下经历：A. 中彩票了；B. 遭抢劫了；C. 得到了一份工作；D. 见到了一个名人。到底是哪一种呢？”他是在模仿阿米塔布·巴钦①在电视游戏节目《谁想成为百万富翁？》中提出的问题。

“以上都是。”我回答说。

他眯起眼睛：“那么，你想给朋友打个电话吗？”

他似乎猜透了我的心思。在过去的 24 小时发生了这么多事情，我不可能把它们继续憋在心里了，我需要向他人倾诉，好让自己平静下来。我想不出比卡兰更好的人选。我记得埃加利亚严厉的警告，就是要对这件事严格保密，可是，如果说我只信任一个人，可以保守秘密，那他就是坐在我旁边的这个人。我凝望着他深情的眼睛，感觉整个世界都停止不动了。“我要告诉你的事，你不会相信的。”

我对他说出了一切，从在神庙和埃加利亚的偶然相遇、到迪努叔叔的电话、失窃的手镯、在大卖场看到乔贝被毒打的情景，还有在埃加利亚办公室与他的最终会面——包括那意外得到的 20 万卢比现金。

卡兰全神贯注地聆听完我的讲述，吹出一声低沉而悠长的口哨。“哇塞，这是我可以讲给孙子听的那种故事！”

“那么，你觉得埃加利亚真想让我成为他的首席执行官吗？”

他轻声笑起来：“你疯了吗？这绝对是个骗局。没有人会突然把上百亿美元的公司白白交给一个完全陌生的人。”

“但我研究过埃加利亚，他看起来是个光明正大的人。”

“每一个骗子在落网之前都是光明正大的。绰号‘大公牛’的哈尔沙德·梅塔被喻为‘金融奇才’，可他的诈骗丑闻后来让整个股票市场崩盘了②。”

“问题是，埃加利亚能指望从我这里得到什么呢？我又没有钱去投资他的公司。”

“或许他偏爱肤色较深的美女。”

“他不像是那种好色之徒。更何况我也不是碧帕莎·芭素③。”

“是否存在这种可能性：你也许是他失踪已久的私生女？”

---

① 印度著名电影演员、制片人、歌手、电视节目主持人。

②1992 年 4 月，印度多家银行和经纪商被控非法串谋从银行间证券市场上抽取 13 亿美元资金，促使孟买证券交易所的股票交易大幅增长。这桩丑闻中的主要被告哈尔沙德·梅塔在审判过程中死于监狱。

③ 印度名模和性感女星。

“不要开玩笑了。这不是宝莱坞电影。”

“但是我可以预见到那种剧情。”卡兰像导演在拍摄一组镜头时那样伸出双手，“他会在深夜给你打电话，把你叫到他的家中。你在那里没看到他，却发现他老婆躺在血泊中。她是被枪杀的，而且杀死她的那把手枪上有你的指纹。这时你才意识到，所有这一切都是精心策划的阴谋，目的是要除掉他的妻子，然后嫁祸于你。”

趁他极度活跃的想象力还没来得及勾勒出更加叫人毛骨悚然的场景，我赶快打断他：“埃加利亚没有老婆。你说的这种阴谋不存在。”

“那他一定还有其他不可告人的目的。人人都知道，埃加利亚痛恨他的孪生兄弟阿杰伊·克里什那·埃加利亚。鼎立集团是ABC集团最大的竞争对手。要是埃加利亚将你作为他的一枚棋子，来对付他的孪生弟弟呢？”

“埃加利亚一个字也没有提到过他的弟弟。再说我是什么人，难道我会是一个愚蠢的傻瓜，甘心去做别人的一枚棋子吗？”

“我不想责怪你什么，只想提醒你一句：意想不到的财富承诺，会让一个人的智力和常识发生短路，这是人性的一个基本规则。这就是为什么我们会看到庞氏骗局、信贷诈骗、人工用材林欺诈这些诈骗丑闻。我在呼叫中心每天都能看到这种事情发生，那些没有信用的电话促销人员会提出可疑的交易，而缺乏警惕性的顾客很容易受到诱惑卷入其中。在警察出现以前，那些作恶的家伙总能想到办法逃之夭夭。”

“你忘记了还有一种东西叫作冒险。只有那些敢于冒险走得够远的人，才有可能知道自己能走到的极限。”

“这是埃加利亚说的吗？”

“是大诗人T. S. 艾略特的名句。而且在这里冒险的人其实不是我，是埃加利亚，他才是那个在我身上下了赌注的人。我怎么能够错过这个关系到我一生的机会呢？我第一次感觉到我的未来有了一线希望。”

“哼！”他不屑一顾地说，“希望是一种消遣性的毒品，它只能带给你一种预期之上的人为快感。你需要的是现实的支票。”

“而你需要的是一束阳光。你为什么总要这么消极呢？”

“因为我关心你，萨布娜，而且我对这件事有一种不好的预感，你永远都不该去拿埃加利亚的钱。”

“我别无选择。”

“我只希望你最终不会后悔，这当中必然是有代价的。想想吧，你对于他所谓的七个考验一无所知。它们会带来什么结果？它们将会如何发生？在什么时候发生？”

“是的，我对那些考验也有点儿不安。”

“让我告诉你一个小故事吧，萨布娜。从前有一个人，他不顾一切地想要让自己长得更高。所以，他向上帝祈祷了20年，上帝最终答应满足他的愿望，但有一个条件。上帝说：‘我可以让你长得更高，不过你每增加1英寸，我就要把你的生命扣除5年。’那个人同意了。于是上帝让他长高了3英寸——那个人立刻就死掉了。这个故事的寓意就是：如果不了解全部事实，永远都不要接受某种交易。”

“我根本不想接受任何考验。我可能连第一个考验都通不过。即便如此，我也不会失去这20万卢比。就这么简单。”

“要是事情果真这么简单就好了，像埃加利亚这样的人在接触你之前，必定细心地考虑这一点。”

卡兰病态而彻底的愤世嫉俗像真菌一样在我的体内滋生。当我与妈妈和妮荷坐下吃晚饭时，我已经相信与埃加利亚签署那个协议是我一生最大的错误。

每当我心情烦乱时，我都会从诗歌当中寻找慰藉，因此我在晚饭后拿出那个黑色封面的秘密日记。从9岁开始，我就把我的想法和感受飞快地写在上面。我很快找到我常常翻阅的那几页日记，目光落在一首题为《明天》的短诗上面。它的日期是1999年4月14日，当时我还是一个乳臭未干的11岁的女学生。因为它是在一个快乐、简单的年代写出来的，因此它正是我需要的那种强心剂。我当时是这样写的：

希望是明媚的太阳，它能照亮每一个明天
爱是强大的风，它能吹散所有的愁云
未来是一条空荡荡的路，所以我从不恐惧明天

第一个考验

长老会时代的爱情

“欢迎您，先生。您想看看我们的大屏幕电视系列吗？眼下有一些价格非常优惠的机型。”我以家庭购物频道主持人那种讨好的姿态和热情对客户微笑着。

今天是12月18日，星期六。自从上次和埃加利亚会面后，已经过去了一周，我心中一直惴惴不安。我从不担心任何形式的考试，但只要想到埃加利亚的考验，我的胃里就会产生奇特的翻江倒海的感觉。主要是因为我对它们一无所知，而且那种不确定性让我备感压力。更要命的是，大卖场眼下已经变成了疯人院！世界杯的热潮达到了顶峰，我们的电视机销量也一路飞涨。今天上午，得知宝莱坞女演员步莉雅·嘉波儿将在两周后光临本店，所有的雇员都兴奋得难以自持。作为西诺电子公司的品牌代言人，她将协助推广该公司最新推出的电视机型号。

还有其他一些新情况：我们有了一个新的出纳员，名叫阿尔琼·索尼，他是一个又胖又邋遢的人，喜欢不断地把花生抛入口中，对别人提出的问题答非所问。促销小姐尼拉姆下月就要辞职去结婚了，未婚夫不是印度公民，而是来自斯德哥尔摩。她对将要去瑞典异常兴奋，那是一个我了解甚少的国家。

下午，经理把我叫到他的房间。“萨布娜，我刚刚看了你的销售业绩，你再次名列前茅。”他笑着对我说，那露出一口黄牙的做作笑容，立刻让我联想起一个印度老片当中叫作吉万的恶棍，我立刻充满警觉。只有在哄诱雇员答应他的什么要求时，马登才会面带笑容，比如要求我们留下加班或者在周日上班等。

“你还记得库尔迪普·辛格先生吗，那个在上周买了一卡车东西的人？”他接着说。

“你是指那个从哈里亚纳邦来的农夫？”

“是的，是的。”马登点点头，“是这么回事，他今天打电话来，说他家中没人知道如何操作那些设备。他希望我们派人去他的村里，解释一下所有的操作说明。你明白我的意思吗？”

“明白，可是，你为什么不派男售货员过去呢？”

“问题就在这里。”马登叹气说，“他只想要你过去，显然你给他留下了极好的印象。所以，我们就这么安排吧：你明天去他的村庄，告诉他电视机、洗衣机、音响系统和DVD播放机怎样使用。我们将承担你的全部差旅费，除此以外，你还会得到500卢比作为补偿。”

“我不想为了区区500卢比浪费掉宝贵的星期天。”

“想想吧，这笔钱可来得太容易了。我发现，到那个禅丹加尔村庄只要三个钟头。你上午出发，傍晚前就能轻松地赶回来。你觉得有什么不妥吗？”

“很不妥。你怎么能让一个单身女孩独自到一个偏远村庄去呢？”

“我理解，我理解。”马登摇晃着脑袋，“但古拉蒂先生会把这看成是一种私人恩惠。拜托啦，就这一次。”他恳求道。

“我这个星期天去不了。”我坚决地摇摇头说，“那天是艾尔嘉的生日。”

“谁是艾尔嘉？”

“我妹妹，她在两年前去世了。”

“为什么死人总要干扰活人的生活？”他小声地嘟哝说，又无奈地点点头，“好吧。那你星期一跑一趟总可以吧？”

“是的，那应该可以。不过我在那个村庄顶多只待几个钟头。你周一几点派出租车到我家去接我？”

“派车接你？你以为你是谁？步莉雅·嘉波儿？你要坐公交车去，懂吗？”

我很想告诉他给我滚一边儿去，但我心里清楚，对付马登只能到这一步了，更何况我今天已经把他挤对得可以了。

有朝一日，倘若我果真能够成为ABC集团的首席执行官，我要做的第一件事情就是收购古拉蒂父子公司，并且让马登成为办公室清洁工。不过眼下，我只能点点头并收敛起我的傲气。

一种极度令人不安和阴郁的气氛笼罩着这所房子。那种寂静仿佛是对于命运的残忍和嘲讽。今天是艾尔嘉的生日。如果她还活着，今天就是17岁了。母亲擦着眼泪。我感到喉头被什么东西牢牢地噎住了，对于死者的追思和忏悔让我窒息。

在过去的两年，我没有一天不想起艾尔嘉。亡者并未逝去。他们只是变成幽灵，在天空中到处徘徊，捕食我们的思想，入侵我们的梦乡。艾尔嘉的离去，让我的心几乎一刻都不得安宁，而今天更是如此。在你死去的妹妹生日这天，你仍活得好好的，这个事实本身就是一种罪过。

我凝视着她的照片，内心被生者的内疚感所吞噬，有关我们在奈尼塔尔时光的记忆，像潮水一样涌进我的脑海。

我们过去住在17号，那是温莎学院校园里一栋有四间卧室的大房子。在这所全是男生的寄宿学校里，爸爸是讲授数学的高级教师。这座建于19世纪70年代、占地超过100英亩的学校，看上去就像是维多利亚时代的一座要塞，里面有很多锯齿状的角楼和围着石栏杆的尖塔，哥特风格的主建筑表面镌刻着各种天使和怪兽。它坐落在一座低矮的绿色山丘上，周围是雾霭笼罩的群山以及橡树、松树和雪松树林。从我们这座房子里，甚至能够看见类似于眼睛形状的泛着微光的奈尼湖。

爸爸和这所学院的关系源远流长，他在 1983 年在此开始教学生涯，并连续工作了 25 年以上。我们是一个中产家庭，过着一种安静的中产阶层的生活。我们的家庭气氛是那种充满原则性和责任感的气氛，任何奢侈和放纵几乎都与我们无缘。在很多方面，我们的生活都是以悄然独处和勤奋学习为特征的田园生活，只是偶尔会被狂野的夏季风暴和慵懒的湖面泛舟，以及冬季到我们位于哈多伊市的故乡之旅所打断。

虽然我们是在同一座房子里长大的，但我们三姐妹的个性和生活方式截然不同。我是一个有些腼腆的书呆子。妮荷自命不凡而且喜欢炫耀，艾尔嘉崇尚自由，我行我素。她很有幽默感，甚至能从最不起眼的事物中发现乐趣。她活泼好动、率性而为，有时甚至近乎鲁莽。但是，当她露出调皮的笑容，说上一句"太神奇了"，她的一切过错都会被原谅。她是我的挚爱，是一切聚会场合的开心果，是我们全家的中心。

我们是在严格的责任感环境中接受的教育，因此，规则是比情感更重要的东西。我和艾尔嘉、妮荷都上过圣特丽莎修道院开办的学校，那是一所由天主教修女管理、只用英语授课的女子寄宿学校。我们三个女孩在那里是免费就读的，这是爸爸在温莎学院的教师身份赋予我们的一项特权，因为这所学院和修道院彼此是互惠合作的关系。艾格尼丝修女，我们那位专制的校长，对于哪些事女孩可以做，哪些事我们不应该做的，以及哪些事是我们永远都休想去做的，有着非常明确的概念。在家里，父亲强迫我们遵守同样严格的行为准则，包括晚上 8 点以后不得外出。如果没有纪律，就只会导致混乱无序的无政府状态，爸爸经常这么说。作为数学教师，他把他的世界压缩成黑与白、好与坏的二元对立。他的世界不存在灰色地带。

他还规划了三个女儿的未来。我这个勤奋好学的人以后要成为公务员；大美女妮荷要把电视记者作为她未来的职业；至于有同情心的艾尔嘉，她将成为一个白衣天使。

作为一个听话的女儿，我正是按爸爸的期望那样做的。我在中学时就成绩出众，又在库蒙大学攻读学士学位课程。虽然我的专业是英美文学，不过我读完了所有能够弄到手的东西。从一只蛾子的生命周期到一座核电厂的燃料循环，从黑洞到棕色云团乃至云计算，为了成为知识渊博的人，我不放过任何看似神秘的信息，因为这对顺利通过公务员的考试是至关重要的。

对我父亲而言，最重要的规则必然和男孩子有关。几年前，他的同事基尔迪亚先生，因为 18 岁的女儿玛穆塔和学校里的一个尖子生偷偷恋爱并意外怀孕而蒙受耻辱，而爸爸对于类似丑闻可能会出现在他的家里十分忌惮。“我要是发现我的哪个女儿敢盯着学校里的男生看，我就剥她的皮。”他这样威胁我们。可是，他不能阻止那些男孩盯着我们看，或者确切地说，是盯着妮荷和艾尔嘉看。在一所充斥着荷尔蒙、每天都会有某个新的受折磨的灵魂产生性欲萌动的校园里，她们是最漂亮的女孩。男孩们多是来自德里、孟买和加尔各答这些地方的被宠坏的富家子弟，他们被父母放逐于此，便决定充分利用他们获得的这种新的自由。温莎学院自诩是“学术乌托邦”，事实上，这是一个腐败和堕落的温床。各种色情材料和含酒精的饮料在校园里自由流通。有人还私下议论说，这里甚至还有吸毒和卖淫行为。

我全身心地投入到学习中，极少关注那些男孩。妮荷则完全不把他们放在眼里。她早就得出结论：奈尼塔尔绝非是她想要在此度过余生之地，她像避免瘟疫一般避免接触当地人。这就剩下了我们最小的妹妹艾尔嘉。她是一个青春期女孩，正在面对身体发生的变化。尽管她的身体正在飞速成长，但在感情方面，她依旧还是一个相信牙仙女[①]故事的孩子。对我来说，我完全可以避免因为男孩子而让自己分心；对于妮荷而言，他们只是可有可无的调剂品；可是在艾尔嘉眼里，他们是一个具有诱惑力的谜题。由于她总是沉迷于 Mills & Boon[②]的浪漫爱情故事，这导致她永远戴着一副玫瑰色眼镜去看待这一谜题。爸爸的严厉训诫，并不能让她停止迷恋那种泡泡糖似的、有关帅气英雄和落难女子的幻想世界。鉴于她天真无邪又无忧无虑的生活方式和对权威的无视态度，等待某个具有进攻性的罗密欧突然出现并彻底俘获她的芳心，显然只是时间问题。

它发生得比我预期得更快。我第一次看到端倪，是在艾尔嘉的 15 岁生日之际，当时，某种不同寻常的情况正在暗中发生。

爸爸对于生日庆祝这种东西不以为然，将其等同于情人节，认为都是用来推动恶俗消费的西方舶来品。他只允许我和妮荷在生日那天向班上的同学分发糖果。只有娇惯的艾尔嘉可以在家里举办生日聚会。这种聚会也是很简单的活动，无非是分享一个生日蛋糕，邀请她在学校里的几个朋友，以及从爸爸那里收到一份并不昂贵的礼物，通常都是一本书。

---

① 在西方的民间故事中，孩子们相信当他们开始换牙时，牙仙女就会来到他们的床边，给他们留下一些钱作为补偿。

② 英国知名小说出版公司，尤其以出版浪漫爱情小说著称。

艾尔嘉的15岁生日包括必需的蛋糕和饼干，以及照例的娱乐和游戏。但是，除了她一向活跃而兴奋的举动以外，她这次还暴露出掩藏已久的原始的情爱特征。那天夜里，我翻检她的礼物，在几件衣服当中看到了一瓶法国迪奥的“梦幻”香水。

“哇！幸运的女孩！”我睁大了眼睛，“现在奈尼塔尔有谁买得起这样的礼物？”

艾尔嘉露出稍显尴尬的微笑，并耸耸肩，试图做出不以为然的样子。“太神奇了，姐姐！吝啬鬼拉克基也会突然大方起来。”

我知道她在撒谎，拉克基·拉瓦特是她在圣特丽莎修道院学校的同班同学。去年她花了50卢比给艾尔嘉买了一个塑料储物箱做生日礼物，她根本不可能花费3000卢比送她一瓶进口香水。

其他迹象也证明了我的怀疑，在学院已经开始为期两周的圣诞假期时，我发现艾尔嘉在偷偷地写信，又鬼鬼祟祟地把它们投进学校门口的那个红色邮筒里。当我问她给谁写信时，她说信是寄给巴西的一个笔友的。更令人担忧的是，她的成绩也下降了。她开始失眠，吃饭也没有胃口。

我在学院开学那天得到了确切证据。我当晚从图书馆返回，听到废弃的学校健身房后面有什么动静。我走近那里，看见在一棵橡树下，一个女孩和一个男孩紧紧搂在一起。女孩的双手抱住男孩的肩膀，后者正在亲吻她的嘴唇。他们看见我出现，就一下子松开手。男孩转过身，拔腿冲下山坡，消失在密匝匝的松林中。我没能看清他的脸，不过他的绿色运动夹克和灰色长裤暴露了他的身份：他穿的是校服。那个女孩试图扭过脸去，并从我身边快速走开，但是我一把抓住了她的手。她是艾尔嘉。

那天晚上我们在外面走了很长时间。她拒绝告诉我那个男孩的姓名以及有关他的更多细节，只是对我强调说，他是这个星球上最酷的人，也是德里一个富商的儿子。“我恋爱了，姐姐。”她不停地重复说，甚至哼唱起一首老掉牙的爱情歌曲。

“你今年才15岁，你还不懂得什么是爱，艾尔嘉。”我劝告她，“这只是一种迷恋，那个男孩是想占你的便宜。”

“爱和年龄无关，姐姐，”她反驳说，“它在该来的时候自然会来，而且会持续一辈子。你等着瞧吧，我将来一定要嫁给他。”

“要是爸爸发现你们的事情，他会怎么说？”

“他不会发现的。我知道你会保守秘密，姐姐，你是我一生唯一信任的人。”

“那么，你必须相信我的话：你现在做的事是错误的，是对自己的不负责任，而且也是很愚蠢的。”

不管我使用什么样的观点，我怎样威胁她、对她咆哮以及施加其他各种压力，都不能说服艾尔嘉结束她的恋爱。她的倔强和固执，让我坚持不懈的说服工作收效甚微。我们最终达成了某种协议：我迫使她向我做出保证，暂时不再和那个男孩来往。作为回报，我不会把这件事告诉任何人，尤其是爸爸。

我虽然信任艾尔嘉，不过从那天起，我还是开始悄悄地监视她，甚至趁她不在时翻看她的东西。两星期过去了，没有任何迹象，而在接下来的一天晚上，我发现了她藏在鞋里的一个小包。那是一个卷起来的信封。里面是一个装着类似于黑色粉末的透明塑料包。它看上去就像是包裹着红糖的小袋子，但我看过足够多的电影，我知道那是高纯度海洛因。

我把艾尔嘉叫到我的房间，关上了门。“你是怎么弄到这种东西的？”我举起那个小袋子，冷冷地问她。

“你是从哪里找到的？”她显得很紧张。

“回答我的问题。是谁给你的？”我严厉地重复了一句。

“我男朋友。”她垂下眼睛。

“我还以为你真的和他断了呢。”

“我试过，可我做不到。”她嘟哝着说，“他就是我的氧气。要是没有他，我就会死的。他要是没有我，也一样会死的。我那天告诉他，我不能再见他了，他差点儿就割腕自尽了。”

“那只能说明他不但是一个贩毒分子，还是一个有精神病的人。”

“他不是贩毒分子。我也不做那种事。我们就试过一次。那也只不过是一次试验。”

“一次试验就可能让你上瘾，甚至可能毁掉你的一生。”

“为什么事情到了你那里就变得那么严重，姐姐？”

“没有什么比吸毒更严重，艾尔嘉。你背叛了我的信任。你让我无路可走了。我必须告诉爸爸。”

“不要，姐姐。”她抓住我的手激烈地说，“我发誓，你要是向爸爸透露一个字，我就自杀。”

“在你自杀之前，毒品会先要了你的命，艾尔嘉。”我一边说，一边从她身边快步走出去。

我冲进爸爸的书房时，他正在埋头读报纸。“你女儿艾尔嘉已经开始吸毒了，你想办法管管她吧。”我单刀直入地说，并把那个塑料小包像丢香蕉皮一样丢到他的腿上。

那天晚上家里成了一个战场。爸爸在学院就以严格的道德和纪律闻名。我认为自己是幸运的，因为我只是继承了他的黑皮肤，而没有继承他的坏脾气。爸爸总是认为，他本来应该做更崇高的事情，他在学校教学纯属屈才。而且他经常把不满发泄到学生身上。有一次，他狠狠地责罚了一个不知好歹地把一本盗版《花花公子》带到课堂上的学生，直到那个男孩最后被打得伤痕累累，浑身颤抖。这件事在学校里广为流传，每当他出现时，学生们就会变得忐忑不安。他的考试能让任何学生掉泪。学校意识到他的火爆脾气，但还是忍耐下来，因为他的确是一位优秀的数学教师，也许是这个国家最优秀的数学教师。他的运算速度仿佛比计算机还快，他能够解决任何方程，证明任何定理。

可是，他不知道如何处理一个 15 岁的年轻人的压力和焦虑。我以为他会和艾尔嘉谈心聊天，借助于他纯粹的道德力量让她清醒过来。事实正相反，他们的对抗迅速转变成一种街头斗殴，充满了战斗式的戏剧场景元素，以及高分贝的尖叫和咆哮。

“就凭你私藏毒品这一点，我就能把你送进监狱！”爸爸这样吓唬艾尔嘉。

“那就送我进去呀。”艾尔嘉毫不相让，“我就是在监狱里，也会比在这个叫作家的牢笼中更开心。”

在情绪过分激动的时刻，他们都说了很多不该说的话，我在这里就不一一描述了。我至今清楚地记得，父亲指责艾尔嘉是一个被宠坏的黄毛丫头，她给家族声誉抹上了污点。艾尔嘉称他是恶霸：“你的期望是不现实的，你的教育方式叫人没法忍受。”她说的最伤人的话就是指责他是懦夫。“全校都在背后嘲笑你。你就是一个任性、可怜的失败者，你不配得到尊重，”她尖叫着说。

这就像是火山爆发。“你竟敢这么说我！”爸爸大发雷霆，他满脸通红，几乎要跳起来。“你竟敢这么说我！”他重复了一遍，随即抽了她一个耳光，把她打倒在地。

我、妈妈和妮荷都无比惊骇地注视着眼前的情景。这是爸爸第一次抬手打他的女儿。

艾尔嘉从地上站起来。她的面颊上出现了一块很大的红色印记，胳膊上也有一块抓痕。她眼中闪烁的愤怒之火足以熔化岩石。她先是看着我们所有人，然后把目光集中到我身上。我感觉到，一种难以遏制的、充满憎恶感的激光光束向我袭来，并钻进了我的灵魂。“我恨你，我恨你们所有的人！”她咬牙切齿地说，接着就跑进她的卧室，把门从里面插上。我恳求她听我解释，拼命地想让她开门，但她固执地拒绝了我。

她应当恨我。她当晚以任何方式攻击我都是情有可原的。

“让她烂在房间里！”爸爸不屑地说，“我们以前太惯她了，不然哪会到这步田地。”

那天晚上，我们谁都没有吃饭。

第二天是1月26日，印度的国庆节。校园里挂满橘黄色、绿色和白色相间的旗帜，整个学院完全变了样子。在体育场高高的旗杆上，一面面三色旗骄傲地迎风摆动。我一大清早就听见学生们在排练爱国歌曲，他们充满热情的嗓音增加了节日的气氛。但是，艾尔嘉还没有从房间出来。我开始有点儿担心了，我敲了几次门，但都没有回应。于是我从后花园爬了进去。我首先注意到，她的卧室窗户是开着的。我的第一反应是：艾尔嘉已经逃走了。我能够听见孩子们在露天集会场地哼唱《我们要战胜一切》这首歌曲的背景音：“我们要战胜一切……我们要战胜一切……我们总有一天要战胜一切……”

我将厚重的窗帘拉开了一条缝，一束光线照亮了房间的那块昏暗的阴影区。在刺眼的光柱中，我看到的景象使我感到寒气彻骨：艾尔嘉悬挂在天花板的吊扇上，她的头垂向一边。脖子套在一条打着死结的黄色围巾里。她房间里那个小木椅翻倒在地板上。

我感到一阵眩晕。“爸爸！”我尖叫起来，从窗口跌落到外面。

我们会手牵手散步，我们会手牵手散步，
我们有一天会手牵手散步；
啊，在我的内心深处，我真的相信，
我们总有一天会手牵手散步。

我记得，我当时透过泪水的面纱看到的一切，仿佛都是以慢动作展开的：爸爸踹开艾尔嘉的房门，就像一个浑身着火的人喘着粗气，扭动着身体。母亲爬到床上，抱住艾尔嘉软塌塌的身体，想要把勒住她脖子的那条围巾解下来。妮荷拿来一把刀，把另一端系在风扇上的围巾一下子剪成两段，把她放了下来。

我们并不害怕，我们并不害怕，今天我们并不害怕；
啊，在我的内心深处，我真的相信，
今天我们并不害怕。

太晚了。生命的气息已经从我美丽的妹妹身上消退了。我们把她放在床上，把那条黄色围巾从她脖子上解下来。我以前从未见过这条围巾。她的脸苍白而平静。她赤裸的双脚呈现出一种蓝紫色，这是因为全身的血液都汇聚在那里——这就是那种被称为“尸斑”的着色现象。这也是我当初为了储备常识而掌握的另一个完全无用的信息。她的右手紧握住一张纸，我轻轻地把它从她冰冷的手指间抽出来。她用她那可爱的、稚嫩的笔迹写了这样一句题词：“爱情永远不死。它只是获得了一种新的形式。”我想起来了，它是我们最近在电视里看过的一部印地语电影的经典台词。那是一部现代悲剧。接下来的最后一行字是：“我原谅你们所有的人。”

我耸起肩膀，把我死去的妹妹紧搂在怀里。我已经接受了一个残酷的现实：在尘世中，我们的道路再也不会发生任何交叉了。她的心灵对这个世界来说似乎太过宽厚了。活着的时候，她那充满活力的言行、她的善良和优雅感染了我们所有的人。甚至在临死前，她还是选择原谅我们。正如艾格尼丝修女过去经常对我们提起的耶稣一样，艾尔嘉用她的血救赎了我们。我们从来都没有完全理解她，而现在她永远离开了，让我们感到自己是如此渺小。

真相会让我们自由，真相会让我们自由，
总有一天真相会让我们自由；
啊，在我的内心深处，我真的相信，
总有一天真相会让我们自由。

警察来了，一辆救护车也来了，艾尔嘉的尸体被带走了。邻居们聚在一起，用悲观的语调谈论不可避免的命运。校长也赶来了，他缩短了在国庆节讲话的篇幅。他似乎更在意当天的日程安排被打乱这一事实，而不是我们亲人的逝去。母亲和妮荷都没有注意到他，她们都沉浸在痛苦中。我没有哭。我像一块岩石那样一动不动地坐在那里，极度的震惊和无比的悲痛，让我的脸扭曲变形并且变得僵硬。我死去的妹妹最后的形象永远铭刻在我的记忆里。

我们能过上平静的生活，我们能过上平静的生活，
总有一天我们能过上平静的生活；
啊，在我的内心深处，我真的相信，
总有一天我们能过上平静的生活。

哪有什么平静。在悲剧过后，留下的只有自责和内疚。首先到来的是噩梦，

我经常在半夜醒来，浑身都是冷汗，呼吸急促。其次就是恐慌症的发作，这是由于记忆的伤口开始化脓造成的。现实成了一种会产生迷幻效果的电影，里面充满了艾尔嘉在微风中摆动时那让人惊悚的剪辑和定格。情况变得非常严重，我每次看到天花板的吊扇，都会条件反射地感到喉头发紧。只要看到任何一块黄色的布，妈妈都会感到焦虑不安。

艾尔嘉的幽灵每时每刻都在与我们为伴。17 号住宅飘荡着她的气息，到处都是她存在的痕迹，她房间内的每一件小东西都会让我们想起她，每一张旧照都会带给我们新的打击。最后，我们不能再忍受这一切了，既然历史不能改写，我们决定改变自己。

是妮荷建议我们搬家的。“我们还是搬到其他地方吧，离奈尼塔尔越远越好。如果我们继续留在这里，我就会死。”爸爸几乎是如释重负地接受了这一提议。他一向避之唯恐不及的丑闻污点在校园内外扩散，这既玷污了他的职业，也侵蚀了他的自尊。他渴望远离同事含义奇特的目光和学生不怀好意的窃笑带给他的耻辱。所以，我们把家当锁进四个大箱子，离开了曾经那样舒适、而如今只能让我们痛苦的奈尼塔尔，来到了 320 英里以外、有着温暖和潮湿空气的德里。

摆脱了封闭而排外的奈尼塔尔，我们在开放和包容的大都市努力重建生活。艾尔嘉的死让我懂得了生命的意义，它是那么脆弱，我们又是那么轻松地把它视为理所当然。不知有多少个早晨当我醒来时，我都会无比真切地感觉到，这一天可能就是我在地球上最后的日子。而且，一旦开始带着死亡的意识生活，你就会产生强烈的紧迫感，也会更加关注生活本身的侧重点。它会让你不再过分计较微不足道的琐事，会促使你为一切行动寻求最大的价值。我开始定期向红十字会献血。第一次献血之后才知道，我的血型属于一种稀有血型，被称为类孟买血型。平均每一百万人中只有四个人是这一血型。现在，只要有紧急用血的需求，红十字会就会给我打电话并且派车来接我。我是他们最看重的献血者。

我还在盲人学校做过志愿教师。后来在古拉蒂父子公司得到了那份工作，我只有周日才有空闲时间，我决定利用这一天教我们住宅区附近的贫民区的几个孩子学英语。这意味着不久以后，苏雷士、春奴、拉朱和阿尔蒂就将敲响我的房门。

随着记忆的洪水逐渐消退，我开始四处寻找《简明英语读本》，把它作为我的小课堂的非正式教科书。我发现那本书在妮荷那里，被她放在大口喝着的健怡可乐底下当杯垫。艾尔嘉的生日这种特殊的日子对她没有任何影响，非但一点儿没有忧郁，反而显得兴奋异常。“你看看这个，姐姐！”她把一封信塞到我的手里。

这是“超级明星”的组织者写来的信。“超级明星”是她一直渴望参加的一个流行音乐才艺表演节目。在50万个候选者当中，她被选中参加孟买地区的最后选拔，也就是说，在孟买将有20个最好的歌手被选送参加电视比赛。四个顶尖的音乐总监将以“音乐导师”的身份对比赛进行裁决。

“这可是我一生都在等待的机会！好了，我现在就要成为明星了，你等着瞧吧，姐姐！”她尖叫道。

我勉强冲妮荷笑笑，我惊叹于上帝赋予她的美貌和命运的安排。房间中央墙壁上的艾尔嘉再一次让我感到震撼。也许她从她所在的地方安排了这一切，她仍在救赎我们，仍在给我们机会。我看着她那闪着光彩的迷人眼睛。“好神奇啊！真是不可思议！”我几乎可以听到她欢快的声音在房间里回荡。

亡灵不死。只要我们记住他们，他们就活在我们心中。

这是干冷的星期一早晨，空气中有几丝寒意，气温在摄氏十度左右徘徊。这是那种你希望可以蜷缩在床上的天气。但事实上，我已经走出家门，来到位于克什米尔门的普拉塔大君邦内公交站。这里聚集了各行各业的人——经理人、学生、朝圣者和旅游者，他们都将踏上到达不同目的地的旅程。我的目的地是卡纳尔，因为没有从德里直达库尔迪普·辛格先生所在的禅丹加尔村的公交车。

我穿着较为保守的米色夏尔瓦格米兹，系着一条长长的褶裥状围巾，它们都隐藏在外面穿的那件深灰色大衣的领子之下。一个小小的手提包里装着我这次旅行所需的一切：一些开胃甜品和咸味小吃，一瓶印度碧斯乐力矿泉水，以及一本有些发黄的俄国女诗人安娜·阿赫玛托娃的诗集平装本。

在18号站台，我很惊喜地发现，我乘坐的公交车是全新的沃尔沃汽车，具有倾斜的座椅和可调式扶手。我找了一个靠窗的座位，旁边是一位穿着牛仔裤、留着短发的年轻女子，看上去和我是同龄人。男孩子一样的平头和方脸，使她不属于传统意义上的那种漂亮女人，不过她似乎异常面熟。我很想跟她搭话，但她正在一门心思地发手机短信。我不想打扰她，所以当公交车在9点整准时发车时，我也开始埋头阅读那本书。

公交车在城市路段开得很缓慢，当我们进入大干线[①]高速路时，沃尔沃就开始加速。四车道的公路像黑丝带一样蜿蜒在空旷而平坦的土地上，偶尔可见一些小农场、砖窑和不断扩张的城郊住宅区。汽车运行得那样平稳，我几乎昏昏欲睡。

坐在我旁边的那个女子终于厌倦了摆弄手机，这时我开口问道：“不好意思，我们以前是不是见过面？”

---

① 横跨南亚次大陆的古老交通要道，东起孟加拉，西至喀布尔，其中一段将印度从南到北一分为二，现在印度境内一部分改成高速路。

她露出了微笑："我不这么认为，不过你可能在电视上见过我！"

"你是演员吗？"

"我是阳光电视台的调查记者。"

"没错！"我慢慢地反应过来。我倒不是常看阳光电视台的节目，不过这个频道因大胆揭露各种丑恶现象而闻名遐迩（"就像进入黑暗的房间并将它照亮的阳光，我们总能发现隐藏的事实。"这是该频道的宣传语）。

"嘿！我叫夏丽妮·格罗芙。"她伸出手来，我高兴地握住了它。

我了解到，夏丽妮正要到帕尼帕特去完成发生在6个月前的一次所谓"荣誉谋杀"的报道。她告诉我，一对年轻人——马亨德尔和拉吉尼——被他们各自的父母杀害，尸体被扔进灌溉渠，而他们被杀害的原因，仅仅是因为无视同一种姓阶层的成员之间不得恋爱和通婚的禁忌。

"印度的荣誉谋杀？"我皱起眉头，"我还以为这种事如今只发生在阿富汗的部落。"

"你没有听说过'部族长老会[①]'吗？"她问。

我摇摇头。自从我放弃了考公务员的梦想之后，就不再像过去那样磨炼一般知识技能了。

"部族长老会是哈里亚纳邦、北方邦和拉贾斯坦邦的基本管理组织，具有自己的简易判决形式。这些以种姓为基础的委员会把自己看成是中世纪道德的监护人，它们的优先事项之一，就是防止同样的种姓或种族成员之间恋爱和结婚。那些违背命令的青年情侣会遭到驱逐或者鞭打，或者被迫像兄妹那样生活，甚至可能被杀害。它们比私设的非法法庭还要可怕。"

"可是，为什么父母会杀死他们自己的孩子呢？他们怎么下得了手呢？"

"他们就是下得了手，因为他们把荣誉看得比他们的亲生儿子或女儿的生命还重要。长老会拥有太多的自由处置权。它们由一些喜欢杀人的打手构成，它们关注的只是如何让封建宗法秩序维持下去。甚至最高法院都要求将它们彻底消灭。"

"你刚才说，那对青年是6个月前被杀害的。那现在报道这件事还有什么意义呢？"

"在印度农村，有许多像拉吉尼这样的不幸者，但他们的真实故事并不为人所知。我想告诉所有的人：一个冒着生命危险选择自由恋爱的普通印度农村女

---

① 一个覆盖印度哈里亚纳邦和拉贾斯坦邦的组织，该组织控制了很多农村地区，其成员不是由选举产生的，而且全部都是男性。因为该组织有动员选民的能力，选举产生的当地政府领导人通常不愿与其发生冲突，甚至还支持他们重男轻女的社会政策。

孩，可能会面临怎样残酷的压迫。”

在听她充满激情的叙述过程中，我开始体会到过去在学校里，每当老师提出我回答不出的问题时那种无聊感和沉重感。不知从哪一天起，我的眼睛似乎总要避开报纸上那些关于被毒打的妻子、被火烧的新娘和被强奸的女生的可怕报道。

为了转变话题，我向周围看了一眼，问道：“你的电视摄制组呢？”

“我没带摄制组，”夏丽妮说，“这次出行只是为了调查，为了获得背景信息。”

“可是，像你这样一个电视记者，如果突然遇到意想不到的事件该怎么办？”

“要是那样的话，这就是我的相机。”她晃了晃她的手机，“它有 1200 万像素的 CMOS 传感器，所以我能拍出每秒 30 英尺、640 乘以 480 的视频。更重要的是，只要连接互联网，我就能够把手机视频直接发到我们的官方网站上。”

现在我们找到共同语言了。我们热烈地讨论起最新式智能手机的优点。我们的谈话又很快转向印度电影。当汽车到达帕尼帕特时，我们彼此的关系已变得非常融洽。

“祝你好运。”当夏丽妮准备下车时，我这样祝福她。我们交换了电话号码，彼此承诺保持联系。不过，旅伴之间的这种承诺是非常随意的，因为他们都很清楚，他们的道路可能永远不会再发生重合。

过了帕尼帕特以后，在到达卡纳尔地区之前，道路开始变得拥挤，甚至出现了交通堵塞。以大片繁茂绿地为背景的喧闹市场和豪华公寓让卡纳尔具有一种欣欣向荣的城镇面貌。我没有时间饱览这座小城，欣赏它那用镂空银珠制作的著名珠宝首饰，因为我必须换乘另一辆赶往 40 英里以外的禅丹加尔村的公交车。这一次我坐上的是一辆锈迹斑斑的老式英国“利兰”汽车，而且道路坑坑洼洼，车辙遍布，到处都是碎石和尘土。在去往禅丹加尔途中，汽车的碾轧声不绝于耳，这一个钟头的行程让我感到恶心和头痛。不过到了正午时分，我还是顺利到达了库尔迪普·辛格先生所在的村庄。

这个高个子男人正在汽车站等我。“哎呀，闺女。”他欢迎道，“你能赶来让我太高兴了。”他还是像上次那样穿着衬衫，围着一块腰布，他的翘八字胡依旧那样醒目。我坐上了他驾驶的丰田伊诺华汽车，在开动后扬起了一路灰尘。

“你以前到过农村吗？”库尔迪普·辛格问。

我摇摇头。作为土生土长的城市女孩，我只是从火车和公交车的窗户对农村有过短暂的一瞥。我对于乡村生活的概念，仍停留于宝莱坞电影所描述的具有田园诗意的村庄：美丽的乡村少女在葱郁的绿色田野上唱着山歌，人们过着简单而快乐的集体生活。这是我第一次踏足真正的农村。

“禅丹加尔村有 3000 居民。”他告诉我。

“这还不到罗希尼第 11 区人口数量的 1/10。”我对他说。

“我还是不能理解，你们城市人怎么能够住在天空与地面之间的多层住宅里，”他轻声地笑着说，“我们农村人不能想象住的地方头上没有屋顶，脚下没有结实的地面。这就是我们所说的土地，我们的家园。家园就是我们的土地，土地就是我们的家园。”

我们经过一系列配备了拖拉机、管井和打谷机的农场。道路并不全是泥土路，有些路段铺上了花岗岩颗粒。当我们经过时，一个骑着摩托车的农民朝我们挥手。

“你们乡下是在什么时候开始用上电的呢？”我问。

他用一种略显不快的表情看着我：“你难道不知道早在 1970 年，哈里亚纳邦就是印度第一个让每个农村都能使用电的邦吗？而且村庄之间都有石子路相连。我们村现在唯一没有的就是医院，不过可能再等几年就有了。”

我瞥见远处的一个从树木和电线之间探出的寺院尖塔。“那是供奉杜尔伽女神的神庙。”库尔迪普·辛格说，“她是我们的村神。”我当即颔首礼拜，对禅丹加尔又增加了几分敬意。

库尔迪普·辛格的房子所在的位置距离那座庙很近。它是一所杂乱无章的祖传家宅，是那种砖和水泥的混合式建筑物，有很多的房间。我进入一个洒满阳光的庭院，一群糖果匠人正在那里忙于制作甜品。左边的角落是露天厨房，一组男性厨师正在炉火上的几口大锅里蒸煮东西。几个穿着金光闪闪的旁遮普套装的女人挤坐在一张轻便床上。她们腼腆而好奇地偷看着我。整座房子充满了传统婚礼的节日气氛。

“婚礼什么时候举行？”我问这所房子的主人。

“就在明天。其实，作为我们的贵宾，你应该参加这个婚礼。你为什么非要那么匆忙，在今天就离开呢？”

“回去上班。”我毫不犹豫地说，似乎根本不需要进一步解释。

我被引入一个用白色涂料粉刷过的大房间里，里面只有一张床和一个化妆台。很快，几个佣人给我端来用一个大浅盘和六个不同的碟子盛放的素食午餐，一看便知是精心制作，它们是真正的美味佳肴。我以前还从未吃过这么好吃的咖喱素菜烤饼。与此同时，我还连喝了几杯香甜的稀酸奶。

我在午饭后开始工作。一辆国产马亨德拉“魔蝎”汽车停在门口，从车上走下来一个穿白衬衫、黑毛衣和黑裤子的男子。他看上去四十多岁，长得结实健壮，脸上的胡子刮得精光，眼睛略微有些歪斜。“这是巴丹·辛格先生。”库尔迪普·辛格介绍说，并把我们带到房子后面的牛棚那里。十多头犍牛和水牛在咀嚼饲料，旁边有一个独立茅草屋顶的砖砌棚屋。在这个墙边堆放着一捆捆干草的棚屋里，放着从我们店购买的电器。一支荧光灯管在头上闪着亮光，它是这个相当昏暗的屋子里唯一的照明设备。电器已经全部拆封，各种部件都整齐地摆放在那里。从一个与电视机基座共用的电源插座那里，拉出一根长长的电源延长线。

“我对这些最新流行的机器一窍不通。”主人咧开嘴笑着，不好意思地说，“就连我们本地的电工乔坦也弄不明白这台洗衣机。所以我们只好给你添麻烦了。请你告诉巴丹·辛格先生，这些家什到底该怎么用。我现在得去装修工那里瞅一眼了。”

他离开棚屋，留下我和巴丹·辛格单独在一起。弥漫着干草味的室内空气让人感觉压抑和憋闷，我过了好一会儿才能够正常呼吸。

“你是从德里过来的吗？”巴丹·辛格问。

“是的。”我回答说。

“这些东西最后都要拉到我家去，所以我觉得最好还是自己过来一趟。我是从巴托里村开车过来的，离这里大约 30 英里，我家就住在那条运河对面。”

“您是新郎的父亲吗？”我问。

他有些不悦地看着我：“我是新郎。你觉得我看上去比你老吗？”

“不，不。”我马上说，为自己的这个重大失误懊恼不已。

“我已经叫来了我的工人。你告诉我们这些东西怎么通电，只要能运转就可以了。乔坦，南伊！”他喊了两声，两个人立刻走进来。从他们满是灰尘的衣服、恭敬的姿态、略显紧张的表情和拴在身上的工具皮带来看，我猜想他们分别是电工和管道工。

“我们从电视机开始可以吗？”我把那台 42C-430 三星电视机的插头插到延长线上。等离子屏幕随即亮起来，出现了淡淡的雪花，并伴有一些静电噪声。

“我对电视机很了解，”那个电工说，“我在村里安装过有线电视。我就是觉得这台洗衣机太复杂了。您可以先告诉我们如何使用它吗？”

“没问题。”我耸耸肩，并接通了那台美国惠而浦洗衣机。我刚刚按下启动按钮，头上的荧光灯管就开始明暗不定地闪烁起来。“这是怎么回事？”

“库尔迪普·辛格用的还是老式电表，应付不了这么大的负荷。”巴丹·辛格嬉笑着说，“我们家的房子就没有这样的问题。我们可以同时开四台空调。”

“农村的电压肯定是个问题。要想让这些电器同时工作，你们就必须使用电压整流器。”我一面说，一面把插头拔出来。

在接下来的一个多钟头，我给他们解释了洗衣机的操作流程，音响系统的各项功能，DVD播放机和电视机之间的高清多媒体接口连接，电冰箱的正确配置。巴丹·辛格和他的两个助手频频点头，不过，我怀疑他们是否真的明白我说的一切。在我的整个讲解过程中，他们脸上始终微露着茫然和羞涩的表情，那是很难接受一个女人竟然比他们更懂得电器知识的男人所特有的表情。

到下午两点半，我终于完成了自己的任务。我没必要再待在这个土里土气的农村了，不过要到下午4点，才有返回卡纳尔的返程公交车。

库尔迪普·辛格仍试图说服我留下来过夜。“巴卜莉是我唯一的女儿。她的婚礼将会很隆重。”他在护送我回客房时骄傲地说，“你真的不想参加庆祝活动吗？”

“是的。”我回答说，“如果您不介意的话，我想先休息一个钟头，您再派一个司机送我去汽车站。”

我锁上房门，脱下外套，然后躺到床上，准备小睡一会儿。在外面，女人们正在唱歌，像是那种婚礼颂歌，她们的声音使我恹恹欲睡。

我被从靠近房间的某个地方传来的低沉声音惊醒了。我坐起来，看看周围。这时我才注意到，在房间远端有一个木门，声音是从门后传来的。

我听见门闩拉动的声音，接着门打开了一条缝。一个年轻女孩探出了头。她有一张娇嫩、漂亮的面孔，一双大大的杏核眼，一对诱人的粉色嘴唇，还有一头浓密的黑发。“姐姐，姐姐。”她压低嗓音对我说，“您可以帮我一个忙吗？”她的脸上呈现出那种被关进笼子的动物紧张兮兮的表情。

“可以。”我谨慎地反应，下了床。当我接近她时，我注意到她左脸颊上有一道黑色淤伤，就像在她白皙皮肤上盛开出的一朵愤怒的玫瑰。她的脸色苍白得吓人，那双浮肿的眼睛布满了血丝，我看得出她哭过很长时间。

“您能帮我把这个寄走吗？”她拿出一个折叠起来的纸张。

“你是谁？”我问。

“我是巴卜莉。”她说。

“哦，那个要结婚的人就是你？”

她点点头。

“嗯，恭喜你新婚大喜。”

她没有回答，她眼中流露出的那无限悲伤的神情，已经传达出了比言语更多的信息。

“巴卜莉？你还待在房间里做什么？”我听见从另一侧传来一个女人呼喊她的声音。

“我知道您今天就要回去了。如果您能够把这个装到信封里，贴上一张 5 卢比的邮票，再把它投到最近的邮箱里，我一辈子都会感激您。我在纸上写了邮寄地址。您会帮我做这件事吗？”

“我很乐意。”我回答说，并从她涂着鲜红指甲花染料的手中接过那张折叠的纸。

“请别忘了把它寄出去，姐姐。这对我很重要。”她哀伤地说，随后就像缩回壳内的乌龟一样将头缩了回去，并再次把门插上。

我仍在回味这不寻常的遭遇带来的冲击，就在这时，我听到了敲门声。“你睡醒了吗，闺女？”我听见这是库尔迪普·辛格的声音。在外面，他的司机已经发动了伊诺华，汽车喇叭嘟嘟地响起来。该是我乘坐 4 点的公交车回卡纳尔的时候了。

我带着几分留恋，最后看看那关紧的房门，就好像同一个爱人在告别，然后我穿上衣服，走出房间。库尔迪普·辛格抱着一大包乐肚球[①]等在外面，把它塞到我的手里。“既然你不能留下来参加婚礼，至少尝尝这些甜食。”他微笑着说。我深表感谢地同他告别，坐上了伊诺华。

当车辆开始远离那所房子时，我忍不住想到巴卜莉，她的样子让我联想起艾尔嘉。她那忧郁、绝望的表情，证明这个婚礼存在不正常的情况。有一点是很清楚的：一个 18 岁的女孩就要嫁给一个比她大很多岁的男人，这很可能违背了她的意愿。但是这类婚姻在这个国家司空见惯，我对此无能为力。我只是一个过客，无权干涉一个家庭的私事。

我几乎是不自觉地把手伸进上衣口袋，掏出巴卜莉交给我的那张纸。纸上的地址是一个叫苏尼尔·乔杜里的人，他住在加兹阿巴德市瓦萨里区，我忍不住想要看一下纸上的内容。我看到的是一张从笔记本上撕下的横格纸，一个女生用稚嫩的笔迹写下的留言。它是用朴素的北印度语写出来的：

我亲爱的宝贝苏尼尔：

他们明天就要让我出嫁了。

按说婚姻是两个彼此相爱、愿意把生命奉献给对方的人之间的事。但是这个婚姻是压迫和伤害，因为对我的家庭来说，声誉比我的幸福更重要。

我是被卖给巴丹·辛格的。对我父亲来说，这是一笔买卖。对我母亲来说，这是一种摆脱我的手段。这个家没有任何人考虑过我的感受，每个人的心都像石

① 乐肚球 (laddoo 或 laddu)，是印度人最喜欢的甜点之一，用面粉和糖揉成小圆球在酥油里油炸而成。印度家庭一般在节日、家庭大事或神庙祭神的时候做乐肚球。

头一样硬。

原谅我最近3个月不能联系你。自打他们把你从这里赶走以后，我就被关在家里，1分钟也不许我出去。但是，今天晚上我就要自由了。

我只想让你知道，我以前一直是你的人，将来也仍然是你的人。就算今生不能如愿，来生也一定是你的人。

爱你的

巴卜莉

读完这封信，我的双手开始发冷。这不是一封情书——这是一封遗书。我不禁想起艾尔嘉在上吊之前写的那几行字，这让我不寒而栗。

我知道巴卜莉并不是虚张声势，她会说到做到。我看见过她眼中流露的神情，那是一个失去所有希望的眼神。“今天晚上我就要自由了。”我感到从后脊梁蹿出一股寒气。

我们赶到公交车站时，去往卡纳尔的那趟车正在等待最后几个乘客。“还好来得及。”司机如释重负地擦擦头上的汗，“快点儿，小姐。”他迅速打开车门，不过我仍坐在车内，陷入忧郁和焦虑的感觉不能自拔。

现在，最简单的事情就是坐上公交车，忘掉巴卜莉和这个村庄。我可以选择把她的信寄出，也可以把它撕成碎片，像扔掉一张用过的车票那样丢到脚下。然而，某种东西阻止我这样做。我知道那是内疚感，像秃鹰一样蚕食着我的思想。突然，我的眼前出现了一个画面，那是用一条黄色围巾悬吊在天花板吊扇上的一具尸体。当尸身向左边摆动时，我看到那是艾尔嘉。当它向右边摆动时，就变成了巴卜莉。我闭上眼睛，这个画面在眼前不断出现，就像我始终无法将目光移开的那些迅速滑动的幻灯片一样。这一震撼的影像还伴随着一种痛苦的呐喊，使我浑身起了一层鸡皮疙瘩。它像雷声一般产生了回音，在我的身体的每一个毛孔里回荡。当声音终于消失以后，我睁开眼睛，立刻产生了恶心欲吐的感觉。

“你没事吧，小姐？”司机看着我，关切地问。

“我没事。”我回答说，这时，那个犹豫不定的蜘蛛网一下子从我的脑海里被清除掉了，“送我回去。”

“回去？”司机重复道。

“是的。我不去卡纳尔了。我要回库尔迪普·辛格家里，我想，我还是应该参加婚礼。”

“是，小姐。”司机睁大了眼睛说，并开始掉转车头。

15分钟后，我回到了主人的家中。库尔迪普·辛格惊喜地欢迎我的归来。

“这才对嘛！你还是决定回来，我太高兴了。今晚你就会看到，哈里亚纳邦的婚礼庆典究竟是个什么样子。”我急于见到巴卜莉，但这所房子的女人们坚持让我加入到她们的喜歌仪式[①]中。于是我坐在前排，假装很享受那些附和着印度手鼓和勺子有节奏的敲击在院子里表演的歌舞。新娘应当在女人们唱喜歌过程中露面，可是三个钟头过去了，我仍未看到巴卜莉。我只好礼貌地询问起库尔迪普·辛格的妻子，一个身材丰满、看上去很严厉的女人。

“巴卜莉去美容院了。”她对我说。

“你们村还有美容院？”

“那当然！”她得意地笑着说，眼睛闪烁着得意的光彩，“俺们可不像你们城里人想得那么落后。”

巴卜莉大约在晚上七点半左右回来了，三个上了年纪的女人陪伴着她。当她从院里走过时，我们的目光瞬间相遇。我能够看出，她看到我时吓了一跳，脸上闪现出恐惧的表情。我用微笑安慰她，试图告诉她，我仍旧保守她的秘密。我从她的目光中看到了回应，我们仿佛刚刚做出了一项不为人知的协定。

美容院在她身上下的功夫堪称完美。她那浮肿的黑眼圈不见了，脸上的淤伤被化妆品恰到好处地遮盖住了。她的头发向后梳理成精致、繁复的圆发髻，她的皮肤闪烁出一种虚假的光彩。那件紫红色夏尔瓦格米兹和与之搭配的丝巾，让她看上去是一位光彩照人的新娘，而不是那个忧心如焚的少女。只有她眼睛里的哀伤和绝望显示出，这一切只不过是做样子而已。

公共晚餐上的各种食物令人垂涎欲滴：包子、油炸酥、茴香米糕和糖渍豆粉，等等。晚餐结束后，我准备上床睡觉了。库尔迪普·辛格提出让我睡隔壁那所房子的一个豪华房间，我谢绝了他的好意，我告诉他，我更喜欢我先前住过的那间客房。

我走进房间，就把门牢牢地锁好，然后蹑手蹑脚地走到另一扇门那里，把耳朵附在上面仔细倾听。我能够听见里面传来低沉的抽泣声，还有几个女人在说话，显然房间里不只有一个人。

我回到床上，关了灯，耐心地等待巴卜莉的陪护人打瞌睡。然而，婚房就像是医院的急救室，总会不断地遭受各种打扰，总是有人进进出出。除此以外，还有地板的“咯吱”声，母牛“哞哞”的叫声，“汪汪”的狗叫声，锁链的“叮当”声，锅碗盆的碰撞声和水龙头的滴水声，这一切足以让我感到极度紧张和发狂！

我躺在床上，盯着黑色的天花板，试着习惯于这个陌生的环境。我在凌晨两

① 印度人在举行婚礼前的一种仪式，参加婚礼的人会载歌载舞，表示对新婚夫妇的祝福。

点爬起来，透过窗帘向外张望。院子里静悄悄的，一个人影儿也没有。这家人终于睡着了。

我踮起脚回到巴卜莉所在房间的门口。我知道她仍然清醒着，她的心情像我一样紧张。“巴卜莉！巴卜莉！”我急促地低声说，“我想和你说几句话。”

屋子里依旧悄然无声。就在我快要放弃时，我听见了轻微的摩擦声。那是门闩被小心拉开的声音。接着，门打开了几英寸，巴卜莉轻手轻脚地走进我的房间，穿着一件真丝睡衣。在苍白的月光下，她仿佛像是一个脆弱的瓷娃娃。她的身体在一瞬间抖动了一下，因为一股凉风从我打开的窗户那里吹进来。我匆忙拉上窗帘，房间又陷入一片黑暗。

起初，我们之间的气氛有些尴尬和凝重，我们都有各自没有说出口的心思。我做好了聆听她的心声的准备，但巴卜莉尚未准备好与我分享她的想法。她显得沉默而警觉。

“我有个妹妹叫艾尔嘉。”我向她透露说，“她刚到15岁就自杀了。”

“为什么？”巴卜莉问。

“她爱上了一个吸毒的男孩，我们当时想让她摆脱他。”

“这就是你回来的原因吗？想让我放弃苏尼尔？”

“不。我回来是要告诉你，生命是宝贵的。我们没有权力剥夺生命，不管是别人的生命还是我们自己的生命。”

“把这话说给我父亲和母亲听吧，是他们剥夺了我的生命。”

“我们都会时不时地对我们的父母感到气愤。但不管怎么说，他们的心里总是牵挂着我们。”

“你结婚了吗？”她问我。

“没有。”我回答说。

“那你怎么能够体会到我的痛苦？明天不是我的婚礼，它是我的葬礼。”

“我知道你不想嫁给巴丹·辛格。既然这样，你为什么不告诉你的父亲呢？”

“是他让我面临今天这个局面。我爱苏尼尔，既然我不能嫁给他，我就去死。就在今晚。”

“你想怎么做？”

“喝下一瓶农药。我到了天堂就要问问上帝，为什么我们女孩就不能过我们想要的生活？为什么我就不能嫁给那个他爱我、我也爱他的男人？”

“苏尼尔对你的父母说过他想娶你吗？”

“当然说过。可是我的父亲拒绝了他，我们打算私奔，但被村长发现了，并报告给了长老会。啊，对我们来说，天都塌下来了。长老会宣布，因为苏尼尔所属的亚种姓和我的亚种姓是亲戚，我们的婚姻就像兄妹乱伦。所以从那天起，我就被关在家里，苏尼尔就被赶出了村子。他们还威胁他说，他要是敢再回来，就会杀了他。告诉我，姐姐，我们犯了什么罪？为什么他们让我们感觉自己就像是罪犯一样？”

“巴丹·辛格是什么人？”

“他是个好色的老男人，一直都在打我的主意。我坚信他买通了长老会村务委员会的头头，并做出了不利于苏尼尔的裁决。”

“你有苏尼尔的电话号码吗？”

“没有。我连手机也没有。长老会禁止我们村未出嫁的女孩使用手机。我生活在监狱里而不是家里，姐姐。”

我同情地点点头，艾尔嘉也说过同样的情况。

“我有时候感觉到，最可怕的诅咒就是生做女孩。”她接着说，“斗争甚至在我们出生以前就开始了，而且将一直持续到我们死亡为止。我唯一的愿望就是下辈子做个男人。”

“别这么悲观，要是我能想办法阻止这场婚姻呢？”

“你怎么做到呢？”

“我现在还不能马上告诉你。不过，我用我对死去妹妹的记忆向你发誓，我不会允许这个畸形的婚姻变成现实。”

“现在，就算上帝也不能阻止这场婚礼了。只有我的死亡能够阻止它。”

她的嗓音多了一种歇斯底里的味道，我抓起她的手，紧紧地握住它。“答应我，巴卜莉，今晚不要做任何傻事，我还希望你能把那瓶农药交给我。”

巴卜莉半天没说话，好像是在做激烈的思想斗争，她是在和她的命运较量。然后，她俯身钻到我的床下，从那里取出一个塑料瓶，上面贴着醒目的警示标签：“毒药危险”、“避免儿童接触”、“误食可能致命”。我没有想到，我的卧室竟成了她的秘密储存地点。

“我的生命现在就交给你了，姐姐。”她带着一种恳求、哀伤的表情将瓶子放到我的手里。随后，就像进入我的房间那样，她又悄然回到她自己的房间。

我的手里握着那个农药瓶子，随即产生了一种强烈的似曾相识的感觉。在我的脑海里，在我的梦境中，我无数次做出过这样的选择：要是……会怎么样呢？自从艾尔嘉自杀以后，这个问题就始终缠绕着我。要是我当初没有把艾尔嘉的事向爸爸告发会怎么样呢？我不能拯救艾尔嘉，但我也许有可能拯救巴卜莉。这是做善事的时刻，这是自我救赎的机会。我做这件事不是为了巴卜莉，而是为了我自己。

只有一个问题。我向她做出了承诺，但我还不清楚怎样兑现这一承诺。试图修正过去的错误是一回事，能否真正做到却是另一回事。面对这种具备了全部悲剧因素的局面，我怎样才能为它设计出幸福的结局呢？

我只希望明天能够得到答案。

禅丹加尔的村民都喜欢早起。早在太阳露出鱼肚白之前，村民们就活跃起来了，有的从井中汲水，有的给奶牛挤奶，有的像我一样进行每天的沐浴。

配套浴室的概念在库尔迪普·辛格的家中并不存在。公用洗手间安置在庭院西侧，而且是典型的印度风格。我不得不提着一个水壶过去，因为卫生间的水龙头里是空气而不是水。这就是我憎恶在农村生活的原因：糟糕的卫生条件。过去每年冬天爸爸都会带我们去哈多伊——我们的祖籍小城，祖父在那里有一所很大的房子，还有一个芒果园。但是，我对于那所房子的唯一记忆，是在地上挖来做蹲厕的大洞。我以前经常做这样的噩梦：一只无形的手从洞口伸出来抓住我，把我拉进下面的屎尿堆里。

在很快洗完一个冷水浴之后，我便去找库尔迪普·辛格。他趴在院子里一个角落的轻便床上，一个看上去很瘦弱的按摩女佣在用枯瘦的手指给他做按摩。

在院子的中央，工人们正在搭建今晚举行婚礼用的“曼达普[①]”。

我在我的房间里逗留了一会儿，一直等到按摩结束，库尔迪普·辛格穿上他的马甲。“我能和您说说话吗？”我问，我的嘴边呵出一团白气。

“没问题。”他爽快地说，“来，坐在我旁边。”他拍拍那张轻便床。

我在床边坐下来，谨慎地提到那个话题：“我昨天听说巴卜莉的未婚夫是巴丹·辛格……”

“是的。巴丹·辛格是我们当地的骄傲，他还有一家碾米厂，巴卜莉将来会生活得像个女王。”

“可是，难道你不觉得他们之间的年龄差距有点儿大吗？”

“这是谁说的，呃？”他突然紧张起来，“是巴卜莉对你说的吗？”

“不……不是。我只是好奇，没别的意思。”

“男人的年龄不重要。我们农村的老话说得好：‘女人的青春熬不过二三十岁；公牛的劳力熬不过九年；但男人和骏马只要吃得好，甭管多久也不会变老。’”

“我只是希望巴卜莉和你一样对这个婚姻感到满意。”

“她当然满意了。”他说，还着重强调了“当然”两个字，“你知道女人是

① 印度人举行婚礼仪式的一处面积不大的专门区域，新郎新娘会坐在其中，彼此交换誓言和花环，并围绕篝火转圈祈福。

怎么回事。她因为要离开我们这个家而伤心。但是，姑娘家本就是别人的财产，早晚都要离开父亲的房子，住进她丈夫的房子。你将来也要结婚。你要是乐意，我可以把我们村的俊小伙儿给你介绍几个。”

“不用，谢谢。”我一边说，一边从轻便床上站起身来。

“你现在要去哪里？”

“我想到神庙去一趟。”

“你可以坐我的车去。”

“我还是走路去吧，可以呼吸一下新鲜空气。”

我从房子里走出来，穿着和昨天一样的衣服。走出一段距离之后，我掏出手机，拨打了卡兰的号码。

“你在哪里？”他想知道我的下落。

“在哈里亚纳邦的禅丹加尔村。”

“你在那里干什么？”

“说来话长。现在，我需要你帮我寻找一个人。”

“谁呀？你在那次大壶节[①]的踩塌事故中失踪的孪生兄弟？”

对于卡兰来说，一切事情都是玩笑。但是对我而言，这是一件关乎一个人的生死的问题。“这个人名叫苏尼尔·乔杜里，住在加兹阿巴德。”我念出了苏尼尔的地址，“我想让你帮我查查他的手机号码。”

“别挂电话，”卡兰说。几分钟以后，他对我说，“你很幸运。苏尼尔·乔杜里有一部印度移动的手机，你记一下号码吧。”

我拨了苏尼尔的电话，听到的只是事先录好的自动语音信息。“你拨打的印度移动号码目前无法接通，请稍候再拨。”一个女人的声音说。隔了两分钟，我又拨了一遍，听到的仍是那个女人的声音。

世界上最令人沮丧的事情就是，你拼命地想要联系上某个人，对方的手机却始终处于关机状态。我每次试着联系苏尼尔，听到的都是那个女人貌似幸灾乐祸的声音，如果有可能，我真想给她一巴掌。

最后，我拨通了马登的手机号码，告诉他今天我不能回公司了。“我还在禅丹加尔村，我得了严重的腹泻。”

“你吃了什么？”他追问道。

“不知道库尔迪普·辛格给我吃的是什么东西。哎哟，肚子疼死了。”为了蒙混过关，我挤出嘶哑的呻吟声，“你不该派我到这里来。”

---

①印度重要节日，又称为圣水沐浴节，每十二年举行一次，从1月9日开始，为期42天。在节庆期间，印度教徒在恒河沐浴，意在清洗旧日罪孽。

“唉，我真的很抱歉。那就先别回来了，你好好休息，别忘了吃蒲地灵，我给你报销。”

听到一向目中无人的马登略显内疚的声音，我感受到了少有的快意。我带着沾沾自喜的感觉走向神庙。它距离很近，就在一座小湖边上，而且拥有一尊古老的八臂杜尔伽女神雕像。我在女神面前低头祈祷，希望她赐予我力量，为巴卜莉而战。

有了杜尔伽女神的赐福，我受到更大的鼓舞，准备争分夺秒地展开行动。我看到男人们走向田间或者到附近工厂上班；女人们忙着制作牛粪饼，将其用于生火做饭的燃料。

我刚刚走出神庙所在区域，就遇见了一辆上面安装红灯的吉普车，车牌的镀金题字是“地区发展官员”。

我知道，地区发展官员是一项负责制定和执行政府计划的重要职务。这意外的好运气让我眼前一亮。如果说有哪个实体能够让巴卜莉脱离这个不洁的脏乱局面，那么它当然就是政府了。

这个地区发展官员是一个围着头巾、留着几根乱蓬蓬灰胡子的中年男人，名叫尹德・辛格。我向他描述了巴卜莉的困境，希望他能够帮助解决这一情况。

他面带同情地聆听了我的讲述。“听我说，我不知道巴卜莉和苏尼尔的事情，不过像他们这样的例子并不少见，本地的长老会多次惩罚过那些违背地区法令的青年男女。有一次，他们强迫一个小伙子喝尿；还有一次，他们让一个男人在村里裸体游街。”

“难道你们不应该想办法制止这些不人道的行为吗？”

他慢慢地摇了摇头：“我对于这样的事无能为力，没有谁能够对抗长老会。”

“就算你知道他们的做法是错误的，哪怕是犯罪行为？”

“是的。我知道他们的有些公告歧视穷人、歧视女性。”他坦率地说，“但是，干扰本地的统治阶层就是自找麻烦。”

“如果你不帮助我，那么谁还会帮助我呢？”

“你应该知道，这是农村，不是你可以举行游行示威和烛光守夜的印度门。这里可没有任何能够挑战长老会的社会活动家。男人们漠不关心，女人们都胆小怕事。”

“我不是那种胆小怕事的人。我要挑战长老会。这里的部族长老会领头人是谁？”

“是苏尔丹・辛格。那就是他的家。”他指着远处的一个红砖房子，“不过，如果你认为你可以跟他讲道理的话，那你就太鲁莽了。”

“也许你说得对。不过就像一句印地语名言说的，既然我已经决定把我的头放进研钵，我为什么还会害怕捣具呢？”

“好，那我祝你好运。”这个地区发展官员说，随后就把他的吉普车开走了。

我花了15分钟走到我的下一个目的地。苏尔丹·辛格是个干瘦的老人，具有一个印度老地主的显贵气质。他在那开始倾颓的老宅子的门廊上接待我。他穿着一件黑色马甲，枯瘦的手握着一根手杖。“哦，你要干吗？”他粗鲁地说，用一种类似女生宿舍舍监的怀疑目光盯着我。

“您是值得尊敬的部族长老会领头人，是长老会原则的旗手。所以我想，我应该为巴卜莉寻求公正而直接来找您。”

“巴卜莉？谁是巴卜莉？”

“库尔迪普·辛格的女儿。”

“啊，那个娘们儿。”他说，又使人感到不祥地停顿了一会儿，“她就是个麻烦。”

“您知道她爱苏尼尔。既然这样，为什么您还要允许她嫁给她不爱的巴丹·辛格？”

“你难道不知道，巴卜莉属于乔瓦尔亚种姓，而苏尼尔属于贾帕尔亚种姓吗？在我们村，这两个亚种姓的人是几百年的兄弟关系。所以，这两个部落之间是不允许通婚的。”

“在这个时代，谁还会在乎亚种姓呢？我就不知道我的亚种姓。”

“我可怜你的父母。他们没有教会你尊重我们辉煌的历史和传统。”

“妻子自焚殉夫也曾经被认为是印度传统的一部分，过去寡妇会在丈夫的火葬柴堆上被活活烧死。追捕那些相爱的人并把他们杀害，这种传统应当受到谴责。”

“谁说我们杀人啦？”他情绪激动地说，手杖几乎戳到了我的脸，“这都是那些低等种姓的人传播的谣言。我们长老会禁止嫁妆和酒精消费，在村里发挥了积极作用。”

“但是你们也禁止苏尼尔进入村子，而且现在巴卜莉想要自杀。”

“那就让她死吧。没有谁会为她流下一滴眼泪。一个无耻的女孩就是一个家庭的污点。”他毫不内疚地说。

“这么说，在你看来，爱不具有任何价值？”

“现代人这种一时的心灵冲动，在我们的传统中是没有位置的。长老会是一个机构，一个非常可敬的机构。不要干涉我们的传统。你去告诉巴卜莉，凡是不能更改的事实就必须忍受。”

“告诉我，苏尔丹·辛格先生，你们的长老会中有多少女性成员？”

“一个也没有。”

“所以，女性就没有任何地位，只能听从你们的法令吗？”

“我们的法令是以理性和逻辑为基础的，巴卜莉和苏尼尔之间的婚姻相当于乱伦，我们怎么可能允许这种丑陋的事情发生？”

“可是《印度婚姻法》承认这样的结合。”

他笑了起来：“这是我的村庄。这里我说了算，印度政府说了不算。”

他的话让我厌恶透顶。我有时候感觉到，在世界上还没有哪个国家会像我们这样亵渎爱情。正统观念和传统势力不是让敢于对抗种族和阶级的相爱男女彼此结合，而是离散他们，伤害他们，折磨他们，驱逐他们，杀害他们，还会通过各种新奇而恐怖的方式压制爱情。我还没有弄清楚到底什么才是最大的生存恐怖：是那些为了畸形的家族荣誉而肢解亲生儿女的父亲，还是那些不幸的、宁可赴死也不愿分离的青年男女近乎鲁莽的骑士精神？我所知道的是无论如何，我都不会让巴卜莉成为又一个牺牲品。

我从苏尔丹·辛格家里走出来，继续走过一块块田野和休耕地。周围的景色看上去完全不同于雅什·乔普拉[①]的电影描绘的那种祥和宁静，甚至使人略感神秘。我看到的不是洒满阳光的黄绿相间的富饶田野，而是整齐划一的灰色。我看到的不是乐观开朗的村民，而是在田间劳作的郁郁寡欢的男人和女人。老人坐在轻便床上抽着水烟袋，孩子在尘土飞扬的环境中玩耍打闹。

村庄的这一地带远远谈不上繁荣，大多数房屋都是茅草屋顶的土房。女人们无缘无故地盯着我看，更没有哪个人会像电影描述的那样，会主动而热情地给我递上一杯水。

我突然碰见了骑着一辆小型摩托车的乔坦，那个电工。“你在这里做什么？”他问。

“没什么。就是出来转转。”

他从摩托车上下来，和我并肩行走。我从他那里知道，这个村子是集团主义和种姓战争的温床。“在禅丹加尔有 13 个不同的种姓。”他对我说，“像库尔迪普·辛格这样的上等种姓，在村里占了将近一半，剩下的都是哈里真[②]和像我这样的低等种姓。”

“警察局在哪里？”

---

① 印度著名的编剧和电影导演。

② 在印度种姓社会中（尤其是在南印度）社会地位最低贱、也最受他人歧视的一类民众是无种姓的“不可接触者”，亦即贱民，圣雄甘地将贱民群体称为“哈里真”（神之子），印度独立后，他们自称为“达利特”（受压迫的人）。

"怎么？你有什么事要报告吗？"

"没有，我只是好奇。"

"在东面的村子边上，就在运河跟前。"

"我很想看看那条河。"

"我正要去那边，你愿意的话，我可以载你过去。"

1分钟以后，我坐着摩托车穿过村子的土路。人们惊奇地看着我，仿佛以前从未见过一个女人坐在摩托车上似的。

摩托车行驶在崎岖的路上，经过了这个村庄的学校和市场。我看到懒洋洋地躺在印度楝树下的学生。"这所学校的老师就像天神一样。"乔坦嘲讽地说，"人人都相信他们存在，却从未见过他们。"村里的市场包括几家便利店和五金店，以及一些卖蔬菜、"麦基[①]"面条和煮鸡蛋的路边窝棚，还有一个供应最新好莱坞大片甚至是互联网设备的音像店。禅丹加尔村似乎正在缓慢而稳步地发展着。

经历了一番颠簸，我终于到达了高低不平的河边。乔坦将我放在一座吊桥附近就离开了。亚穆纳河的河水在我的脚下泛着银色和褐色的光芒。这是干燥的秋冬季节，河流日益干涸，露出了沙洲地带。

我没用多长时间就找到了那个警察局。它是只有一个房间的砖房，坐落在一个有大门的庭院中。作为负责人的督察长尹德尔·法尔玛，看上去就像印地语电影里的那种警察：嚼着槟榔，长得大腹便便，估计八成也是个彻头彻尾的腐败分子。他听我说完就笑起来。"你是谁，社会工作者吗？"

"我是谁不重要。我是来向你报告逼婚事件的。"

"我怎么知道这是逼婚？那个女孩在哪里？为什么她本人没有提出申诉？"

"我对你说过，他们把她关在家里了。"

"那就把她带出来，带她到这里来。让她亲口向我证明，她超过了18岁。这样我就会采取行动。"

"你说话算话？"

"听着，小姐，我的职责就是维护法律。法律需要我确认那个女孩是成年人。只要你能把巴卜莉带来，我保证为她主持公道。"

一束希望之光第一次照进我的心灵。这个有着严厉形象的警察负责人很有可能成为巴卜莉意想不到的拯救者。

当我离开警察局后，再次拨打了苏尼尔的手机号码。似乎是时来运转，这次我竟然打通了。"喂，您是？"手机里传来一声警觉的询问。

---

① 雀巢公司生产的食品系列，包括面条、番茄酱、酱汁等，是印度的一种很受欢迎的品牌。

我做了自我介绍，又向他提出了那个极为重要的问题。“苏尼尔，你还爱巴卜莉吗？”

“我当然爱她。”他说。

“那你为什么不娶她呢？”

“哈！”他苦笑了一下，“你知道长老会是怎么对待我的吗？三个月前，他们为了羞辱我，塞了只鞋在我嘴里全村游街。然后他们把我驱逐出村，还威胁我说，如果我哪天回来，他们不但要杀死我，还要杀死巴卜莉。”

“好吧，他们现在更进一步了，他们今晚就要把巴卜莉嫁给巴丹·辛格。”

“不！”他痛苦地叫喊起来，从手机里发出的声音，就像是手机自身受到了某种静电干扰。

“听我说，苏尼尔。如果你能马上赶回村里来，我们还有机会阻止这场婚礼。我已经报警了，他们会帮助你和巴卜莉的。”

“你要是昨天告诉我就好了。”

“我一直都在打你的手机，但你始终关机。现在还不算太晚。你从加兹阿巴德赶回来只需要几个钟头。”

“是的，可是我现在是在金奈，在2000英里以外。”

“哦，不！”

“不用担心，我坐飞机回去。我会抓紧一切时间。我会为巴卜莉做任何事。”

“好。我等你。你到了禅丹加尔，就给我打这个号码。”

“谢谢。”他说，经过片刻的犹豫以后，他又加了“姐姐”这一称谓，拉近了和我的关系。

就在结束通话之前，一个计划的轮廓开始在我的脑子里成形。我执行计划的第一步，就是要弄到一辆用于逃跑的汽车。

“有什么地方能租到汽车吗？”我问一个经过吊桥的村民。

他看着我，仿佛我来自外星球。显然，在禅丹加尔这样的农村，你最不能指望的事情就是租到汽车。

“那你起码知道谁有摩托车吧？”

他点点头：“机修工巴班·谢赫有一辆印度本田摩托车。”

“我怎么联系他？”

“你跟我走吧，我带你去他的车辆修理铺。”他说，“它在北方邦，在河的另一边。”

我们走过了吊桥，来到了一个穆斯林住宅区。这里有一小片住宅区和几家店铺。几个留着大胡子的香客在一座古老的清真寺周围虔诚地执行着绕拜仪式。

那个修理铺只比普通的铁皮棚屋略大一点儿。巴班·谢赫是个四十五六岁、个头矮小的肌肉男，一脸大麻子，两眼警觉。我赶到这里时，他穿着一件油腻腻的工作外套，在修理一辆损毁的印度“脉冲星”牌摩托车。他还有一个助手，一个十五六岁的男孩，也穿着同样的外套，只是他的头发染成了浅棕色，正忙着调试一辆川崎小忍者摩托车。

“呃……巴班老兄，可以和您说句话吗？”我问那个长者。

巴班·谢赫放下正在擦拭的那个火花塞，用一块破布擦擦手并抬起头来：“哦，小姐，有什么可以帮您的？”

“我听说您有一辆印度本田。”

“是的，没错。”

“是这样的，今晚有一场婚礼，是……”

他听了我的计划，摇摇头：“我们是做正经生意的，不是要拐走年轻新娘的歹徒，我不能帮助你。”

“这关系到一个女孩的未来。”我恳求道，但他不为所动。

那个年轻的助手似乎更富同情心。“这个女士是对的，阿爸。”他开始为我说情，原来他是巴班的儿子，“我们应该阻止这场婚礼。我知道萨利姆·伊利亚斯一定会这样做。在《爱在曼谷》当中，就在步莉雅·嘉波儿被迫嫁给普拉卡什·布利那个恶棍之前，萨利姆·伊利亚斯把她拯救了出来。”

他的父亲根本听不进去：“好啊，你又开始看电影了，啊？你难道不知道伊玛目[①]大人已经颁布法令，禁止看印地语电影，禁止听它们那些下流歌曲吗？”

“我知道，阿爸。但是没办法，只要萨利姆·伊利亚斯的新片上映，我就控制不了自己。”

“这些电影是我们这个社会一切邪恶的根源。你要是再敢看电影，我就亲自向伊玛目大人报告。那样的话，你以后就得天天在清真寺擦地板了。”巴班警告他的儿子，随后注意到我还在听他们说话。“你还在这里做什么？”他对我说，“你已经浪费我们不少时间了，现在你可以走了。”

我心情沮丧地慢慢走回吊桥，无比失望的感觉像石头一样压在我的心上。太阳的热度达到了顶峰，但我的心情却跌到了谷底。辜负了巴卜莉的期待让我感到无限懊恼。

就在我走过吊桥时，一台劈啪作响的川崎小忍者摩托车在我旁边停下来，驾车的就是那个年轻机修工：“我对我老爸的态度向你道歉，我可以帮助你。”他

① 伊斯兰教宗教领袖或学者的尊称。

的脸上露出善良的微笑。

“你父亲要是知道了怎么办？”

“他以为我出来是要把这辆车送还给客户，你不用担心，我知道怎么对付他。可是，我们怎么对付那个女孩的父亲呢？要是他追赶我怎么办？”

“这样的话，你就只能开得更快些了。给你添麻烦，我很过意不去，我会给你报酬的。”

“不用，做这种事，我一分钱也不要。”他毫不犹豫地说，并且故意做出萨利姆·伊利亚斯那种老练而超然的姿态，“为了捍卫他们的爱情，阿斯拉姆·谢赫甚至愿意献出他的生命。”

年轻的机修工主动提出把我送回库尔迪普·辛格的家里，我充满感激地接受了。这一次，村里的人都张大了嘴巴惊愕地看着我，他们不知道这个女人是谁，为什么在1分钟前还坐着一辆小摩托车，而马上又坐上了一辆大摩托车。

我在离库尔迪普·辛格的家门口很近的地方跳下车，我不想引起他的怀疑。但这看起来是一个毫无必要的防范措施。有关我的鲁莽之举已经传到他的家中，那个一家之主非常恼火，我刚刚走进门内，他就开始大声斥责我：“我们把你叫到这里来，是想让你告诉我们怎样使用洗衣机的，不是叫你过来帮我们出丑的。苏尔丹·辛格把什么都告诉我了，请你马上离开。我们家不欢迎你这个捣乱分子。”

“库尔迪普·辛格先生，我想你是误解我了。”我试图和他理论，“巴卜莉是不会接受这个婚姻的，她宁可去死，也不会让巴丹·辛格做她的丈夫。”

“不管发生什么情况，她都要嫁给巴丹·辛格。而且就算她想死，她也得死在她丈夫家里，而不是死在我们家里。”

“你是什么样的父亲啊，竟然为了落后的风俗牺牲你的女儿！”

“够了！”他咆哮着说，“马上从我家里滚出去，否则我就会把你扔出去。”

“我会离开的，但不是一个人，巴卜莉也会和我一起走。”

“你是不是疯了？巴卜莉是我的女儿。我让她做什么，她就得做什么。”

“那你为什么不问问她自己？”我毫不示弱。

他轻松地接受了我的挑战。“好，我们现在就解决这个问题。”他一面说，一面喊道，“巴卜莉她妈！把我们的闺女带过来。”

巴卜莉走进了院子，身体颤抖得像一片叶子，她的母亲紧紧拽着她。她两眼盯着她的脚，甚至不能面对我的注视。库尔迪普·辛格伸出一个指头指向我：“告诉我，巴卜莉，你想要跟这个女人走吗？”

巴卜莉缓缓地摇摇头，眼里随即涌出了泪水，她捂住眼睛跑回房间。

“瞧见没，你已经知道答案了。”库尔迪普·辛格拈着他的八字须，像一个邪恶的魔法师那样得意地笑着，“现在你马上离开。”

“我不知道该鄙视你，还是该可怜你。”我说出这句临别赠言，就从他的家中走出来。

我回到我的临时危机处理总部神庙。接下来的五个钟头，是我一生中过得最漫长的时间。我不断尝试联系苏尼尔，可是他的手机再次关机了。沮丧的感觉像乌云掠过我的心头。我多么希望卡兰能在这里安慰我，让我的精神振作起来。庙里的僧人给我拿来了一些水果。我和他坐在门廊上，看着午后的阳光渐渐退却。

随着暮色降临，空气里开始回响起一个婚礼铜管乐队的多个喇叭的喧嚣。一个鼻音歌手哼唱着“今天是我的朋友的婚礼”，伸缩喇叭、低音大喇叭、萨克斯管和印度鼓一起发出嘈杂刺耳的伴奏声。那是巴丹・辛格的迎亲队伍，它正在去往库尔迪普・辛格那灯火通明的家中。

就在这时，我听到手机接收到短信的“哔哔”声。是苏尼尔发来的，告诉我他已经回到了村里。我给他回了短信，让他直接到庙里来。

第一次看见苏尼尔・乔杜里，就给我留下了深刻的印象。这个 24 岁的年轻帅气男子，有着温和的面孔和深邃的目光。他是一个工程系的研究生，目前在诺伊达地区一家软件公司上班。他看上去有点儿羞涩、笨拙而且缺乏自信，但是他对巴卜莉的爱是确切无疑的。我知道他能够为了巴卜莉的平安和幸福赴汤蹈火。

“我是从金奈上飞机的，然后从德里搭车赶到这里来。我刚才看见一个婚礼队伍走进了巴卜莉的家中。我是不是来得太晚了？”他忙不迭地问，脸上写满了忧虑和恐惧。

“我们一定来得及，你跟我走。”

在迅速赶往目的地的路上，我向苏尼尔解释了我的计划。快到库尔迪普・辛格的家门口时，我们吃惊地停住了脚步，因为看到一些穿着制服的人正在他家门口徘徊，不过我们很快发现，他们并不是武装警卫，而是铜管乐队的成员。他们的工作结束了，现在正在休息，等待着晚餐开始。我们透过打开的门朝里面窥视。巴卜莉和巴丹・辛格坐在曼达普当中，一个僧人在中央点燃了圣火。这场婚礼就要开始了。在印地语电影里，这是主人公走进去并宣布“这场婚礼不能举行”的时刻。他能够这样做，是因为那个导演为他提供了全面的支持和保护。在现实生活中，假使苏尼尔也做出这样惊人的举动，他立刻就会被处以私刑。

阿斯拉姆・谢赫隐藏在附近小巷的阴影里，他的摩托车发出轻微的低吼声，做好了随时飞奔的准备。他微笑着向我竖起大拇指。我把他向苏尼尔做了介绍，然后悄悄地走向房子后面。

我很顺利地走到了牛棚那里。那些犍牛和水牛忙着反刍，对隔壁喧闹的婚礼活动毫不在意。

我首先进入储藏室，里面漆黑一团。我打开开关，明亮的白光照彻了整个房间，我刚刚摆弄过的那些电器的光滑表面反射出迷人的光泽。我插上电视机的插头并把它打开。我又打开了DVD播放器、音响系统和电冰箱。因为不能承受负荷，荧光灯管开始一明一暗地不断闪烁。我刚打开洗衣机，它就发出轻微的“砰”的一声，然后就停止运转了。与此同时，整个家陷入黑暗中，正如我所期待的一样。

我离开了棚屋，快速赶回小巷那里，阿斯拉姆正骑在摩托车上等我。

过了一会儿，那些睡眼惺忪的乐队成员一下子惊醒过来，因为一台川崎小忍者大摩托车从他们身边一路呼啸而过，车上坐着四个人，包括一个逃跑的新娘。我们能够听到身后传来叫喊声，一些人朝我们这个方向追过来，但他们用的是两条腿，而我们使用的是一辆250cc排量的摩托车。

当阿斯拉姆熟练地穿行在遍布车辙的村路上时，苏尼尔、巴卜莉和我彼此抓紧，我们抓紧的是可贵的生命。秋冬季节的寒冷空气像一副铁手套一样抽打在我的脸上。谢天谢地，我们5分钟后就赶到了警察局。阿斯拉姆将我们放下来，夸张地做了一个鞠躬礼，随即就快速离开了。他已经完成了自己的使命。

巴卜莉和苏尼尔相互拥抱，好像再也不会有明天似的。“灯光刚刚熄灭，就有人抓住我的胳膊，我立刻就知道那人是你。”巴卜莉说，眼泪顺着脸颊流下来，脸上妆都花了。不过，她穿的红如火焰的婚纱和织锦罩衫仍然让她看上去容光焕发。苏尼尔用手指轻轻地抹去她的眼泪。我似乎觉得，他们就要唱起一支朦胧的情歌。

然而，当我们进入警察局时，我们发现尹德尔·法尔玛完全变了一副模样。“你做了一件非常错误的事情。我要控告你非法拘禁。你抢走了一个女孩。”他威胁苏尼尔。

“你说过把这个女孩带过来，所以，我才把她带来的。”我插话说，又转向新娘：“巴卜莉，你为什么不亲口告诉他呢？”

“是的。他们是在逼婚，是姐姐和苏尼尔把我救出来的。”巴卜莉理直气壮地说。有苏尼尔在场，让她充满了前所未有的勇气。“我不想嫁给巴丹·辛格，我只想嫁给苏尼尔。”

“听着，这里不是婚姻登记处。这是警察局。”法尔玛冲她的脸摇着一根手指警告说，“首先，你要向我出示证据，证明你已经超过了18岁。”

“证据？你可以从我的学校登记表上看到我的年龄。那上面写着我的出生日期。”

“那你就拿出来。你带来了吗？”

“我怎么可能带它来呢？我是从婚礼现场直接逃出来的，不是从学校过来的。”

“那我就没办法了。我要把它当成一件绑架案处理，有人绑架了一个小女孩。”他向他的警员下令：“拉姆·库马尔，把这小子关起来。给这个女孩的父亲打电话，告诉他马上过来，把他的女儿带走。对了，还要通知苏尔丹·辛格先生。”

“你不能这样做！”我叫起来，“你这样对待我们是不公正的。我们本来很信任你。”

他咧嘴笑起来，露出一口槟榔染黄的牙齿：“永远别相信警察。”

“你要是打电话给我父亲，众神是不会放过你的。”巴卜莉说，眼泪再次从她的脸上淌下来。

“在警察局里，我就是神。”

“听我说，督察长先生。”我又一次试图说服他，“这是一个很简单的案子：一个男孩和一个女孩深深相爱，他们都是成年人，他们想要结婚。你应该帮助他们，而不是威胁他们。”

“生活中没有什么事情是简单的，尤其是婚姻。”他说，“你不要在这里添麻烦，不然我就会以绑架案同谋的罪名，把你和这个小子一起关起来。”

我们的苦苦哀求在他那里不起任何作用。对权力的滥用让我充满了憎恶。我感受到被一个傲慢、专制的独裁者剥夺权利之后的那种无助的愤怒。就在这时，我想起了夏丽妮·格罗芙。利用督察长忙于对付苏尼尔和巴卜莉的机会，我快速走进女卫生间，迅速拨打了那个调查记者的手机号码。“夏丽妮，”我低声对她说，“你不是在调查违背长老会命令而被谋杀的一对情侣的案子吗？我在禅丹加尔村警察局，现在就有一对情侣因为违背长老会的命令很可能会被杀害。你能马上赶过来吗？只有你能够救他们。”

“我还在帕尼帕特。”夏丽妮说，她的话像一盆冷水浇灭了我的希望，“我不可能那么快赶到禅丹加尔村。”

当我从卫生间出来时，拉姆·库马尔已经打了电话。一辆伊诺华尖叫着在警察局外停下来，库尔迪普·辛格大步走了进来，后面跟着巴丹·辛格和五六个男性家庭成员，都携带着步枪。他恶狠狠地瞪了我一眼，直接走到那个督察长跟前。我看见他把一沓现金交到督察长手里，我随即意识到，对法尔玛而言，这就是一个发财机会。

在酬谢了督察长之后，库尔迪普·辛格抓住巴卜莉的手。“赶快跟我走。就是一个妓女也不会像你一样给我们家带来这样大的耻辱。”

巴卜莉一下子挣脱了她的父亲，弯腰钻进督察长的那张木头办公桌下面。库尔迪普·辛格俯身去抓她，她死死地抱住一个桌腿。“我不走。你要想把我带走，除非把我杀了。”她哭喊着说。

“那我们就宰了你，母狗，把你一块块地扔进亚穆纳河！”巴丹·辛格厉声说，并且和库尔迪普·辛格一道要把巴卜莉拉出来。

“我必须说，这女孩头顶上长着反骨。”那个警官一边说，一边蹲到地板上，以便更好地欣赏下面的扭打场面。

“帮帮她。”我催促拉姆·库马尔，就在这时，苏尔丹·辛格走进了房间。部族长老会的这个领头人只对苏尼尔感兴趣。“你竟敢回来？”他夸张地挥舞着手杖问，“现在我们要让你知道，违背我们神圣传统的人是什么下场。”

他不是一个人来的，至少有50个支持者围在警察局外面，并且有节奏地高喊：“对抗长老会的人必死！”这伙滥用私刑的暴民会毫不迟疑地把苏尼尔、巴卜莉和我撕成碎片。就像血腥的恐怖片里那些没有思想的僵尸一样，他们不可能被阻止，只能被安抚。

到这个地步，整个事件如同希腊悲剧，带着不可逆转的因素进一步恶化。巴卜莉终于被从桌子底下拖了出来。巴丹·辛格和库尔迪普·辛格把她拖向门口，她尖叫着在地板上拼命抓挠。督察长将苏尼尔交给长老会的那些帮凶。“去吧，想怎么处治他都可以。我可不想介入这个烂摊子。”

苏尔丹·辛格乐滋滋地旋转着手杖：“我们这就结果他。”

“听着，你们到河那边去干这件事。那里是婆吉普那地方的辖区，就让北方邦的警察头痛去吧。”督察长冷酷地建议道。

“苏尼尔！”巴卜莉哭喊着，拼命地想要挣脱父亲的束缚。

“巴卜莉！”苏尼尔试图冲向她，却被迅速包裹进一条毯子里，苏尔丹·辛格的打手们不断踢打他。那个督察长和他的警员无动于衷地看着这个场面，似乎这只是一个路边娱乐节目。我感到恶心并几欲呕吐。

这时警员拉姆·库马尔把注意力转向我。“她怎么办，先生？”他问。

“在我看来，她好像是一个真正的麻烦制造者。”督察长叹气说，他的姿态暗示出，他认为我是他必须处理的一个不必要的麻烦，“你和这件事到底有什么利害关系？你是巴卜莉的老师吗，还是苏尼尔的姐姐？”

“都不是。”我回答说，“我只是一个有公德心的公民，我想帮助他们。”

“我不认识多少有公德心的促销小姐。你更像是个好管闲事的记者。你是哪家报社的？是《旁遮普狮报》还是《拉贾斯坦祖国报》？”

“我不是记者。我只是——”

法尔玛打断了我：“你知道我们是怎么处理捣乱的记者的吗？我们会教训他们。”接着，他扬手打了我一记耳光。

我感受到更多的是震惊而不是羞辱。在我的生命中，这是第一次有人打我的耳光。“你怎么能……”我感到血液涌上了脸颊，他又再次扬起了手。“给我放老实点儿，不然我会给你更厉害的尝尝。拉姆·库马尔，把她关起来。”

“凭什么？我犯了什么法？”我抗议说。

“哦，你不缺罪名。我们能够从你的手提包里搜出毒品，可以以犯罪同谋的名义起诉你，以从事性犯罪的罪名逮捕你，甚至可以指控你卖淫。”

听到这些字眼时，我顿时感到身体发软。就在我的视线有些模糊、四面墙壁似乎陷入一团漆黑时，我脑子里那种骇人的寂静之声被远处的汽笛声打破了，那些汽笛声越来越近，像是印度总理的摩托车队正从村里经过一样。

那个车队就在警察局门口停下来。先是听见打开汽车门的声音，然后，一个穿着立领大衣、长相威严的政治家模样的人从门口走进来，几个身穿制服的警官和穿无皱西服的官员跟随着他。

感到迷惑的督察长尹德尔·法尔玛“啪”地打了个立正。警官拉姆·库马尔过于慌乱，甚至忘了敬礼，似乎被房间里一下子拥入这么多要员的情景弄蒙了。

“逮捕他们。”那个政治家下令，接着，一个肩章上有印度国徽和银星标志的警官掏出一副手铐。

“发——发生了什么事，先生？”当手铐戴在尹德尔·法尔玛的手腕上时，他结结巴巴地说。

“你没注意到刚刚这半小时阳光电视频道的现场直播吗？”另一个高级警官厉声对他说。他肩章上的三颗星表明了他的地区警察总督身份。“整个国家都看到了你如何威胁一对无辜的男孩和女孩，如何容许长老会滥用法律，并捏造假罪名恐吓一位善良的热心女士，你是我们警察系统的耻辱。”

“现场直播？阳光电视？可是先生，这里没有什么电视台的摄像机呀。”法尔玛迅速地向两边看去。

警察总督走到我跟前，从我外套最上面那个口袋里轻轻取出正在偷拍的手机。“我想，我们不再需要现场直播了。”他把手机关掉，又交还给我。

真相大白，法尔玛的眼珠子似乎都要掉出来了。我轻蔑地朝他冷笑了一下。

当我意识到夏丽妮不可能马上赶到这里时，就决定让自己成为一个暗访记者。于是我使用我的手机，开始秘密记录下警察局发生的一切，并通过流媒体技术直接发送到阳光电视台的网站。

接下来发生的情况，会让人联想起宝莱坞电影那种常见的结尾。尹德尔·法尔玛督察长和警员拉姆·库马尔被关押起来。外面那些疯狂的暴民被警棍驱散。苏尔丹·辛格像丧家犬一般跑得无影无踪。而库尔迪普·辛格立刻改变了想法，声称巴卜莉的最佳伴侣是苏尼尔。

这天晚上，当我看到满怀幸福的新娘和新郎围绕着那堆圣火转上七圈时，我忍不住仰望天穹。我向艾尔嘉眨眨眼，并且喃喃地说："今天发生了不可思议的事情！"

第二天早晨，我回到了德里，库尔迪普·辛格的丰田伊诺华把我一路送回家中。我迅疾洗澡换衣，接着又去上班，又开始了日常的单调工作。

"你一点儿也不像生病的样子。"我刚踏进大卖场，马登就怀疑地看着我说。

"这是因为蒲地灵起了作用。"

经历了前一天发生的情况以后，回到那个嘈杂的洗碗机和微波炉的世界里，让人感觉像是一种使人疲惫的劳役。但是，我宁可去销售电视机，也不愿冒险去挨一个有心理疾病的警察的耳光。

那天下午，我接到了夏丽妮·格罗芙打来的电话。"我向你致敬，萨布娜。你真的做到了，你真是了不起。"她连珠炮似的说。

"没有你，我做不到这一切。"我回答说，"是你教会了我怎样登录阳光电视台网站。"

"你知道吗？我还在《每日时报》开了专栏。下次专栏我想对你做一个专题报道。你是印度女性的榜样。"

"不，"我坚决地说，"我一刻钟也不想出名。那只会使人妒忌，而且部族长老会那些流氓会把我当成攻击目标。"

"对，那是很危险。"夏丽妮承认我说得对，"那么我在做这篇稿子时，不使用你的真名怎么样？"

"这应该可以吧。"我有些迟疑地说，虽然仍旧不能完全认同这一想法。

"你建议我使用什么假名呢？"

"妮莎怎么样？"

"听上去不错。可是为什么是妮莎呢？"

"你难道没发现吗？这是辛哈的一个完美的变位字[①]！"

两天后，拉纳给我打来电话："埃加利亚先生今天想见你，你下午6点整到办公室来，不要迟到。"

一种焦虑感在我的心头油然而生。因为过于慌乱，我甚至想不出一个新的借口。所以，当我走进马登的经理办公室时，我又如法炮制地拿出以往的借口。"先生，我母亲的病又犯了。我还得马上把她送到医院。"

马登夸张地举起两只手："这可真是越来越叫人讨厌了。为什么你就不能让你母亲长期住院呢？如果你每隔一天就要早退一次的话，我就只能让你打包走人了。"

"听我说，我下周会多加班几个钟头。但我现在必须走。"

这番话对经理起了某种软化作用，他威胁的态度变成了恼火而又无奈的接受。下午5点45分，我再次走在去往京都大厦的路上。

拉纳在大厅迎接我，詹妮弗在6点整准时把我领到埃加利亚的办公室。

"恭喜你！"这个商人带着温和的微笑和我打招呼。

"恭喜什么？"

"恭喜你通过了第一个考验。"

"什么考验？"

"领导力的考验。"

"恐怕我没法理解您的话。"

"瞧这个。"埃加利亚拿起放在桌上的报纸。是当天的《每日时报》。他的手指向夏丽妮写的那篇题为"长老会时代的爱情"的文章。"你看过这篇文章吗？"

我点点头。

"我知道你就是这篇报道的女主人公。"

"您凭什么这么说？这篇文章讲述的是一个呼叫中心名叫妮莎的话务员。"

"你不需要再对我隐瞒了。在禅丹加尔警察局和你见过面的那个警察总督，是我的一个老朋友的儿子。他对我说了一切。而且我同苏尼尔和巴卜莉也通过话。"

"你是怎么知道我去禅丹加尔的？"

"我是从大卖场那里知道的。听着，萨布娜，我是怎么知道的其实不重要，重要的是你通过了第一个考验。如果你当时愿意的话，你完全可以一走了之，让

---

① 妮莎的英文形式是Nisha，辛哈的英文形式是Sinha，二者是一对变换或颠倒字母次序而成的变位字。

巴卜莉接受她命运的安排。然而你承担起了责任，选择去做正确的事情。尽管胜算不大，你依旧坚持同不公正进行较量。在我看来，这意味着你具备成为一个领导者的资格。”

“我不知道这是你设计的一个考验。”

“不是我设计的，是生活。我此前是怎么对你说的？生活强迫我们做出选择，每天都在对我们进行考验。你在那个村庄做出了正确的选择，你展示了真正的领导力。”他把报纸放到膝盖上，用手掌心擦擦额头，“领导力是在管理学院学不到的一种能力。一个经理人经过训练，能够学会采纳合理建议并予以执行。相比之下，一个领导者总能做到高瞻远瞩，知道如何做正确的事。这不是训练和准备的问题，而是本能和良心的问题。”

“可是，埃加利亚先生，仅仅因为我帮助过巴卜莉，并不意味着我就是一个出色的领导者，我不过是一个普通的促销小姐。”

“这正是问题的关键所在。一个领导者未必是最聪明、最强大或者最潇洒的人。我宁可让一个不那么聪明的领导者成为我的首席执行官，我也不会选择那种虽然是天才，却只能出苦力而缺乏领导才干的人，因为领导才干是企业获得成功的最重要因素。正如机器需要维护、产品需要营销一样，企业雇员也需要指导。领导者就是那个能够提供指导的人，那个能够鼓励和激发凡人完成非凡任务的人。为此，领导者必须做到言出必行。如果引述托马斯·杰斐逊的话，那就是作为领导者，做事的方法可以灵活多变，但做事的原则必须坚如磐石。你在禅丹加尔村的表现就如一块磐石。萨布娜，我不仅仅为你骄傲，我也为能成为你的指导顾问而骄傲。”

在离开大学以后，我从未听过这种表扬和赞赏的话。这让我很难为情。“哦……我不知道该说什么。”

“什么也不必说，只要去做就行了。继续跟随你的良心，你将会出色地通过其他考验。”

我必须提醒我自己：这一切对埃加利亚而言只是一个游戏。我并不是一个领导者，他也不是我的指导顾问。他不过是一个无聊的阔佬，将我视为他开心取乐的玩具罢了。而且我不得不把这个游戏玩下去，因为我从他那里拿了 20 万卢比。于是我抬起头看着他，冲他露出感激的微笑，一个 20 万卢比的微笑。

那天晚上，当我和卡兰在花园会面时，我对他讲述了最新进展：“埃加利亚说我已经通过了第一个考验，我现在是一个称职的领导者。”

“哈！”他笑起来，“他一定认为我们是地道的傻瓜，他和那个村庄发生的事情没有任何瓜葛，却要看成是他的杰作。不管怎样，先别管那个埃加利亚了！因为你为巴卜莉和苏尼尔所做的一切，我为你感到自豪。”

“你认为他们会永远幸福地生活下去吗？”

“我不知道。但正是由于你的帮助，他们至少能够活下来。”他凝视着远方，脸上露出一种使人好奇的紧张感。他的下巴的线条绷得那样紧。接着，他又露出了浅浅的微笑：“实际上，只有那些人才会永远幸福地生活下去。”

“哪些人？”

“死人。”

第二个考验

钻石与尘埃

12月31日，星期五，一年的最后一天。上午11点，大卖场外排起了长队。在通常有500人围观一场街头斗殴的国家，有5000人蜂拥而至去围观一个名人，是再自然不过的事情。

是的，今天是步莉雅·嘉波儿莅临我们大卖场的重要日子，她的身份是西诺电子电视机品牌宣传大使。

两天前，一个名叫罗茜·玛思卡伦赫丝的颐指气使的女人，那个女演员的公关经理，来到店里为嘉波儿女士挑选一名“侍女”。要求非常明确：“必须是女孩，必须能讲一口流利的英语，而且必须声音温柔，举止优雅。”所有四个促销小姐都站在她面前供她过目，结果她选中了我。毫无疑问，我能够为嘉波儿女士白皙的皮肤提供最好的陪衬，使她看上去更加光彩照人。看看整个店里人的反应，就好像我中了彩票一样。“你有机会和一个明星单独相处！哥们儿，你是多么幸运啊。”普拉姬无比艳羡地说，“没准儿她会让你在下部片子里演个角色呢。”

我喜欢看印地语电影，但我不是步莉雅·嘉波儿的狂热粉丝。她不具备真正的才能，她只不过是一个花瓶，她能够成名，不过因为她是宝莱坞一个最有影响力的表演家族的后代。而且，那种愚蠢的名人崇拜令我厌恶。我不妒忌名人，我同情他们。他们是非正常的一群人，是以不停地跳舞来取悦他人忧伤的小丑，他们的一生注定毫无隐私可言，他们每时每刻都受到千万粉丝的窥视。

他们的粉丝甚至更加可悲。这些乏味、愚蠢的追星族只会盲目地追随名人。需要进行身份验证的名人微博带来的虚假亲近感，让他们趋之若鹜。以我们的店员斯瓦蒂为例，她说，步莉雅·嘉波儿比她自己的母亲更让她觉得亲近！

大多数名人都缺乏安全感，以至于迷信到了前所未有的程度。步莉雅·嘉波儿本人就是典型的例子。她出生时的名字是步莉杨卡，当她的电影处女作失败后，她就按照一个占星家的建议，把名字缩成了步莉雅，把姓氏从贾波儿变成了嘉波儿。最后，在数字命理学家的怂恿下，她又增加了一个字母“r”，所以你现在读她的名字“嘉波儿”的标准发音，需要像猫一样发出“呼噜呼噜”的喉音。这还没完。如果有关肥皂剧《玫瑰之城》的传言属实，那么她比剧中女主角的扮演者帕米拉·安德森进行了更大幅度的整容：她将嘴唇填塞了胶原质，又增加了胸围，垫高了鼻梁，结果看上去，就像是一个古怪的塑料芭比，现在的她比26岁的年龄显得苍老。尽管如此，她还是接连参演了三部非常叫座的影片，现在位居宝莱坞最火女星前四名。

她的到访安排在中午12点，我们已经昼夜忙碌将一切安排妥当。整个商店都装饰着气球和彩带，墙壁挂满了西诺电子电视的宣传海报。在主展厅的一侧搭建起一个临时舞台，后面是展现那个女演员面孔的巨大背景幕布，与此同时，选自她影片的舞蹈歌曲通过扬声器播放出来，创造出一种类似于迪斯科的氛围。

在上午十一点半，店门被打开，人们一拥而入，等待女星的到来。不一会儿，大厅、门廊和过道的全部空间都挤满了人。他们的期待和渴望显而易见。“步莉雅！步莉雅！步莉雅！”有人开始有节奏地呼喊，其他人很快应和起来，让气氛变得更加白热化。

步莉雅·嘉波儿在下午一点半姗姗来迟，比原计划晚了一个半钟头。她不是一个人来的。她的随行人员包括身材魁梧的保镖、公关经理、化妆师，甚至还有一个发型师。她从后门进入，并被带到后面的办公室，那里已经打扫干净，变成了一个接待区。我们的老板古拉蒂先生和他的儿子拉加专门在那里欢迎她，与他们一起参与迎接的，还有一个中国人面孔的名叫罗伯特·李的人，他是西诺电子公司的市场营销主管。

我必须承认，在现实生活中，步莉雅与在电影里一样富有魅力，只是个头显得矮了一点儿。她的浅褐色头发被设计成一个个柔软的、有些叛逆的小发卷，框住了她那鹅蛋形的脸庞，瀑布似的垂到肩膀上。多年来在银幕上的眯眼、扮鬼脸、傻笑和窃笑等动作，已经把她母鹿一样温和的眼睛变成了食肉动物深邃的和冰冷的凝视，令人颇感惴惴不安。她穿着白色皱纹衬衫和棕色夹克，搭配一条紧身牛仔裤、一双皮靴和一个爱马仕手包，就像是一个过分自信、也很清楚个人价值所在的傲慢的歌剧女主角。拉加·古拉蒂在把一大束玫瑰献给她时，两条腿几乎快要跪倒在地上。

“谢谢你。”她装腔作势地说，脸上挂着那种想要迫切离开某个聚会的女人那种空洞的微笑。

她到达还不到几分钟，通向后面办公室的过道就站满了雇员，他们都伸长脖子想要看一眼女明星。他们充满敬畏地站在那里，为目睹一个活生生的电影明星而兴奋若狂。通常情况下，我都不会因为一个名人站在跟前乱了方寸，但是，看到其他人表现出的那种姿态，我觉得很难不受到这种狂热气氛的感染。

那些保镖终于把所有人从接待区轰走，让步莉雅·嘉波儿跟前只留下她的公关经理、化妆师、发型师和我。他们围坐在一张工作台边。我恭敬地站在后面，随时提供准备就绪的茶、软饮和三明治。

“距离联赛还不到四个月了，你们还没确定到底要选择哪支球队。”我无意间听到步莉雅这样对罗茜·玛思卡伦赫丝说。我不禁竖起了耳朵，板球世界杯还不到两个月，因此她指的很可能是开始于4月份的印度超级板球联赛。

“我正在抓紧做这件事。”那个公关小姐说。

“我不在乎是哪支球队，但我必须在超级板球联赛上露脸。”

当化妆师往女演员的额头上扑粉时，后者完全无视我的存在。对于她来说，我不过是背景的一部分。看到她如女王般居高临下地对待我和其他人，我的心里升腾起与在禅丹加尔村感受到的同样强烈的愤慨。那个落后的地方固然有种姓制度，然而宝莱坞也有一个种姓制度在起作用。这种制度将过多的好处赐予享有特权的少数人——电影明星和制片人的子女，他们即便没有出众的外表或者才能，也能轻而易举地获得声望和财富。像步莉雅·嘉波儿这样的人，可以说是一出生就拥有了一切资本，甚至在学会走路之前就注定会获得成功，她永远都不需要像某个临时演员那样辛苦劳作。当那些衣着暴露的女孩在海滩上摆出各种几何图形为其起舞时，男主角和女主角只需在海水中旁若无人地纵情嬉戏。她从很早的时候就知道，她将以女主角的身份开始职业生涯，并且必然会成为家喻户晓的明星。但是，几乎不曾有过哪个临时演员会从默默无闻的状态一跃成为明星——除了像萨利姆·伊利亚斯这样极少数的情况，甚至就连他的背后都有企业家拉姆·穆罕默德·托马斯提供财力支持。

其实，步莉雅一度和萨利姆·伊利亚斯有过热恋，而且据说他们很快就会结婚。不过，她后来又找到了一个更大的靠山，亿万富翁煤炭大王拉克希曼·穆达利亚的儿子洛基·M。他们两人在过去几年一直拍拖，有报道说洛基已经向她求婚。假如这是真的，步莉雅不但确保了她现在的荣光，还精明地为她的未来上了保险。

化妆刚结束，她就打开爱马仕手包，拿出一枚钻戒，戴在左手手指上。我看得出这枚戒指有些松：它在那根手指上套得并不太稳。步莉雅调整了几次，尽可能将它摆正位置。显然，她是想炫耀这枚戒指。为什么不呢？我从未见过这么大的一颗钻石，它肯定至少有四克拉，甚至很可能不止四克拉。在刺眼的照明灯管照射下，它就如黄金宝库中一颗璀璨的明星，它那炫目的光泽在我的眼前显得七彩斑斓。

罗茜·玛思卡伦赫丝抬起一根手指：“你确定，你想要在这里戴上这个？”

“是的。”步莉雅说，“现在正是时候。”

“人们会议论的，媒体会疯狂的。他们会缠着你不放，就像一群饥饿的狗意外地看见一根骨头一样。”

“我知道怎样对付狗。”

“我不认为这样安排合适，我更希望把它变成一个独家新闻，好让你们的订婚事件产生更大的效应。”

“我不想再讨论这个。我爱怎么处理就怎么处理。”她适度地提高嗓音说，目的是要让公关经理知道，这里是谁说了算。

那个发型师，一个有着一双忧郁小眼睛的印度东北地区的女孩，轻轻地抚弄着步莉雅的卷发。女演员最后照了一下化妆师举起的镜子，然后从椅子上站起来。“OK，我们赶快把这件事弄完吧。”

就在她准备走进大厅时，拉加·古拉蒂跑进来，让她再等一会儿。“真是很抱歉，小姐，我们的扩音系统出了点儿问题，还有10分钟就可以修理好。”

我看得出步莉雅变得很不耐烦。“他们为什么不准备一个备用的？”她抱怨道。为了消磨时间，她取出黑莓手机开始发短信。但是她的心思不在这里，过了一会儿，她又把手机放回去，看上去显得很无聊。

“您用微博吗？”我问她，只是为了打破沉默。

她抬起头，好像第一次注意到我似的。罗茜匆忙将我做了介绍：“这是萨布娜，这家商店的促销小姐。”

步莉雅把我从头到脚打量了一番。“不，我不上微博，我对微博不感兴趣，”她回答说，有些夸张地摆动着双手，“你知道，我是一个明星，明星本来就必须保持神秘和距离。太过熟悉只会让神秘感消失。一个成功的品牌必须是独特的和唯一的，而我现在就是一个品牌，不是吗？”

这是那种只为加强语气和效果的反问，她不需要我回答。不过我还是做出了回答：“萨利姆·伊利亚斯在他的最新传记中也是这样说的。您看过吗？”

“我不爱看书。”她直截了当地说，“我没有多少时间，而且说实话，看书让我厌烦。既然你用两个钟头就能看完一本书的电影版，那还有什么必要浪费一个礼拜去读它呢？而且目前我们把很多书都拍成了电影。”

“您觉得《贫民窟的百万富翁》怎样？”

“我觉得很好。但是，仅仅因为是一个白人拍的这部印度题材的电影[①]，我们印度人才产生了嫉妒心。”

甚至当她随意说出内心的真实想法时，她的脸色都没有因此变得更温和一点儿。她只是为了应付我，而不是主动和我拉近距离。“你看过我演的上一个片子是什么？”她突然问我。

①这里提到的白人丹尼·博伊尔，是出生于英国曼彻斯特的电影导演与电影制作人，因执导《贫民区的百万富翁》获得包含奥斯卡最佳导演在内的79个大奖。

我想了一下。我看过的步莉雅参与饰演的上一部影片是《孟买喋血记》，但那是一部烂片，我甚至没法坚持把它看完。“是《悲情城市》。”我撒谎说。

她皱起她那精心修剪过的眉毛：“那是两年前拍摄的。”

“是的，但我是在几天前刚在网上看的。”

“那你觉得怎么样？”

“不错，非常不错。作为一种改变，你尝试了一个相对次要的角色。”

她点点头，似乎一下子来了精神：“是的。扮演单纯的村姑是一个真正的挑战，可是我顺利完成了，我差点儿得到了最佳女演员奖。”

“我必须说，结尾让我有点儿困惑。”

她那冷冰冰的注视表明，我正在冒天下之大不韪。“结尾哪个部分你没看懂？”她冷峻地问。

“哦，整部电影都是对物质享乐主义文化的一种感性的后现代批判，可是在临近结尾时，我们突然看到您穿着宽松的女长裤跳那支奇特的舞蹈。我觉得这有点儿不协调，就这些。”

她面带嘲讽地瞥了我一眼：“你就是看不懂，对不对？”

我茫然地注视着她。

“你说过那部电影你是在两三天前看的，是吗？”

我点点头。

“我建议你把它再琢磨上五天。”

“您的意思是？”

“你要知道，这个电影的受众是精英阶层，不是普通大众。你们这种人，至少需要一星期的分析才能完全理解它。你大脑里那根荧光灯，通常都需要这么长时间才能亮起来。”

一股怒火涌上我的心头。“你们这种人”这样的字眼，是令人震惊的侮辱，是那种你不可能对其置若罔闻的侮辱。但就在这时，罗茜・玛思卡伦赫丝瞪了我一眼，意在警告我闭上嘴。“你怎么不给我们倒茶呢？”她插话说。

“是的，我需要喝茶。”步莉雅赞同这个提议，这甚至更加明确地将我摆放在我自己所处的位置，这是在告诉我：她是名人，而我只是一名侍女。像我这样的人只配端茶递水，像她这样的人却可以心安理得地享受别人的服务。我把杯子端给她，全身每个毛孔都渗出自怜之情。

在这以后，她再也没有和我讲话。扩音系统很快修好了，她走进了大厅。我跟随她，站在后排注视着。

她的表现堪称完美：她滔滔不绝地做了一通事先排练好的、有关西诺电子电视的卓越功能的发言，在那些旗舰产品前面走了几趟模特步，又摆出各种姿势供大家拍照。

当问答部分开始时，那些记者丝毫没有表现出对西诺电子盛情邀请的感激之情。他们感兴趣的不是等离子电视或 LED 显示屏。他们的眼睛专注于步莉雅戴着戒指的手指，而且只想到了一个问题："这是您的订婚戒指吗？"

"是的，是订婚戒指。"步莉雅回答说，同时自豪地展示了一下那件小小的饰品，这引得男性观众发出一阵呻吟似的叹息，引得女性观众凝视的目光变得更加迷离。

"是多少克拉的？"

她伸出五个手指，这使得周围响起一片"啊——"的惊叹声。

"您会在什么时候嫁给洛基·M？"

"我们不着急结婚，在未来两年内肯定不会结婚。"

"这个戒指价值多少钱？"

"它是无价之宝。"

她的最后这句炫耀性的句子成为这场会面的结束语，也彻底征服了在场的记者和观众。我对她的商业智慧感到惊叹，我看到她是如何利用一切机会为步莉雅·嘉波儿这个品牌增加曝光度，甚至一次无聊的新产品宣传也能够成为她强化个人影响力的舞台。

当她再次进入接待区时，脸上挂着那种得到了想得到的东西的那种女人沾沾自喜的傻笑。

"对了，你新年前夜有什么安排？"她问我，也许是为了弥补她先前那些刻薄之语。

"没有任何安排，"我回答说，"对于我来说，12 月 31 号和其他任何一天没什么不同。"

"不对，不是这样的。"她不同意我的看法，"这是一年的结束和另一年的开始，新的一年会埋葬旧的东西，迎来新的梦想、新的希望和新的志向。"她在说出这几句话时是那样流畅、真挚而阳光，听上去就像是她的某部电影的一段对白。

我很想告诉她，新的一年不会埋葬过去的碎片。在新的一年里，我们残留的忧伤和旧日的悔恨依然会缓慢重现。我没有把这些想法说出口，而是问她："那您今晚有什么安排呢？"

"哦，洛基在丽晶大酒店举行了一个大型派对，我会在那里过一晚上。我们欢迎你也来参加。大概是在十一点半左右。你会看到，我们这些人是怎样在派对上玩儿的。”

这是那种即兴发出的邀请，说不定她话刚出口就已经感到后悔了。罗茜·玛思卡伦赫丝显然被她的邀请吓了一大跳，以至于故意发出一阵干咳。实际上，我根本不想再忍受他们这些人又一轮高高在上的优越感。

“谢谢您的邀请。”我微笑着对步莉雅说：“不过我刚刚想起来，我已经答应了我的一个美国朋友，要去参加她在梅劳里居住区的新年联欢活动。”

这时，罗茜和她的团队收拾好他们留在这里的杂七杂八的东西。这个公关经理最后环顾了一眼等候区，说：“我觉得我们可以走了。”

步莉雅继续注视着我，好像我是她不忍放弃的一个新玩物似的。“在我离开之前，难道你就不想得到我的亲笔签名吗？”

这个问题太突然了，吓了我一跳。“当然。”我咕哝道。

“你的签名本在哪里？”

我没什么签名本，我甚至没有任何可以用来索取签名的东西。忙乱中我迅速扫视了一眼整个房间，看到的只有挤满搁架的那些按年份排列的厚厚的分类账簿。接着，我注意到搁架顶端有一个薄本。我把它取下来，拂去皮革封皮上的灰尘。

这是一个没有使用过的相片簿，它厚实的页面是由一叠弹簧圈式结构的无光塑料做成的塑封。这正是我眼下需要的东西！

我将中间一页衬纸外面的塑封扯下来，把它放在步莉雅面前，后者已经拿着一支钢笔，摆好了签名的姿态。“将我的爱献给萨布娜，步莉雅·嘉波儿。”她用花哨而潦草的笔迹写了这句话。就在这时，门口传来一阵骚动。我转过身来，看见一个粉丝正试图冲进接待区。他和保镖们之间发生了小小的冲突，但情况并不严重。

步莉雅合上相片簿，把它交给我：“给你，最好在安全的地方保管好。”

我看见拉加·古拉蒂走进房间，便匆忙把它放回搁架顶端。“谢谢你，步莉雅小姐，您今天真是太出色了。”他说。他把自己收拾得油光粉面，像是一个玩杂耍的宫廷小丑，这次步莉雅没有再冲他微笑。当她坐进高级轿车时，几乎根本没把送别她的人放在眼里，只是勉强承认了我们的存在。她礼貌而近乎冷淡地摆摆手，就摇上了茶色玻璃车窗，接着汽车就开走了。

“我还以为茶色车窗在德里是被禁止的。”我对拉加·古拉蒂说。

“对于你我是这样。”他回答道，目光仍然注视着那辆在转弯处消失的汽车，“它对我们刚才见到的这位大明星并不适用。”

我回到大卖场，其他促销小姐就像见到摇滚明星似的缠住我。“快告诉我们，你和步莉雅都说了什么？”快要喘不过气来的普拉姬问。

“洛基·M给她打电话了没有？”尼拉姆扯住我的胳膊。

“她给你提供什么化妆建议了吗？”乔蒂想知道这一点。

整个商店都沐浴在名人访问的余晖里，可是幸福愉快的感觉只持续了一个钟头，因为在下午3点钟，那个女演员又回到了古拉蒂父子公司，看上去气势汹汹而且近乎发狂。

原来，她的五克拉订婚戒指找不到了。那个装饰物从她的手指上滑掉了。她确信它必然是掉在店里的某个地方。她命令我们驱走所有的顾客，将店门关紧。在接下来的一个钟头，她让我们搜遍商店的每一个角落。我们查看了地板底下、桌椅下面、电视机和洗衣机后面、抽水马桶和废纸篓里面，但始终都没有发现那枚丢失的戒指。

警察被叫来了，为首的还是处理过我们的前任出纳员乔贝的戈斯瓦米督察长。“我心里清楚得很，你们当中有人拿了这枚戒指。”他在店里转了一圈以后，有些不祥地宣布说。他审视着我们的面孔，仿佛我们是在警察局列队等待目击者辨认的疑犯。“现在坦白还不晚。”他接着说，他用的是那种极具耐心、要对子女进行告诫并分享重要人生智慧的父亲口吻，“只要你归还戒指，嘉波儿小姐就一定不会提出起诉。”

他发现迎接他的是一阵沉默，就转向那个女演员：“步莉雅小姐，有没有哪个人是你特别怀疑的对象？”

步莉雅扫视一下全体雇员，她的眼睛阴森而冰冷。当她看到我时，就停顿了一下，试图从我的脸上读出什么东西来。我的心脏是那样飞快地跳动，以至于我坚信人人都能够听见它在“怦怦”作响。她抬起一根精心修饰过的手指指着我：“这是和我待在一起的时间最长的那个女孩。我确信她知道我的戒指在哪里。检查她的手提包！”

我目瞪口呆地看着她，几乎怀疑自己听错了。一个警员走上来，从我的手里拿下我的“玖熙”手提包。我过于震惊，甚至未做任何反抗。而且，反抗就相当于默认有罪，因此我听凭那个警员打开我的手提包，把它倒置在桌子上，里面的东西全部散落出来。我焦虑不安地注视着，他一样一样地检查我的个人物品，那种场面，就像海关官员在检查走私犯的行李一样。不用说，在钥匙、明信片、回形针、纸巾、废车票、收据、唇膏、胡椒喷雾剂和手机这一大堆被倾倒出来的东西当中，并没有那枚戒指的踪影。

步莉雅并不甘心。“搜她的身。”她再次命令道，好像她才是督察长似的。她是在使用名人最显著的特权：权力。我还没来得及从口中挤出一个字，就被一个胳膊上有文身的女警员推入女卫生间，她让我脱掉衣服。

“什么？”

“你听见我说什么了，脱掉你的衣服。”她大声说，又粗鲁地把我推到墙上，她呼出的热气喷到我的脸上。她正在动用有权力的人最显著的特权：随意处置他人的自由。

“把你的手拿开。我不可能脱衣服。你不能强迫我这样做。”

“我都可以让你吃屎，懂吗？”她突然抓住我的头发，把我的头按进抽水马桶里，距离水面只有几英寸。一种莫大的恐惧袭遍我的全身，使我领教了她那粗暴的臂力，也迫使我不得不顺从。接下来的几分钟，是我一生最屈辱的时刻：那个女警员脱掉我的衬衫和裙子，在我的胸罩和短衬裤里连戳带摸地鼓捣了半天。我闭上眼睛，恨不能地面裂开一条缝，将我整个人吞噬。

两分钟后，当我走出卫生间时，我的尊严已被撕成碎片，但我的诚实和正直仍完好无损。“戒指不在她身上。”那个女警员叹了一口气。

女演员看上去极为伤心。“那个戒指价值2000万卢比——2000万卢比！如果找不到，我的未婚夫会杀了我。你们要继续找，直到找到为止。”

“我们会的，小姐，我们会的。”拉加·古拉蒂安慰性的保证听上去既庄重又虚假。

步莉雅·嘉波儿刚走，大卖场的百叶窗就被打开，它又恢复了正常的经营活动，然而对于我来说，一切都已发生改变。店里的雇员对我侧目而视，有表示同情的，也有幸灾乐祸的，简直令人无法忍受。仅仅几个钟头，我就从一个摇滚明星变成了抢劫嫌疑犯。

就在下班以前，普拉姬和尼拉姆紧紧地拥抱住我。“哥们儿，你今天可真够倒霉的。”普拉姬说，试图安慰我受伤的感情，“那些娇生惯养的电影明星以为她们可以想怎样就怎样。”

“我以后绝不再看她拍的电影。”尼拉姆声称，“而且要是有机会的话，我非把那个母狗的眼睛挖出来。”

“别那么虚伪好不好，尼拉姆。”普拉姬插话说，“你今天是这么说的，但我敢和你打赌，要是你明天能和步莉雅待在一个房间，你是不会去挖她的眼睛的，你只会哀求她给你签名。”

就在这时，我想起步莉雅写给我的亲笔签名。在那枚失踪的戒指所产生的震荡余波里，我完全忘了这码事。

趁没人注意，我溜进后面的办公室，取下放在搁架顶端的那个相片簿。“将我的爱献给萨布娜”这句题字，像烧红的烙铁一样灼烧着我的意识。它是我遭受屈辱的标记。我感到一阵苦水涌到喉咙处，我把这一页扯下来，撕成小块，扔进旁边的一个废纸篓里。

我正要合上相片簿，听见里面发出一种轻微的金属撞击声。我好奇地再次细看了一下，整个身体因为惊恐而抽搐了一下：卡在金属线圈之间的狭小空间里那个东西，正是步莉雅的五克拉钻戒。我不知道它是怎样滑出她的手指并且掉进相片簿的书脊里。这种事情发生的概率可能只有百万分之一，但它却实实在在地发生了。

我拼命思考怎样处理这种新情况，我的大脑迅速分析了我所拥有的各种选择。首先，我可以让戒指留在相片簿里，假装从未发现它。其次，我可以把戒指交给拉加·古拉蒂，告诉他我是怎样找到的，并让他归还给步莉雅。这两个选择的麻烦在于，他们不会完全洗清我可能存在的罪名。人们的脑海里始终有那种挥之不去的猜疑，那就是，我很可能是把戒指藏在相片簿里，而且在最后一刻退缩了。

第三个选择让我略感振奋。我可以亲自把戒指交给步莉雅，告诉她我是怎样发现它的，从而让这不幸的一天彻底画上句号。

在我彻底想清楚以前，外面传来一阵脚步声。我本能地把戒指放进兜里，就在那一刹那，马登闯进了房间。“你在这里干什么？”他咆哮着说。

“没什么。我就是来看看我的钢笔是否落在这里了。”

“我没看见这周围有什么钢笔。”

“我一定是把它忘在别的地方了。”我说，然后快速离开了房间，我的心“怦怦”直跳。

我坐在回家的地铁里，双颊仍在因为耻辱而发烧。我的大脑一遍遍地回忆卫生间的场景，直到最后拿出那枚戒指而使自己转移注意力。我的手指不断转动着，被它闪闪发光的小切面迷住了。那颗球形的单粒宝石似乎跳动着一种内在的生命力，闪烁着一种虹彩。步莉雅对它的估值是2000万卢比。这个物件的纯粹价值本身让我感到口干舌燥。我差不多必须工作上一百年，才能赚到这么多的钱。我偷偷向两边看了一下。车厢里没几个人，还没有出现一波一波参加新年派对的人群。我双手颤抖地把戒指套入中指，它非常适合我。我欣赏了一会儿，随即感觉自己像个在夜间侥幸没被逮住的小偷，便匆忙地把它摘下来，放回到我的手提包里。

回到公寓后，我因精神过度紧张而难以平静。妮荷和她的大学朋友出去参加庆祝活动了，而妈妈躺在床上，眼睛呆呆地瞅着天花板。她又陷入了忧伤的沼泽，年头岁尾对她毫无影响。当我换好衣服，在晚上10点钟匆忙离开公寓时，我不禁因为把她一个人留在家里而深感内疚。

我坐上开往多拉库安辖区的地铁。这是一条复杂的路线，需要换三次车。我从多拉库安坐汽车到了丽晶大酒店所在的比卡伊加玛广场。

我走进那家酒店时，门卫迅速抬起眼睛，警觉地看着我的粗斜纹布牛仔裤和显然不够时兴的灰色毛衣。我欣赏了一会儿装饰豪华的大堂，才大步走到前台那里。接待员对我显然很冷淡。我从她的眼里看到一种熟悉的神色，那是我的促销小姐同事对那种只是欣赏店内橱窗里的货物却不打算购买的顾客那种蔑视的眼神。她也许是从我的衣服以及略显局促而陌生的举止中感觉到，我不属于在这家酒店的咖啡厅享用周末午餐的人。“我到这里找步莉雅·嘉波儿女士。”我说，指望这会对她产生影响。

“抱歉，小姐，”她立即回答道，“我们这里的客人没有叫这个名字的。”

“我说的是那个电影女演员。”

“我给你的还是这个回答。”

“也许你不太了解。是嘉波儿女士本人邀我参加她男友今晚在这里举行的派对。”

“我告诉过你了，她不在这里。不过小姐，如果你愿意的话，可以到楼下的丽晶舞厅看看。”

在到达那个舞厅门口时，我被一个更加傲慢的签到处工作人员拦住了。她的手指在桌上一张打印的客人名单上移动着，然后摇摇头。“我很抱歉，你的名字不在名单上。”

“听我说，你可以问问罗茜·玛思卡伦赫丝。是步莉雅本人邀请我来的。你只要让我进去看一眼就行。”

她一只拳头拄在下巴上，眼睛瞅着我，仿佛一眼就能把我看穿似的：“我真的很抱歉，这是一个私人性质的活动，参加者必须有邀请函。你没有邀请函，我就不能让你进去。”

“好吧，那你至少可以替我捎个话儿给她，就说萨布娜·辛哈在外面等她，可以吗？”

“我不会那样做，我也不允许你在这里等待。我建议你马上离开，否则我就只好叫保安来。”

看来我没必要和她继续理论了。而且，我也不可能见到步莉雅了。在这个女演员周围竖起的高墙是不容外人翻越的。在经过一刻钟的无果尝试之后，我从酒店走出来，感到沮丧而恼火。我坐上能够打到的第一辆出租车，让司机直接把我送到劳伦在梅劳里的住处。假如顺利的话，我应该来得及赶回多拉库安并坐上地铁，然而，我的内心还在因为那个签到小姐的轻视而隐隐作痛。何况当口袋里有一个价值 2000 万卢比的宝石的时候，你不会为花费 200 卢比坐一趟出租车这种享受而再三考虑。

眼下，我需要友谊的慰藉，而能够提供这种慰藉的最好人选莫过于劳伦。在短短 18 个月时间里，她已经成为我生命中宝贵的一部分。我们的关系是在悲剧的严峻考验中形成的。是她目击到爸爸遭遇了车祸，并把他送到了医院。

我们 2009 年 3 月刚来德里时，爸爸在阿克普拉姆租了一套小房子，我们尝试在这个德里南部的中心地带建立新生活。我在尼赫鲁大学申请就读研究生英语课程，妮荷在尼赫鲁大学读本科。在一段时间内，我们好像成功地忘记了过去的痛苦，然而，这只是一个幻觉，爸爸不再是过去那个人了，昔日那个傲慢、自信的男人不见了，他沉浸在懊悔和自怜中不能自拔。搬到这里不到一个月，他那只当初掌掴艾尔嘉的右手就出现了轻度痉挛。他在瓦桑特昆吉辖区的一所学校找到了一份做数学教师的工作，只是他不能再像样地教学了。负罪感把他整个人从里到外掏空了，他每天都活在梦游状态里。而且，他也是像一个梦游者那样死掉的，迷迷糊糊地死于一场肇事司机事后逃逸的车祸。

德里的车辆比孟买、加尔各答和金奈加起来还要多，这意味着和印度其他城市相比，在德里街道上遭遇车祸的概率更大。即便一辆蓝线公交车没撞到你，一辆宝马车也肯定不会放过你。在 2009 年 6 月 8 日将近午夜时，我的父亲被一辆超速行驶的卡车夺去了性命，地点就在德里南部的鹿园外面。当他正要穿过街道时，那辆卡车把他撞到了，并从他的身上碾压过去。他当时在鹿园做什么——那里离家那么远，时间又那么晚——我们直到今天也无法弄清楚。那个凶残的卡车司机至今仍逍遥法外。

几乎是在同一时间，劳伦正好驱车离开附近的印度理工学院，她当时的男友是一个化学工程系的教授。她看见爸爸躺在路边一大摊血泊当中。几辆汽车从繁忙的十字路口经过，却没有人停下来帮助爸爸。是劳伦将我那血淋淋的父亲抱到她的“风神 800”汽车里，把他送到穆尔江德医院的急诊室。显然，在短时间内爸爸的意识是清醒的，但劳伦听到的只是他喃喃地用印地语说出类似于“鹿”这样的字眼。也许他是想说出当时他在鹿园所做的事情。我们永远都没有机会向爸爸询问这件事，因为他在被送进医院不久就陷入了昏迷。他在重症监护室坚持了三天，但并未恢复知觉。在 6 月 12 日这天，他离开了这个世界。

艾尔嘉的死在精神上击倒了我们，爸爸的死在物质上击倒了我们，他是家里唯一负担生计的人。随着他的离世，作为长女，这个责任顺理成章地落到了我的肩上。它彻底改变了我的人生轨迹。我不得不中断学业，开始寻找工作。

虽然爸爸当初希望我成为一名公务员，但在不断成长的过程中，我的梦想始终是要成为作家。因此，我申请了一家大型出版社的编辑助理职位。让我惊奇的是，我竟然得到了这份工作。主编对我的那些业余诗歌作品的兴趣，要远远大于对我的英美文学课程的全优成绩的兴趣。可是，他们提供的薪水只有 9000 卢比，甚至不及如今一个政府杂役人员的收入。无奈之下，我只能首先选择薪水而不是个人兴趣。

在做过一系列临时性的工作以后，我最终在古拉蒂父子公司找到了比较长期的就业机会。我从有抱负的写作爱好者变成了促销小姐。从阿尔弗雷德·丁尼生[①]转向电视机、从菲茨杰拉德转向电冰箱的过程是令人痛苦的。我的计划是把它作为权宜之计，直到找到更好的机会、更符合我兴趣的工作为止。现在已经过去了一年，而我还未找到那个更好的机会。

劳伦是我唯一能够与其讨论文学和诗歌的人。作为瓦萨学院的研究生，她具有知识分子的智慧和对文化艺术的激情。每当我们坐下来一边喝咖啡，一边交流思想和读书建议时，我们之间 14 年的年龄差距就会彻底消失。她说，就像哥伦布发现美洲一样，她来到印度也完全是一个意外。“为了完成我的博士论文，我获得资助来做田野调查。”她告诉我，“我选择在尼泊尔做这项研究，但我的机票是经过印度的。我最初计划在这里中转时顶多待两天。现如今我在这里已经待了 15 年。而且，我不认为我有朝一日会回去。我完全中了这个神奇国家的魔咒，程度有增无减。”

劳伦居住的房子和她本人一样有趣。它的位置接近于顾特卜塔[②]，是一座年代悠久、残损过半的老房子，过去曾是哈里亚纳邦行政长官的官邸。尽管墙壁的灰泥已经剥落，古旧的家具已经污损，地毯磨损得甚至能让人一眼看见地板，但这个地方却具有一种特殊的品质。华丽的水晶吊灯和高高的天花板诉说着其昔日的辉煌。而且劳伦已经美化了前面带有甬路的花园，还在庭院里种满九重葛和茉莉，营造出一种温馨和好客的气氛。这房子是进入它的格子架前门的所有人的安全避风港，尤其是对于那些无家可归和遭受虐待的孩子而言，他们都是劳伦的慈善机构——RMT 阿萨基金会的主要关注对象。这个基金会是她在 8 年前用亿万身家的实业家拉姆·穆罕默德·托马斯提供的资金建立的，而后者自己当年也是个

---

① 英国维多利亚时代最受欢迎、也是最具特色的诗人，代表作品为组诗《悼念》。

②1193 年由印度奴隶王朝第一个国王顾特卜·乌德·丁开始修建，是德里的标志性建筑之一，亦跻身“印度斯坦七大奇迹”。

流浪儿。今天，这个基金会帮助了1000多个孩子，为他们提供住所、教育和一个充满爱的环境，让他们可以有尊严、有自信地成长。归根到底，是要让他们对未来充满希望。

尽管是一次新年聚会的东道主，劳伦的穿着依然是家常的简洁服饰，她的暗金色头发被牢牢地绑在脑后，身着白色短上装和粗斜纹布牛仔裤，脚上穿着标志性的科拉普利拖鞋，脖子上搭着一条印度绣花披肩。那双深邃的淡褐色眼睛一看到我，就立刻焕发出光彩。她在庭院台阶上迎接我，给了我一个温暖的拥抱，又亲吻了我的双颊。

宽敞的客厅里燃烧着“噼啪”作响的炉火，啤酒可以随时取用。将近40个客人当中，绝大多数是印度人，还有少数是外国人。女人的额前都有一个很大的人工痣，而男人大都留着胡须。所有人都一律穿着印度“法宾蒂亚”棉布长衫、褪色牛仔裤或者吊带布裤。他们要么是所谓的“斜挎包一族”[①]，要么属于非政府组织成员。他们是环境会议充满激情的拥护者，是社会发展论坛引人瞩目的参与者，是官方新闻发布会上无所畏惧的持异议者，也是全球峰会上挥舞标语牌的反对者。

“来认识一下詹姆斯·阿特利。”劳伦把我介绍给一个个子很高、有一头蓬松金发和善良蓝眼睛的英国人。从詹姆斯伸出手臂搂住她腰部的姿态来看，我猜他是劳伦的现任男友。西方女人总是能够如此轻易地找到自己的爱情，这让我羡慕不已。詹姆斯是劳伦在18个月时间里的第三任男友，这也证明他们同样有可能很快结束这段爱情。

“看起来，你也要拯救世界了，对吗？”我问他。

“那是劳伦的领域。”他微笑着说，“我的目标是拯救公司。”

“什么意思？”

“意思就是，我是个注册会计师。”

“我以前还从没见过注册会计师。”

“我们这些人会帮助组织机构建立、管理、改变或者恢复它们的品牌形象。简单地说，我们会协助一家公司确立其独特的身份，甚至包括它的名字和商标。”

我不乏赞赏地点点头：“那么您在哪里工作？伦敦？”

“我以前在伦敦，但现在住在新德里。我和印度移动公司有为期一年的合作协议，负责帮助他们重新设计企业形象。他们资金雄厚，正计划大规模扩张。”

---

① 即嬉皮士共产主义者。在印度，典型的嬉皮士共产主义者经常以携带单肩背挎包的形象示人，因此又被称为“斜挎包一族”。“斜挎包一族”将自己视为“知识分子阶层”，其中许多人是尼赫鲁大学的毕业生。

“哦，我有个朋友在印度移动工作，叫卡兰·坎特。你认识他吗？”

“他是做什么的？”

“他在呼叫中心做代理。”

“那样的话，我不可能认识他。我只和最高管理层打交道，尤其是老板斯瓦潘·卡拉克先生。”

在和詹姆斯聊天之后，我又开始和其他客人交流。一个留着胡子的眼镜男和我搭讪，在我眼前挥动着一本 RMT 阿萨基金会的小册子：“你是为劳伦工作的？”

“不。她是我的朋友。”

“那么你告诉我，她为什么住得起这么好的地方？”

“您说什么？”

“从这个小册子上看，她是基金会的受托人。但是作为受托人的首要原则就是，她不能从信托基金当中获得任何好处。我能够嗅到基金会的腐败气味。”

他自己的呼吸就散发出那种灌了太多威士忌酒的臭气。我礼貌地找了一个借口从他那里走开。我能够忍受一个醉鬼，但不能忍受滥用主人好客品质的忘恩负义之徒。

我随意地和其他几个人闲谈，不过只是在走过场而已。我和这些人没有多少共同语言，牵强而无聊的闲谈更让我厌烦。另外，某种东西让我感到不安。我知道它是藏在我手提包里那枚戒指。“我感觉不太舒服，”我说，并向劳伦表示歉意，“也许我该回家了。你能帮我叫一辆出租车吗？”

她一如既往地善解人意：“我不建议你这么晚坐出租车。我让桑塔努送你回去。”

桑塔努 40 多岁，又高又瘦，是劳伦忠实的专职司机，最近 8 年一直在给她开车。他开着劳伦那辆 1999 年生产的严重磨损的“风神 800”送我回家。我们经过新德里南部的豪斯卡斯区时，天空突然被烟火照亮了，这意味着已经到了午夜时分。

“新年快乐，小姐！”桑塔努看着后视镜里的我说。

“新年快乐！祝你在新的一年梦想成真！”

“不用把你的祝愿浪费在我身上，我已经没有梦想了。”

“为什么？”

“如果你长时间保持一个梦想，它就会生锈。没有什么比生锈的梦想更危险，它会毒害你的心。”

“你的梦想是什么？”

“拥有我自己的车库。但它永远都不能实现了。我永远都不能赚到那么多的钱，所以我不可能拥有它。那个车库的梦想现在生锈了，就像我的大脑一样。”失望和失败的苦涩滋味让他一时间无语凝噎。

有那么一会儿，我忍不住想要把那枚戒指掏出来，作为礼物当场送给他。有了它，他能够买下十个车库。但在这时，我脑袋里那个小铃铛响了起来：“不！不！不！”它警告我，这枚戒指并不属于我。而且，我从未真正按照“谁发现归谁”这种哲学生活。我只是这枚戒指的一个受托人。而作为受托人的首要原则就是，你不能从基金当中获得任何好处。

在新的一年的第一道金光里，我又一次审视这枚戒指。就像已经失效的魔法一样，它不能为我做任何事。我深入研究了它的小切面，但它仍然不过是一块闪亮的石头而已。我几乎忍不住要把戒指拿给正在床上酣睡的妮荷看，最终还是放弃了这个念头。这是一个带有内疚感的秘密，我不会同任何人分享，甚至包括卡兰在内。

各种近乎离谱的计划在我的脑海里闪过。我可以像电影《泰坦尼克号》的主人公那样，把戒指扔进亚穆纳河。我可以把它卖给地下珠宝商，将收益交给劳伦基金会。我可以把它偷偷放进马登的衣服口袋，以偷窃罪名嫁祸于他。总之，我所知道的就是，我不想把它还给步莉雅·嘉波儿。那个女演员曾经那样对待我，她已经失去了得到它的权利。

罗茜·玛思卡伦赫丝那天往店里打过三次电话，询问我们是否确定了戒指的下落。马登不能再装下去了。“没有，小姐。”他告诉她，“我们还没有找到它，而且，我不认为我们能找到。”

星期一这天是 1 月 3 号，我做了一件大胆的事。坐地铁上班时，我把那枚戒指戴在了手上。这是一种蓄意挑衅的举动，我旋转着手腕，咬着指甲，反复晃动那只手，我想让交通高峰时间的人们知道，我戴着一个价值 2000 万的小玩意儿。我希望他们注意到那颗钻石的尺寸和光泽，听到他们发出“啊呀”的惊叹声，但他们没有任何反应。他们丝毫没有关注我本人以及我手指上的钻石——那颗曾经让我感到震撼的钻石。人们没有意识到，我戴着真正的钻石戒指。他们认为它不过是一个氧化锆立方体的廉价戒指，那种你只需花几百卢比，就能够在简巴特大市场弄到的戒指。他们知道，拥有一颗真钻石的人是不会乘坐地铁的。想到这件事所具有的讽刺意味，我的嘴角浮现出一丝苦笑。即便我带着真正的钻石，人们也会认为它是赝品。即便步莉雅·嘉波儿戴着一颗假钻石，人们也会认为它是真钻石。我们从来都不会真正看到事物的本来面目。正如美存在于旁观者的眼中一样，价值只存在于旁观者的思想当中。

罗茜·玛思卡伦赫丝后来再次打来电话，却已然有些漫不经心了。再后来，她就彻底没动静了。实际上，步莉雅已经接受了她的戒指石沉大海的事实。我可以把它永远据为己有了。但是，我保留戒指的时间越长，它使我产生的压力越大。这个钻石已经成为氪星球的爆炸残片[①]，它正在逐渐耗竭我的能量，让我的心情变得郁郁寡欢。我能够感觉到，该是我和它分手的时候了。

我设法从马登的电话簿得到了罗茜·玛思卡伦赫丝的电话号码，并且给这个在孟买的公关经理打去了电话。"我想，我可能找到了那枚戒指。"

"我不敢相信我的耳朵！"她喘着气说，"我这就坐飞机到德里，把它拿回来。"

"我不会交给你。我只能把它亲手交给你的老板。"

"她现在没——"

"听着，"我打断她的话，"让步莉雅明天上午7点钟到我家里来，不然，我就会把戒指扔进亚穆纳河。选择权在你。"

1月7日上午6点45分，一辆黑色宝马车停在LIG住宅区大门口。步莉雅·嘉波儿提前15分钟来到这里。大部分居民都还在睡觉，包括妮荷。女演员走进我的起居室，看上去和那个当初到店里造访的人迥然不同。我看到的不是一个自我感觉良好的女神，而是一个无限痛苦、被巨大损失压垮了的未婚妻。她是一个人来的，没有化妆师、发型师和公关经理。她显得紧张不安，有些狐疑地啃着指甲，当她坐在沙发上时，不停地摸索手里握着的手机。她好像一直都在哭泣：她的脸都哭花了，头发乱糟糟的。很显然，她又开始像过去那样酗酒了。难怪连大门口的门卫都没有认出她来。

"你真的找到了我的戒指？"她声音颤抖地问我。

"是的，"我回答说，"我就在你到店里访问的当天找到它的，它掉在你亲笔签名的那本相片簿里。"

"我可以……可以看看它吗？"

我拿出戒指递给她。她仔细地审视了一番，戴在手指上试了试，然后满意地点点头："是的，这是我的戒指。"她快速地把它放进口袋，就站起身来。

"你就不想再多待一会儿吗？"

"不想。"她说，并且第一次扫视这个房间。当她看见剥落的油漆和褪色的

---

① 在"超人"的故事中，一种来自氪星球、会对超人造成伤害的石头。

装饰时，我看见她脸上露出鄙视和厌恶的表情。我记得有一次乘坐地铁，当一个打饱嗝的婴儿把呕吐物弄到一个西装革履的商人身上时，我从后者的脸上看到过同样的表情。

“至少可以喝杯茶再走。”

“我没有时间。我要赶第一趟航班回孟买。”她说着，开始向门口走去。接着她又停下脚步，转过身来。“在我离开以前，可以问你一件事吗？”

“没问题。”

“你为什么要把它还给我？这枚戒指很昂贵。如果你愿意，你完全能够自己留着。”

“我不可能留着它。我又不是真的喜欢钻石。”

“那你为什么过这么长时间才还给我？”她质问我，“你不知道它给我带来了多大的痛苦吗？”感恩的腔调消失了，她又恢复了一向的刻薄和跋扈。

“有什么办法呢，小姐？”我叹息着说，“你知道，我们这类人，我们的荧光灯起码需要一个礼拜才能亮起来。”

一周后，埃加利亚再次邀请我来到他的办公室。他这一次考虑得更加周到，在时间上做了调整：把会面时间定在下午一点半，这样我就能够在午餐时间来见他。

“干得好，萨布娜！”他说，“我很高兴地看到，你通过了第二个考验。正直的考验。”

“正直？怎样通过的？”

“你把戒指还给了步莉雅·嘉波儿。”

我感到一阵晕眩，他不可能知道我归还戒指的事。这件事只有我和女演员、还有我们家起居室的墙壁知道。

“可是，您是怎么知道那个戒指的呢？”

“我有我的方法。”

“您在监视我？”

“当然没有。其实相当简单，你知道，ABC 集团也生产电影。步莉雅·嘉波儿是我的制片公司最近一部电影的女主角。她向化妆师提到了戒指的事，化妆师把这件事告诉了导演，导演告诉了制片人，而制片人告诉了我。”

我无从知道他说的是不是真话，还是仅仅为了验证我是不是一个容易相信别人的人。不管怎样，我都决定实话实说。“我原本当天就应该归还那枚戒指。我把它保留了一周，却没有得到任何乐趣。”

“正直的含义远远多于单纯的诚实，萨布娜。对正直的真正考验就是在没有旁观者的情况下，仍然能够做到诚实。你已经证明自己拥有强烈的是非观念。记住，一个出色的领导者必须具备以身作则的品质，只有这样，才能赢得别人的信任。没有什么比雇员的不诚实能给企业造成更大的伤害。而且，如果连首席执行官本人都不正直，那么连上帝都救不了他的企业。”

他指指他的身边：“你到这里来，看看下面的街道。你看到了什么？”

我透过凸窗向下凝视。巴拉汗巴路车水马龙。“我看见了许许多多的人和汽车。”

“是的。站在这个高处，你能够看见他们的脑袋，但你不知道那些脑袋里装的是什么。”他叹了一口气，仿佛刚经历过一次严峻的考验，“人们越来越善于掩盖他们真实的本性。一个职业骗子能够轻易骗过所有的人，能够顺利通过我们在录用前筛选中的正直测试，甚至能够骗过一台测谎仪。”

“那么，您如何知道雇用的是一个诚实的人？”

“这对于首席执行官来说是最人的挑战。没有哪一种软件或者仪器能够以百分之百的精确度显示一个人的真情实感。我都是依靠我的直觉行事的，让那些我认为可靠而忠诚的人聚拢在我周围。然而有时候，我也会出现失误。”

“您指的是什么？”

“我们这个系统里有内奸。有人一直在把公司机密信息透露给我们的竞争对手。”

“这太可怕了！”

“不用担心，我们早晚会发现那个叛徒的。我不希望你因为这件事情失眠，你需要准备接受第三个考验。”

“那个考验是什么？”

“我怎么知道？是生活在发牌，而你是那个玩牌的人，我不过是宣布结果的法官。今天就到这里吧，再见。”

当天晚些时候，我抓住卡兰的胳膊，附在他的耳边，声音里带上一种夸张的密谋低语的效果，似乎要分享一个无比重大的秘密似的。“ABC 集团有一个内奸，把公司的机密透露给了埃加利亚的竞争对手。”

“啊哈！”他大声说，“这就是说，这个阴谋越来越复杂了！”

我们坐在住宅区外面那个花园的长凳上，夜晚的凉气笼罩着我们。在经过整整一周之后，我是第一次看到他。“我不知道，他为什么要把这么敏感的事情告诉我。”

“我来告诉你为什么。因为这是个圈套，要让你跳进去，要让你信任他。他是在和你玩某种扭曲而病态的智力游戏。”

“我也知道。可是他看上去是那样真诚，我几乎觉得自己应该相信他了。”

“那样的话，你就必须格外小心了。快醒过来吧，萨布娜，不要听信敌人的谎言。趁着你还没有被拉进深渊，快醒过来吧。”

“我一直都很清醒。是你在步莉雅·嘉波儿来到我家时还在睡觉。”

“什么？步莉雅·嘉波儿来过LIG住宅区？”

“是的，先生。我是第一次能够让一个超级明星变得这么听话。”我对卡兰讲述了和那个女演员之间发生的事情。

“难以置信。这么说，你真的把那个2000万卢比的钻石还给她了，啊？”

“是的。钻石不是我最好的朋友，你才是。”

第三个考验

被锁住的梦想

“现在跟我重复：C-O-L-D，cold，意思是冷的；T-A-L-L，tall，意思是高的。”

“C-O-L-D，cold，冷的；T-A-L-L，tall，高的。”学生们齐声读道，随即发出“咯咯”的笑声。

这是星期天的英语课，在我们的公寓客厅进行。坐在我前面的是春奴、拉朱、阿尔蒂和苏雷士。他们都在10岁到12岁之间，住在附近的MCD贫民区。春奴是在日本公园做花匠的索汗·拉尔的儿子，拉朱的父亲迪拉克·拉杰是17区那家公立医院的病房护理员，阿尔蒂和苏雷士是卡拉瓦蒂的孩子，她是一个单身母亲，在LIG住宅区的几户人家做临时保姆，但不是我们家的保姆。凭借我的工资，我是雇不起保姆的。

6个月前卡拉瓦蒂说服我做了英语老师。“阿尔蒂和苏雷士上的是国立学校，那里都是用印地语教学。他们一定要学点儿英语，不然怎么找到一份好工作呢？”她苦恼地说，又抓住我的手，“他们的未来就在你手上，姐姐。请帮帮他们。”我无法拒绝她的不断恳求，就同意每个周末教她的孩子学英语。很快，拉朱和春奴也加入进来。

我实际上很喜欢教这些孩子。他们也许没有太多机会，但他们的确拥有雄心和积极性。他们的梦想没有被命运和环境所腐蚀。他们的命运不该再受到种姓和阶级的束缚。他们的眼睛里有一种热情，他们的脸上有一种希望，这将使他们在未来生活中站在比他们的父母更高的位置上。

就在我准备结束今天的课程时，我的手机响了，是劳伦打来的。“萨布娜，亲爱的，我刚刚得到一个匿名者提供的情报，说罗希尼的MCD贫民区有一家非法制锁工厂。那个地方不是离你家很近吗？”

“是的。那个住宅区差不多就在我们后院。”

“对方告诉我说，那个工厂雇用了20多个孩子，让他们在极端危险的环境里工作。”

“这太叫人震惊了！”

“可不是！听我说，我希望你能帮我个忙。我想让你对MCD住宅区进行谨慎的调查，看看我得到的这个情报是否可靠。你能帮我做这件事吗？”她的声音充满急切和恳求的意味。

“不用担心。我今天就给你答复。”

我放下手机，转向孩子们：“在这个贫民区有什么制锁厂吗？”

“是的，姐姐。”苏雷士点点头，“是阿尼斯·米尔扎开的。”

“阿尼斯·米尔扎是谁？”

“他是一个黑帮老大。我们整个住宅区的人没有不怕他的。”

“你能带我去看看那个工厂吗？”

苏雷士开始挠头：“母亲给了我严格的指示，叫我不要靠近那个地方。要是她抓住我——”

“我带你去，姐姐。”春奴说，“它就在我家旁边。他们还让我去上班呢，说每天给我 80 卢比，我说我不去，我更喜欢上学。”

“做得好，春奴。”

当我把这个情况告诉劳伦时，她立刻忧心如焚。“我们需要马上救出那些孩子，我一刻钟也不能再等了。”

“难道我们不应该报告当局吗？”

“那也只能是在我自己去查看过那个地方之后。我现在就去罗希尼，你能安排一个当地向导吗？”

“他现在就和我在一起。”我说。

一个钟头以后，我和劳伦跟随春奴穿过贫民区脏兮兮的迷宫一样的小巷。那里比我见过的其他贫民区情况要好点儿。大多数房屋不是用瓦楞铁、篷布、纸板和塑料袋做的临时窝棚，而是用砖和水泥砌成的，尽管它们很小而且拥挤。贫民区外围的道路相对干净，但是，当我们走到里面时，到处弥漫着人类垃圾的腐臭气息。我们看到有脏水溢出的排水沟，路边是成堆的垃圾和废渣。空气中飘荡着煤油烟，将周围环境笼罩在一片肮脏的帷幕中。

春奴带着我们经过几家小餐馆和杂货铺，最后到达这个贫民区北部边界线的污水渠。污水渠对面的房屋更大也更好。春奴指着一栋涂着浅黄色油漆的双层联栋房屋。“就是那家工厂。不要对别人说，是我把你们带到这里的。”他说完，就蹦蹦跳跳地跑回自己的家，那是贫民区边缘的一个单间棚屋。

我像拆弹专家那样迈着犹豫不决的步伐接近那个不起眼的建筑。劳伦正好相反，急于快步走到那里。

“OK，我们可以这样计划，”她说，“我们假装迷路了。我们想要找到去德里工程学院的方向。”她敲敲前门并等待着。我们耐着性子等了将近 1 分钟，那道金属门才终于打开了，站在我们面前的是一个大约 10 岁的小男孩，只穿着肮脏的背心和短裤。他盯着劳伦，好像以前从未见过白种女人似的。“嘿，你好，小朋友，我们可以和你的父亲说说话吗？”劳伦用纯正的印地语问。

那个孩子呆愣了片刻，他没想到自己会在这里看到外国人，而且是个讲印地语的外国人。“阿尼斯先生出去了，他一个钟头以后回来。”他回答说。

“那我们就等着他。”劳伦说，而且不等他回答，就拉着我强行进入里面。

我的眼睛所看到的景象，让我永远都不会忘记。大概有 30 个孩子挤在一个狭长、低矮、闷热的房间里。地板是用劣质水泥铺成的，墙壁污秽不堪。只有几支荧光灯提供照明，没有任何通风设备。

锤子敲打金属的声音和电动工具刺耳的轰鸣声传入耳内。在空气里盘旋着浓重而有毒的烟雾，就像一条条飞蛇，让我的眼睛感到刺痛。

那些年龄在 8 岁到 14 岁之间的孩子在干着不同的活计，有的在使用手压机切割，有的在进行抛光、电镀和喷漆。他们当中任何人都没有保护措施。当我和劳伦走进去时，他们只是抬头瞥了一眼，又继续去做他们手头的工作。房间里一个成年人也没有。

“这比我想象的还要糟糕。”劳伦低声说，“这是一家只使用童工的血汗工厂。”她掏出手机开始拍照。

“喂，你在干什么？”一个像是这个团队领导者的高个儿男孩放下他的喷漆枪，挑衅似的盯着我们。

“别紧张，放松点儿。”劳伦说，“我不是劳工督察长。”

“可是老板吩咐过我们，不许任何人拍照。”

“那对我们不适用。”

“你们是什么人？”他怀疑地看着我们。

“我们是美国来的进口商。我们是来看看你们的锁头的质量，再决定是否想要购买。”劳伦说，连眼皮都没有眨巴一下，那个孩子似乎立刻就被她唬住了。

“你叫什么名字？”我问他。

“古杜。”他回答道。

“告诉我，你们都要工作到什么时间？”

“这要听阿尼斯先生的。有时候到晚上 8 点，有时候到晚上 10 点。”

“你做这个有多长时间了，古杜？”

“5 年。从阿尼斯先生从阿利格尔[1]那里来开这个工厂开始。我已经是制作

① 印度北部城市，在阿格拉以北 80 公里。

锁头和钥匙的专家了，我现在能在 1 分钟内打开任何锁头。”

我注视着那些用手压机切割锁头不同部件的年纪不大的孩子。我很快就注意到，不少孩子的手指都缠着绷带。“因为过度疲劳而导致的意外事故，经常让这些孩子失去指尖。”劳伦解释说，她的眼睛溢出了泪水。

我朝里面走去，站在一个使用抛光机给锁头抛光的孩子身边。他全身沾满黑色金刚砂粉，看上去就像是一个煤矿工人。当他弯腰在旋转电机前工作时，他的脑袋距离电机还不到 10 英寸，我能够看到，他正在吸入金刚砂粉，这导致他隔一会儿就要咳嗽一阵子。我甚至必须捂住口鼻才能避免吸入细小的金属粉尘。“这里好多孩子将来都会得呼吸系统疾病、哮喘病和肺结核。”劳伦悲伤地说。

另一个男孩的后背似乎有很多疹子一样的东西。我用手指轻轻地抚摸那块皮肤，发现它们原来是一条条被用力鞭打过的痕迹。“这是怎么回事？”我问他。

他没有回答，但是他旁边那个男孩替他做了回答：“拉杜奥遭到了阿尼斯先生的惩罚。老板不允许我们出错太多，更不允许我们上班迟到。”

我的身体因为极度憎恶而颤抖。“那家伙是一个残暴的怪物，”我低声对劳伦说，“趁他还没有回来，我们走吧。”

“OK，我认为我们看到的够多的了。”劳伦收好手机，大声宣布说，“我们这就离开。”

我们走到门口，古杜喊住了我们：“等等！”

“什么事？”劳伦站在原地，慢慢转过身来。

“你们还没有说你们叫什么名字。要是老板问我谁来了，我该怎么对他说呢？”

劳伦想了一会儿：“你告诉他，巴克老妈[①]从纽约来这里参观。”

“什么……老妈？”

“她的老妈。”劳伦指着我，我是巴克。

“巴克老妈不是一个臭名昭著的罪犯头目吗？”当我们快速走回我的公寓时，我问劳伦，“我似乎记得波妮埃姆乐队[②]的一首歌唱的就是她。”

“那首歌叫作‘贝克老妈’，”劳伦解释说，“但说的是同一个女人。他们把名字改了，因为‘贝克’听起来更上口。但是和这个叫阿尼斯的家伙所做的事情相比，她的罪行甚至都不算什么了。”她接着说，声音充满了愤怒：“她的团

---

① 一个真实的历史人物，是美国 20 世纪 30 年代一个犯罪团伙（包括她的儿子在内）的头领，她的经历后来被搬上银幕。

② 前西德的一支迪斯科演唱组合，是二十世纪七八十年代著名的乐队之一。

伙只是窃取金钱。这个家伙窃取了孩子的未来。”

“那我们下一步做什么？”

“我们把这件事报告给本区区长，他能够组织一个突击小组救出那些孩子，关闭那家工厂，我们现在就去找他。”

“今天是星期天，他们不上班。”

“见鬼，我都忘了。我们明天第一件事就是要去报告。”

在9号上午，星期一，我们来到区长办公室。它是一个典型的政府办公室：白色的粉刷墙壁上悬挂着国家领导人的肖像，实木家具、分类账和文件堆满了每一个角落。一群一群的人在楼外徘徊，楼内却显得死气沉沉。然而，劳伦的出现迅速引起一个叫吉穆迪·拉尔的中年办事员的兴趣，这个人有一簇牙刷式的小胡子和毛发灰白的鬓角。“嘿，小姐，我能帮您做些什么呢？您需要做房地产登记吗？”

“我是来报告一个工厂非法雇用童工的。区长什么时候能见我们？”

“恐怕区长先生在十点半以前是不会有时间的。不过你们可以和我谈谈这件事。”

在接下来的半个钟头，我们耐心地解释了在那个工厂看到的情景、操作的非法性以及对孩子的健康和周边环境的危害。劳伦甚至把手机拍摄的照片打印出来。那个办事员让我们提交书面报告并填写各种表格。我对这种官僚作风感到愤怒，提出一个简单的投诉，竟比从银行申请贷款的手续还要复杂。

“这是一件严肃的事情。”劳伦强调说，“我希望你们马上采取行动，挽救那些可怜的孩子。”

吉穆迪·拉尔庄重地点点头：“当然没问题，小姐。但是我们处理这样的问题必须遵守既定程序。需要对报告审核，接着要进行调查，然后才能向上头提出申请。这些都需要时间。不过，如果要想加快速度的话，你们就得……”

他话说了一半就打住了，从他黄鼠狼一样的面孔流露出的期待表情，能够让我们迅速判断出他的意图，他是想让我们对他行贿。

我吃惊不已。“你算是哪一种人，竟然要利用无辜的孩子中饱私囊？”我开始斥责那个办事员。

然而，劳伦只是皱皱嘴唇，又点点头。她似乎是不假思索地打开钱包，数出了5000卢比的钞票：“这些够吗？”

“啊，小姐，您这么慷慨，真让我难为情啊！”吉穆迪·拉尔一边讨好地说，一边接过那些钱，塞进衬衫上面的口袋里，“你们放心，区长先生一回来，我立刻就会向他报告，祝你们好运。”他抬起双手，做了个印度式的合十礼。我双手发痒，恨不能给他一通猛击，把他那张丑脸上挂着的假笑打掉。

当我们从楼内走出来时，我忍不住对劳伦说：“我没有想到，你会这么轻易地贿赂那头猪。”

“对我来说，头等大事就是救出那些孩子。在这种情况下，要是花钱好办事，我不会计较的。”

“我们这个国家似乎已经成了一个受贿和行贿的国度。”我沮丧地摇摇头。

“如果这能让你感觉好点的话，那么我可以告诉你，在美国也有贿赂。”

“真的吗？”

“是的，只不过我们把它雕琢成了一种微妙的艺术，我们把它称为游说。”

这天是1月26日，印度国庆日。它标志着印度宪法的诞辰纪念日。然而，对于我和我的家人来说，它标志着艾尔嘉的祭日。

在外面，扬声器喇叭高声播放着爱国歌曲。我们的公寓里面气氛忧郁而凝重。今天我们都是情感的难民，都在从我们的集体痛苦中寻找避难所。沉浸宗教的妈妈从《薄伽梵歌》的经文中找到慰藉。妮荷躲在她的MP3播放机当中，戴着耳塞感受某种强烈的舞曲节拍。我试图通过读书让自己转移注意力，然而，想要集中精神完全是一种奢望。于是我坐在电视机前，一边在一张纸巾上涂鸦，一边观看国庆日游行的现场直播。这是一个雾蒙蒙的早晨，天空是灰色的，但数千观众冒着寒冷，为从拉杰大道东端的莱吉纳山向红堡[①]方向行进的游行队伍和机械化方阵欢呼。一系列由活人扮演的静态画面，展示了我们的军队力量和文化多样性。我刚刚看到坦克和导弹，镜头又切换到比哈尔邦的伊斯兰苏菲派传统和锡金的节日舞蹈。

“你干吗要浪费时间去看这种歌舞？”门后传来责备我的声音。我转过头来，看见妮尔玛拉·本走进公寓。

妮尔玛拉·本住在与我们隔着三个住户的同一楼层的B-25公寓。她是一个身材瘦小的女人，刚过60岁，她那快速转动的眼睛能够迅速洞察周围的一切。她的灰白头发在脑后紧紧地梳成一个小圆发髻。像往常一样，她穿着朴素的白色莎丽和普通的拖鞋。

妮尔玛拉·本的生平，正是我们自己的奋斗的真实写照。她在结婚前名叫妮尔玛拉·穆赫吉，一个来自印度加尔各答、对泰戈尔诗歌充满激情的孟加拉

---

①印度德里的著名景点，是一座红色砂岩筑就的城堡，17世纪中叶由莫卧儿王朝第五代君主沙贾汗修建，被誉为“印度的故宫”。

人[①]。她在24岁时爱上了一个名叫哈斯穆克·沙的做会计师的古吉拉特人。尽管遭到家庭的反对，她还是嫁给了他，跟他搬到了印度西部的苏拉特市。他们很快就有了一个名叫苏米特的孩子。不幸的是，她的丈夫在1985年因心脏病发作突然故去。在那以后，她把全部希望都放在儿子身上。当苏米特加入印度军队并被派到拉杰普塔纳步兵连服役时，她的心中充满了自豪。苏米特先是在阿萨姆邦和德里服役，后来被派到克什米尔，在1999年6月13日的卡吉尔边境冲突中战死。

苏米特死后，妮尔玛拉·本搬到德里。她的公寓是纪念她的儿子的神龛，挂满了那位军官英姿飒爽的照片。值得一提的是，苏米特在死后获得了国家二级战士英雄奖章：大十字勋章。除了有关她的孩子的纪念品以外，你还能看到圣雄甘地半身塑像及其手纺车的模型。一个书架上摆满了甘地的90卷本文集。“苏米特的死让我彻底垮掉了。”她有一次对我说，“我在痛苦中生活了将近两年，直到我发现了莫罕达斯·卡拉姆昌德·甘地。我开始阅读他写的所有东西。是国父甘地让我睁开眼睛，去解读真理、非暴力和自我牺牲的真正含义。”从那时起，妮尔玛拉·本开始把生命奉献给甘地，致力于宣扬他的价值观。从创建和谐社区到保护母牛，她都会发出呼吁，并向每一个公益活动伸出援手。

这个住宅区的居民都领教过她的小规模布道：对抗不公正，爱你的敌人，以及用仁慈战胜邪恶。她反对战争，反对全球化，对贪污腐败尤其深恶痛绝。“我儿子不是死于敌人的子弹，”她永远都在重复这句话，“他死于贪污腐败。他们给他的枪是有缺陷的，他的防弹背心不合标准，而且当他死去时，他们甚至从他的棺木当中赚钱。我告诉你吧，腐败是从内部吃掉我们整个国家的癌症。”

她每天都在不知疲倦地攻击、咒骂和警告印度的政治阶级。然而，在她顽固而易怒的外表下有一颗金子般的心。“本”在古吉拉特语中的意思是姐姐，她也的确是这个住宅区住户的姐姐，她善良、无私和慷慨得甚至有些过分。我们记不清有多少次品尝过她亲手为我们做的美味的果酱薄饼、鸡肉橙汁饭和椰汁腊肉包。

在住宅区的所有人当中，妮尔玛拉·本偏偏和苏西拉·辛哈——我的母亲关系最亲密，这几乎是上天注定的。她们都经历过失去丈夫和子女的创伤。那个甘地主义者的顽固姿态和锋利言辞，乃是妈妈的柔和举止和朴素常识的最佳陪衬。

这种密切友谊的一个副产品，就是妮尔玛拉·本在某种程度上把我当作她的女儿看待，总要确保我饮食健康，睡眠充足，不能过度劳累。

她在我旁边坐下来，摘下圆框眼镜，用她的莎丽衣襟擦拭镜片。“我刚才也

---

①印度大文豪泰戈尔出生于孟加拉，其著作最初都是用孟加拉文写的。不过人们一致认为他是印度人，因为他在世期间，孟加拉还是印度的一个省。

在屋里看电视，但实在是令人沮丧。”她说。

“你怎么会觉得国庆游行令人沮丧呢？”

“我没在看游行，我看的是新闻。全是贪污腐败：电信系统的第二代手机通信技术骗局，卡纳塔克邦采矿业骗局，喀拉拉邦制糖业骗局。而且，你要是觉得比哈尔邦巴特那市的医生罢工不算什么事，那么还有纳萨尔派分子在恰蒂斯加尔邦杀害了保安人员，还有每公斤洋葱的价格高达 50 卢比。看看我们的国家现在变成什么样子了？”

“这就是我为什么不再看新闻的原因。”我故作轻松地说。

“这就是我们国家真正的问题所在。像你们这样的年轻人根本不想参与国家的事情。知道吗？你必须迎难而上。只有这样，我们才能够揭露所有骗局的根源。”

“政府不是已经指派委员会去调查了吗？”

“哼！”她嗤之以鼻，“政府只能做这种事情：任命一个 5 年后提交报告的委员会。到那时还会出现其他 15 个骗局。我们不需要什么委员会，我们需要勇气，揭露这些骗局背后真正元凶的勇气，摘下阿特拉斯的面具的勇气。”

我知道妮尔玛拉·本指的是什么。这些天的新闻都是有关阿特拉斯投资公司的报道，这个幌子公司据说是整个国家许多骗局的始作俑者。只是似乎没人知道阿特拉斯真正的底细，政府方面声称很难调查出来。

“不管怎样，我们都没必要让这些骗局破坏我们的情绪。”我试图转移她的注意力。

“正相反，我们必须而且只该多谈谈这些骗局。这就是公众应当有知情权，以便对抗腐败的原因。我一直阅读这方面的报道并做了笔记。看看我对阿特拉斯做了多少研究吧。”她掏出一个笔记本，里面密密麻麻地留下她的铅笔字迹。那根铅笔本来就快用光了，被削得只剩下 1 英寸长的一小截儿。但是妮尔玛拉·本就是这样的人，她不愿浪费或者扔掉哪怕是最小的东西。她的公寓房间到处都是各种小物件，只是其中绝大部分并不属于她。有一次，我在她的厨房内发现我们家的勺子和叉子。她有一个怪异的习惯，就是从她到过的人家和商店那里随手带走各种小东西——从这家拿走一把指甲刀，从那家拐走一支钢笔。甚至就连那些她用不着的东西也不放过，比如板球或者打火机。在这个住宅区，我们都会悄悄地议论她的情况。用心理学术语来说，这被称为盗窃癖——一种难以抑制的去偷窃不需要、而且通常没什么价值的物品的欲望。妮尔玛拉·本很可能是这个世上唯一信奉甘地主义的盗窃癖患者。

随着聊天的深入，我深切地感觉到，她已经掌握了那个难以捉摸的阿特拉斯的大量信息。“某一天我们被告知，阿特拉斯的基地在瑞士；接下来我们被告知它在摩纳哥；第三天又听说它在毛里求斯；第四天在塞浦路斯。唉，难道为了找到这个玩意儿，我们需要一张地图集[1]吗？”她带着反问的语气嘲笑道。

“可是我们普通公民能做什么呢？”

“我们必须发起一场战斗。腐败必须停止。这个国家需要第二次甘地主义革命。”

“那我们如何发动这样的革命？”

“我不知道。国父甘地会告诉我该怎么做。他总会给我下达指示的。”她抬起头看看墙上的时钟，不情愿地站起身来，“我现在必须回去了。该是我做午祷的时间了。”

她离开以后我才发现，我刚才摆弄过的那支圆珠笔不见了！

下午 6 点钟，门铃响起来，妮荷告诉我说，门口有两个陌生人想见我。

我在客厅接待他们。他们都是 30 多岁。第一个人身材矮小，皮肤黝黑，胡子刮得精光，戴着一顶羊毛针织帽，有一种善于在政府机构外围做公关游说的狡猾神情。另一个人是个完全秃顶的家伙，身材高大健壮，像是刚走出提哈尔监狱的危险而老练的罪犯。

“您是萨布娜·辛哈吗？”那矮男人问。

我点点头：“你们有什么事？”

“是关于两天前你和你的那个美国朋友对于米尔扎金属加工厂的投诉。”

“你们是阿尼斯·米尔扎的人？”

“是，也不是。我们只是想过来解决这个问题。”他身体前倾，采取了人质谈判专家的和缓语气，“小姐，我们此行的目的，是要请求您撤销那个投诉。”

“你们想要让那些孩子继续受苦？”

“谁说那些孩子受苦了？听着，这不是强制性的劳役。那些孩子是自愿到我们这里来的。何况我们付给他们的报酬也不低。”

“但是雇用 14 岁以下的孩子是非法的。”

“别管什么法不法的。看看现实吧，就算这些孩子不为我们工作，他们也会在其他地方工作。即便他们不做锁头，他们也会做砖瓦、地毯或者手镯。更严重的是，他们会偷窃或者乞讨。至少我们能给他们提供体面的生活，能让他们吃上面包，喝上牛奶。”

---

① 阿特拉斯和地图集的英文形式都是 atlas，在这里产生双关效果。

“让孩子在危险条件下每天工作12个钟头，我看不出这有什么体面的，他们现在应该去上学。”

“他们不想上学，他们想赚钱，想帮助他们的家庭。”

“那是因为没人给他们机会。”

“难道你会给他们机会，把他们都收养下来？”

“我的朋友劳伦会，她管理一家叫作RMT阿萨基金会的慈善机构。”

“我再说一次——而且是万分虔诚地——请重新考虑你的决定。你要看看你的对手是谁。不要犯错误。阿尼斯先生不是不讲理的人，但他可能是个报复心很强的人。”

“你是在威胁我吗？”

“不，不。我们不会威胁像您这样正派的公民。考虑一下这个友好提议吧。好了，我们该走了。”

矮个子站起来，他的厚嘴唇咧开一条缝，露出一种不怀好意的狞笑。那个秃顶男人仍坐在那里，不愿离开。“快点儿吧，乔金德。”他的同伴说，“别老待着了，我们不要不识相。”

乔金德将硕大的身躯从沙发上移开。他站起身，绷起二头肌，像是在做健美展示一样。然后，他一只手在秃头上向后抹了一下，恶毒地瞥了我一眼。我看见他们两个走出房门，两只手不由自主地握成了拳头。他们一个唱白脸，另一个唱红脸，倒是一对完美的欺压组合。

我全身都在发抖，不知是出于愤怒还是恐惧。也许二者兼而有之。我的喉头涌上一股苦涩的滋味，心绪久久难以平静。

妈妈和妮荷从珠帘后面走出来，围到我身边。看来她们偷听到了整个谈话。母亲有些歇斯底里：“亲爱的，现在马上去撤销投诉，不然我们家里又会面临一场灾难。”作为母亲，对未来本能的不祥预感让她忧心忡忡。

“你为什么总要表现得像是好战的章西女王①呢，姐姐？”妮荷说，她的声音饱含暗示，“你知道我必须到孟买去参加比赛。没有什么比我们整个家庭的未来更重要。可是，你却非要干涉别人的事情。”

“你怎能这么自私呢，妮荷？”我终于忍不住了，“你就不关心那30个像服苦役一样工作的孩子吗？”

“不，我不是不关心。”她辩解说，“那是警察的事情，不是像我们这样体面的女孩该做的事。”

---

①本名拉克希米·巴依，1857印度民族主大起义中最受爱戴的领袖，1858年战死，年仅29岁，被誉为“印度的贞德”。

“妮荷说得一点儿没错，闺女。”妈妈插话说，“不管怎样，我不希望这些流氓再来我们家。”

“和你们说这种事毫无意义。”我恼火而又无奈地伸开双手抗议，大步从家里走出去。

我对于仗势欺人者总有一种本能的、强烈的痛恨，他们惯于使用他们的力量、权威或者蛮力去对付弱势群体。他们当中有很多人认为自己很强大，但实际上都是病态而怯懦的可怜虫，一旦遇到敢于和他们对抗的强者，他们就会变得胆小如鼠。我在早年时就学到了这重要的一课。

曾经有一个时期，我一直被圣特丽莎修道院学校的几个同班同学欺负。她们自称“辣妹”，虽然她们的名字分别是阿姆莉塔、布林达和恰维，而且唯一擅长的音乐就是虐待和辱骂。她们是我的灾星和压迫者，她们都比我长得高，在智力上却远逊于我。在整个五年级和六年级头六个月，她们始终都在孜孜不倦地欺负我。我唯一的罪行就是我的班级成绩总是名列前茅，而且独立自主，完全不同于其他所有拉帮结派的女孩。在课间休息时，她们在走廊和操场不停地折磨我，欺负我。被人嘲笑成了日常生活的一部分，让我感觉自己是个极其渺小的人。我的课本被偷走，练习本被弄脏。就在我准备坐下时，椅子会从我身下被突然抽走，而教室的门会被用力关上从而撞到我的脸。我曾被锁在卫生间里，还有一次，我的头发几乎着了火。

这一切使我厌恶自己，让我每天活在自哀自怜的阴影中。我开始产生自杀的念头，每周都在计划如何自杀，也经常想象我的死亡情形。直到有一天，我决心结束这一切，我下定了决心，我要杀死我自己。但在此之前，我要首先杀掉那三个折磨我的人。

那天我去上学时，在书包里藏了一把厨房用的尖刀。我在午餐时来到三楼一个废弃的教室，“辣妹”过去常躲在那里伏击我。果然，她们尾随我进入房间，并且用各种难听的称谓侮辱我。我一声不响地听了1分钟，然后迅速从裙子口袋里抽出那把刀来。“够了，贱人们。”我咆哮一声，露出牙齿，瞪起眼睛，让声音听上去和《驱魔人》[①]里的女主人公琳达·布莱尔一样沙哑和残忍，“再迸出一个字，我就剁掉你们的舌头。”

接着，就像一只扑向猎物的美洲豹一样，我死死掐住这个小集团的头目阿姆莉塔的咽喉，我的手指捏紧她的声带，让她濒于窒息。当我受到内心压抑已久的

① 一部拍摄于1973年的美国恐怖片，改编自1971年威廉·彼得·布雷迪的同名小说。

报复力量驱使，用另一只空出的手握住那把刀，缓慢而且蓄意地把她的一绺头发割下来时，其他两个女孩都惊呆了，连大气也不敢出。她们谁也没有发出尖叫。我听到的只有肾上腺素在我的静脉里纵情流动的声音，肌肉的血液在纵情歌唱，听上去就如同“咚咚”作响的战鼓。它既令人兴奋，也使人恐惧。

就在这时，学校的铃声响了，这是通知午餐时间的结束。就像符咒被解除了一般，三个女孩一齐尖叫起来，仿佛浑身着火一样快速冲出教室，只剩下我一个人呆立在那里，一只手拿着刀，而另一只手握着一绺儿头发。我知道，她们会直接去向艾格尼丝修女告状。我也知道，那个跛扈的校长随时都会走进来，当场勒令我退学。我会轻蔑地冲她一笑，用日本人的切腹方式，将那把刀刺进我的腹部，这在平静的奈尼塔尔是一种暴戾的自杀。

我等了很长时间，却没有人走进来，不管是那位校长还是其他老师。我慢慢把刀放回裙子口袋回到班级，我预感到一个新的历史时期将要开启。我刚进入教室，就看见辣妹们全都老老实实地缩在各自的座位上，眼睛假装看着别处。我后来知道，她们并没有告发我。她们给我起了个外号叫“神经病”，但在那以后，我再也没被欺负过。

与阿尼斯·米尔扎派来的流氓的遭遇，让那遗失已久的记忆又潮水般地涌上来，也让我产生了同样的情感。在一楼碰见卡兰时，我心中的怒火仍未消散。

“我刚才看见两个讨厌的家伙在打听去你的公寓怎么走。”他说，“一切都还好吧？”

“不好！”我回答说，并将那个非法工厂的事告诉他。“他们竟敢威胁你！他们竟敢威胁你！”卡兰咬牙切齿地说，他的脸因为狂怒而扭曲，“要是他们再敢踏进这个住宅区一步，你就要让我知道，看我怎么修理那些王八蛋。”

“我并不怎么担心我自己。要是他们骚扰妮荷怎么办？”

“听我说，我明天会给你弄个应急按钮。”

“那是什么？”

“是一个小型电子设备，只要按一下，它就会发出一个无声信号，通知别人有紧急情况。只要信号传到我这里，我就会立即赶过去，就像超人一样。”我越是听他这样说，就越是感激杜尔伽女神让我拥有这样一个好邻居。最能给人带来安慰的，莫过于一个机智、勇敢而忠诚的朋友，一个你总是可以依赖的朋友，一个只要你需要，就会随时来到你身边的朋友。

“是不是你的饮食当中有什么特别的东西，才让你变得这样勇敢？”我开玩笑地问他。

“是的，没错。”他嘻嘻地笑着说，“秘诀就是要喝掉足够多的‘液体勇气’。”

“那是一种什么样的饮料？”

“酒精的另一个名字！”

一周过去了，打手队没有再来骚扰。那个不愉快的、让我度过数个不眠之夜的插曲渐渐从我的脑海里退却。不管怎样，我的手提包里现在有卡兰的应急按钮，我感觉安全多了。

2月3日，星期四，这天是盘货的日子，而且像往常一样，过了正常的下班时间，我晚上十点一刻才离开大卖场。我刚在瑞塔拉地铁站下车，一个年龄不大的街头小贩就缠上了我。“我有个东西您肯定需要。”他边说边展示一把厨房小刀，木柄上有一个叫“KK精钢刀具”的公司标记。我仔细地看了他一眼，只见他穿着破旧的裤子和一件过于肥大，而且肮脏、破烂的毛衣，看上去就是个不超过10岁的孩子。他有一副发热病患者那种虚弱无力的表情。他还流着鼻涕，不停地用衣袖去擦。但是，这并未妨碍他突然用印地语唱起一首小调，赞颂他的小刀的优点：

它能雕刻和切割出各种形状，
它的不锈钢刀刃那叫一个举世无双。
要是哪个丈夫想取悦他的妻子，
没什么比KK小刀更能让她癫狂！

“听着，你看起来似乎不太好。”我对他说，“你为什么现在还不回家呢？”

“我不能回家，除非我把我的小刀全卖出去。我现在就剩这一把了，买下它吧，就卖100卢比。”

“我不需要小刀，我家里有很多。”我一面回答，一面走向拉姆迪·帕西公路。

他继续纠缠我：“好吧，我给您打对折，就卖50卢比。”

“我不要。”

“20卢比怎么样？”

“一样不感兴趣。”

“OK，最低价了，10卢比。”

“我告诉过你，我不需要小刀。”

“大姐，我从下午到现在就没吃过饭。这样吧，只要您给我5卢比，我就送给您了。在整个德里，您都不会找到这么便宜的东西了。请您把它买下来吧，算我求您了。”

他那张恳求的面孔让人无法拒绝。我从他手里接过那把小刀，给了他一张10卢比的钞票：“不用找了。现在快回去好好休息吧。”

他差不多是从我手里抢去了那张钞票，随即迅速跑开，消失在黑暗的夜色中。

我把刀子塞进手提包，加快脚步，很快来到斯瓦杰杨迪公园，就是本地人俗称的“日本公园”，一个巨大的城市绿肺，它有修剪整齐的花园，可以泛舟的湖泊，不停涌动的喷泉和可以慢跑的小道。尽管白天它对于运动爱好者来说是健身的好去处，但到了晚上，它就是一个相当不安全的地方。去年有个女子在1号门附近被人谋杀，而今年年初，在和警方的一次交火中，一个知名罪犯在公园里被枪杀。

我刚刚穿过公园的2号门，三名年轻男子突然从边界墙上跳下来。他们的衬衫半敞着，都留着长发，看上去像是这个国家随处可见的无法无天的二流子，他们总是在茶馆虚度光阴，纠缠女性，从电影院前排座位吹出下流口哨。我们过去在奈尼塔尔有个描述他们的措辞——“25派沙”，意思说他们是些不值钱的货色。实际上，他们给人们和财产造成的破坏却非常大。更让我担忧的是，我经过的这个路段灯光昏暗而且人烟稀少。我看不到有其他行人经过。我的手立刻条件反射地伸进手提包里，手指放到那个应急按钮上。尽管我断定卡兰在它的范围之外，但我还是按动了它。

事实证明，我的担忧是合情合理的，因为那几个年轻人开始跟随我的脚步。我加快步伐，他们也加快步伐。他们终于果断迈开大步紧跟上我，几乎快要和我并肩而行了。“小妞，干吗这么急啊？瞅我们一眼呗。”那个紧跟在我身后的流氓拍着我肩膀说。他似乎是这几个人的头头，长着一双锋利而邪恶的眼睛，留着一撮小胡子。

我掏出那瓶胡椒喷雾剂转过身来。“你们再敢靠近一步，我就让你们全都变成瞎子。”我厉声说着，把喷雾剂举到和眼睛平齐的位置。

那家伙吓得倒退了一步，不过他那个就站在我右边的同伙闪电般地挥出一拳。我只觉得胳膊一酸，喷雾剂就像湿滑的香皂一样从我手里掉落在地。

“哈！”那个流氓头头大笑起来，“你还有啥武器都拿出来呗，哥们儿倒想瞅瞅。得了，把包交出来。”

他们脸上的表情告诉我，他们想从我这里得到的绝不仅仅是手提包。这是我有生以来第一次感觉到自己的身体、生命同时受到了威胁。我的呼吸变得紧张。一种莫大的恐惧攫住了我，让我感到胃里作呕。就在这时，我想起刚刚购买的那把小刀。

我左手提着的手提包是打开的。我能够看到那把刀，刀刃在昏黄的街灯下闪着微光。我用右手猛然把它拿出来，与此同时，我将手提包丢在脚下的路面上。

“退后！”我尖叫着，在原地转着圈子，那把刀在空气中挥舞着，“你们哪个狗娘养的敢再靠近我，我就杀了他。”

令人忧虑的是，这些歹徒并未表现出害怕的样子。他们的确后退了几步，但还是以那种不屑的表情看着我。

“我说过不要靠近我，不然我会杀死你们每一个人。”我再次威胁道，并且握紧了刀把。

“你以为你用那把小刀就会吓倒我们吗？”那个领头的嘲弄我说，“那你应该看看这个。”他从裤子后面掏出一把银色的手枪，对准我的脸。

“把刀扔掉。”我右侧的那个坏蛋吼道。

面对一把装着子弹的手枪，我屈从了。那把刀掉到路面上，像口袋里互相碰撞的硬币一样发出“叮当”的声响。我右边的那个年轻人弯下腰捏住刀尖，小心地把它拾起来，就像在犯罪现场检查凶器的法医似的。“确实很锋利。”他啧啧赞叹着，又把它放进我的手提包里。

“咱们到花园里面吧，宝贝儿。”那个领头的流氓得意地笑着说。我拒绝挪动。我知道一旦进入黑暗的公园里，将会发生多么可怕的事情。

我斜眼看着这几个家伙的面貌，试图辨别出他们是否有任何文身或伤疤，以便将来向警方提供所有用来描述他们的特征，不过我很快意识到，我可能再也没有机会走进警察局了。他们会先奸后杀，一产生这个可怕的念头，我蓦地感受到了一种巨大的难以忍受的悲哀。我死了以后，妮荷和妈妈怎么办呢？她们怎么活下去呢？

那个歹徒将身体靠过来，把手枪杵在我的脑门上，其力度之大，足以在我的额头上留下一个大印子。“你没听见我的话吗？你的耳朵聋了吗？”

“求求你们，放我走吧。”我发出了像是呜咽的声音，我的心快要停止跳动了。

“我们怎么舍得放你走呢？你长得这么迷人！”他那生硬的语调消失了。他看看两个同伙，“你们说呢？我们可以好好享受了。”他们全都笑起来。他们那种沾沾自喜的姿态让我分外恶心，我对他们充满了难以抑制的仇恨。一个警员打了我的耳光，另一个警员把我的头按进卫生间的马桶，现在这三个恶棍又想轮奸我。我算是什么？一个被踢来踢去的动物吗？一个总要遭受虐待的玩物吗？仅仅因为我是个女人吗？就在那一刻，我的脑子里有什么东西“噼啪”作响，就像是橡皮筋被拉得过长而突然断裂一样。我不在乎我是被枪杀还是被肢解，但是，我不能接受就这么束手就擒。我的胸口处又溢满了当初面对“辣妹”的那种原始的愤怒，我抬起右脚狠狠踢了过去，以最大的力气踢在那个领头的腹股沟上。他像一棵被砍倒的树木那样跌倒在地，痛苦地缩成一团。那天下午在那个废弃教室的记忆又回到我的脑海里，我开始雨点般地攻击其他两个人，拳打脚踢，又抓又挠，身体里燃烧的熊熊烈火几乎将我吞噬。我痛恨这些畜生，我痛恨他们超过世间的一切。我的脸颊开始发热，我的心跳犹如敲鼓。我的眼前是一片红色，视线变得模糊不清。我只想掐死他们，我要挖出他们的眼睛，我要把他们千刀万剐。

我出其不意地先发制人，在短时间内起到了作用，可是架不住对方人多势众。在我能够打出击倒对方的一拳以前，那个流氓头目已经恢复过来，准备重新参与进攻。我刚刚用余光看到他抬起头，他举起枪托朝我砸过来。我的腹部一阵疼痛，突然倒了下去，另一个流氓猛踢了我的背。

不到 1 分钟，他们就把我拖到日本公园的灌木丛里。那个领头的把我摁住，从他那破旧的裤子里掏出一把闪亮的金属弹簧刀，“啪”地弹出 10 英寸长的细长而丑陋的刀刃。“如果你想要吓唬别人，就不要用那种厨房小刀。要用拉姆普利牌匕首，就像我这把。”他咧嘴笑着，把刀在我的身上来回滑动，最终顶在我的脖子上。他那带着口臭的热气吹到我的皮肤上。

我试图反抗，想让自己挣脱出来，他把手指放到嘴唇上。“安静。”他的声音像毒蛇一样钻进我的耳内，“不然我会杀了你。”

他死鱼般的眼睛不带任何感情，他将那把匕首的刀尖按在我的面颊上，钢刃嵌进我的肌肉。只要稍微用力，就会划开我的皮肤，让我永远毁容。我感到整个身体迅速升温，就如着火一般。那种火焰一样的东西在血管里奔腾肆虐，使我不自觉地预感到死亡，而后浑身颤抖。我只希望这一切赶快结束，我祈祷上帝让我早点儿死掉，最好用那把左轮手枪结束我的生命，只需一颗小小的子弹射进我的头部。我不想让他们把我切成碎块，用钢刃匕首在我的身上戳，戳，戳，直到我令人恐惧地成为鲜血和骨头的组合物，成为一堆惨不忍睹且不断抽搐的肌肉和晃动的四肢。我不认为我能够忍受那么大的痛苦。

“放开她！”一个声音突然从黑暗中响起。洪亮有力的男中音像雷声一般在公园里回荡。这几个流氓忙向周围看去，又彼此面面相觑，完全不知所措。那个领头的收回匕首，像狗一样趴在地上，想要弄清这个妨碍他们好事的人是谁。

“我们是警察。”那个洪钟似的声音再次传来，让人想起警察突袭时通过扩音器发出的命令。它立即让袭击我的人如触电一般撒腿就逃。他们分散开来，像惊弓之鸟一样钻进日本公园，迅速隐没于暗夜里。

就在这时，有个身影从公园的黑暗处出现。我以为他是警察督察长，但他原来是卡兰。这是一个多么美妙的时刻啊！在我的生命中，我还从未体验到那样如释重负的感觉。

他跑到我跟前，扶我站起来。我紧紧抱住他，身体仍因为恐惧而发抖。他低声呼唤我的名字，我也低声回应他。我把他抱得更紧了，感受着他的体温，我的乳房摩擦着他的胸部。我们以这样的姿态彼此缠绕，我感觉到内心奇妙地产生了一种鲜花盛开的感觉，一股情欲的热流充溢着我的全身。

我几乎是不自觉地开始亲吻他，先是从他的下巴开始，然后移到他的脸颊，最后贴上他的嘴唇。我是那样不顾一切，那样心怀感激，同时又那样思维混乱，我只是模糊地知道我在做什么，我知道我在贪婪地用他的味道、他生命的呼吸填补我那空虚的人生。

卡兰身体僵硬，而且我能感觉到一种几乎难以觉察的退缩——我的心一下子凉了。他轻轻将我推离他的身体，用一个笔形手电筒照着我的脸，查看是否有淤伤。“你需要看医生吗？”他问，他务实的关心使我清醒了些。

“不……不需要。”我回答说，我的呼吸仍然不规则，“我没事。只需要看一下我的手提包是否还在。”

他察看了附近的地方，结果我担心的情况还是出现了。那几个坏蛋带着我的“玖熙”溜之大吉了。

“里面有很多钱吗？”

“其实不多，最贵重的东西就是我的手机。”

“不用担心。我会从印度移动给你弄一个全新的。”

“你……你是怎么找到我的？”

“是那个应急按钮发的信号起了作用。你不在家里，所以我知道，你一定是在下班回家的路上。我以最快的速度跑向车站，但是后来，我在日本公园附近听见了声音，就决定过来看一下。”

“你来得正是时候，你要是来得再晚些，我就——”

“不要再想这件事了，我们直接去报警吧，必须抓住那些浑蛋。”

“不。”我用力摇摇头。“我没力气去面对一次盘问了。而且我知道，警察永远都不会找到那些恶棍。你送我回家吧，好吗？”

“如果你想这样做的话。”他耸耸肩。

“再帮我个忙吧。”我说，“这件事不要跟妈妈和妮荷提一个字。”

“他们一定是阿尼斯·米尔扎的人。”我第二天把这件事告诉劳伦时，她说。

“可是我们没有证据。”

“这里面有太多的巧合。米尔扎竟然能够一直逍遥法外，这真是太可恶了。”

“我们的投诉有进展吗？”

“没有。”她说，“我觉得吉穆迪·拉尔是在耍我们。他并没有对那个工厂进行任何调查。那些可怜的孩子仍在受苦。我有几回试着去见那个区长，但他总是找借口敷衍我。我又试着去找警察，可他们又让我去找区长。我真不知道该怎么办了。”她的声音带着一种深切的沮丧感。

“我知道该怎么做。我们再去一次区长办公室，最后一次。”

次日早晨，我在去大卖场上班的路上，首先和劳伦去了区长办公室。那里人满为患，我们被告知区长不能见我们。“我们领导很忙。你们今天是没机会了。”办公室工作人员通知我们。

我和对方一样倔强：“你告诉你的上司，我们是不会离开的，我们会坚持等到他来见我们为止。哪怕这意味着我们需要在此露营一周。”

这个虚张声势的做法见效了。一个钟头以后，我们被叫到区长办公室。他看上去是个优柔寡断的人，他那平淡无奇、几无任何特征的面孔，以及说话总是说半截儿这一特殊癖好（好像他总是期待对方替他将整句话说完似的），进一步加深了他留给我们的这一印象。

“是的，你们的那个投诉……”他这样开始，随即就不说话了。

“我们想知道，你们检查那个工厂了吗？”劳伦问道，“我甚至提供了书面证明。”

“这种事情需要时间，很多时间。我们不可能……”

“我们需要等多久？”

“这有一个过程，你们必须理解。我们不能一上来就……”

“但是那些孩子每天都在受罪。”

“他们当然不是在受罪。他们是在赚钱养活自己。这就和你们一样。也和我一样。难道我们应该剥夺他们……”

“在危险的就业环境中雇用童工是被禁止的，对吗？”

“什么是危险？我们在这个城市呼吸的空气也是危险的。难道这就意味着……”

“难道我们就该让那些孩子受阿尼斯·米尔扎的摆布吗？”

“阿尼斯·米尔扎本身不是坏人。他是……”

这就像是和一堵砖墙发生的单向对话，当我们走出这个官僚的办公室时，劳伦的肺都要气炸了。“我已经猜到是怎么回事了，吉穆迪·拉尔从我这里拿的贿赂算是少的，这个家伙从阿尼斯·米尔扎那里拿的贿赂要多得多。”

她的猜测并非没有道理，腐败的恶臭笼罩了整个地区，在每一张谈判桌下面都有肮脏的交易。我看见吉穆迪·拉尔坐在角落处的桌子后面，全神贯注地和一个老人交谈，毫无疑问，他又在索取贿赂。我有意识地避免和他的目光接触。就在这时，我的目光落在办公室外面那张布告栏的一张海报上，是关于《知情权法案》的。

“嘿！”我推推劳伦，“我们有机会了，我们可以使用《知情权法案》。”

“它能给我们带来什么帮助？”

“根据《知情权法案》的规定，政府当局需在30天内就申请者提出的任何事项提供反馈信息。”我读出海报上的这句话，“所以，我们可以向区长提出一项《知情权法案》申请，要求知道我们的申诉的进展情况，这至少可以对他施加某种压力。”

劳伦对此半信半疑：“我怀疑本地区长会因为一纸申请就变得积极起来并采取行动。”

“听我说，我们尝试一下总归没坏处，而且这只需要花费25卢比。”

我从柜台上取了一张《知情权法案表》并填写了申请，要求获得有关我们的申诉的现状报告，另外还补充了一项内容：阿尼斯·米尔扎如何派人对我进行了威胁。然后我同劳伦道别，坐上了开往阔佬地广场的地铁。

今天是尼拉姆在公司的最后一天。她下周就要结婚了，婚后立刻就要去瑞典。初次出国旅行，似乎比她的婚礼更让她感到兴奋。

“你怎么样，萨布娜？”她问我，“你打算什么时候结婚呀？”

“你知道他们是怎么说婚姻的：它该发生的时候，自然就会发生。”

“那么，你找到你的真命天子了吗？”

我没有回答，不过她的问题让我想起亲吻卡兰的那个夜晚。他的味道仍旧留在我的唇边；他的气味仍在我周围的空气中飘荡。然而从目前来看，我们之间有了一种尴尬的距离，似乎我已经跨越了某种无形的边界。那晚他的冷淡让我颇为受伤，那几乎是一种遭到背叛的感觉。它让我陷入了困惑和迷茫：他不再喜欢我了吗？他私底下已经有了女朋友？他只是过于羞涩？还是说，他很可能和我一样，因为爱情的突然到来感到手足无措，而我却正在仓促地做出判断？我的内心纠结着各种疑问。但是我不敢去问他，我害怕听到他的答案。我所知道的就是我不想失去卡兰。我需要时间思考并弄清楚这一切，我需要了解他对我的真正感觉，那个他藏在内心深处的感觉，那个锁在黑匣子里的秘密。

我最终会找到那个黑匣子的钥匙，然后，我会把梦想锁在我的心里，任何人都休想把它们偷走。

两周后板球世界杯就开幕了，其他所有事情都要为它让位。就像本国的其他人一样，我也陷入到印度队在首场比赛战胜孟加拉国队的狂热和喧嚣气氛中不能自拔。

又一周过去了。就在我几乎忘记了我的《知情权法案》申请时，我突然接到了有人打到公司办公室的电话。是本地区长本人打来的。“小姐，我只是想要让您知道……”他开口说道，然后就猛然打住了。

“知道什么？”

“今天我们突击搜查了那个非法的制锁工厂并且……”

“并且什么？”

“并且把它查封了。我们救出了35个孩子。根据《童工法案》，他们每个人都将得到……”

“得到什么，看在上帝的分上？”

“得到多达两万卢比的教育康复经费。还有其他什么事情……”

“没有了！”我说完就放下电话，我简直不敢相信这个消息。它是那样顺利，简直都不像是真的。然而，当天的晚报都报道了米尔扎金属加工厂被查封的消息，甚至登出了阿尼斯·米尔扎像普通罪犯那样被警方带走的照片，他的面孔被头巾遮盖起来。

劳伦欣喜若狂。“《知情权法案》万岁！”她叫喊着说，“我以前经常听说信息就是力量，现在我才真正感受到了这一点。从今天起，我们要开始帮助那35个孩子设计未来。”

“是的。”我赞同地说，“今天我们将要开启他们的梦想。”

“你换了手机号码，怎么不告诉我？”我刚刚走进埃加利亚的办公室，他就抱怨说。这天是3月3日，星期四，我像往常一样被召唤过去，是在接到通知不到一个钟头内。

“我以前的那部诺基亚手机被人偷走了，”我解释说，“我现在用的是印度移动公司手机。”

“那就和我用的一样了。至少我以后给你打电话不用再花钱了。别忘了把你的新号码告诉拉纳。要确保我可以随时找到你，这很重要。”

我突然感到很不自在。我很想告诉他，我不是他的私人物品，就在此时，他的脸上突然露出微笑："不管怎样，我叫你来，是要恭喜你通过了第三个考验。"

"这个考验到底是什么？"

"勇气的考验。你为那些孩子挺身而出，你顶住了黑手党头目阿尼斯·米尔扎的威胁。你拒绝后退，直到他的非法工厂被关闭，这一切只能被描述为勇敢。"

我几乎要跳起来："够了。我不会再参与你的任何考验了。"

他一下子抬起头："为什么？怎么啦？"

"你曾否认你对我进行监视。但是，你根本不可能知道我和阿尼斯·米尔扎之间的斗争。我甚至都没有告诉过大卖场的任何人。"

"可是，你根据《知情权法案》提交了一份申请，而且我还从这上面看到了报道。"他说话间，拿起一本杂志。

我从他手里接过那本杂志。这是一本叫作《知情权案例报道》的出版物的2月刊，是由一个被称为"印度复兴运动"的非政府组织出版的。在第32页刊登的一篇文章中，报道者详细说明了我如何及时根据《知情权法案》的条款，帮助35个孩子从危险的就业环境中解救出来。想到这个实业家能够获得我的每一个信息，我不由得感到一阵紧张。

"要规划出一种行动方针，并且严格执行直至达到最终目标，需要领导者展示出非凡的勇气。"埃加利亚接着说，"我说的不是一个战士在战场上需要的那种体力上的勇气，而是不管发生什么结果，都会坚持正义行动的那种道义上的勇气。记住，勇气并不是从来都不会感到畏惧：它是那种即便感到畏惧，而且是在面对巨大阻力的前提下，仍然能够坚持行动的能力。"

"我还是不明白勇气和企业有什么关联。"

"很简单。"埃加利亚笑着说，"首席执行官最常见的畏惧就是害怕失败。优秀的领导者知道怎样克服这种畏惧，不仅会勇敢面对经过计算的风险，而且知道最可怕的不是采取错误的行动，而是根本不采取任何行动——后者往往导致将来的后悔，后悔没有进行任何尝试。"

我点点头。它让我想起我读过的一句克尔凯郭尔[①]的名言："敢于尝试，顶多会让你失去支点。不敢尝试，却足以使你失去自我。"

"我们不应当容许畏惧感限制自我。鼓足勇气去面对挑战，是对于领导过程的真正考验。缺乏勇气的领导过程，就像是没有加速装置的赛车一样。它可能只会长时间发出'噼噼啪啪'的声音，但永远都不会率先越过终点线。"他的声音

---

①丹麦基督教思想家，存在主义的先驱，其思想在第一次世界大战后的德、法等国具有很大影响。

稍为降低了一点，开始多了一种苦涩的味道，“当然，如果你身边有一个破坏分子，有时候即便拥有最好的赛车，你也无法越过终点线。”

我没有放过他的这个挖苦性的暗示。“你这是想告诉我，已经有了关于公司里那个内奸的更多信息？”

“不是，”他叹了口气，“不过上周在国民身份证的软件技术供应竞标中，我们再一次输给了鼎立集团。”

“这就是说，那个叛徒显然是把信息提供给了鼎立集团。”

“完全正确。那就是我弟弟阿杰伊·克里什那·埃加利亚做事的方式。出尔反尔和招摇撞骗，对他来说是天经地义的。”

“我希望你能够找出那个叛徒，不管那人到底是谁。”我同情地说。

“我会把那个家伙揪出来的。”他恨恨地说。

我看了一眼手表，快到下午两点了。“我该走了。”我从椅子上站起来，“我还应该告诉你，这个月我会离开一阵子。”

他抬起头：“你要去别的地方？”

“去孟买。我妹妹妮荷被选中参加超级明星大赛的最后选拔，我会陪她一块儿去。我已经请了两星期的假。”

“既然是这样，祝你妹妹好运，也祝你好运。”

“为什么要祝我好运？”

“谁知道呢？可能会有另一个考验在等待你。”

“你考虑过这种可能性吗？”当我将最近一次同埃加利亚会面的情况告诉卡兰时，他这样问我。

“什么？”

“在日本公园外面袭击你的那几个小子，也许并不是阿尼斯·米尔扎的人。”

“那他们是谁派的？”

“我的直觉告诉我，他们是埃加利亚雇来的。他这样做的目的，就是为了能够提供给你那个勇气证明书。”

这一联想是那样可怕，我一时间惊恐地陷入沉默。

“你为什么就不能终止这个荒唐的游戏，别再去见那个变态的浑蛋呢？”

我鼓起勇气握住他的手：“我百分之百地向你保证：假如这果真是埃加利亚的把戏，我就不会和他有任何联系，永远不会。”

第四个考验

一夜成名的代价

空气中突然多了一丝静谧。当太阳的红色火球慢慢沉入海洋时，将逝的天光让泛红的苍穹多了一抹乳白的光晕，映出金色水面上颠簸前行的渔船的剪影。远处摩天大楼的层层外墙和密密麻麻的高层公寓清晰可见。这个始终喧闹的世界变得那样安静，甚至连一丝风也没有。温柔的海浪拍打着我的脚面，沙子钻进我的脚趾间，在头顶上方盘旋飞翔的海鸥发出尖利的叫声，我的鼻孔能够嗅到海盐浓烈的气息。

对于和我一样以前从未踏足海滩的人来说，那是一种恍若隔世的兴奋感。奈尼塔尔的山峰在我内心唤起的是一种心灵的体验，一种忍耐感和永恒感。孟买泛着泡沫的海洋，传达了一种无限自由的感觉，很像这个城市本身。与多元和开放的孟买相比，德里似乎像是一个保守主义的堡垒。在乔波第海滩上，我身后的几对情侣毫无顾忌地卿卿我我，对那些偷偷发笑的旁观者视而不见；那些新潮而时髦的女孩大胆地向这个世界展示她们的乳沟和肚脐；在印度之门[①]那些围住旅游者的乞讨者，敢于公开炫耀他们的舞步而毫无尴尬之感。

我和妮荷来到这里还不到一天，就已经被孟买迷住了。有人说孟买是一个金钱城市，正如有人说德里是一个权力城市一样，但是这种说法并不全对。孟买其实是一个充满机会的地方，一个以崇高的梦想和粗糙的野心为特征的傲慢城市。这也是一个具有夸大化色彩的城市，在这里一切都要更大、更高或更快。对于居住在这里的人来说，孟买是属于它自身的国度。然而对于印度其他地区的人们来说，它是希腊神话里的女妖塞壬[②]，唱着令人难以抵抗其诱惑的有关魅力、光荣和黄金的歌曲。

妮荷完全被它诱惑了，她能够在孟买潮湿的空气中嗅到她的命运，这是那个她注定要统治的城市。使她走向成功的门票就是超级明星大赛，那个把我们带到这里的演唱才艺比赛。

我们是昨晚坐火车离开德里并在维提火车站下车的，然后被带到这个位于城

---

① 位于孟买的阿波罗码头，面对孟买湾，是一座融合印度和波斯文化建筑特色的拱门，1911年为纪念来访的英王乔治五世和玛丽皇后而兴建，以示孟买是印度的门户。

② 源自古老的希腊神话传说，人面鸟身，飞翔在大海上，拥有天籁般的歌喉，常用歌声诱惑过路的航海者。

市南端的科拉巴岛。正是在那里，我们的幻想受到了第一次冲击：组织者为我们提供的住处是一所破旧的小学校舍。教室被改成了宿舍，我们被安排和其他地区的 7 个参赛者及其陪护人住在一起。妮荷想到要和陌生人共享一个房间，并且不得不使用公共厕所而感到恐惧。她原本以为自己会被安排住在泰姬玛哈大酒店呢！

今天是用于观光的休息日。我们去了孟买的多个景点，从空中花园、海滨大道到孟买圣陵①。我们途经了亚洲最大的贫民窟达拉维，以及位于海滨大道最南端纳里曼开发区的摩天大楼。我们乘坐的是拥挤的本地火车，车厢内那些汗湿的身体从各个方向挤压过来，几乎令人窒息。我们偷看着那些分间出租的蜗居，那里塞满了穿着背心的男人，他们漫不经心地靠在房屋阳台上，看着下面街道的景象。我们在世纪商品街吃了印式汉堡，在孟买珠湖享用了什锦米花。而现在我们是在乔波第海滩，回到科拉巴岛之前的最后一站。

孟买庞大的规模令人叹为观止。它实际上是印度最具活力的城市，富人和穷人、世俗的和信教的每天都在你争我夺，去追逐那个难以实现的、要在大城市占据一席之地的梦想。

现在，这个城市的居住者当中新增了 40 个对手：超级明星大赛的参赛者，年龄都在 16 岁和 22 岁之间，他们都受到了一夜成名和瞬间暴富的前景的诱惑。

那天晚上，我第一次认识了我们宿舍的 7 个参赛者。

戈拉夫·卡尔马来自贾克汉德邦，一个因为印度板球队队长 M.S. 尼而知名的邦。作为印度理工学院卡拉格普尔分校机械工程系的大三学生，他声称歌唱就是他的生命。“你只要听到我唱歌，就会认为我是印度歌王穆罕默德·拉菲转世。”他信誓旦旦地说。

戴眼镜的安妮塔·帕特尔，是一个来自古吉拉特邦巴夫那加尔学院研究家庭科学的学生。她的发言人是她的父亲，一个善于计算的精明商人，善于跟大人物打交道。“只要安妮塔在这次比赛中获胜，她就会得到唱片公司的合同和 400 万卢比的现金。”他说，“我已经决定把这 400 万卢比转为一种固定收入基金。这样 20 年以后，我们至少会拿到 2000 万卢比，外加一笔无偿的人寿保险。这个投资还不算糟糕吧，呃？”

16 岁的贾韦德·安萨里，一个来自印度北部城市勒克瑙的人力车夫的儿子，身上散发出一种孩子气的魅力和不知天高地厚的自信。“我从 5 岁起就开始

① 孟买的一个著名的地标性建筑，为纪念 15 世纪的苏非派圣人麦赫杜姆·阿扎姆而建。

唱歌。是命运把我带到孟买来的。”他对我说，“我不在乎我能否获胜，但我从此以后不会再回勒克瑙了。这里才是我应该留下印记的城市，我一定会留下我的印记，没有什么可以阻止我。”

18 岁的戈雅尔·亚达夫，是另一个来自比哈尔省的穷乡僻壤的神童。“她两岁时就开始唱歌了，所以我们才给她起名叫戈雅尔，就是‘杜鹃’的意思。”她的母亲骄傲地说，“她父亲就是一个著名的风琴演奏者，他在比哈尔的一个音乐堂工作。我的女儿命很硬，我能感觉到她将来是个人物。”

加斯比尔·迪奥是参赛者中唯一的锡克教徒。他是一个身材魁梧的年轻人，父亲在卢迪亚纳市经营一家生意兴隆的毛毯企业。“是什么使你决心成为一个歌手的？”我问他，“你在家族企业不一样会有很好的发展机会吗？”

“我不缺钱。”他坦率地回答说，“我缺的是认可。”

“为什么这么说？”

“你想啊，为了赚钱，我父亲最近 30 年都在累死累活地工作。但是到头来，他的照片在报纸上甚至没有出现过一次。我就唱了 3 分钟，就赢得了地区选拔赛，第二天当地报纸就登出了我的大幅照片。这说明了什么？这说明出名比有钱更好。”

根据我们拿到的房间登记表，宿舍里还有一个女孩：没有注明姓氏的 19 岁姑娘莫西。我发现她藏在门帘后面，脖子上挂着一个银质十字架。她穿着一件廉价的棉布莎丽，看上去非常虚弱。她有一头鬈发，一口不整齐的牙齿和一张被白斑病毁掉的脸。那些白色斑点让她的皮肤呈现一种不健康的苍白，好像它是由缓慢熔化的蜡做成的。

“你是从哪里来的？”我声音柔和地问她。

“果阿。”她回答道，呆呆地盯着她那双套在破旧橡胶拖鞋里的脚。

“谁和你一块儿来的？你父亲？”

“我是一个人来的。”她仍旧低着头，好像要让自己变得比她的实际尺寸更小似的。

我还没来得及进一步了解她的情况，就被一个 17 岁的英俊少年、从克什米尔的巴赫尔格姆地区远道而来的尼萨尔·马利克伏击了。“亲姐，你能借给我 20 卢比吗？”

“为什么？”我抬起了眉毛，“难道你没带钱？”

“没带。”他摇摇头，“我三天前离开家时，兜里就只带了 300 卢比。现在我身上连一枚 25 派沙的硬币都没有，你别担心，只要我赢了比赛，我就连本带利还给你。”

我不情愿地给了他一张20卢比的钞票："你是怎么想到要来参加比赛的？"

"就为了一个理由——我想出名，"他有些悲壮地说，"我不想过那种默默无闻的生活。姐，只要我能够成为名人，就是明天死了我也乐意。要是一辈子不声不响地活着，就算活一百年又有什么意思。"

听到这些参赛者不乏痛苦的个人信念和毫无顾忌的自吹自擂，我不禁陷入了思考。是什么使人类这样不顾一切地渴望成名？为什么对于得到认可的欲望那样持久，对于得到重视的迷恋那样强烈，以至于那么多人削尖了脑袋想要出人头地？我认为这是一种病态，一种通过电视传播的血液病毒。而且这种传染病波及的范围十分广泛，从克什米尔到安达曼－尼科巴群岛。名气不再被看作是才能的副产品，而是被视为目的本身。每个人都想一夜成名。上电视是实现这一目标最快捷的途径。这就是参赛者都会使出浑身解数参加真人秀节目的原因。他们会在电视上吃蟑螂，虐待父母，发生性行为，现场结婚，宣布离婚甚至是当众分娩。在现实生活中的一切事情，现在都能够作为电视真人秀节目加以公开播出，而且这种情况愈演愈烈。有个真人秀节目是以回溯前世记忆为基础的，好像这一世的生活还不够令人兴奋似的。

我发觉播放真人秀节目的电视频道收视率总是很高，出于病态的迷恋，人们就像观看车祸一样对其趋之若鹜：你本想移开你的眼睛，却还是忍不住想要看到现场发生的情况。

妮荷并不会有这些想法，她正忙于对比赛进行分析。"如果来到这里的其他选手也都像这些傻瓜一样，"——她轻蔑地环顾了一下整个房间——"我要赢简直易如反掌。"

我欣赏她强大的自信心，我也担心她将如何面对失败的结果。和其他电视比赛一样，超级明星大赛的最终获胜者，将由观众投票做出选择。而且，正如我们的政治家熟知的那样，没有什么能比一个投票人更加变化无常的。

表演在第二天正式开始。我们都被带到班德拉大街的迈赫布卜电视中心演播大厅，在那里40个参赛者彼此做了正式介绍。演播大厅背景是复古式的，看上去就像20世纪70年代的印度电影中常见的那种高级夜总会。红棕色、深紫色和深蓝色油漆所构筑的灰暗色调，烘托出一个被设计得犹如一张每分钟78转的唱片，并且是具有一个开槽结构的黑色圆形旋转舞台。使舞台沐浴在梦幻般光影的红色和紫色照明效果，强化了那种庄严而肃穆的气氛。演播室观众有200多人，由一般公众以及参赛者的朋友和家属构成。

制片人兼导演是一个又高又瘦的时髦人士，他的山羊胡子和他令人生畏的形象让他看起来像是一个雷盖[1]。作为来自喀拉拉邦信仰基督教的叙利亚人，他使用了马修·乔治这个名字。他当天穿着磨损的牛仔裤和运动鞋，向参赛者解释了基本规则，就像是一个向刚组建的球队训话的教练。“你们首先必须知道的是，超级明星大赛不是一个音乐才艺节目，它是一个娱乐节目，一个介于‘大明星真人秀’和‘印度偶像’的杂交品种。所以，我需要的不只是你们的歌曲，我还需要你们的生活，包括它所有的混乱、悲伤和困惑，所有的美丽和丑陋。我需要你们的眼泪，你们的恐惧。我需要激烈的辩论，有趣的丑闻，还有情侣的争吵。我需要你们不为人知的秘密，你们不可言传的丑事。我需要你们将内心隐藏的一切都宣泄出来，需要你们向整个世界宣布：为什么你——而且只有你，有资格成为超级明星，为了达到这一结果，你会不惜一切代价。记住，这个世界只崇拜第一名，它不会给第二名留下任何位置！历史对于失败者是无情的！所以各位，起来吧，斗争吧，为了你的王冠而战！”

他稍作停顿，扫视了一眼在后台挤在一块儿的参赛者，有些人在紧张地咬指甲或者在用脚打拍子。“你们听懂了吗？”

我不知道其他人的情况，但妮荷显然是听懂了。“就是它，就是它，姐姐。”她握紧了我的手，“我能够真切地感觉到，我会成为第一名的。”

“其他 39 个人也一样。”我叹了口气。

过了一会儿，评委们鱼贯而入。他们是四个“音乐大师”。长得虎背熊腰的巴希尔·阿哈默德，他是大名鼎鼎的宝莱坞乐队指挥，曾和奥马尔搭档给一系列热门电影制作配乐，他还具有一种令人惊叹的自我推销的特长。第二位是罗希特·卡尔拉，他是一位著名的抒情诗和情歌歌手，曾经涉足表演，但未能成功，虽然现在已到中年，他仍然具有某种放荡不羁的魅力，他的一头潇洒而浓密的头发更是强化了这一点。下一位是具有聪明头脑的尤迪塔·萨普鲁，她是一个性感歌手，凭借撩人的嗓音，在 3 年前通过一个名叫“生命之歌”的才艺大赛脱颖而出。最后走进演播大厅的是戴着他的招牌墨镜的维纳亚克·拉吉·瓦格。虽然将近 60 岁，拉吉仍是演唱才艺比赛的常客。他被看作是一个活着的传奇人物，是宝莱坞唯一的盲人音乐家、作曲家和歌唱家。他脸上的麻子是儿时一场疾病留下的痕迹，而他左眼下方那块醒目的疤痕，是一场夺走他视力的可怕事故造成的结果。在 6 年前的一次比赛中，一个失去理智的女粉丝用匕首攻击他，差点挖掉了他的眼睛。然后，那个女人就用同一把匕首刎颈自尽了。拉吉失去了视力，却并没有失去精神。他继续为电影谱曲，而且有望被吉尼斯世界纪录评定为全世界最

① 又称“雷鬼”，西印度群岛的一种节奏强烈的流行音乐。

多产的盲人作曲家。

当大师们在评委席上落座以后，马修·乔治解释了比赛的程序：“所有40个参赛者将分为四个团队，每个团队有10个人，分别由一个音乐大师提供指导。在接下来的两周，我们直接进行淘汰赛，选出最优秀的20个参赛者。然后将通过电视直播开始投票环节，观众将在年底前选出加冕超级明星大赛的歌手。”

他打了一个响指，观众席的灯光变得昏暗。一束聚光灯照亮了舞台。与此同时，乐队演奏起这个节目的序曲。“现在我需要你们每一个人站到这里来，表演一首你拿手的歌曲，评委将以此为基础确定四个团队。”

这是我一直期待的环节，一个了解这些自大的傻瓜是否具有歌唱才能的机会。于是，我和其他观众坐在那里，看着参赛者按照预定次序一个接一个地上台表演。

当着那么多人站在舞台上，具有某种使人发生变化的力量。我惊讶于那种奇特的化学反应如何在转眼之间就把这些来自尘土飞扬的乡下小镇的无名小卒变成了衣着光鲜的歌手。只要他们站在聚光灯下，手里握着麦克风，他们的整个身体语言都发生了改变。他们不再是工程师、农民、学生或促销小姐，他们超越了自身的平凡状态，成为舞台上的表演者，电视镜头更是赋予他们一种明星的光环。

接下来的三个钟头，在一个完整的管弦乐队的伴奏下，我听到了他们演唱的37首不同类型的歌曲。他们的确给我留下了相当混杂的印象。有些人显然是受过训练的歌手，声音拿捏得很到位。还有一些人完全不具有音乐才能，他们的演唱是那样平淡无奇，让我怀疑他们是否是通过贿赂才通过的初选。

接着轮到了妮荷，她演唱了电影《悲情城市》的片头歌曲。评委们——尤其是拉吉——频频点头，对她的唱功和台风印象深刻。她显然是目前最突出的表演者，极为难得地同时拥有动听的声音、姣好的面容和高贵的气质。

在妮荷后面的是贾韦德，人力车夫儿子的完美表演，让现场所有的人感到吃惊。他选择了《爱在曼谷》中的一首流行歌曲，几乎立刻就使得观众尖叫赞赏，而评委们也用脚踩着拍子，配合着他浑厚的男中音节奏。

妮荷感到恼火，因为她需要被迫承认：这是一个比她更出色、更具明星素质的竞争者。

当观众仍在有节奏地呼喊“贾韦德！贾韦德”时，一种微妙而神秘的曲调突然响起，让演播室的喧嚣立刻归于平静。这是最后上场的参赛者，那个身材瘦小的莫西。虽然她的身体脆弱纤细，然而从她的唇间发出的声音，却如同一道流经干燥沙漠的激流。她的声音像祈祷文一样厚重典雅，触碰了我灵魂的最深处，将我带到具有幽深宁静和喜乐天堂般的所在。演播大厅陷入了沉默。那是观众集体入迷的沉默，仿佛这种沉默颇具灵性地知道，它遇到了一种比它本身更具分量的东西，一种特殊的近乎神奇的体验。

我看得出来，音乐大师们都被她独特的音色迷住了，但乔治表示否定地摇摇头，莫西绝无加冕超级明星大赛的机会。她也许具有女神一样的声音，但与此同时，她也具有一种盆栽植物的特质。

听完歌手们的演唱，评委们开始交头接耳地召开秘密会议。参赛者们如坐针毡，就像焦虑不安的高中生在等待高考成绩的公布。似乎每个人都希望加入巴希尔·阿哈默德或者拉吉指导的团队。他们都是能够让一个新歌手获得演绎电影歌曲这种绝佳机会的乐队指挥。

当宣布最终结果时，一些人的脸上露出忧虑之色，而其他人则显得兴高采烈。贾韦德被巴希尔·阿哈默德选中，成为他的团队的一员。莫西进入尤迪塔的团队，尼萨尔·马利克，那个克什米尔人，进入罗希特·卡尔拉的团队，而我的妹妹将要接受失明的拉吉的指导。

妮荷狂喜不已："太难以置信了！我竟能要跟随拉吉这样的音乐家学习。"

第二天，那个经验丰富的导师将其团队所有10个成员邀请到他位于孟买珠湖那座宫殿般的三层别墅——那里有他自己的私人录音室。一辈子都是单身汉的拉吉，与一个像他自己一样半盲的老年男仆生活在一起。那个录音室是超现代的，摆满了成排的合成器。即兴排练很快就开始了，有人开始演奏脚踏式风琴，另一个人拿起了吉他。当空气里回荡着拉格曲调[①]时，我感觉自己很像是参加后台派对的一个流行乐队粉丝。

拉吉耐心地听完每个人的表演，专门表扬了妮荷。"从你的声音里，我能感觉到萨拉斯瓦蒂女神[②]在你身上的附体。你会走得很远，姑娘。"

妮荷俯下身去，谦恭地摸他的脚："尊敬的大师，我想成为您的弟子，吸收您拥有的全部知识。"

"你应当如此。但是，不要忘记我的束脩。"他笑着说，他指的是完成学业后那种回报教师的传统。

我知道盲人有第六感，不过他说出这些话的方式，以及他侧过脑袋直视妮荷的姿态，让我一时间感觉他能够看见她似的。

那天晚上，莫西在晚餐时找到我。"告诉你妹妹防着点儿拉吉。"她意味深长地说。

---

① 印度教的一种传统曲调。

② 印度神话中的智慧和艺术女神，类似于希腊神话中的缪斯。

“你知道什么我们不知道的事情吗？”我想刨根问底。

她咬着嘴唇没有回答。

一旦形成团队，淘汰赛就以我在无数真人秀节目中看过的相当烦琐的常规程序一样开始了。每一个环节都要选定四个歌手，每组出一个。他们需要表演自己的导师选择的一首歌曲，然后其他评委对其表现进行评价，其中最弱的一个将被淘汰。这相当于是“突然死亡法”：被淘汰者是没有第二次机会的。

潘卡吉·拉内，一个来自那格浦尔市的22岁药品销售代表，因为才能有限，甚至没有多少个人特点，是第一个被扫地出门的。他当时就崩溃了，开始不受控制地号啕起来。电视镜头对准了那张满是泪水的脸。我能够看到马修·乔治咧开嘴笑了，这正是他想要的效果。

这使我为这些年轻参赛者和他们盲目的野心感到悲哀。这种节目只接受一个赢家，其他人都将被它咀嚼一通后吐掉，他们带着破碎的希望和梦想离开，最后只剩下一堆被烧毁的瓦砾。而且，这些做着明星梦的人突然发现自己一无所有，他们会被人遗忘，甚至变得孤单无助。

乔治说得对，这不是一个才艺节目，这是一个没有任何价值的真人秀竞争。

两天后，拉吉派车来接妮荷去参加排练，我决定跟随同去。我们来到他的住所，发现我们俩是唯一的受邀对象：他没有邀请团队其他7个成员中的任何人。

“为什么只给妮荷这个特别的恩惠呢？”我们刚进入他的录音室，我就小心翼翼地问。

“你妹妹需要顺利通过淘汰赛。”他回答说，“我现在需要开始单独指导她，为第二个阶段做准备，到时候，全国观众都要开始投票。如果妮荷能够选出合适的歌曲，她就大有机会成为超级明星大赛的赢家。”

这正是妮荷想听到的。“那您建议我唱哪首歌曲呢，尊敬的大师？”她扑闪着眼睛看着这位盲人音乐家，就像是一个好胜心强的女学生迫不及待地要得到认可似的。

“让我们从经典的《杜宇声声》开始。”

我想起这是1958年的黑白影片《雨季》当中一首很少有人知道的歌曲。让我惊奇的是，妮荷居然知道这首歌。她以惯常的方式开始演唱，但她的声音有些发飘，高音部分不够理想。

拉吉将拳头砸在手掌上，叫道：“停！停！”

妮荷唱到一小节中间停下来：“怎么了，大师？”

“这首歌你唱不了。”他断然地说，“它对专家级的演唱者来说，都是最难唱的歌曲之一，它的四段歌词使用的是四个不同的拉格。只有那种极其全面的歌手，才能顺利完成这些拉格之间的过渡而不会破音或者走调。你目前还不属于这种高手之列。当然，经过长期不断的实践，你也能做到。”

发表了一通贬低性的评价之后，他的语气缓和下来：“OK，我们试试一个容易点儿的曲目吧。尤迪塔·萨普鲁的那首《下雨》怎么样？”

妮荷变得欢喜起来。“那是我最喜欢的歌曲之一。”她说。这一次她从一开始就能够驾轻就熟，从起初的低吟浅唱，逐步向不连贯的、多是快节奏的节拍过渡，毫不费力地在各个音阶之间忽高忽低地游弋。

当她唱完时，拉吉鼓起掌来：“哇噢！真是太完美了！现在你过来，站到我前面。我想要看看你。”

妮荷迟疑地向前移动着：“可是……可是您看不见，先生。”

“盲人的眼睛看不见，他的手却看得见。”他说，他的指尖开始轻轻地在妮荷的脸上摩挲，好像要记住每一个凹凸和曲线似的。我的胃部随即产生一种极不舒服的痉挛感，因为他的手掌继续向下游动，滑到她的脖子上，接着又不断降低，几乎摸到了她的胸部的膨胀部位。

妮荷屏住呼吸，她的身体僵住了。她看到我打算制止，就抬起一只手警告我。我必须握紧椅子的扶手，咬紧嘴唇，才能够阻止自己打破这可怕的寂静。片刻之后，拉吉把手收回来。“我现在看见你了。”他宣布说，“你就像你的声音一样动人。”

妮荷朝我眨眨眼，嘴角歪斜一下，露出得意的微笑。

后来，当拉吉的司机把我们送回科拉巴岛时，妮荷无法控制地爆发出一阵歇斯底里的笑声：“多么叫人好笑啊，是吧？”

“这不好笑，”我严厉地说，“他当时真的想占你的便宜。”

“这没什么，姐姐，”妮荷傲慢地摆摆手，对我的忧虑不屑一顾，“我们别把这个当作是什么潜规则。那个可怜的盲人只想有点儿身体接触。我其实很可怜他。想象一下，你一辈子活在黑暗中是什么感觉，没有色彩，没有形状，没有希望。”她战栗了一下，仿佛这个想法本身就足以令她毛骨悚然似的：“我宁愿死掉，也不要这样活着。”

“我觉得拉吉好像有点儿不对劲。”我坚持说，“从现在起，你不应当允许他再接近你。”

“正相反，我必须接近他。”妮荷毫不犹豫地说，“你不是总能有机会帮助一个盲人。何况有他的祝福，肯定不会破坏我赢得比赛的前景。”

面对她的不以为然和自以为是的小聪明，我只能摇头，我知道，我面对的是一个难上加难的任务。我不但要把妮荷从拉吉那里拯救出来，我还必须把我的妹妹从她自己那里拯救出来。

这个星期剩下的几天，是在一个接一个的活动中度过的：彩排、表演、换装和拍摄。那些被淘汰出局的选手泪眼婆娑地强颜欢笑。幸存者则连声感谢他们的好运，并彼此交换鼓励的话语。

我没有多少事情可做：我不过是妮荷的一个啦啦队队长。有了空闲时间，我总是情不自禁地想起卡兰。我们几乎每隔一天就会用手机通话。“你们什么时候回来？”“我现在严重缺乏维生素。”一听见他低沉、平稳的声音，我的心跳就会加快。我又想起那天晚上主动亲吻他的情形，其实这些天来，无法忍受的分离之苦和无限渴望的焦灼之情让我难以释怀，所以，我提笔写下了一首又一首的诗，主题无不与我难以言说的情感有关。这是对于我听到参赛者演唱的那些感伤的爱情歌曲的回应吗？还是说，我实际上已经坠入了情网？卡兰风趣、聪明、慷慨，他对我而言就是那种完美男人。但是，我越是接近他，就越是觉得他在和我保持距离。我的内心隐隐感到疑惑，同时又产生了不祥的预感。是不是我对他而言还不够好呢？仅仅因为我们能够连续花几个钟头交谈，并不意味着他就爱上了我。如果他爱我的话，那他为什么当时没有回吻我呢？

为了将注意力从这个令人烦恼的幻想中转移开，我开始花时间和莫西交流。在所有参赛者当中，她最能引起我的兴趣。她那气势磅礴的女高音和醇厚的女低音让我听得如痴如醉。不过除了声音之外，她的那双眼睛总在同我说话。它们一向显得泪光莹莹，仿佛在她的内心深处有一个悲伤的、永不停歇的喷泉似的。

她是一个不合群的人，总是避免与人交往。每当我看见她枯坐不语时，就会使我联想起一条因被鞭打而在角落蜷缩的小狗。

“你为什么决定来参加这个节目呢？”我有一天晚上问她，“要成为超级明星，更需要外形而不是声音。”

尽管她很擅长掩饰真实的感情，但这次我还是设法突破了她的那道心理防线。“我是来见拉吉的。”她脱口而出。

我吓了一跳：“来见拉吉？怎么是这么奇怪的理由？”

我终于使她一点一点地吐露了真相，我也知道了拉吉的丑陋本性。莫西的姐姐格雷西·费尔南德斯是个心气很高的歌手，在8年前从果阿来到孟买。拉吉成了她的指导顾问并且开始培训她。很快，他就强行与她发生了肉体关系。但是，当格雷西怀上他的孩子时，拉吉完全变了一个人。他拒绝娶她为妻，甚至叫她妓女。格雷西请求他重新考虑，但后者并不理会她的恳求。莫西的姐姐后来犯了一个致命的错误：威胁要把这件事告诉媒体。拉吉被激怒了，用皮带把她打得遍体鳞伤，还说要杀了她。格雷西流产了，不得不住院六周。出院以后，她的心里燃烧着复仇的火焰。是她在6年前的一次音乐会上用匕首袭击了拉吉。

“我姐姐没有疯。”莫西说，她的眼角溢出了泪花，“是这个男人逼得她没有别的选择。全世界都认为格雷西是自杀的，但实际上是谋杀，是拉吉强迫她结束了自己的生命。”

“既然这样，为什么这些事情没有公布出来呢？”

“因为我姐姐是果阿的一个小人物，而拉吉拥有金钱和权力。他收买了警方，让他们保持沉默。”

“那么，你来这里是想杀掉拉吉，为你的姐姐复仇？”

“不。”她哆嗦着，抬起她脖子上的耶稣受难像十字架，“耶稣是我的见证人：我都不能杀死一只苍蝇，正义和复仇最好交给上帝。”

“那么，你的计划是什么？”

“我没有什么计划。当我听到拉吉要担任节目评委时，我就决定参加这个节目，我只想看看那个毁掉我姐姐一生的男人。她是我的老师，她教我唱歌。她的梦想就是看到我赢得一场歌唱比赛。我来这里不是为她复仇的，只是要把这作为纪念她的一种方式。”

“那么拉吉呢？”

“他迟早会在耶稣的法庭上接受审判的。”

听到这个悲惨的故事，我不禁暗自赞叹莫西的坚韧。假如我是她，我不认为我能够无动于衷地看着拉吉那张脸。我一定会啐他一口，更没有耐心等到上帝进行审判。

格雷西的故事不仅让我深受触动，也进一步加深了我对这个音乐导师的怀疑。“从现在起，你无论如何都不要去见拉吉。”我告诉妮荷，“在我看来，一个虐待狂的本性永远都不会改变。”

“这很愚蠢。”妮荷怒气冲冲地说，“看在上帝的分上，他可是我的导师，而且他叫我今晚去参加最后一次排练。”

“告诉他你不会去。”

“就这样错过获得超级明星大赛冠军头衔的机会？别说蠢话了，姐姐。再说了，一个瞎子能对我怎样？我一定要去。”

“如果你非去不可，那我就一定要和你一块儿去。”

拉吉在他家门口台阶上迎接我们。这是一个微风拂面的凉爽之夜。晴朗的夜空挂着一轮皎洁的满月，照亮了这座宏伟的宅邸。

穿着宽大丝绸睡衣裤的音乐导师一如既往地富有魅力，但是，我现在一看见他，就因想到他对莫西姐姐的所作所为而憎恶得发抖。

妮荷穿着她昨天从克劳福德市场买来的柔软的粉红色绉丝莎丽套装，看上去很是迷人。光是那条丝绸围巾，就花掉了我800卢比。

拉吉的男仆端着盛放饮料的盘子走进来。我要了一瓶橘子汁，妮荷要了一听健怡可乐，拉吉首选的饮品是“钱丽斯”麦芽威士忌。“今晚，我要给妮荷上我最拿手的一课。”他有些神秘地说，又往他的杯子里倒满那种暗金色的液体，“我们就要到第一阶段的末尾了，明天是最后的淘汰环节。在那以后，妮荷，你将不可阻挡。干杯！”他冲我们举起杯子，又接连两口将那些液体一饮而尽。

妮荷开始和拉吉讨论声乐技术问题。我在阳台边漫步，胳膊肘倚靠在装饰华丽的石栏杆上，眺望着这座庞大的、延伸到泛着天鹅绒般涟漪的海面以外的城市。孟买的天际线在夜晚看起来十分壮观，熠熠闪烁的璀璨灯火，装点着反射出海市蜃楼般冷光的整座城市。滨海区的高层建筑顶端闪耀着霓虹灯的标志，从市场那里传来商业活动的声音，大小汽车仍在下面的街道上快速行驶。这真是一座不夜城。

空气里飘荡着一株夜晚开放的茉莉花令人陶醉的芳香。它和湿润的、带着咸味的海洋气息混合在一起，让我昏昏欲睡。我又啜饮了一口橘子汁。它的味道有点儿奇怪。突然，我的头开始疼痛，膝盖变得虚弱无力。我感觉就要呕吐出来，便急忙冲向阳台远端的卫生间。

我跌跌撞撞地跑到洗脸池跟前，抬头照照镜子。我的眼皮沉重得直往下耷拉，睡意一阵一阵地袭来。我感觉乏力、困倦、恶心。我需要使出全身力气，才能够把水泼到我的脸上。我试图睁开眼看清前面的东西，但我的脑袋却很难保持清醒。我靠在墙上，想要弄清我究竟是怎么了。

我意识到，拉吉一定是让他的男仆在我的饮料里加了什么东西。我现在能够透过窗户看到他，他正在抚摸妮荷的后背。在我涣散的目光里，他很快变成了两个人，然后又变成三个，接着越来越多，直到我产生了更大的幻觉，看到一个长着十个脑袋、像魔鬼罗波那[1]那样狞笑着的拉吉。

“我们到下面的录音室去吧。”我听见远处传来回音，“你给我领路好吗？”

---

①印度长篇史诗《罗摩衍那》中住在楞伽岛的魔王。

透过模糊的瞳孔，我看见妮荷搀着拉吉的胳膊，引领他朝楼梯下面走去。“不！”我想大喊，一种即将到来的危险的可怕预感攫住了我，但我发觉自己既不能移动，也不能说话。我好像是被催眠了，进入恍惚状态，我感觉身体不再听使唤。

我抵抗着慢慢袭来的困意，蹒跚着走出卫生间。拉吉和妮荷已经不见了，留下了一碗盐渍腰果。

我的脑袋越来越沉，身体是那样软弱无力，几乎不能把头抬起来。我知道，我就要像无望的醉鬼一样翻倒在地。就在这时，我的目光落在桌上闪着微光、已经喝了半瓶的“钱丽斯”威士忌上面。我用双手抓住它，我感觉它好像有一吨重。我使用全身保留的所有力气，将它举过头顶，用力砸向下面的水泥地板，把它砸得粉碎，空气中充满了威士忌辛辣的气味，我的手里只剩下带有锋利锯齿的瓶颈。我的身体仍在因为眩晕而摇晃，我深深地呼吸了一口气，将锯齿状的一端像匕首一样扎进我的左大腿。它穿过莎丽刺进了皮肤。我的腿上掠过一阵灼热和剧痛，接着这种刺痛感袭遍全身，立刻就驱除了大脑里的那团迷雾，唤醒了我所有的感官。

我不顾腿上的刺痛，蹒跚地走下楼梯，飞快地穿过客厅并冲进录音室，看见妮荷和拉吉在一个长沙发上纠缠着。音乐家的胳膊已经夹紧她的腰部，把她的胳膊固定在两肋下面。他正试图亲吻妮荷，而妮荷不顾一切地挣扎着，想要摆脱他充满激情的搂抱。

“拉吉！”我尖叫着扑过去，极力帮助妮荷挣脱他的束缚。

他放开了她，胸口起伏得犹如一个快要心脏病发作的人，馋涎从他的嘴角滴落下来，充血的静脉在脸上根根暴起。“走，妮荷！”他厉声喝道，“我本来想帮助你，但你不值得我关心。”

我的心里燃烧着愤怒的火焰。我伸手把妮荷拉到一边，抬起右腿狠踹过去。当我的脚后跟撞击到他的腹腔神经丛时，他的面孔由于剧痛而变得扭曲。“臭婊子！”他捂着肚子，发出痛苦的哀号。

我的愤怒达到了极点。“你不配活在这个世上，你这头猪！”我挥拳打他，可他令人惊讶地做出了快速反应，在半空中抓住我的胳膊。他把我的身体扭转过来，将我的脸压在墙上，把我的胳膊扭得简直就要断了。我痛苦地挣扎着。“我能像碾死一只苍蝇一样灭了你！”他嘶嘶的气息吹进我的耳朵里。接着，他又以同样迅速的动作松开我。

“不排练了！”他下了逐客令，“你们马上离开我的家，你们两个。”

妮荷受到了极大的震撼。当我和她坐在返回科拉巴岛的出租车里时，我几乎能够感觉到，羞辱、恐惧和厌恶像一场沙漠风暴那样席卷了她。“他……他想摸——摸我，”她结结巴巴地说，“你对他的看法是对的，姐姐。”她把满是泪水的脸埋在我的膝头。

“不用担心。一切都会好起来的。”我抚摸着她的头发，安慰她说。

她的手偶然碰到我的大腿，发现我的莎丽有一块地方又湿又黏，鲜血仍在从伤口处渗出。

“神啊！姐姐，你在流血。”她惊叫起来。被我体内的肾上腺素抑制到现在的那种刺痛，又火烧火燎地回来了，让人感觉就像受到了盐酸腐蚀一样。

妮荷没有片刻犹豫，她撕碎了她那条崭新的围巾，把它做成绷带包在伤口上，帮我止住流血。

坐在那辆出租车的后座上，我们开始重新发现彼此。在我的一生当中，也许这是我第一次用新的眼光看待妮荷，我真正体验到与她心意相通。在她自恋、自私和浅薄的外表下，我感受到了那颗悄然跳动着的温暖而善良的心。

“我过去一直觉得，你爱艾尔嘉胜过爱我。”妮荷说，她的声音透着多年累积的被压抑的伤害和痛苦，“我再也不会那么想了。”

这是一个充满惊喜、忏悔和发现的夜晚。“我过去一直认为，你为了出名可以不择手段。”我以同样的坦率回应道，“但我不再那样想了。”

我们紧紧拥抱，就像两个在大洪水中抱着同一根圆木的幸存者。

生活不允许我们自行选择血缘关系，然而，它总是让我们有机会去修补它。

甚至在我们安全地回到宿舍以后，妮荷仍在紧紧地抱着我。她的额头有些发烧。莫西帮我把她挪到床上，盖好被子。当我转身离开时，妮荷拉住我的胳膊：“你现在去哪儿，姐姐？”

“去警察局，我要揭发拉吉。他试图给我下药，还对你动手动脚。”

“别，姐姐。”妮荷从床上跳下来，挡住了我的去路，“我不能让你那样做。”

“为什么？”

“那会毁掉我赢得比赛的机会的。”

“你疯了吗？他都对你做了那种事，你还在想着比赛？”

“听我说，在这轮过后，我会告诉乔治把我换到别的团队。我和那个恶心的拉吉再也不会有任何关系了。但是我不想错过这个机会，我几乎就快成功了。只要我进入最后20强，就连拉吉也休想阻挡我。不要夺走我唯一的希望，我唯一的梦想，姐姐。”她又开始抽泣了。

我让步了："好。既然你想这么做，那我就不去告发拉吉。"

一直在偷听我们对话的莫西更关心我腿上的伤口："你需要去看医生，姐姐。如果不赶快治疗，受感染部位可能会发展成脓毒症。"

她陪我到附近的一个诊所，护士清洗了伤口，做了消毒，我们的路线经过熙熙攘攘的街头市场。在回来的路上，我们碰到了一个穿着马哈拉施特拉邦警察局制服的督察长。他正在和一家玩具店的老板讨价还价，他那停在路边的国产"拉赫多特"摩托车像一只野猫似的"呜呜"作响。

莫西想要将我轻轻地推向那个警官所在的方向："我们还有机会报警。"

"我不能，我已经答应妮荷了。"

她抓紧我的胳膊："我们不该允许拉吉再次逍遥法外了，姐姐。"她的眼里燃烧着一股暗火，像是在她体内喷发的一座火山的黑色熔岩。

我凝视着她，凝视着那家玩具店，脑海里突然闪现出一个想法。

"我有一个计划。"我低声对她说。

"快告诉我。"她压低了声音。

这是关键性的一天，是淘汰赛的最后一轮，现场气氛热烈而紧张。今天将有最后两个歌手被淘汰出局，剩余的 20 个参赛者，将在电视直播中为那顶人人垂涎的王冠展开较量。

随着现场气氛渐近高潮，我和其他观众怀着激动的心情，等待即将开始的对弈。

评委们逐个宣布今天的参赛者的名字。这就像是一种国际象棋游戏，诀窍就是要预见你的对手下一步走什么棋。评委们都试图保存他们自己的实力，让他们最好的歌手挑战较弱的对手，从而把对方的团队"将死"。

"我提名贾韦德。"巴希尔·阿哈默德宣布。观众席上出现了一阵兴奋的骚动，贾韦德·安萨里是目前最受欢迎的参赛选手，巴希尔一上来就摆出后翼弃兵开局。

"我选择苏哈塔·米纳。"尤迪塔·萨普鲁说。苏哈塔是一个有着沙哑嗓音的朴实无华的歌手，她相当于能够导致一场混乱的国际象棋中的马，一副扑克牌当中的百搭。

"我的战士是尼萨尔·马利克。"罗希特·卡尔拉说。那个克什米尔人并不是他团队最好的歌手，他是一个可以牺牲的卒子。

"我派妮荷上场。"拉吉宣布。每个人都发出一声惊叹。在初始阶段就让贾韦德和妮荷展开较量是没有意义的，它相当于一开局就让王后对决。

四个参赛者排队站在台上，淘汰环节开始了。

巴希尔·阿哈默德为贾韦德选了一首极具感染力的爱情歌曲，这位门生演唱得毫无瑕疵，他的音域、声音的强度和原生态的表现力，得到每一个观众的热烈赞赏。

苏哈塔·米纳的特长是民歌，而且导师允许她尽全力演唱。她演唱的这首拉贾斯坦邦歌谣让观众感到陶醉，她那强劲的、自由自在的歌声是妮荷精致而美轮美奂的演唱风格一种令人信服的对位。

尼萨尔·马利克演绎那首歌王基肖尔·库马尔悲壮的原唱歌曲，讲述着失望和心碎的主题，流淌着哀伤和忧郁的旋律，同样令人印象深刻。

接着就要轮到妮荷了，所有的人都期待地看着拉吉。妮荷带着天使般的微笑站在舞台上等待，但我知道，她的心里一定很紧张。现在对她而言，唯一重要的事情就是赢得比赛。而且，这是一个决定命运的时刻。

拉吉清清嗓子。“妮荷是我最好的歌手，所以，我想给她选一首能够展示出她的全音域的歌曲。”他的那张藏在深色墨镜下的面孔没有任何表情，他对妮荷说：“亲爱的，我想让你唱《杜宇声声》。”

我惊呆了。妮荷扭歪的嘴唇和紧绷的脸告诉我，甚至连她都没有料到竟然会是这首歌曲。拉吉设置了一个巧妙的陷阱，不幸的是，我的妹妹不可能避开它。她勇敢地试着唱好这首歌，但是昨天那个痛苦的经验已经让她变得底气不足。她的音调听上去有点儿吃力和尖细。歌曲难度最大的快板乐章的上音域拉格，让她的嗓音变得发紧，这严重损害了歌曲本身的感染力。

结果是预料之中的。正如观众的反应一样，根据评委们的裁定，妮荷是几个参赛者中表现最弱的歌手，她被淘汰了。

观众席陷入一阵庄严的寂静。人们似乎很难接受这样的现实：最初的那个几乎是最受欢迎的歌手竟然率先出局了。妮荷脸色僵硬，她以坚韧和顺从的姿态接受了这一裁定。

之后不久，就开始了最后的淘汰环节，莫西需要对抗其他三个歌手，就实力而言，他们都很难与她匹敌。

尤迪塔·萨普鲁让莫西演唱“啊！我的同胞”，这是由印度女歌唱家拉塔·曼格斯卡原唱的一首爱国歌曲。今天，莫西超越了自我。她突破了冰封的内心，以极具野性的嗓音和富有才华的表现力纵情歌唱。这首歌好像被赋予一双能够使之摆脱尘世的翅膀。她那轻快活泼的声音不断上扬，犹如大鹏翱翔于九天之上，让管弦乐队、评委、观众乃至所有感受到它的一切为之倾倒！这首挽歌几乎像是一种宣泄，一种用来悼念她死去的姐姐的哀歌，其中充满了因失去亲人而体验到的敏感的痛苦。而且，当听到她的音调越来越高亢，最终达到在这类比赛的历史上无人能与之匹敌的纯美之境时，我的身上甚至起了一层鸡皮疙瘩。

演唱结束了，她回归到她本来的状态，面色绯红得像是一个筋疲力尽的田径运动员。评委彼此间压低声音议论，与那个制片人进行着尴尬的眼神接触。显而易见，他们正在设计一种策略，想通过正当理由将她从比赛中淘汰。

巴希尔·阿哈默德拿起放在眼前的杯子喝了一口水，然后宣布他的裁决。“这首歌唱得呃……呃……很不错。你显然很有才华，然而，我不认为你能够走得更远。在你的声音里，有一种仍需加工的粗糙的东西。”

罗希特·卡尔拉瞄准她冷淡的表情和笨拙的姿态开火。“演唱不仅仅要唱准音调，”他评价说，“它也涉及如何把你的信息传达给听众。”

拉吉专心地在倒数第二小节中发现了近乎是一种假想的不足。“在我看来，这个小缺陷破坏了整体效果。但我要告诉你的是：你只要稍微多做一点儿训练，没有人可以阻止你赢得下一年的比赛。”

“谢谢您，先生，”莫西大声说，“我需要您的祝福。”

“我是应该亲自把它送给你。”拉吉说。他离开评委席，拖着步子走向舞台，用他的手杖试探性地往前走。马修·乔治引领他走上台阶。当拉吉逐渐走近莫西时，她颔首站在那里。就在前者距离她不到十步远的时候，她带着低沉的叫声猛扑过去，一把匕首不可思议地在右手出现了。在鲜红的聚光灯下，锯齿状的刀刃似乎被鲜血所浸透。

观众席上出现了一阵惊呼，在整个大厅里回荡。

就在莫西将匕首呈弧形刺向拉吉的胸部时，这位音乐导师本能地伸出手保护自己。他扔掉手杖，带着一声压抑的尖叫从舞台上跳下去，突然产生的恐惧感让他面如白蜡。

一阵更大的惊呼声从人群中传来。

“你……你能看见？”巴希尔·阿哈默德张大了嘴巴说。

“是的，他能看见。”我说，一边走上舞台，抓起了麦克风，“莫西并不打算杀死拉吉，只是想揭穿他的本来面目。”

莫西扔掉了我昨晚从街头市场买的那把塑料玩具匕首，胸部因为激动而剧烈地起伏。她跪倒在地，在身上画着十字，亲吻脖子上挂着的那个耶稣受难像。眼泪顺着脸颊流下来，她举起双手祈祷：“主啊，怜悯我姐姐的灵魂吧。”

“拉吉没有瞎，至少没有两只眼睛都瞎。”我接着说，“他一直保持着伪装，这样他就能抚摸年轻女孩，利用对方的同情诱惑她们，最终达到占有她们的目的，就像他曾占有莫西的姐姐格雷西，并强迫她自杀一样。昨晚他试图用同样的鬼把戏对付妮荷，这个邪恶的人应该受到公开的鞭刑。”

人们发出赞同的吼声。

尤迪塔·萨普鲁突然站起身来："我不能忍受和这个恶人待在同一个房间里！"她声音颤抖地宣布，仿佛要经过激烈的心理斗争才能够说下去似的，"他……他……也这样对待过我，当时我还是'生命之歌'节目的一个参赛者。"

这一揭发先是让观众感到震惊，继而引起了他们的愤怒。几个男人威胁性地走向拉吉，他因为恐惧而浑身哆嗦。

"停！"马修·乔治从他的主持人座位上跳下来，"告诉我，到底发生了什么事？"他并未专门询问哪个人，而是竭力维持一种职业性的冷静态度。

"我真不该为这个下流的比赛做评委。"尤迪塔蔑视地看了他一眼，"我退出。"

"我也退出。"巴希尔·阿哈默德说。

"我也退出。"罗希特·卡尔拉说。

他们气愤地走出演播大厅，只留下拉吉任由从各个方向冲向他的人群摆布。

半个钟头以后，我发现马修·乔治凄凉地坐在一张长椅上，审视着被愤怒的民众砸成废墟的舞台。

"看看你都干了什么？"这个制片人兼导演冲我大吼，"拉吉被打断了五十根骨头，现在躺在医院里。而且，我的节目甚至还没正式开始就结束了。"

"不要责备我。"我平静地回答说，"我给你的只是你想要的。"

"我为什么会想要毁掉我自己的节目？"他大声喊叫，像疯子一样撕扯着他的恐惧。

"你想要我们不可外扬的家丑，我们的秘密和忏悔。瞧，我已经给了你一流的丑闻。好好享受吧！"

当天下午，我和妮荷坐上开往德里的火车。在18个钟头的旅途中，我们基本没说几句话，都沉浸在各自的思绪里。卡兰的面孔像是持续发烧而做的梦一样在我的脑海里徘徊。妮荷变得出奇温顺，眼睛里有一种恍惚的神情。"我不会再参加任何歌唱比赛了。"她对我说。她终于看到了世界的本来面目，它粉碎了她的幻想，给她一夜成名的膨胀野心浇上了冷水。

次日上午7点，当火车驶入德里市郊的帕哈甘吉火车站时，意想不到的惊喜在等待我们：卡兰·坎特站在月台上迎接我和妮荷，手里捧着一大束黄色康乃馨。我对他说过我们将要到达的消息，并扼要叙述了超级明星大赛的惨败，但我从未想过他会在这个车站迎接我们，也没有想到他会带着那种欢迎的礼物。它立刻驱散了我们在孟买的失败感和沮丧感，让我由衷幸福地觉得自己很特别。

他穿着一件条纹马球衫和棕色卡其裤，看上去相当时髦。当我走上前准备接过那束花时，我脸上发烧，我的心几乎都要从嗓子眼跳出来了。

让我极度惊愕的是，他从我身边走过去，把那束花送给了妮荷。“欢迎归来，我们的歌后。”他微笑着对她说。这个亲热的姿态让妮荷快活起来，却使我不禁产生了一种遭到背叛的感觉。当我看见妮荷脸上泛起红晕时，一种近乎病态的妒忌在我的心中油然而生。

也许卡兰已经预见到我的反应，因为他很快就转向了我。“对了，不要认为我把你给忘了，小姐。”他笑着说。紧接着，就像魔术师在魔术表演的末尾留了一手一样，他突然拿出一支包裹在玻璃纸里的红玫瑰，以郑重的半弯腰姿态把它交给我。看到我仍旧感到迷惑，他挠挠头，转动着眼睛。“你不喜欢玫瑰？那你是不是更想喝一杯热茶呢？”他故意歪着面孔发出沙哑的嗓音，“茶水！卖茶水喽！又香又甜又解渴！”他是在模仿那些节奏单调、在沿途各站都会走到车厢跟前叫卖的流动茶贩的声音。

于是我知道，他还是过去那个卡兰，那个把真实感情隐藏在平凡的日常言行背后的卡兰。他还是和以前一样叫人无法理解。现在，他又给我出了一道需要破解的谜题。一朵红玫瑰的价值，会超过一打黄色康乃馨吗？

当天下午，维奈·莫汉·埃加利亚把我叫到他那里。

当我到达他位于15层的管理部门办公室时，我看到一个长相朴实的南印度女孩坐在秘书台那里。“嘿，你好，萨布娜小姐。我是莱瓦蒂·巴拉苏，欢迎您的到来。”她和我打招呼。当她腼腆地对我微笑时，脸颊上露出了两个酒窝。我还没来得及回应，她桌上的蜂鸣器响起来，我被引入了那个实业家的办公室。

“詹妮弗去哪儿啦？”我问埃加利亚。

“我把她解雇了。”他露出痛苦的表情。

“为什么？”

“她是我们当中的毒蛇，是她把敏感的公司信息透露给了鼎立集团。”

“我的天！”

“是拉纳揭露她的。他设法弄到了她的私人手机通话记录。我们发现了不少打给鼎立集团的一把手阿杰伊·克里什那·埃加利亚的私人号码。尤其有趣的是，在我们确定了国民身份证软件招标的最终报价以后，我们在她的手机上，发现了她在同一天晚上打给我弟弟的电话。”

“那你们质问她了吗？”

“她当然否认了。她说有人伪造电话记录想要陷害她。每个小偷都否认自己是小偷。”他透过凸窗，若有所思地凝视着淡粉色的天空，“我能够原谅一个敌人，但不会原谅一个叛徒。”他用低沉的声音说，内心似乎非常激动：“犯了错误可以修正，然而信任一旦遭到背叛，它就再也回不来了。”

我默许地点点头。

“不管怎样，我叫你到这里来，不是要为詹妮弗的事发牢骚，而是要向你表示祝贺。你以优异的成绩通过了第四个考验。”

“那是什么考验？”

“远见的考验。”

“我不明白。我做了什么事情，证明我有远见呢？”

他轻拍一下放在桌上的那堆报纸。它们几乎都在头版报道了揭露拉吉的事情。“是一个瞎子帮助你证明了你的战略远见。你预感到拉吉这个人很不正常，并使用一个有创意的计划剥去了那个骗子的伪装，做得好。”

“可是，您是怎么知道我在这件事当中的角色呢？我读过的所有报纸，都没有提到我的名字。”

“但它们都提到了一个叫莫西·费尔南德斯的人，我从她那里知道了整件事的经过。她告诉我，你是怎样从一开始就怀疑拉吉的。而且她也告诉我，你如何帮助你妹妹逃离了他的魔爪。”

“您是怎么认识莫西的？”

“我们刚刚聘用她做我们的电影部门的配音师。”

“她会做得很好的。她有天使一样的声音。”

“那么，她有一个预言家的眼光吗？我认为，为未来做准备的唯一途径，就是对于未来的计划。那些不能制订计划的人必然会失败。远见是机智地判断一种局面、预见可能发生的情况的艺术。这对于一个组织的成功是至关重要的。35 年前，我看到了我的第一部电脑‘PET 战舰’，我当时就本能地知道，这个机器将改变我们的日常生活和工作方式。就在那时，我第一次进入电脑行业。今天 ABC 电脑公司控制着印度个人计算机硬件市场 32% 的份额。”

他又花了一刻钟时间，滔滔不绝地讲述他最喜欢的主题——他自己——但我已经神游天外了。他那孩子气的虚荣心，丝毫不会使我回避一个事实：他对我能力的信心是经不起推敲的。我多么希望我具有他所说的那种远见啊，那样一来，我就不会让艾尔嘉结束自己的生命了。

这个世界从不缺少自称知道未来的神汉和占星家。然而，没有人能够真正做到这一点。未来是一个永远都不会向我们完全显示的奥秘；我们只能通过梦想和想象，隐约地感觉到它的踪迹。远见这个很有美化意义的称谓被用来描述这样一个过程：吸取昔日经验教训，为更美好的明天制订计划。这是有史以来人类就在孜孜追求的一个过程。

而这个过程的本质就是：生存。

第五个考验

阿特拉斯革命

它似乎像是介于国庆节和印度灯节[1]之间的一个过渡性节日。整个城市的上空都在燃放烟火，街道上挤满了兴奋地鸣着喇叭缓慢行驶的汽车，还有满载着挥舞着三色旗欢呼雀跃的球迷的卡车，以及跳着舞蹈、高喊“印度万岁”的成群结队的行人。

尽管将近半夜，我们的住宅区却无人入眠。我和妮荷也因为在板球世界杯半决赛中，印度队战胜被媒体夸张地形容为“板球之王”的巴基斯坦队激动不已。我们整晚都坐在电视机前，紧张地看着板球比赛进入最后的白热化时刻。当巴基斯坦队的三柱门最后一次被击中时，整个住宅区爆发出山呼海啸般的庆祝声音：刺耳的口哨声、震耳欲聋的欢呼声和响成一片的鼓掌声。住在 B-27 公寓房间的 J.P. 阿加沃尔先生，一个痴迷板球的五金商人，立刻一路小跑赶到市场，又带着一大碗拉萨库拉[2]回来，在他的二层楼的邻居们当中分发。甚至突然感觉到板球和用蜡去除腿毛一样有趣的妈妈也加入狂欢，悄悄地把一块多汁的拉萨库拉送入口中，全然不顾她的慢性糖尿病，以及她的内科医生米塔尔博士发出的禁吃甜食的严厉警告。

然而，有一个邻居却自始至终远离所有的喧闹。此人就是住在 B-25 的妮尔玛拉·本，我们这个住宅区的甘地主义者。我发现她孤独地坐在房间里，膝盖上放着国父甘地的一本语录，两眼凝视墙壁，像一个在等待天启的预言家似的。

“妮尔玛拉·本，整个住宅区都在庆祝印度的胜利，你在这里做什么？”

“就让他们发疯去吧，这和我无关。”她简洁地回答道。

“哦，求你了，别那么扫兴好不好？我们都要到楼顶去看烟火。”

她的反应就像我刺痛了她的哪根神经似的。“你知道这些烟火浪费了我们多少钱吗？当千百万人只能饿着肚子上床睡觉时，当成千上万个孩子因为缺医少药死去时，当一家人因为买不起房子而露宿街头时，把金钱炸成一团团烟雾是何等的愚蠢透顶！还有这个板球世界杯，它能够给我们带来什么？它能消除我们国家的贫困吗？它能让我们的国民告别文盲吗？它能阻止农民因活不下去而被迫自杀

---

① 印度的一个著名的宗教节日。

② 一种多用糖浆做馅的印度食品，类似于中国的汤圆。

吗？前几天卡拉瓦迪的儿子苏雷士对我说，他每天都在为印度在世界杯上获胜而祈祷，我是在为我的同胞变得更加清醒而祈祷。”

我被她激烈的反应吓了一跳，开始竭力思考该如何回应。

“我们国家最近发生的事情是多么可怕。”她接着说，“一个个骗局接连出现，操纵它们的都是阿特拉斯，而且似乎没有人知道这家公司背后那个人的身份。天哪，这个阿特拉斯难道是来自月球或者灵界吗？难道它像神一样是看不见摸不着的吗？”

“据说阿特拉斯也是印度情报部门上周揭露的那个房贷骗局背后的操纵者。”我想起今天的头条新闻。

“作恶多端，这个阿特拉斯真是作恶多端。”她宣布，“我不能看着国家财富遭到劫掠而袖手旁观。国父甘地奋斗一生甚至献出生命，绝不是为了看到这种结果。”

“那你打算怎么做呢？”

“我一直都在寻找一条途径，直到有一天，里希盖什地区的一个预言家来见我，并为我指明了道路。”

“他是怎么说的？”

“‘缓慢地撼动这个世界’，他告诉我。”

“你怎么实现这一目标？”

“我将会发动一场革命。这是根除腐败的癌症和揭露阿特拉斯背后势力的唯一途径。”

“你是准备组织一个集会之类的活动吗？”

“不。我会一直静坐下去并且绝食自尽，直到政府答应我的要求，对阿特拉斯投资公司进行全面彻底的调查。”

我的大脑里的那个警铃立刻开始响起，我试图说服她：“不要这样做，妮尔玛拉·本。绝食自尽可不是一天就能结束的那种象征性的鼓动。”

“谁说它是了？”她回答道，她对我的话感到吃惊，“当一个不合作主义者为了事业而宁愿选择绝食而死时，只有两种可能的结果：要么是政府不得不屈服，要么是它不得不移走我的尸体。归根到底，革命需要殉难者。”

“革命也需要追随者，以及一个组织。这两个你都没有。”

“可是我有我自己。”她微笑起来，仿佛是在强调她这句话不证自明的本质，“而且只要你拥有你自己，你就不需要其他任何人。一个人就可以创造奇迹。”她开始以一种柔和而动听的声音唱起来，“假如他们不理会召唤，那就独自前行”，这是泰戈尔谱写的一首孟加拉歌曲，也是甘地最喜欢的一首歌曲。

当她充满深情的声音在房间里回荡时，我由衷地希望她不要去实践她独自前行的诺言。因为不管妮尔玛拉·本女士是一个多么出色的歌手，她孤单的声音都不足以“缓慢地撼动”这个世界。

这天是 4 月 1 日，星期五，和其他正常的工作日并无二致。我在上午的第一个顾客，是一个留着好看的胡须、看上去彬彬有礼的锡克商人。他几乎已经决定购买一台松下 50 英寸的等离子电视机。“这是给我儿子兰迪普买的，”他对我说，“这孩子非要一台大屏幕电视机看明天的世界杯决赛。”我理解地点点头，开始向他解释缴费延长保修期的好处，就在这时，我的印度移动手机响了起来。

我从衣兜里掏出手机，皱着眉头看了看屏幕。这些天来，我的手机上 70% 的来电都是陌生的电话推销员打来的，所以，只要是不熟悉的号码，我通常都不予理睬。这个呼叫者的 ID 显示的是以“+22”开头的通信号段，而“+22”本身是孟买的电话区号。出于好奇，我按了通话键。

“嘿，你好。”

“喂，您好，可以和萨布娜·辛哈女士通话吗？”声音听上去非常熟悉。

“我就是萨布娜。”

“亲爱的萨布娜女士，我是萨利姆·伊利亚斯，从孟买给您打来的电话。”

是的！我怎么可能忘记那个吸引了千百万影迷的深沉而充满男性魅力的声音。萨利姆·伊利亚斯是当仁不让的宝莱坞之王，是印度所有少女的梦中情人。这个巨星会突然屈尊和我通话，似乎叫人不可思议，但考虑到我最近发生了那么多奇怪的事情，以至于任何意外都不会再让我感到多么惊奇了。

“恭喜您！您已被选为印度移动公司本月的幸运客户。这意味着您将在 4 月 10 日星期天中午和我单独就餐，地点是在德里的喜来登酒店。您愿意赴约吗？”

萨利姆·伊利亚斯要和我共进午餐。和我？一阵巨大的幸福感充满我的全身，冲走了我所有理性的思考。我总是把自己想象成一个根深蒂固的现实主义者，始终对名人崇拜这种事绝缘。但是，在这非同寻常的时刻，我的大脑完全不受控制了。印度移动最近举办过什么比赛？我是怎么赢得这个比赛的？我已经完全退化成一个青春期的校园女生，并沉浸在英雄崇拜的幻想中，所有这些现实的考虑要素，一下子都被抛到了九霄云外。“愿——愿意，”我变得结结巴巴，感觉到脸上发烫，“我……我……非常渴望。”

“现在就是我所说的 funtaastik[①]。”他欢喜地重复了他在《爱在曼谷》中

① 即英语中的“fantastic”一词，意思是“难以置信，好极了！”这里是指萨利姆·伊利亚斯用带有印度口音的英语说出了这个词。

的一句经典台词，“但我有一个问题：我如何才能认出您呢？”

“我……我会穿得特别一点儿。”

“好。这样很好。我最喜欢的颜色是黄色。你有黄色的衣服吗？”

我飞快地思考，把可怜的几件莎丽套装在脑海中过滤了一遍：“哦……我不认为我有黄色的外衣，不过我可以买一件。”

“不需要那么做。我告诉你怎么办。你想穿什么就穿什么。只要在衣领上贴上一张小小的黄色便笺就可以了。”

“便笺？”

“是的，上面印上 A-P-R-I-L-F-O-O-L 这几个字母，明白是什么意思吗？”

我一下子回过神来：“卡兰·坎特，是你在捣鬼吧？”

电话那头传来一阵开心的大笑：“我把你骗到了，是不是？”

我几乎立刻就能想象出，他此刻正捂着肚子，笑得在地板上打滚的样子。我对自己的天真和彻头彻尾的轻信感到吃惊。

“我要杀了你！”我冲卡兰叫喊。

“现在就不那么 funtaastik 了。”他说完就挂上了电话。

当我收起手机时，才发现我今天的第一个顾客正在快步走向门口。“嘿，辛格先生！您这是要去哪里？”我想喊住他。

他暂时收住脚步，嘲弄而又怜悯地瞅了我一眼，我看到的是一个理性的人看待一个疯子的眼神，随后他就疾步走到门外。

那天晚些时候，当我在住宅区的庭院看到卡兰时，他不停地眨巴着眼睛。

“你这个骗子！”我开玩笑地用力捶打他的肋部，“你装萨利姆·伊利亚斯还真像，我压根儿就没想到会是别人。”

“呵呵，老实跟你说吧，我对其他十多个印度移动的客户都搞过同样的恶作剧。他们也上当了。我在愚人节的搞笑小把戏让呼叫中心的人都笑炸了锅。”

“可你是怎么伪造孟买区号的？就是因为这个，我才相信我接到的这个电话是真的。”

“这个叫‘信号模拟’，既然我们控制着网络，我们就能够让客户的拨入电话 ID 上显示出任何号码。”

这时妮荷走过来。“你在这里做什么？”她对卡兰说，“他们正在到处找你呢。”

“谁？”卡兰问。

“警察。一个督察长带着两个警员。”

“什么？”他惊叫一声，脸上露出极其焦虑的神色。

“为什么警察会来找你呢？”我很奇怪，声音也跟着紧张起来。

“我不知道。一定是……一定是他们搞错了。”

“不管怎样，你最好去看看是怎么回事。”妮荷说，“他们正在狂敲你的门，准备把它砸开呢。”

“不！”卡兰发出一声惊恐的叫喊，“我不能容许他们进入我的房间。”他向楼梯上冲去，一步跨过两个梯级，迈着一个运动员的大步狂奔。我和妮荷紧跟着他。

当我们赶到三层楼道空地上时，我已经累得上气不接下气。卡兰绕过后面就是B-35公寓的楼道拐角处，一下子愣在那里：楼道里一个人也没有。

“看来警察已经进到里面了。”妮荷说。

“啊，不！”卡兰喃喃自语，退回到阴影处，后背无力地倚靠在墙上。

“你难道不想去查看一下？”我催促他。

他迟疑地走到门口。这时他才看见窥视孔下面贴着一张海报：一个小丑举着一个牌子，上面写着“愚人节快乐。”

“你上当喽！”当卡兰尴尬而懊丧地挠着脑袋时，妮荷发出胜利的欢呼，“来而不往非礼也。”她意味深长地瞟了他一眼，就快步向楼下跑去。

“妮荷·辛哈，你会为此付出代价的！”卡兰喉咙里挤出普拉卡什·布利——那个有名的恶棍的吼声，随后就在后面紧追不舍。

我一直默默地看着这个小插曲，既感到有趣，又有几丝惆怅。我意识到，卡兰必然也给妮荷打了电话，假装是萨利姆·伊利亚斯。她现在是以其人之道还治其人之身。可是，我为什么感觉到，我好像才是这个愚人节真正的傻瓜呢？

在4月2日这天升起的太阳不同于往日，它寄托着10多亿印度人的希望。印度队将在今晚的板球世界杯决赛中对阵斯里兰卡队，整个印度都在为它的胜利祈祷。

板球是大卖场里唯一的话题。你能感觉到那种无所不在的兴奋和期待之情。对于比赛的狂热，导致半数员工请假去看比赛。

午餐以后，马登把我叫到他的办公室。“我需要你帮个忙。”他笑着说。

“这次又要做什么呢？”我问，“你又要把我派到哪个村庄去吗？”

“不，不，完全不是。有人刚订购了一台索尼KDL-65，我需要你完成一次加急的HVD。”

HVD是大宗商品派送的商店代称。它是古拉蒂父子公司的一项销售政策：价格在20万卢比以上的任何商品都可以送货上门，促销小姐必须一路陪护，确保商品安全到达，并由客户在一张“未拆封验货单”上签字验收。

“你知道我从不送货。”我嘟哝着说，“你为什么不派男的去呢？”

“已经派出去两个了，剩下的都请假回家了。拜托，只需要你花半个钟头时间，而且我可以给你奖励。”

“什么奖励？”

“你送完货就可以回家看决赛。”这个提议确实很有吸引力。

“送货地址是什么？”

他查看了一下订购单。“上面写的是：普尔维大街 133-C 号，瓦特维豪尔社区。”

“客户叫什么名字？”

“这个没告诉我。这显然是给谁准备的生日礼物，所以他们想要保密。”

“好。”我说，“我这就去做。”

10 分钟后，我坐在送货车前排。这是一辆破旧的巴贾[①]“疾风”汽车，开车的沙拉德是我们店里年龄最大的司机。到达送货地点的 40 分钟行程颠簸、嘈杂而炎热，汽车空调早就坏掉了。

德里西南部的瓦特维豪尔社区，是世界最著名的高级住宅区之一，只有百万富翁才有财力住在这里。然而，当我们到达送货地点时才发现，我们来到了一个亿万富翁的宅邸。

一队穿着夹克衫、戴着太阳镜，配备对讲机和耳麦的保镖，在装有保安监控系统的高度自动化大门外面拦住我们。他们仔细检查了我们的订货单，才允许我们到达门岗跟前，而且我们在那里接受了进一步的检查。他们扫描汽车，查看是否有隐藏的炸弹。沙拉德甚至不得不摘帽脱靴接受检查。最终大门被打开，我们才得以进入这片地产。

我远远地就能够看到那种通常只见于宝莱坞电影、坐落于数英亩土地上的气势宏伟的宅邸。为了到达那里，我们必须穿过一条蜿蜒漫长的车道，路两边栽种着修葺一新的树篱。我在路上瞥见几条拴在一棵树干上、样子煞是凶恶的杜宾犬。它们一看见“疾风”，就开始猛扯着狗链要冲过来。所有这些保安措施，既让我感到不大舒服，也使我对主人的身份感到好奇。外墙的大理石铭牌上只提到这所住宅的名字：“普拉塔纳”——在印地语中是“祈祷”的意思。

这座宅邸的主体是一个规模宏大的豪华建筑，拥有古希腊科林斯建筑风格的

① 总部在印度浦那的著名家族企业，创建于 1945 年，生产汽车、摩托车等多种车型，位列印度十大企业之一。

廊柱，意大利帕拉第奥式的窗户，以及正在开花、从法式阳台上如瀑布般倾泻而下的九重葛。一个穿制服的男仆打开一扇雕刻着精致图案的青铜大门，我走进一间富丽堂皇的客厅，里面配有镀金家具和精美的波斯地毯，以及一架大钢琴。

“你来啦。”一个男人从沙发上站起身，“欢迎来到普拉塔纳。”

他竟然是维奈·莫汉·埃加利亚。“您在这里做什么？”我惊异地问。

“等待你们把我订购的电视机送过来。”他几乎是不动声色地说。这时我才意识到，我进入的是这位实业家的宅邸。

“那今天是您的生日？”

“不是。电视机只是一个借口，是为了让你到这里来。”

“那现在您要告诉我什么呢？我又通过了什么新的考验——还是没通过？”我有些恼火地问。

“这次不涉及任何考验，”他回答道，“我把你召唤到这里，是想让你参加我将要举行的一个重要的商业会议。”

“还有谁？”

“你马上就会知道。”他说，并且打发走了沙拉德：“你可以离开了。我会派人送辛哈小姐回去的。”

在接下来的一刻钟，他带我在他的领地上转了一圈。我看见了室内游泳池，设备齐全的健身馆，以及供奉着黄金和象牙神像的庙宇。一个又一个房间中，令人难以置信地摆满来自世界各地的古董和大量绘画珍品，包括餐厅里的一幅由印度当代艺术大师塔伊布·梅赫塔设计的壁画。身穿制服的仆人在附近守候，随时准备应对客人可能产生的念头和需求。

“这里有多少个房间？”当我们走进书房时，我好奇地问。

“我从未数过，但是，如果你把这块地产边界处所有仆人的宿舍都加在一起，一定接近五十间。”

书房同样很豪华，天花板很高，房间里镶嵌着橡木镶板，铺着硬木地板，还有一个小书房，摆满了各种皮革封面的古香古色的书籍。双层法式玻璃门俯瞰着一座苍翠葱茏、陈列着大理石喷泉和石灰华[①]雕塑的景观花园。

我才坐进一只豪华型高背座椅中，对讲机就响起来。这是大门口的保安打来的，通知他访客到了。

“直接让他进来。”埃加利亚说。

“我还从未在私人住所里见到过这么多保安设施。”我带着嘲讽的口吻说。

---

① 又名孔石，属于石灰石和大理石。一般是奶油色或淡红色，由温泉的方解石沉积而成。

“德里不是一个安全的城市，我们需要震慑试图闯入的陌生人。”

“没有人仅仅为了震慑陌生人，就非得采取这样的预防措施。”

“这虽然不是公开的秘密，但确实有人两次想要谋害我。而且我非常怀疑，他们的幕后主使都是那个就要来见我的人。他比一条毒蛇还危险。”

“那您为什么还要见他？”

“是他提出这次会面的。”

“至少可以告诉我这个神秘人的名字吧。”

“他是我的同胞兄弟阿杰伊·克里什那·埃加利亚，或者 AK[①]——他喜欢别人这样叫他，也就是鼎立集团的老板。”

一股电流穿过我的身体，我从椅子上一跃而起。“那样的话，我还是不参加这次会面为好。”我说。

“为什么？”

“我不认为参与你们的企业竞争是个好主意。”我回答说，卡兰的话在我耳边回响：“埃加利亚会将你作为他的一枚棋子，去对付他的孪生弟弟。”

埃加利亚把指尖压在太阳穴上，面孔突然松弛下来。显而易见，他没料到我会有这种反应。“‘了解你的敌人’是首要的战略原则和商业原则。”他说，“我希望你熟悉 ABC 集团的头号敌人，那个试图渗入我的组织的人，那个最近 30 年来一直想要毁掉我的人。”

就在这时，门铃响了起来。我能够听到前门被打开的声音。

“快！”他把我推向连接着卧室的那扇门那里，“即便你不想参与这次会面，至少可以做个旁听者。”我还没来得及做出反应前，就已经被推进了相邻的房间，我发现它原来是主人的卧室。一张配有雕刻精致的床头柜的桃花心木大床占了很大的空间，上面铺着深紫色亚麻布床单。左侧墙壁上悬挂着一面用黑色玛瑙做成的椭圆形大镜子。右侧墙壁上是一幅肖像，展示的是一个留着海象式胡子、有着 20 世纪 40 年代穿着风格的严肃老者，他可能是埃加利亚的父亲，斜下方的一张高几上摆放着一些家庭相片。

我从床底拽出一把装有软垫的椅子，在面对书房的那扇门跟前坐下来，心里既好奇又紧张。埃加利亚有意留了一条门缝，以便让我看清房间里发生的情况。

那个走进书房的男人，看上去就像是埃加利亚的一个复制品——同样的身高、同样的体形、同样的相貌。看到两个彼此仿佛互为镜像的人出现在同一个房间里，实在是一件奇特的事情，他们有着相同的富有穿透力的棕色眼睛、鹰钩鼻

---

① “AK”是阿杰伊·克里什那的英文首字母缩写。

和显得倔强的嘴唇。唯一能将他们区别开来的是他们的毛发。AK 的下巴留着一小撮修理齐整的法式胡须，而且，他那一头梳向脑后的乌黑发亮的头发显然是染过的。和埃加利亚形成鲜明对照的是，他似乎有一点儿花花公子的做派：一件黑色衬衫、一条紧身裤子和一双尖头皮鞋。他那张经晒得黝黑的面孔看上去，要么是刚打过肉毒针，要么是抹了去皱美颜膏，这取决于一个人的鉴别力和审美品位。无论怎样，整体效果就是一个年老体弱的花花公子，不顾一切地要与时间抗争，要让自己显得年轻。

他在埃加利亚对面的椅子上坐下来，后者叫来了仆人。“你想喝点儿什么，AK？”

“一杯加冰的马提尼。”他的同胞弟弟说。就连他的声音都和埃加利亚惊人相似。

“我很抱歉，我家里不供应酒精饮料。”

“你还是过去那个老古板，是不是？好吧，那就给我来一杯柠檬汁。”

就在埃加利亚忙于吩咐仆人时，AK 从胸前口袋掏出一支烟并点燃了。他伸长了腿，把烟雾吹向天花板。

埃加利亚皱起眉头：“恐怕你不能在这里吸烟，普拉塔纳是非吸烟区。”

“那你干吗还要保留这个？”AK 轻蔑地指指桌子中央的大理石烟灰缸。然后以快速而粗鲁的动作把烟掐灭，喷出了最后一口烟雾。

“那么，你想和我谈什么呢？”埃加利亚问。

“关于 ABC 集团，它经营得太差劲儿了。”

“谢谢，我们经营得很好。”

“是这样吗？我听说你们第一季度的业绩相当惨淡：1 月份收入下降了 8.52%，2 月份的收入下降了 4.7%。”

“第一季度的结果还没有公布，你是从哪里得到这些数字的？”

“我有我的消息来源。”

“是那个一直把我们的秘密信息提供给你，使你在国民身份证软件竞标当中，投标额恰好低于我们 1 卢比的间谍吧？”

AK 没有理会他的话，“坏消息还不只是这个，实际上，你们已经没有新的收入，没有融资，你们公司的一般运营费用也在不断上升，因为你固执地拒绝解雇工人。”

“你到这里来，是要教我怎样管理企业吗？”

“不。我到这里是要给你一点儿忠告。这句忠告就放在这儿了，不管你是否注意过它——面对现实吧！你已经没有那种力量了，维奈·莫汉。ABC 集团连续七次竞标都输给了鼎立集团。你们和日本钢铁公司的股权交易岌岌可危，你对克莱曼蒂斯风力发电企业的建议收购很可能会被股东拒绝。”

“你听到了太多的商业八卦，说正事吧，AK。”埃加利亚焦躁地说。

“好吧，我想说的是这个。我知道 ABC 集团面临财政短缺，正在和银行家商议提高信贷额度，我能够提供给你所需的现金。”

“很抱歉，我们现在没有发行新股。”

“我不想买你的股票，我想收购你的公司，而且是全盘收购。卖给我吧。我可以为 ABC 集团提供一个非常合理的报价——高达 50 亿美元。”

“绝不可能！”埃加利亚几乎从椅子上跳起来，“我知道你是怎么做生意的，AK。你是一个不敬神的暴徒，你收购公司就是为了将它吸干。我绝不会允许把 ABC 集团交给你这样的小人管理。”

“冷静点儿，维奈。这完全是商业行为，不要掺杂个人因素。”

他们之间的气氛已经非常紧张，我能够感觉到两个人火星撞地球般的对峙情绪。这是我有生以来第一次目睹商界的短兵相接，商业交易如何被提出来，又如何遭到拒绝。埃加利亚与其孪生兄弟在外貌上没有什么不同，在本质上却有着天壤之别。一个是靠直觉和信念管理企业的随心所欲的专制者，另一个是靠欺骗谋利的精明狡诈的机会主义者。这就如同看到两头公牛彼此角力，他们对比鲜明的个性，犹如发生碰撞的暴雨云一样，房间里回响着他们相互敌对的惊雷。

AK 仍未放弃。“听我说，哥哥。”他俯身向前，整个人都离开座位，声音变得格外柔和，“我们血脉相连，我们都经历过个人悲剧，你失去了你的妻子和女儿，我唯一的儿子自杀了，为什么我们就不能讲和呢？团结使我们立足，分裂使我们失败。”

“我记得在多年前，你向我们的母亲提出类似请求时也是这么说的。可怜的阿妈让出了她的股份，到头来只是一个结果：你把它们全都浪费在放荡女人和蹩脚赛马身上了。”

“那都是老皇历了，你最好不要把母亲带到这次谈话中。”

“那你最好不要把 ABC 集团带到这次谈话中。”

“就算我不这样做，别人也会这样做的，我听说你最近健康有问题。”

“谎言！彻底的谎言！”

“即便如此，你考虑过在你走了以后，ABC 集团会怎么样吗？”

“我已经有了接班人计划。”

“这个接班人是谁，如果我可以这么问的话？”

“一个和我有着相同价值观的人，一个可以让 ABC 集团远离你这样掠夺者的人。”

“你不需要接班人计划，你需要的是一个拯救计划。我还是很在意我们的血缘关系的，所以我的收购提议仍然有效。你要么接受它，要么等待它自然生效。否则的话，我向你保证：维奈，你无法预料会有什么结果。”

“够了。”埃加利亚提高了音量，“我建议你马上离开。”

“可以。”AK 站起身来，整理了一下衬衫，“我下次看见你，将是在你的葬礼上。”

AK 刚刚离开，埃加利亚就冲进卧室，他的鼻翼鼓胀着，愤怒得咬牙切齿。“这个没有教养的偏执狂，他以为他是谁？是英国国王吗？”

我就像主持一场激烈的离婚诉讼的法官那样采取了中立态度。“AK 也许是一个讨厌的浑蛋，但是，他说的那些情况和数字是真的吗？ ABC 集团真的状况不佳吗？”

“根本就不是！”埃加利亚激动地说，“和其他企业一样，我们是受到了全球经济增长持续放缓的影响，但情况并不像 AK 说的那样糟糕。我们的资产负债表相当健康，而且我们的债务收益比小于 1。这就是他想收购我们的原因。”

“你当场拒绝了他的报价，是因为他出价太低吗？”

“让我来问你一个问题：你会同意嫁给一个根深蒂固的花心男人、一个恶习难改的醉汉和小偷吗？”

“当然不会。”

“正是这样。这就是我绝对不会把公司出售给鼎立集团的原因，哪怕他们出价 200 亿美元，因为它将由一伙骗子管理，而带头的就是他们当中最大的恶棍 AK。”

“他还提到了你拒绝解雇雇员。”

“我能够因为欺骗和背叛而解雇雇员，但不会因为与他们毫无关系的经济危机解雇他们。在解雇雇员之前，你必须考虑社会成本，不能只考虑经济利益。以我们在老挝的水泥厂为例，它正在亏本，但还没到需要停止运转的程度。那里的人很穷，如果我们让工人下岗，他们的家人就会饿死。我不能允许那样的情况发生。”

“我过去以为公司是不讲情面和道德的，它唯一的推动力就是追求利润。”

“传统的企业是这样。就其本质而言，企业考虑的应该是客观、冷静的经济决策，而不是考虑情感。只考虑如何多赚钱而不考虑公共利益，似乎是天经地义的。我最开始就是这样做生意的，后来才意识到这是错误的。现在对我来说价值第一，利润第二。”他停顿了一下，看着我，“你知道是谁让我明白这个道理的吗？”

“你的父亲？”

“不。是马雅，我的女儿。她的见识超越了她的年龄。这就是为什么她才25岁就被上帝带走的原因。”

我走到靠墙的高几那里，拿起了一个10多岁的女孩的照片，照片上的她坐在扶手椅上，那双略微斜视的黑眼睛因为微笑而眯缝起来。“这就是她吗？”

“是的。我每天都在想念她。”

我仔细观察这个女孩的面孔，想寻找一丝和我相似的特征，却连表面上的近似点都没有。埃加利亚显然不是由于我长得像她的女儿而选中我的。“她的长相不像是典型的印度人。”我说。

“那是因为她母亲——我的妻子——是日本人。”

“你是在哪里认识她的？”

“在长崎。我去过日本留学，在那里逗留了十年。我爱上了他们的文化和一个名叫木子的女人。”

我拿起另一张照片，这是一个身穿和服，身材苗条，看上去很温柔的女人。“她就是木子？”

他点点头。“她和马雅都死于那场空难。”他从我手里接过那个相框，带着惆怅的神情凝视着，“日本女人和印度女人很相似。她们温柔、坦诚、善良而且顾家。和印度的妻子一样，她们都很理解等级观念。”

我把它看成是对我的一种微妙暗示：我必须理解并遵守印度的等级制度。

当他把相框放回桌上时，我注意到他的眼角有一滴眼泪。这是他第一次放下他那沉默而矜持的外表，流露出温柔而细腻的一面。

尽管我对他的整个计划的确心存疑虑，但还是情不自禁地对他产生了深深的同情。我能够看到他那双疲惫的眼睛里透露的深切的孤独感，以及他脸上呈现的那种气质高贵的忧伤。我现在意识到，他那难以撼动的自我中心主义，实际上是用来掩饰他脆弱防御机制的一种形式。他仍是一个悲痛的丈夫和一个发狂的父亲。他作为商人固然是成功的，因为他能够购买公司和工厂，然而，他的财富却永远无法填补他内心的空虚。

他注意到我在看他，就把脸转向一边，面色微红，好像对自己的伤感颇为窘迫似的。“现在你已经见到AK了，你能理解我为什么需要和他保持距离吗？”他问，显然是想改变话题。

“我必须说，我觉得他极其固执而且蛮横。”

“真正的问题并不是他的粗鲁无礼，而是他的反复无常。你是否想过，为什么鼎立集团的标志是一头狂奔的公牛吗？因为AK恰恰就是这样的人：一头狂冲乱撞的公牛。他会不惜一切代价得到他想要得到的东西。”

“他真的那么强大吗？”

“他的力量来自于勾结和贿赂。让我跟你分享一个秘密吧，你听说过阿特拉斯投资公司吗？”

“是的，当然，它是制造出无数个骗局的幌子公司。”

“嗯，我有一种强烈的预感：AK 是阿特拉斯背后的策划者。”

“什么？”我的头猛然抬起来，“这可是一项重罪。”

“显然我没有确凿的证据，但我仔细分析过鼎立集团最近的投资模式，它们在时间表上和那些骗局非常吻合。而且，你已经看到了，他的现金似乎很充裕。你可以想象这些钱是从哪里来的。”

“既然这样，那为什么不对他提出起诉？”

“因为这关系到很多人的命运。为了和他对峙，我们需要他的秘密账户支出记录作为关键性证据。”

“我们住宅区有一个老妇人，一个名叫妮尔玛拉·本的甘地主义者，她威胁要发动一场人类革命，迫使政府采取行动，公布阿特拉斯背后那个骗子的身份。”

埃加利亚不以为然地摆摆手：“告诉她别在阿特拉斯上面浪费精力了。它的盈利网络运行过程非常复杂，要想揭露元凶，需要的不仅仅是对结构所有权进行深入彻底的分析这么简单。而且在短时间内，根本不可能做到这一点。”

就在这时，拉纳带着一个厚厚的文件夹走进房间。他惊奇地看到我和埃加利亚先生在一起。“我把阿旺塔公司的这份合同带过来请您签字，先生。”他对这位实业家说。

“哦，对了。”埃加利亚说，好像想起了什么重要的事情。

置身于埃加利亚的卧室里，突然让我感觉很尴尬。“我现在可以走了吗？我想，我至少还赶得上看一点儿板球比赛。”

埃加利亚对拉纳做了一个手势：“你把她送回家好吗？”

拉纳不高兴地皱起眉头，带着我来到能够停放六辆汽车的地下车库。这里有一辆宝马、一辆奔驰、一辆捷豹、一辆保时捷，极不协调的是，其中还有一辆塔塔集团出品的“印迪卡”牌汽车。

“在这么多豪华进口车中间，怎么会放着一辆印迪卡呢？”我问拉纳。

他的不悦之态加深了：“这是我的私人汽车，我不喜欢蹭别人的车。”他冷冷地说，随即叫来了一个穿着制服的司机。

两分钟后，我坐着一辆奔驰离开这座宅邸。这是我第一次乘坐豪车，我伸展双腿，通过轿车的茶色玻璃看着城市从眼前经过，立即感觉无比兴奋并且神清气爽。豪华的真皮座椅、温度适宜的环境和印度歌星贾格吉特·辛格通过汽车音响传来的令人平静的歌声，都与我的这种感觉有关，但最重要的是因为我想到了一种可能性：有一天，说不定这辆汽车会归我所有。

我回到罗希尼时，差不多是下午 5 点了。卡兰恰巧和我在同一时间进入住宅区大门。他看见我从奔驰车上走下来，先是因为吃惊呆愣了一下，随后就做出了一个职业军人的僵硬姿势。“全体注意，立正，敬礼，欢迎印度女王驾临。”他拖长声音说，假装自己是一个中世纪的哨兵，宣布莫卧儿王朝的女王到来。

“Takhliya（退下），全体解散。”我做高贵冷艳状回应道，随即忍不住咯咯笑起来。

“那么从现在起，你以后就要坐着它上班了？”他冲着开走的奔驰车竖起拇指。

“我倒希望如此，埃加利亚只是叫人把我从他在瓦特维豪尔社区的住所送回来。”

他转动着眼睛：“你到他家做什么？”

“参加一个奇怪的会议。”我说，并描述了埃加利亚和 AK 之间激烈的对峙场面。

“哦，AK 到底还是出场了。”卡兰呼出一口气，“你发现了什么？”

“他们俩显然是有某种历史的。‘这完全是商业交易，不掺杂任何个人因素。’AK 是这样说的，但事实看上去似乎恰恰相反。我看到的不是商业交易，它完全是针对个人的。”

“不管怎样，我认为他们都应该在地狱里烂掉。”卡兰说，“我要去看比赛了。回头见。”

往常人来人往的庭院，现在完全是冷冷清清的。印度队正要击球，整个住宅区的人们的眼睛都盯住了电视屏幕。当我经过妮尔玛拉·本的公寓时，发现她门上挂着一把锁，这绝对不是好兆头。“你看见妮尔玛拉·本了吗？”我问妈妈，她看见我提前回家感到惊喜。

“她来过，把她从我这里借的剪刀还给我，告诉我说，她要离开一段时间。”

“她对你说过要去哪里吗？”

“没有，不过她的表现有点儿奇怪，她拥抱了我，就好像不会再回来似的。”

迪曼·辛格，住宅区的那个门卫，证实了我的担心。他看见妮尔玛拉·本下午两点离开住宅区，提着一个小手提箱和几个标语牌。他不知道她去了哪里，可是我知道。我立刻叫了一辆嘟嘟车，让司机把我送到观天广场。

坐落于国会街的观天广场，是300年前由印度古城斋浦尔的王公萨瓦伊·杰伊·辛格二世主持建造、以石料工具为主的天文观测台，时下被看作德里的海德公园，它也是政党、普通公民和激进团体在国会开会期间，唯一可以合法地举行静坐示威的地方。

很多抗议活动都是在观天广场大街进行的，那是一条靠近阔佬地广场的林荫大道，来自全国各地带着冤屈的人会聚于此，希望得到一次听证会之类的机会，或者最起码可以引起媒体关注。我通常会避免来到这个混乱而嘈杂、展示我们印度民主的“大市场”，这里总是聚集着高喊口号、挥舞标语牌的示威者。有些团体会在人行道上接连数周安营扎寨，几乎使它成为他们的第二个家。

今天的示威者寥寥无几。有一对来自印度中央邦的中年夫妇，蜷缩在临时搭建的帐篷里，一个手工制作的标语牌表明，他们在抗议警察不投入力量寻找他们从1月6日起失踪的十几岁女儿巴瓦娣。他们旁边是一个商会组织，要求政府全面禁止跨国公司和大企业进入零售业。第三个团体是由德里大学的一帮学生组成的，他们戴着防毒面具，呼吁保护亚穆纳河不受污染。最后就是一个穿着白色莎丽的女人，孤零零地坐在满是尘土的路面上，后面是一条被她变成横幅的褪色床单构成的单调背景，“为抗争腐败无限期绝食”，这面旗帜用红墨水写着这几个字。她每只手里都握着一个长方形木柄标语牌，一个牌子写着“揭露阿特拉斯”，另一个牌子写着“拯救印度”。

她一看见我，眼睛就一下子亮起来：“萨布娜，亲爱的，你到这里是和我一起抗议的吗？”

“不，妮尔玛拉·本。”我回答说，“我是来带你回家的。”

“我不会回去的。”她坚决地摇摇头，“我告诉过你，只有政府保证，他们会揭露躲在阿特拉斯的幕后操纵者，我才会离开这个地方。否则，这场绝食将一直持续到我死去为止。”

“你能看到一个支持你的人吗？”我恼火地问，“你选择了最糟糕的一天过来抗议，人人都在忙着看板球。”

“杜尔伽女神礼拜联盟和古吉拉特同乡会的一些朋友已经答应会来了。”

“那他们怎么还没有来呢？他们并不真正关心你的事业，你为什么不能接受这个事实呢？”

“这不重要。只要一个不合作主义者为了信念而绝食，就必须下决心坚持到底，不管这种行动是否有机会产生硕果。明白我的意思吗？”

不论怎样努力，都不可能说服妮尔玛拉·本放弃绝食。她和一个十几岁的孩子一样固执，这让我想起了艾尔嘉。一半是因为沮丧，一半是出于关心，我在她旁边坐下来，希望她在几个钟头以后会回心转意。

到晚上 9 点时，我开始感觉饥肠辘辘。我转向妮尔玛拉·本："你不想吃点儿东西吗？"

"我怎么能在绝食期间吃东西呢？你去弄点儿吃的吧。我有这个就可以了。"她从小手提箱里拿出一瓶矿泉水，喝了一大口。

一个钟头以后，一名警员进入这个区域巡视。这个长着老鼠脸的胖家伙怀疑地看着我们。"这是什么？"他用警棍拍打了一下妮尔玛拉·本手里的标语牌。

"这就是所谓的抗议。"我回答说，这几个字听上去，比我的本意更具挖苦意味。

"你们得到允许了吗？你们的许可证在哪里？"

"我不知道抗议还需要许可证，我们毕竟是生活在一个民主国家。"

"跟我到国会街警察局走一趟。"他用含着敌意的目光看着我们，"我会告诉你们什么是民主。"

"听着，孩子，我们无意给你带来麻烦。"妮尔玛拉·本插话说，"这是一个和平抗议，是为了让我们国家变得更好。"

"听着，老太婆。"那个警员咆哮着说，"这里不是你的私人地盘，不是你随时都可以拉起一面横幅的地方。现在向我出示你们的许可证，不然我就会把你们驱逐出去。"

"我没什么许可证。"妮尔玛拉·本说，"而且我也不会从这里离开半步。"

"愚蠢的女人，你想和我争论？"他咬牙切齿地说着，举起警棍要打她，我冲上前拦在他们之间。

"我们还是文明地解决这个问题吧。我明天就会把许可证交给你，今晚就请你允许我们待在这里吧。为了表示我们的感谢，请接受这一点儿小意思。"我打开钱包，给了他一张 50 卢比的钞票。

他一把抓起我手里的钞票，塞进他的上衣口袋里。"嗯，那好吧。我今晚就放你们一马，因为全城的人都在看世界杯。但是明天，你们要收拾好东西离开这里。"他严厉地说，然后就快活地离开了。

"你为什么要贿赂那个警察？"妮尔玛拉·本责备我，"这恰恰是我要抗争的东西。"

"如果我不贿赂那个欺负弱者的警察，他就会打你。"

"那你应该让他打我。"她微笑着说，"非暴力抵抗的本质就是以灵魂的力量对抗野蛮的力量，这是使人们离开仇恨和暴力道路的唯一途径。"

我不禁被她充满爱意、仁慈和勇气的微笑所感染。我由衷地意识到，我们在这件事情上是站在一起的。我可能不信任她的方式，但我相信她的事业。我会全力支持她，并与她同行，哪怕其他任何人都不准备跟随她的脚步。

当夜晚变得漆黑一团时，我知道我必须回家了。我不想把妮尔玛拉·本一个人留在这儿，不过我不可能睡在人行道上，这是我的底线。我不情愿地和她道别，坐上了最后一班回到罗希尼的地铁。

当我还在地铁上时，有人给我打来了电话——是妮荷，她充满喜悦地尖叫着："姐姐，你在哪里？"

"怎么了？发生了什么事？"

"印度刚刚夺得世界杯冠军， 28 年没拿过冠军了！"

我在罗希尼下车时，看到了一支整齐的铜管乐队。大小喇叭齐鸣，一个脸上涂着印度三色旗的小男孩在做侧手翻。街道上塞满了汽车和人流，烟花在天空中爆炸。这一切对我而言似乎是一种模糊的景象。这样的庆祝活动让人感到空虚，因为庆祝人群中缺少了住宅区的一个居民。整个国家都在为印度板球队战胜斯里兰卡队欢呼雀跃，却没有人支持一个更加勇敢、正在进行一场更重要的战斗的女人。

妈妈是唯一关心妮尔玛拉·本的人。"送我去她那里，亲爱的，我会劝她回来的。"

"她不会听任何人劝说。"

"那我就和她一起静坐绝食。"

"别说傻话了。"

"我从未把这件事告诉过任何人，但是，我欠妮尔玛拉·本一条命。"

我回过头，吃惊地注视着她："你在说什么？"

"是真的。六个礼拜以前，我的血糖突然降得很低，昏倒在厨房里。要不是妮尔玛拉·本把我送到医院，我那天下午可能就死了。"

"你怎么现在才告诉我这个？"

"我不想让你和妮荷担心。"

"你为什么总要一个人承担这一切呢？"我故作恼火，掩饰我的担忧，"有时候，我感觉你和妮尔玛拉·本像是同卵双胎，是从同一块布料裁下来的。"

妈妈扭绞着两只手："想到我应该和妮尔玛拉在一起，我就睡不着觉。"

我也睡不着觉。想到妮尔玛拉·本孤独地躺在那条人行道上，我彻夜难眠。而且和我的想法本身相比，我欠她更多东西。

次日天不亮，我和妈妈就起来了，并且坐上早晨第一班地铁来到观天广场大街。

昨天的抗议者还在睡觉，他们躺在临时帐篷里，身上裹着毛毯。这个由学生、商人和家庭主妇组成的混杂群体，并不会得到多大的支持。事实上，这段道路不像是一个民主的大市场，更像是一个弱势群体的博物馆。

妮尔玛拉·本是唯一起来活动的人。她在附近的一个公共卫生间里结束了每天的沐浴，当我们赶到时，她正在唱着“愿诸神赋予众生智慧”。

“本，你别再固执了，跟我们回家。”妈妈恳求道，但她只是微笑着。

“不吃东西，你这样能扛多久呢？”妈妈再次尝试。

“只要我还有内在的力量，只要政府还没有对我的要求做出回应，我就会坚持下去。”

“但是政府甚至都不知道你的要求。”我叫喊起来，“而且别说政府了，就连这条街上的普通人都不知道。一个骑自行车的送奶工刚才从这里经过，我问他，他是否支持你的事业。他说，他根本没听说过什么阿特拉斯投资公司。”

“如果你问问他关于腐败的问题，他就会给你一个完全不同的回答。国父甘地说过，真理在本质上是不证自明的。只要你把周围无知的蜘蛛网扯掉，它就会闪烁出光芒。我的非暴力抵抗是要唤醒弱者，让强者感到羞耻。”妮尔玛拉·本说，“你们会看到，我的抗议将发展成一个能够改变历史进程的运动。”

我于是意识到，妮尔玛拉·本不会再回住宅区了。受到昔日莫大冤屈的驱使和革命宏伟前景的诱惑，她必然会绝食到死。然而，她的死亡将是徒劳的。这个世界的弱者既不能改变历史，也不能创造历史。命运迫使我们顶多只能去研究历史或者谈谈历史。

“她的血压在升高，心跳在加快，还没有生命危险。但我不认为在不吃东西的情况下，她能够坚持多久。她该放弃绝食了。”那个医生一边收起听诊器一边说，随即伸手索要出诊费。我递给他一张 100 卢比的钞票，他就消失了，又回到他那间小小的诊所里。

这天是 4 月 6 日，星期三，妮尔玛拉·本已经连续 4 天没吃一口饭了。更令人担忧的是，她的抗议没有引起任何共鸣，倒是吸引了几个好奇的旁观者，但除此以外，她就像是在月球上绝食一样，甚至连警察都不再理她了，把她看成是一个怪人。事实上，没有一队高喊口号的支持者和挥舞标语牌的追随者，她的抗议并不像是抗议——那就像是一个无家可归的女人死守着城市一角。

“快想点儿办法吧，亲爱的，不然可能就来不及了。”妈妈忧心忡忡地说。我们之间已经达成了一项“协议”：妈妈常常整天和妮尔玛拉·本在一起，陪伴她，照顾她；我只要能够抽出时间离开大卖场，就会过来看望她，而我通常只能离开几分钟。

妮尔玛拉·本的体重已经下降了不少，她昂扬的斗志和对人性的信心却依然如故。“人们早晚会来的。”她仍然抱有希望。

当然，没有人会来，不过我在午餐时间遇到了夏丽妮·格罗芙，我的那位阳光电视台的朋友。原来，戴着防毒面具抗议亚穆纳河污染的一个学生是她的侄子。

我向她寻求建议：“我们怎样让人们知道妮尔玛拉·本绝食的事情呢？”

“你必须让电视台摄制组来这里。”她说，“这是能够引起一种连锁反应的唯一方式。”

“你能带摄制组来吗？”

“我们是调查频道，不是一般的新闻频道。而且，甚至就连那些搞新闻的都不会报道一个抗议活动，除非它意义重大。”

“怎样才能让抗议活动变得意义重大呢？”

“要么是它的主题吸引人，要么是抗议者人数众多。你是否想过，为什么在‘印度时尚周’期间，会有1000个记者去报道T形台上那些迷人的模特，而我却不得不一个人去调查德里维达尔巴地区的农民自杀事件呢？坏消息没有卖点。妮尔玛拉·本对抗一个模糊的幌子公司的绝食行动，一点儿也不够刺激。但是，假如她能够让德里的女人团结起来，组织一个类似于几天前在加拿大多伦多的‘荡妇游行’[①]那种抗议游行，立即就会吸引很多人的眼球，成为一个媒体事件。”

“阿特拉斯投资公司只是一个符号，她的真正目标是高度腐败。”

“不要让我打哈欠了。没有人会关注这个国家的腐败。有一半的中产阶层都沉迷于贿赂，而另一半根本不屑于为此走上街头并做些什么。”

“你难道不认为，你这么说对于中产阶层有点儿不公平吗？”我抗议说。

“我只是在表达一个严酷的事实。中产阶层不关心任何事——我们既不去投票，也不关心投票结果——所以，任何人也都不关心中产阶层。”

接下来的几天，也没有迎来任何支持她的事业的人。唯一的变化是妮尔玛拉·本的健康进一步恶化了。“她的脉搏次数是88，血压是150/90。在接下来的24小时到48小时内，可能随时需要紧急就医。需要有救护车原地待命.”那个医生做完体检后说。

---

①指的是2011年4月3日在加拿大多伦多首先发起的一种女权主义运动。在“荡妇游行”中，不少女示威者打扮性感，以抹胸、迷你裙、吊带丝袜示人。导致“荡妇游行”的导火索，是加拿大一名警官发表了“女人若不想成为受害人，就不应该穿得像荡妇一样”，这也由此引发世界多国女性的游行示威浪潮，抗议社会将性犯罪归咎于受害者。

在过去的6天里，妮尔玛拉·本的体重足足下降了3公斤。她的面色因脱水变得更加暗淡，面孔出现了一种危险的憔悴感，她那明显的黑眼圈更是强化了这一点。她不再有力气坐上一整天，大部分时间都是蜷缩在一条被单里。但是，她的思维仍然清晰而敏锐。

“妮尔玛拉·本，请你结束这件疯狂的事吧，”我乞求她，“我们这次失败了，我们就接受这个事实吧。你必须活下去，这样将来才可以继续战斗呀，你说是不是？”

“不，”她坚定地说，“现在只有我的尸体能够离开这个地方。”她对于目标可怕的执着，让我不禁打了个寒战。

维奈·莫汉·埃加利亚在中午时过来看望她。他说，他从阳光电视频道看到了有关妮尔玛拉·本绝食事件的简短报道。“这就是你对我说的那种人类革命吗？”他注视着独自躺在那里的甘地主义者，“可是人类在哪里呢？”

“妮尔玛拉·本快要死了。”我扭绞着双手焦虑地说，“而且似乎没有人关心这件事。”

“我告诉过你，她没必要在阿特拉斯这件事上浪费时间。”他嘲讽地用鼻子哼了一声，“我也尝试过推动变革，但是，要在这个国家迎来革命是不可能的。历史经验告诉我们，要想让一场革命获得成功，你需要具备两个条件当中的一个：要么是执政者遭到普遍的痛恨，要么是反对派受到普遍的欢迎。在印度，这两者我们都没有。我们印度人对任何人都没有太多的恨，也没有太多的爱。”

“难道我们真的没有办法去鼓励人们支持她的事业吗？”

“算了吧。不管你怎么鼓励，人们只会为触动心灵的问题展开行动。而且对于根除腐败这种事，我只能很抱歉地说，它还不是一个会使人们产生强烈感情的问题。他们会感觉它太普遍了，是不可能根除的。”

这位实业家在发表了他的训诫之后离开了，但我不打算就这么轻易地接受失败。回到大卖场，我绞尽脑汁寻找解决方案。我知道该是运用一个新方法的时候了。人们不会自发地支持一个缺少组织支援的无名女人。营销的一个基本规则就是：你必须在消费者心中建立一种存在感，然后才能使他们购买你的产品。这就是广告的含义。可是，你怎样为一个抗议做广告呢？

这时，我的视线落在高高地矗立在观天广场的一个巨幅广告牌上。它展示着笑得十分灿烂的女演员步莉雅·嘉波儿的形象，她手里擎着一管“阿姆拉”牌草本护肤霜。于是，那个答案瞬间迸入了我的脑海：妮尔玛拉·本也需要名人支持。

我还有罗茜·玛思卡伦赫丝的电话号码，就是那个女演员的公关经理。我给她打了电话，解释了我的想法。“你认为她会答应说几句话，对妮尔玛拉·本的绝食表示支持吗？这是为一项崇高的事业代言。”

那个公关小姐并不开心："你当初那样对待步莉雅，现在还敢给我打电话？"她责备道，然后又补充说："谁听说过这个妮尔玛拉·本？我们从来不和无名品牌发生瓜葛。"

我没有气馁，开始实施B计划，我找到了卡兰。"既然步莉雅·嘉波儿不支持妮尔玛拉·本的绝食，那么萨利姆·伊利亚斯总会支持的。"

"可是我们怎么联系他呢？我没有他私人助理的电话。"

"你就是萨利姆·伊利亚斯。还记得你在4月愚人节那天对我搞的恶作剧吗？我想让你为妮尔玛拉·本做同样的事情。"

"我不懂你的意思。"

"我想让你模仿萨利姆·伊利亚斯的声音录一条语音信息，呼吁人们都来妮尔玛拉·本的绝食现场，然后把它作为一条群发信息发送给印度移动的客户。"

"等等！你想让我坐牢吗？要是萨利姆起诉我怎么办？"

"我们不要使用萨利姆·伊利亚斯的名字。如果有个人的声音听上去和他一模一样，那不是我们的错，对吗？"

"那么公司呢？要是老板发现我把它免费大量群发，我会被解雇的。"

"我知道这是有风险的，可这是我们唯一的机会。否则，妮尔玛拉·本只有死路一条。"

卡兰需要被一点点说服，而一旦他决定做一件事，他就会全力以赴。我已经准备好了文本，卡兰做了完美的录音，他的声音就是萨利姆·伊利亚斯本人的精确克隆。甚至连他都对自己不可思议的模仿效果感到吃惊。"印度移动的上亿用户都会大吃一惊的。"他咧嘴笑着说。

3小时后，我的手机"哔哔"地响了起来：我收到了一条显示孟买区号的短信。我点击了一下把它打开，立即就被萨利姆·伊利亚斯那深沉的男中音吸引住了。"朋友们，我们的国家正在经历艰难时刻。"这位超级巨星说，"一个又一个骗局动摇了人们的信心。我们不能再做无动于衷的旁观者了。我从现在起，决定加入妮尔玛拉·本对抗腐败的英勇战斗。我会在4月9日星期六到观天广场支持她，你们也应该一同前往。让我们一起把印度变得更加美好，所以，来吧！那将是funtaastik。"

我给卡兰打了电话。"太完美了！我只是有点儿担心你使用的孟买号码，这是萨利姆·伊利亚斯本人的手机号吗？"

"你疯了吗？我要是那样做，就会被抓起来。"

"那这个号码是谁的？"

"这是一个不存在的号码，不过，如果你把最后一位数字'0'变成'1'，你就能打通了。”

“打给谁的？”

“安特利精神病院！”

这个计划的效果比我想象的还要好。伪造的萨利姆·伊利亚斯群发短信像病毒一样扩散，妮尔玛拉·本绝食的细节通过博客、微博、Facebook、MySpace 和 YouTube 等知名网站传播，接触到了越来越多的受众。星期六一大清早，人们就开始拥入绝食现场。他们是来找萨利姆·伊利亚斯的，但接下来令人惊喜的事情发生了：他们看见了妮尔玛拉·本——这个一周没有吃东西的虚弱的老妇人，于是他们就留在那里，他们既被有望见一位宝莱坞超级巨星的前景所诱惑，也被她坚强不屈的强大意志所吸引。

到下午时，人群已经聚集到 8000 多人甚至更多。这时，另一件有趣的事情发生了：一个积极的志愿者队伍自发形成。他们开始建造一个适当的舞台。有人竖起了一个“募捐桶”，人们开始自发性地捐款。一个以帐篷为家的静坐抗议者借给我们一顶很大的帆布帐篷，为我们躲避严酷的阳光提供急需的保护。有人拿来了一个便携式发电机，还有人拿来了一个广播系统。一群本地歌手和音乐家开始在舞台上表演，表达对妮尔玛拉·本的支持，空气中开始回荡起士兵进行曲和爱国歌曲的声音。

对于一个绝食抗议者而言，没有什么比看到为其鼓劲加油的人群能带来更大的动力。妮尔玛拉·本再度充满活力和热情，她甚至设法站起来，发表了热情洋溢的讲话，号召民众发起一场新的革命，清除这个国家的腐败。“你们要揭开阿特拉斯的面具，你们要痛击企业勾结，”她的每一次宣言都能得到持续的掌声，她的声音跳动着道义的激情和母性的力量。

在这以后不久，媒体的新闻报道过程开始了。报刊记者、摄影师和电视台新闻工作者会聚到观天广场，如同海洋里的鲨鱼嗅到了新鲜血液。

一则关于绝食的新闻成为电视台黄金时段的报道内容，人流由河水变成了浪潮。仅仅几个钟头，妮尔玛拉·本就霸占了印度电波，甚至击败了一天前开始的印度板球超级联赛的狂欢活动。关于这个问题的专家讨论被迅速引入，人人都在发表对绝食的看法，谴责一切腐败，尤其是阿特拉斯。

到了星期天，抗议的雪球变成了雪崩。观天广场大街完全被示威者挤满了，他们挥舞三色旗，配合着鼓点的节奏载歌载舞，创造出狂欢节般的气氛。100 多人决定仿效妮尔玛拉·本绝食自尽，包括一个 92 岁的自由老战士，而且显而易见，如果政府不让步，他的生命很快就会终结。陌生人互相拥抱，高喊口号，欢呼妮尔玛拉·本是新的甘地。

整整一天，人流毫无减退的迹象。他们乘坐火车和公交车、骑自行车或徒步赶来。他们来自遥远的村庄和尘土飞扬的小镇，来自时髦的购物商场和有空调的写字楼。他们当中有哈里亚纳邦古哈尔地区的农民，诺伊达的待业青年，阿克普拉姆的在校学生，基特伦金种植园的女工，哈里亚纳邦金德县的乳制品厂工人，韦斯特县纳格洛伊镇一所伊斯兰学校的神职人员，加兹阿巴德地区的裁缝，古尔冈通信公司的管理人员……很难想象还有比这更加庞杂而且成员各异的群体。而且，连接他们的纽带只是对于贪污腐败的义愤之情。从那个被迫向私立学校提供“捐赠”以便让儿子得到入学机会的父亲，到那位不得不贿赂政府工作人员以求拿到一张定量供应卡的建筑工人，他们当中每一个人都在日常生活中感受过贪污腐败带来的伤害。这是一个对政府感到不满、被剥夺了各种权利的人自发形成的联盟。妮尔玛拉·本已经成为他们的日常挫折和未遂心愿的凝聚点。“揭露阿特拉斯”已经成为一个愤怒的国家自我表达的战斗口号。

当我看到无数只整齐划一、不断举起的拳头汇成的海洋、听到舞台上的人们声嘶力竭地带头高呼“妮尔玛拉·本万岁”的时候，我转向卡兰，他正站在我旁边一个不那么拥挤的角落。“谢谢你。”我感激地握紧他的手，“发送那个语音短信时，你能想象出这样的场景吗？”

“你是说，这个严重混乱的局面是我造成的吗？”卡兰茫然地看着为抢着看妮尔玛拉·本一眼而彼此推搡的民众。

从舞台方向传来了现场演奏的声音，随之而来的是高亢的尖叫声。

“哦，我的上帝！”卡兰喊道，“看起来像是‘霹雳火’乐队来了。”

“是的。他们举行一次大型义演活动支持妮尔玛拉·本。”

“这么宝贵的星期天，却要和这帮疯子一块儿去追捧一个摇滚乐队，不是我感兴趣的事。不过话又说回来，我可能再也不会有这样的机会了。”他一边说，一边挤进密密麻麻的人流，“来吧，我们一块儿过去吧。”

“你去吧。”我对他说，“我不是很喜欢硬摇滚，而且我正在等待阿波罗医院的莫特瓦尼博士。他是印度最著名的心脏科医生，他主动提出免费检测妮尔玛拉·本的健康状况。”

有关这次绝食得到广泛支持的新闻报道，甚至吸引劳伦的男朋友詹姆斯·阿特利、那个品牌专家来到观天广场大街。“我要从你这里取经。”这个英国人有些吃惊地说，“你做到了我做不到的事，你把一个真正的小人物变成了一个国际偶像。”

“这是借助于萨利姆·伊利亚斯的一点点帮助。”我对他使眼色。

“我的办公室起码有一半人，都来到这里支持这次抗议。我刚才甚至在人群中看见了我老板的儿子。”

“你老板的儿子？你是说印度移动公司的老板？”

“是的。小卡拉克，他只有19岁或者20岁，但是我可以告诉你，他是一个地道的混世魔王。他可是一个非常古怪的人，而且很可能吸毒。”

“他来这里做什么？”

“这很容易想到。每个人都想弄明白，萨利姆·伊利亚斯的那个群发短信是怎样通过网络传播的。”

我的脑子里立即警铃大作。我开始疯狂地寻找卡兰。我用了20分钟才找到他，他正在品尝从一个冰激凌摊位上买来的冰棒。

“想来一根吗？”他笑着说。

“我刚才碰见了劳伦的男友詹姆斯。”我告诉他，“他说，他在人群中看见了你们老板的儿子小卡拉克。”

“什么？”他面色发白，笑容消失了。他将那根冰棒扔进垃圾箱里，紧张不安地搓着双手。“我死定了。”他咕哝着说，“这说明萨利姆·伊利亚斯已经提出了投诉，公司启动了调查。真见鬼！”

“也许你老板的儿子到这里，只是想来看看抗议的。”

“你不了解他，”卡兰说，“他是一个疯狗。要是他想追查什么人，从来都不会放弃。”

“你认为，你可能会丢掉工作？”

“我已经把我的痕迹掩藏得很好了，我只希望呼叫中心知道我的模仿能力的朋友不要泄露秘密，我最好现在就溜。”他原地转过身，甚至都没有和我告别就跑开了。

我回到演讲台前，妈妈正在那里照顾仰卧的妮尔玛拉·本。她变得更加虚弱而且瘦得吓人。莫特瓦尼博士在检查了她的情况以后，禁止她再发表讲话和起来活动。他说，如果还不吃东西，她顶多还能活两天。“这个世界上所有人的阿谀奉承都不能代替营养。”他这样说。

当天深夜，政府终于派了特使来见妮尔玛拉·本。他是来自公司事务部的一个职位不高的副书记。“我们正在全力调查阿特拉斯幕后的人，”他说，“这是一个复杂的过程，我们需要时间。”

妮尔玛拉·本听他说完，就伸出两个手指。

“这是什么意思？”这个官僚主义者问妈妈。不管是否情愿，妈妈已经成了妮尔玛拉·本的非官方代言人。

“意思就是她可以给你们两个月，就是60天。”母亲说。

“这点儿时间可不够。”这个官员摇摇头,“我们最少需要8个月到1年时间。”

妮尔玛拉·本轻蔑地摆摆手。“那就走吧,”妈妈给她翻译了过来,“我们谈不拢。”

到了星期一,人们仍拒绝离开观天广场,导致阔佬地广场的整个交通陷入混乱。

除了它的政治色彩以外,绝食也成为一种文化现象。甘地帽从著名服装分销商卡迪班达尔的渠道中消失了。妮尔玛拉·本的白色莎丽获得了时尚宣言的地位,在耀眼的T形台上得到了充分展示。罗希特·卡尔拉,宝莱坞的歌词作者,用“我老婆不愿和我接吻,因为阿特拉斯仍下落不明”这句引人注目的话推出了一首下流的混音歌曲,迅速在YouTube上走红。整个印度的各个公民组织开始举办篝火晚会,象征性地焚烧了一些教学用的地图集。

到星期二这天即将结束时,全国只有一个节目:妮尔玛拉·本的节目。这位甘地主义者的面孔无处不在:在报纸上,在电视上,在广告牌上,在T恤衫上,在帽子上和女士的指甲上。正如阿米特巴·巴强被昵称为“大巴车”一样,妮尔玛拉·本很快有了“大本钟”这个绰号。甚至步莉雅·嘉波儿都跳到了这个行列中,我带着某种恶意的满足感,看到她出现在“星空新闻”频道并发表了一通陈词滥调,说她一直以来多么崇拜妮尔玛拉·本,而且要不是因为她目前正在伊斯坦布尔筹拍下一部影片,她也想加入到她的绝食行动中。

陷入人类革命那固有的令人振奋的团结氛围中,我发现莫特瓦尼博士的最新健康公告不啻是真正的重磅炸弹。大约在半夜时,这位心理科医生冷冷地宣布说,妮尔玛拉·本的健康已经恶化,如果不马上输液,她可能随时都会咽气。

不出所料,妮尔玛拉·本拒绝终止绝食或者接受输液。“既然我的儿子能够把生命献给他的国家,那么我也能够做到。”她喘息着宣布,每一次呼吸都异常费力。对于她来说,在一个生命可能结束得太过突然也太过平常、以至于不可能得到像样纪念的城市里,公开殉难的形象具有一种危险的诱惑力。

妮尔玛拉·本即将死亡的消息像野火一样传播。在此之前始终平静的运动发展成了暴力运动。愤怒的暴徒放火焚烧公交车和政府车辆。在全国各地,抗议者和警察发生冲突,反对派号召举行全国大罢工。

面对不断增加的满怀敌意的选民,而且因为感受到了民众长期以来的普遍情绪,政府试图抢占先机,由公司事务部部长亲自向妮尔玛拉·本发出书面保证:他将会在60天内派人调查阿特拉斯并揭露其真实身份。

“这不是一份投降协议。”他对会聚一堂的媒体记者宣布，“它是在明确感知国家利益基础上的一种务实行动。”

4 月 13 日星期三中午 12 点 01 分，妮尔玛拉·本在电视直播中结束了她的绝食：她从一个女学生手里接过一杯果汁，随即整个国家的人都大声欢呼起来。

她立刻被送到阿波罗医院，一大批忠诚的追随者和几个医生紧随其后。我和妈妈承担起终止整个抗议活动和把她的私人物品带回 LIG 住宅区的任务。

那天晚上，当我在 B-25 公寓重新整理她的物品时，我打开她带到观天广场那个磨损的小手提箱。里面有她作为横幅的那条床单和几件普通莎丽，但在这些衣服下面潜伏着一大堆手帕、勺子、盘子、玻璃杯、发带、手镯、打火机和钢笔，甚至还有医生的听诊器和一块男用“泰坦”牌手表。这几乎是两种最明显的不可能属于她的东西。

面对这样的发现，我只能摇摇头，这表明她的盗窃癖并没有因为她的绝食而治愈。

“大本钟”已经成为一个新的国家偶像，然而，她仍然保留着她过去的习惯。

埃加利亚星期四晚上把我叫到他的办公室时，我几乎预料到了他要对我说什么。

“这和妮尔玛拉·本的绝食有关，对吗？”莱瓦蒂刚把我带进他的私人办公室，我就脱口而出。

“正确。你通过了第五个考验：资源整合能力的考验，你证明了你是一个出色的善于解决问题的人。为了让妮尔玛拉·本的绝食取得成功，你甚至巧妙地切入了混乱不堪的民众政治领域，这可不是一般的成就。”

“是啊，整个过程确实很艰难。”

“这就是关键所在。资源整合能力是富有成效和充满想象力地展开行动的能力，特别是在极其困难的情况下，一个首席执行官首先是一个战略大师，一个掌握对手所有步骤的棋手。当机会不在自己这边，而且看上去前景黯淡时，具有资源整合能力的领导者就有能力创造奇迹。他们能够在最简陋的条件下运筹帷幄，他们永不放弃，即便那堵墙太高而不可能翻越过去，他们也能够找到绕开它的其他途径。”

“不管我做了什么，我都是为了妮尔玛拉·本。我只是不能眼睁睁地看着她死去。”

“你还具有一种远见，因为你知道，妮尔玛拉·本当时正在把公众的愤怒引向最明显的腐败标志：阿特拉斯。而且你使人们相信，妮尔玛拉·本所做的事情值得得到支持。你今天把一个默默无闻的甘地主义者变成大家崇拜的英雄的策略，明天就可以用来将一种产品打造成一个品牌。当你成为 ABC 集团首席执行官时，它将成为你最宝贵的商业机密。”

“哦，我想我只是走运而已。”我微笑着说。

“这和运气无关。你甚至设法说服萨利姆·伊利亚斯支持妮尔玛拉·本的绝食。我的手机也收到了那个演员的语音信息，你到底是怎么做到的？”

“抱歉，这是一个我不便透露的商业机密！”

卡兰最近3天一直在躲着我。每当我看见他，他都是一副心事重重的样子，就好像是一个在突击准备期末考试的学生，哪怕是几分钟休息时间也不敢浪费。所以，当那天晚上他走进花园时，我不知道他会有什么样的反应。

首先，我对他说了我和埃加利亚会面的情况。

“这是第五个，还剩下两个，对吗？”他问。

“听着，你知道而且我也知道，埃加利亚是在引领我进入一个迷宫。我拥有一个管理100亿美元公司的机会，就和我赢得世界小姐桂冠的机会一样大。”

“我更愿意讨论世界小姐这个话题，不过这不重要。重要的是你必须始终比埃加利亚领先一步。”

“那么你怎么样呢？你们公司还在对那个萨利姆·伊利亚斯的群发信息进行调查吗？”

“那是斯瓦潘·卡拉克先生、印度移动的老板议事日程中最紧要的事。”他态度严肃地回答说。

“那他发现你了吗？”我的心“怦怦”直跳。

“我逃过这一劫了！”他咧嘴笑起来，“斯瓦潘·卡拉克先生根本不知道，我就是那个群发短信的幕后推手。调查在今天结束了，最终得出的结论是：那个群发短信是一伙游手好闲的黑客实施的一个‘对社会有用的恶作剧’。”

我如释重负地叹了一口气：“啊！真是侥幸。你不知道这3天来，我心里有多么内疚。”

他轻轻拍了拍我的后背。“我想象得出来。这就是为什么我很想帮你录制另一个群发短信的原因，只不过这次用的是阿米尔·汗[①]在《三傻大闹宝莱坞》里的声音。”

“是怎么说的？”

“很简单。All izz well。[②]”

---

① 印度国宝级演员、导演、制片人。

② 宝莱坞电影《三傻大闹宝莱坞》中的一句励志性口号，是英语“All is well”的印式发音，意为一切都好。主人公有意使用这一印式英语，增加幽默效果。

第六个考验

150 克的牺牲

像其他中产阶层的印度人一样，LIG 住宅区是按照一张复杂的关系、责任、义务和友情的网络运行的，每个人都有一个熟人圈子。例如，住在 A-49 公寓的古普塔先生，是一个能够解决居民电脑和互联网需求的计算机专家朋友；住在 B-27 的 J.P. 阿加沃尔先生，是一个能够满足所有与硬件有关要求的热心人；C-18 的莱丽塔女士是那种爱管闲事的人，她还具有一种发现便宜货（尤其是衣服）的独特才能；B-25 的妮尔玛拉·本是每一个人的姐姐（自从她升格为整个住宅区的领袖以来）；而 D-58 公寓的迪拉赫·米塔尔博士充当了住宅区的常驻内科医师。

每隔 3 个月，我们都会通过米塔尔博士让妈妈在 17 区的 MCD 公立医院接受体检。米塔尔是这所医院的一位肾病学家，对他来说，住在奢华公寓楼不是难事，但他宁愿选择 LIG 住宅区，因为这里对他而言更方便。他开着那辆福特嘉年华汽车，不到 10 分钟就可以赶到医院。

说到我和医院的关系，就像一个饱受欺凌的妻子不得不返回虐待她的丈夫身边一样，我痛恨去那种地方。去一趟公立医院足以把一个无神论者变成一个信徒。你会看到那么多的痛苦和不幸，以至于你不能不想到一个问题：仁慈的上帝怎么能够允许疾病存在呢？尽管如此，我们却不能没有医院。医院就像是一条条船只，它们会带着受损的灵魂渡过人类疾病的河流。它们每个季度都会提供一份保证书，证明妈妈和全世界的人健康状况良好。

现在对我而言，去医院已经成为一个固定程序。我会在星期天一大清早把妈妈送到那家公立医院。他们会检验妈妈的血液和尿液。她被检测出了维生素 B_{12} 缺乏、铁缺乏和贫血。他们会让妈妈做胸部透视，还有眼科检查。然后，米塔尔博士本人会带着链霉卵白素、尿胆红素、血清肌酸酐和尿培养报告对我们做一番交代。他会给妈妈详细的建议，要求她忌食含糖食物，要按时服药，然后会更新她的处方：治疗糖尿病的格列苯脲，治疗哮喘的沙丁胺醇口服液，治疗关节炎每次服用 50 毫克的双氯芬酸，以及治疗高血压每次服用 40 毫克的泰米沙坦。“你母亲身体很好。”他通常会对我竖起大拇指，“3 个月后再来复诊。”

这 3 个月的周期是 4 月初结束的。在这时期，我们都忙于妮尔玛拉·本那具有历史意义的绝食事件。不过在此后的第一个星期天，我陪妈妈又去了那家公立医院。

外面是一个万里无云的晴天，但医院里面却显得阴沉而灰暗。大多数荧光灯已经不再起作用，为接待区提供照明的，只有从远端两扇平开窗照进的阳光。褪色的墙壁显示出长期无人照管的迹象，空气中弥漫着汗水的味道和人们的嘈杂声。一个穿着蓝色莎丽的年轻母亲蹲坐在角落处，有些失态地哭泣着。挂号窗口前排挤了几队长龙。对这些没有影响力也没有关系的人来说，花三个钟头只是为了得到一张有机会看病的病历卡。

我穿过几条走廊走向肾内科，医院的来苏水气味扑面而来，促使我加快了脚步。米塔尔博士的办公室在三楼，那里同样人满为患。大部分是有慢性疾病的老年患者，他们局促不安地坐在等候室坚硬的塑料椅子上。有些人好奇地注视着妈妈，也许他们正在努力回忆在哪里见过她。有的人会成功地辨认出，她就是在电视台绝食报道中，那个始终陪伴着妮尔玛拉·本的无名女人。

像往常一样，值班护士允许我们不用按次序排队，我们在10分钟后就见到了迪拉赫·米塔尔博士。米塔尔大约四十五六岁，矮个子，长着一头乱蓬蓬的黑发，戴着一副无框眼镜，具有一副健忘且不修边幅的教授形象。但是，他对患者友善的态度和深厚的医学知识弥补了这一不足，而且浑身上下散发出自信和才干。“欢迎，亲爱的大妈，”他问候母亲，“我听说因为妮尔玛拉·本的缘故，您也成了名人了。”

“妮尔玛拉·本是幸运的，”妈妈嘲讽地说，“她可不需要一趟又一趟往医院跑。”

“您只要保持体重，同样也不需要进行这些检查。问题是我每次看见您，您的体重都略有下降。”

“有什么办法呢？”妈妈叹气说，“妮尔玛拉·本绝食了两个礼拜，照样身板硬朗。我每天吃三顿饭，体重好像也没有任何增加。”

米塔尔博士瞟了我一眼：“你知道两个月以前，大妈由于低血糖在家里昏倒的事吗？”

“妈妈从未告诉过我，大夫，我是后来才知道的。”

“所以我们现在要对她进行更彻底的检查。”米塔尔博士一边说，一边开始在便笺纸上写着什么。

他要求进行一系列新的检查：糖化血红蛋白、果糖胺、1.5脱水、微量白蛋白、尿素氮肌酐、胆红素、胱抑素，C-肽——这是第一个警告：这次检查并不是按照常规项目进行的。

体检用了一天时间，等待结果用了整整一周。像往常一样，体检报告直接送交米塔尔博士。我一直觉得这件事很奇怪：检查结果总要首先交给医生过目，好像病人就没有资格对自己的身体进行分析似的。

这就增加了医学界的神秘感。医生和汽车修理工有某种共同点：都在那个“引擎盖”下操作。而且我们不能确切地知道，在那底下——人体内部的五脏六腑抑或是汽车发动机的核心部件——到底是什么情况。正如一辆完美的汽车会突然停止运转一样，我们的身体也可能以各种方式突然背叛我们。所以，在4月24日星期天上午11点，当米塔尔博士把我叫到医院时，我是带着惴惴不安的心情走进他的办公室的，就像是一个即将拿到成绩单的差等生一样。

“我妈的情况都还好吗，大夫？”我刚在他对面的椅子上坐下来就问。

他脸上阴郁的表情让我胸口发紧。“我一直认为，我应该对我的病人完全开诚布公，”他开始说道，“正因为如此——”

“请不要告诉我是癌症。”我悲哀地打断他。

“不，不是癌症，”他说。

“感谢上帝。”我长出了一口气。

“还不到感谢上帝的时候。你母亲得的是ESRD，这同样糟糕。”

“ESRD？这是什么？”

“终末期肾脏疾病，也被称为慢性肾衰竭。糖尿病和高血压是ESRD最常见的成因，而你的母亲这两种病都有。这些疾病会影响血管，损害肾脏过滤血液和调解体液的能力。对终末期肾衰竭的患者来说，肾脏功能的运转还不到其正常能力的15%。”

我惊呆了。“可是……可是她看起来很正常呀。一定是弄错了。”

“检查结果就放在我面前，它们是不会撒谎的。”他拿起一张打印输出纸，开始读出一串数字：“血红蛋白6克，空腹血糖80，餐后2h血糖110，血清肌酐7.5毫克，尿蛋白+3，优降糖也是+3。”他摘下眼镜，挠着眉头。“如果这些不是终末期肾病的指标，那它们是什么呢？”

“为什么现在才发现？”

“肾病是一种无声的杀手，它是多年来慢慢形成的，没有任何可以识别的迹象或者症状。等到哪一天突然发现时——就像你母亲的情况——就可能是致命的。”

致命。这个词让我的后脊梁一阵发冷。

“治疗ESRD的唯一方法是透析或者移植。”他接着说，“长期透析是你们负担不起的，所以，现在你只有一种选择。”

“什么选择？”

“肾移植。你母亲需要一个新的肾脏，而且要快。”

“一个新的肾脏要多少钱？”

“不用花钱。”

“不用花钱？为什么？”

“因为它将是你的肾脏，或者你妹妹的。”

“我……我不明白。”

“根据1994年《人体器官移植法案》，只有在世的有亲属关系的捐赠者，才可以获准把器官提供给病人。这包括父亲、母亲和兄弟姐妹。”

“献血是一回事，但是一个活生生的人怎么能捐出像肾脏这样的器官呢？”

“这叫作活体肾移植。你知道吗？肾脏的优点就在于，它是一种配对的器官，我们有两个肾脏。第二个肾脏实际上是多余的，因为它没什么用途。其实，有些人甚至说它浪费身体资源。所以，我们可以从一个活人身上切除一个肾脏。一个健康的人即便只有一个肾脏，身体的各个机能也可以正常运转。唯一的问题是，捐出肾脏的人是你还是妮荷？”

我注视着地面，脑袋垂下来，极力让自己不要呕吐出来。我虚弱地点点头，问：“我们需要怎么做？”

“哦，我需要你和妮荷都过来验血。如果可能的话，最好是在今天进行。好在你母亲的血型是AB阳性，这意味着她是一个普遍器官接受者。我必须做一次组织抗原匹配和交叉配血，以便确定器官捐赠的最终相容性。”

“要是发现我和妮荷都不相容怎么办？”

“车到山前必有路，对吗？”他对我灿烂地微笑着，但这丝毫不会让我的心情有所好转。

“谢谢你，医生。”我的声音听起来沙哑而不自然，然后走出他的办公室。

在他房间外面的等候室有一张褪色的海报，显示出泌尿系统的主要结构。我过去从来不会多看一眼，今天它却像磁铁一样吸引住我。我研究了一下位于脊柱两侧及肋骨下端的那两个暗红色豆形器官，好像它们是被长期埋没的藏宝坐标似的。它们看起来相当小，每个都不比一个握紧的拳头更大。两者都覆盖着网状的纤维组织、神经和血管，两者都有进入膀胱的输尿管。在我看来，左侧肾脏和右侧肾脏看上去完全一样。而且这张图表上没有任何信息表明，它们当中有哪个是多余的。

当我回到家里时，我的思维一片混乱，各种最坏的情况在脑海里涌现。妈妈像往常一样在厨房里准备午餐，她甚至都懒得询问我体检结果。她对死亡早已安之若素，因为死亡是不可避免的，一旦大限将至，不管使用多少抗生素，都不可能阻止死神的到来。让她活下来的只有那个唯一的、也是最后的愿望。“我只想活着看到我两个女儿都结婚成家的那一天。”她无数次地告诉过妮尔玛拉·本，“在那以后，我就可以平静地闭眼了。”

妮荷像往常一样沉醉在个人世界里。当我走进我们的房间时，她正对着镜子搔首弄姿，模仿着步莉雅·嘉波儿在《爱在曼谷》中的标志性姿态。“我决定申请参加印度小姐选美大赛，姐姐。”她对我说，“一个人的声音可能会有起伏，但是一张美丽的面孔是不需要怀疑的。一朵玫瑰毕竟始终都是玫瑰，不可能是别的花儿，对吗？”

“你每次除了选美大赛和模特大赛，就不能想到别的吗？”我指责她，“米塔尔博士看了妈妈的化验结果，他说她得了末期肾脏疾病，她需要换肾。”

“换肾？我们去哪儿买肾呢？去大市场吗？”

“这不是玩笑，妮荷。你不能买肾，你只能捐肾。米塔尔让我们俩去验血，看看我们谁更适合为妈妈捐出肾脏。”

妮荷身体抽搐了一下，仿佛我刚才打了她一记耳光似的。“捐出肾脏？你疯了吗，姐姐？我不可能捐出我的肾。”

“那好，那你就去告诉妈妈，说她就快要死了。”

至少我能够让她带着羞愧和我一起去了那家医院，我们绕过咨询台，直接去了一层的检验科。

化验室的护士是一个脸色阴沉的中年女人，穿着一件僵硬笔挺的白大褂，她已经得到了米塔尔博士的指示。她以极高的效率找到我的内肘部的一根静脉，就在她准备把注射器针头刺进皮肤时，我的手机响了起来。是红十字会打来的，提醒我 6 月 14 日是世界献血日。“血液中心现在又很缺少类孟买血型。”值班工作人员通知我，“您愿意过来提供您的季度献血吗？我们可以派车去接您。”

我对他们选择的时间感到惊讶。“很抱歉。”我告诉对方，“我在医院，准备为我的母亲抽血，我这次不能帮助你们了。”

这位护士有些不满地对我皱起眉头，把针头插进我的静脉。我以前曾经多次抽血，但这次的感觉却有些不同。当暗红色的液体开始充满注射器时，我被各种无名的恐惧所包围，而那种最大的恐惧似乎变成了无形的怪兽。血样很快就会得到检验，到时候它会低声道出它的秘密，显示出它的抗原和抗体。而且我从内心深处知道，我会很高兴这个检验没有通过。

轮到妮荷时，以前从未捐过血的她显得紧张而烦躁。她咬着下唇，紧握双手，而且不去看注射器。针头刚扎进她的皮肤，她就开始大口呼吸，并且抱怨自己感觉虚弱和眩晕。“别演戏了。”护士让她安静下来并继续抽血。妮荷怒视着那个护士，咬牙切齿地忍受着这一过程，而且事后立刻呕吐起来。

抽完血之后，是等待结果的令人备感焦虑和痛苦的三个钟头，然后，米塔尔博士把我们叫到他的办公室。

“我有好消息要告诉你们。”他对我说，“人体白细胞抗原测试表明，妮荷是完美的六对六的匹配，而你是半数匹配，也就是三对六的匹配，这同样是一个理想的结果，因为部分的排斥反应可通过使用免疫抑制类药物加以克服。而且，你们两个人在器官移植前的交叉配型都是阴性的。”

“阴性？”一直在抓紧座椅骨架的妮荷突然松开手，脸上迅速闪过一丝如释重负的神情，“这就是说，我们和妈妈的血型不相容，是吗？”

“正相反，这意味着完全相容。在这个检验中，我们把捐赠者的白细胞和受赠者的血液进行配制。如果白细胞遭到攻击并且死亡，那么交叉配型就是‘阳性’，这意味着受赠者的免疫系统不能接受捐赠者的器官。但如果交叉配型是‘阴性’，那么捐赠者的抗原就和受赠者的抗原相容。你和萨布娜的血液都和大妈的血液相容，所以，你们两个人都够捐赠肾脏。现在就需要你们姐妹俩做决定，看谁更爱你们的母亲了。”

我和妮荷看着对方，随即又望向别处。房间的空气变得紧张而压抑，问题的严峻性和医院不祥的气氛，更加剧了这一点。

米塔尔博士感觉到我们之间明显的紧张感。“我知道这不是一个容易做出的决定。所以，我希望你们两个回去仔细考虑一下，72 个钟头后再回来找我。整整 3 天时间。”

我们沉默地回到家里，不知道接下来该说什么或者该做什么。这对我们是一个新的挑战，是我们以前从未面对过的局面。我们唯一达成的共识就是：这件事我们不会向妈妈吐露一个字。

那天晚上，我躺在黑暗中，听见妮荷在她床上辗转反侧。我知道她和我一样在考虑同样的事情。我们的孝心和亲情，最终归结为一个奇特的困境：你更在意什么——你的母亲还是你的肾脏？

这是一个我希望所有做女儿的都不需要回答的问题，因为它有可能让姐妹之间陷入冲突，暴露出灵魂隐藏的弱点。每一种焦虑，每一个怀疑，每一项缺点，每一次虚伪，都会在优柔寡断的大街上伏击我。每一个自私的欲望，都会在我的恐惧的花园里发芽。

为了转移注意力，我开始研究 ESRD 和肾移植。我了解到成年人的肾脏长 10 到 12 厘米，包括 100 万个肾单位，约重 150 克。我上网搜索，从那些把肾脏捐给亲人、目前仍过着健康幸福的生活的人那里寻求鼓舞。

妮荷把时间花在寻找反对肾移植的对立证据上面。当妈妈入睡时，她对我低声耳语。“捐出肾脏，可不是把你的 iPod 送给一个朋友。”她说，“它是一项重大手术，而且具有长期的健康风险。在手术以后，你就别想着可以从事更多的体育运动，或者更多的体力活动。另外，我甚至不能认同第二个肾脏是多余的这种说法。上帝保佑，假如有一天我发生了什么事，例如一场意外或者一种大病，第二个肾脏就可能非常有用。”

她的话有些道理。我的研究表明，只有一个肾脏的人在晚年可能会出现问题。有些人会有高血压，还有些人会得一种叫作蛋白尿的疾病，即尿液含有过多的蛋白质，第三类人会出现肾小球滤过率降低的情况，这基本意味着那个单一肾脏不再能够有效清除血液中的垃圾。

“在知道所有这些以后，你还认为我们应该捐出肾脏吗？”妮荷质问我。

“我们没有选择。如果妈妈得不到新的肾脏，她就会死的。”我回答说，“血缘关系需要一种代价，亲情需要牺牲。”

“那么你就来做这件事。”她以一贯的直率说道，“我必须出现在印度小姐选美大赛的分赛赛场上，我不能让自己看上去又苍白又病态。更何况，你是我们家里的老大。”

妮荷以前曾经伤害过我，现在她又在伤害我。我能够感受到背叛的匕首在我的腹内搅动，这使我感到十分厌恶。“为什么？你有什么资格这么要求我？”我的愤怒一下子爆发出来，“凭什么老大就必须为其他人承担责任？我被迫放弃了我的梦想，我也被迫中断了我的学业，而你现在竟然又要求我切开自己的身体？”

这一次妮荷惊呆了，她不由自主地退后一步，因为她不敢相信听到的话，她的眼睛睁大了。然后，一种带着悔恨的喘息声从她嘴里发出，她趴倒在我的脚下。“请宽恕我，姐姐。”她哭泣着，紧紧抱住我的腿，“我收回我的话。你为我付出了那么多，我怎么还能这么忘恩负义呢？我不配活在这个世界上。”她的话让我的眼泪不禁夺眶而出。我把她扶起来，喃喃地说：“傻瓜，我们应该患难与共。”

我们紧紧相拥，两个受伤的灵魂拼命地想要获得勇气，以便去做那件需要勇气的事情。

当孝心的道德本能与自我保护的原始本能发生冲突时，最令人痛苦的就是做出决定。为了尽量推迟这种不可避免的结果，我们让自己埋头于日常事务中。我虔诚地对待我的工作，妮荷虔诚地对待她的学业。晚上，我们关在同一间卧室里却很少讲话，内心的焦虑感使我们窒息。

在接下来的 48 小时里，我们仍陷于僵局，因为无法做出决定而备受折磨，如同陪审团迟迟不能就最终裁决达成一致意见。

是妮荷在第三天上午提出了一个打破僵局的建议。“我们还是抛硬币来决定吧，就像他们在板球比赛中所做的那样。我是正面，你是反面。OK ？”

我点点头，也许这是最简单的办法。有时候，生活中的重大决定必须交给单纯而冷酷的随机性。

妮荷在她的衣橱里翻腾了一通，找到一枚 1 卢比的旧币，因为放得过久，它的表面已经失去了光泽。我们站在卧室中间，就像两个准备面对自己的命运的决斗者。妮荷把两面都给我看了，确认这不是一枚有诈的硬币。接着，她毫不犹豫地把它抛向上空。虽然十分陈旧而且严重磨损，但是当这枚硬币在空中旋转时，它还是因为吸收了从窗户洒入的阳光而变得晶莹夺目。当它呈下降的圆弧状向下掉落时，妮荷熟练地把它抓在手里。她用空出的那只手的手背将其拍倒，并且把它盖住。“我们的决定被封住了。我们没有第二次机会，同意吗？”她声音颤抖地问。

“同意。不管是正面还是反面，都是神的旨意，不是我们的决定，让我们信守承诺吧。”

妮荷点点头。“我再重复一遍：正面是我的，反面是你的。”

“你现在把手拿开。”我艰难地说，“让我们看看上帝的旨意。”

慢慢地，就像一个肥皂剧的曲折剧情逐渐变得明晰一样，妮荷缓缓地抽回她的手。阳光照耀着这枚硬币，我们的国徽标志的三个狮子头在我眼前闪烁着光芒。

妮荷的面孔因为惊恐而扭曲。命运可怕的最终裁决，让她的喉咙发出一声呜咽。但是她同样迅速地恢复了镇静，同样显示出在孟买时那种坚韧的决心。“既然选择了我，那就这样吧，我会很高兴将我的肾捐给妈妈。”

这件事最终有了结果，然而，这非但没有使我感觉更好，反而令我更加难受。我想要拥抱我的妹妹并告诉她：你不需要做这件事。我会履行做姐姐的职责。但从我的喉头里蹦出来的几个字却是：“很抱歉！真不走运！”

我们立刻到医院去见米塔尔博士。今天是工作日，医院里的人不太多，不过它仍旧有使我想要呕吐的血液和杀菌剂的味道。

当我们走上三层楼的楼梯平台时，一个肤色黝黑的男人叫住了我们。我认出他是迪拉克·拉杰，这家医院的病房护理员。他的儿子拉朱是我星期天英语班的一个学生。

“亲爱的小姐，我可以和你说句话吗？”他低声说，并把我们拉到一个僻静的角落。

“什么事？”我警觉地问。

“我听说你母亲需要一个肾脏。”

“没错，你是怎么知道的？”

“我无意中听见米塔尔大夫对值班护士这样说的。那么，你们是怎么安排换肾这件事的？”

“妮荷要捐出她的肾。”

“哎呀，哎呀。”他不赞成地摇摇头，“这是干什么？这么漂亮的女孩。你想要毁掉她的未来吗？捐出肾脏以后，她就会像一朵枯萎的花儿一样失去光彩。听我的建议，不要这么做。”

“那我们还能怎么做呢？长期透析我们负担不起。”

“有另一种途径。”他使个眼色说。

“告诉我！”妮荷几乎抓住他的胳膊。

“你可以买肾。”

“买肾？可这是违法的。”我说，“《器官移植法案》不允许这么做。”

“你是在乎法律还是在乎你妹妹的未来？你们想要肾脏，我能给你们弄到，而且特便宜。”

“有多便宜？”妮荷问。

“你们去这个地方就知道了。”他从上衣口袋掏出一张纸递给我。上面是一个叫 J. K. 纳斯博士的人的联系方式，他是就职于联合肾脏研究所——位于罗希尼 15 区的一家私立医院——的肾病学家。

“这家医院不是归我们当地的立法委员安瓦尔·努拉尼所有吗？”我问，我想起我曾在地铁上碰到的那个染着头发、留着长鬓角的政治家。

“是的。”迪拉克·拉杰点点头，“那位尊敬的立法委员能帮你很大的忙。就是他让我得到了这里的工作。他也会帮助你们的母亲，他的医院擅长肾移植。”

“那么价格呢？”

“告诉纳斯博士，是我介绍你们过去的。他会给你们一个好价钱。”迪拉克·拉杰狡黠地笑笑，就悄悄地顺着楼梯溜走了。

“我不知道迪拉克·拉杰是一个二道贩子，从事非法的肾脏交易。”我看着他消失的背影，若有所思地说。

“我不在乎它是不是违法，姐姐。”妮荷说，“我要见见纳斯博士。”

“我认为那样不妥，我们应该先和米塔尔讨论一下。”

“因为它是我的肾脏，不是你的，是不是？”妮荷突然语气激烈地说。她一不留神，那副故作勇敢的面具被卸掉了。她蹲坐在地板上，所有被压抑的焦虑和沮丧，变成了一阵无法控制的啜泣。

我不由得对她感到一阵同情，而且也怀着一种隐隐的希望。也许真的会有奇迹。“我今天不去上班了。”我对妮荷说，“走吧，我们去见见纳斯博士。”

我们走出医院，叫了一辆去 15 区的嘟嘟车。花了 30 卢比和 15 分钟后，我们来到了联合肾脏研究所门口。

从外面看，这个有全玻璃幕墙的医院像是一座写字楼。走到里面，它像是一个酒店大厅，全是大理石和石头结构，一尘不染。

接待区人流不断，却具有军营似的高效率。我惊奇地看到，在排队等候的人群中有不少外国人。一个俊俏的年轻接待员对我们微笑：“你们好，有什么可以帮忙的吗？”

“我们想见见 J.K. 纳斯博士。”我说。

“你们有预约吗？”

“没有，你能帮我们安排一下吗？”

经过一个钟头的等待，我们见到了纳斯博士。他是一个 50 岁出头的秃顶矮个男人，长着一张肉乎乎的脸，胡子刮得干干净净，牙齿已经变黄。尽管他穿着医生制服，他身上的某种东西仍让我联想到吉穆迪·拉尔，那个区长办公室狡猾的办事员。他对我们露出友善的微笑，可他眼中那种贪婪的光芒却出卖了他，让我变得警惕起来。

“是 17 区那家公立医院的迪拉克·拉杰介绍我们来找您的。”我迟疑地说。

“好的。”他点点头，“这就是说，你需要一个肾脏，是给她的吗？”他伸出拇指指着妮荷。

“不是，是给我们的母亲，她患有 ESRD。”

“嗯，那你们是来对了地方。只要我知道你母亲的血液指标，我就能够安排给她换肾。”

“是死者捐赠的吗？”

“不，是活人。这就是 21 世纪市场经济的好处，你买肾就跟买车一样容易，这完全是一种供求关系。”

“可这不是非法的吗？我听说只有亲属才可以捐出他们的肾脏。”

“你显然是没有通读 1994 年的法案。关于无偿捐赠下面有一个条款：只要在感情上对受赠人感觉亲近，没有亲属关系的人都能够捐赠肾脏。”

“但是，我们不认识这样的人。”

“你把这个交给我，我会找到捐赠者，而且完全是合法的。只要金钱进入这个等式中，你就会惊奇地看到，要建立起一种情感关系是多么迅速。”

“那我们要付多少钱？”

“在联合肾脏研究所，我们对于一个肾移植套餐的统一要价是60万卢比，什么都包括了。”

“60万？这远远超出了我们的预算。”

他的一只手在秃头上抹了一下：“那你们最好去别的地方看看。你只需要知道，每年有15万印度人需要移植肾脏，但只有3500个肾脏可用。这就是它有点儿贵的原因，而且我们有足够多的病人，包括印度的，也有国外的，他们都愿意支付这个价格。60万卢比太便宜了，还不到1.5万美元。在美国进行肾移植，你必须支付这个价格的10倍以上。”

很显然，我们是在和一个老练的商人，而不是和一个讲原则的医师在打交道。我们根本没有能力承担这么昂贵的价格。“我们走吧。”我拉起妮荷的胳膊，“在这里浪费时间是没用的，米塔尔博士一定还在等我们。”

“不，姐姐。”妮荷坚决地摇头说，“无论怎样，我都不会去那个公立医院了。”

那个突然攫住妮荷的疯狂的想法，让我吃惊得说不出话来。她不顾一切地想要买到肾脏，根本不在乎价格。

接着，妮荷开始与对方讨价还价。“您看，我只是个学生。您就不能给我一个学生优惠价吗？”她问纳斯博士，她的嘴唇露出一丝微笑，那微笑既有恳求，也有挑逗的意味。

那个医生立即缴械了：“OK，我可以少要10万，完全是为了你。50万你觉得怎么样？”

“还是太高了。”妮荷噘起了嘴。

我一声不吭地看着她像一个职业还价者那样与纳斯博士进行数字大战。最终，那个肾脏专家举起了双手。“你以为这是什么，是杂货店吗？我最后的价格就是20万了，而且就是因为我同情你，没别的。你们要么接受，要么就拉倒。”

“我们接受。”妮荷很快回答说。

我附在妮荷的耳边。“我们到哪儿去凑那么多钱？”我有些恼火地低声说，“妈妈的珠宝首饰可都卖光了。”

“这你就不用管了。”她一边自信地说，一边站起身来握住纳斯的手，“谢谢您，医生。用不了一周，我就把钱给您送来。”

“那样的话，我们就抓紧开始第一步吧。明天带你们的母亲过来验血。”医生说。

我们走出医院时，妮荷立刻抬起头仰望天空，似乎是在找寻着什么。我也伸长脖子，眯缝着眼睛，看着在蔚蓝的天空中飘浮的云朵。我不知道妮荷看到了什么，但我看不到任何奇迹的迹象。

当我们还剩一半路程到家时，妮荷才说出了她的策略。“我有好多朋友都非常有钱，他们都会借给我钱的。20 万对他们是小菜一碟，可能还没有他们给宠物狗吃的东西贵呢。”

我很想问问她，当我们需要钱保住公寓时，她的这些朋友又在哪里，但我还是决定不开这个口。我有什么资格质问她呢？毕竟是她的肾脏在承担风险。而且不管她是乞讨、借钱还是偷钱，都和我无关。

当我们在 LIG 住宅区门前下车时，大院里聚集了很多人。我从迪曼·辛格那里知道，妮尔玛拉·本女士，我们这里最著名的租户，正要离开她居住的 B-25 公寓，搬到位于德里南部西区地带那个高档次高品质的“甘地华府”——一个实践甘地价值观的大型社区。

这一举动并没有让我感到吃惊，妮尔玛拉·本不再是我过去知道的那个有着简朴生活方式的朴素的甘地主义者，她已经有了一副穿金戴银的大师派头。她的头发现在修饰得非常得体，她那普通的印度便鞋已被名牌凉鞋所取代，甚至她经常穿的莎丽也显得更白了。如今她总被一群忠实的追随者、崇拜者和拍马溜须者包围。尽管我们的公寓彼此只隔着三个门，她的名气却使我们之间产生了一种距离，一条因为太深而很难跨越的鸿沟。

“啊，亲爱的萨布娜。”她一看见我就喊起来，“你最近怎么样？”她亲热地拥抱我。

“我很好，但是你为什么要离开这里？”

“有什么办法呀？”她叹气说，“我不想离开，可是我的同道们坚持说，这个地方对我每天讲话而言太小了。”

“我会想念你的。”我告诉她，我也是真心这么想的。

“我也是。我又不是离开这个城市，只是去几公里外的地方而已。你和苏西拉什么时候想吃家常的拉萨库拉，就一定要去我那里做客，我做给你们吃。”

看着她坐进一辆闪着光泽的现代索纳塔汽车后座，我清楚地感觉到，这大概是我最后一次亲眼看见她本人。从此以后，我只能在报纸上和电视上看见她了。

无论怎样，至少她是在利用她刚刚建立起的明星地位教导他人的灵魂，推动积极的变革，她对抗高度腐败现象的活动不断聚集势力。每天的新闻都在报道说，套在阿特拉斯投资公司脖子上的那根绞索正在拉紧。政府调查人员声称他们从毛里求斯获得了关键证据，这引发了一波猜想：阿特拉斯幕后推手的名字很快就会暴露出来。

在我们的公寓里面，妈妈瘫坐在餐桌旁，无声地哭泣着。妮尔玛拉·本的离开让她崩溃。“我在这个地方最好的朋友走了。”她哀叹道，“我希望我能够离开这个世界。”

“你不会去任何地方。”我严肃地告诉她。

“这是什么意思？”她摊开双手，“我的女儿从来不告诉我任何事。她们把我当成孩子看待，不管做什么事都背着我。”

我和妮荷交换了一个无奈的眼神。妈妈的周期性抑郁症又发作了，又在想象无所不在的阴谋。

“我们做什么事背着你了？”我质问她。

“我知道你和妮荷有什么秘密瞒着我。是不是和我的化验结果有关？至少告诉我，米塔尔是怎么说的？我还剩多少时间？”

我感觉到该是说出全部实情的时候了：“米塔尔博士说，你有一种叫ESRD的疾病，也就是说，你的肾已经不那么管用了，所以你才会经常感觉疲劳，没有胃口，肌肉痉挛。你需要新的肾脏，而且我们已经为你安排好了移植。”

“怎么安排的？是把你们俩谁的肾脏给我吗？”妈妈的手一下子捂住嘴唇，因为她想到了这种可怕的可能性，“神啊，快把我收了吧！别让我祸害我的孩子了。当母亲的责任就是给予，从来都不是索取。”

“那不是我们的肾脏。”我安慰她，“是其他捐赠者的。”

“为什么要为了我去剥夺别人的肾脏？没有人知道他们还能活多久，也许我的时间到了。”她说这些话的神态，就像是一个风烛残年的女人。“别再为了我的手术和医药白花钱了。”

母亲总是具有这种令人敬畏的、立刻就会使其子女备感羞惭的能力。在我们的一生中，我们从来都是将妈妈和厨房联系在一起。仅仅因为她本是来自具有乡土气息的小城迈恩布里的一个平凡的家庭主妇，一个不了解加缪和电脑、也不讲英语的半文盲，我们就从未认真对待过她，也从未真正试着去理解她。艾尔嘉是对她最亲近的人，爸爸一向对她态度倨傲而且具有优越感，我和妮荷都下意识地模仿了这一点。我们把妈妈降格成了一种背景性的存在，一个使家庭保持运转、跟上各种宗教日程，以及努力维系同所有亲属（包括远房表亲在内）和睦关系的人，而我们则要面对诸如二次方程和哈姆雷特之类更重要的事情。甚至在爸爸离世以后，我们也丝毫不曾想过她是怎样挺过来的。她感到过孤独吗？她是否被生活琐事严重拖累？她早已放弃了对他人的期待和需求。现在，当她的生命变得岌岌可危时，她甚至准备好了为保护我们而牺牲自己。

我冲上去拥抱母亲，内疚感犹如无泪的呜咽在我内心翻腾。“你才 47 岁，”我提醒她，“你的大限还没有到，而且它也不会很快到来。你已经履行了你作为母亲的责任。现在，我们将要履行我们作为女儿的责任。”

“不是我们，是我。”妮荷插话说，“我才是那个负责为你安排从城里最好的肾脏医院换肾的人。”

我目瞪口呆地看着她，让我吃惊的不是她说的话，而是她说话的语气，其中既有对我的嘲弄，也有对我的鄙视。

“但这一定得花不少钱。”妈妈感到苦恼。

“只要我还在这里照顾你，你就不用考虑钱的问题。”妮荷说，这又一次刺痛了我。

“我的宝贝女儿！”妈妈擦着眼角，将妮荷拉到她的怀里。

我感到自己被孤立了，和这个家庭场景格格不入，就像是聚会场合一个不受欢迎的客人一样。妮荷突然表现得像个大人，而我很难心平气和地去面对这一局面。但无论怎样，我自己应当为此负责。我放弃了我作为姐姐的责任，舍弃了我作为女儿的义务，才使得妮荷篡夺了我的地位。现在她使我出局了，让我成了我自己房子里的一个贱民。

我带着受损的自尊和痛心的感觉上床睡觉。金钱能够给你买来肾脏，却不能换来妹妹对你的尊重。

第二天，我正在忙着给一个顾客讲解索尼 BX420 电视机的独特性能，米塔尔博士打来了电话。“发生了什么事？我以为你和妮荷昨天会来见我。”他听上去有些恼火，还有一点点不安。

“计划有一点儿变化，”我告诉他，“我们正在争取通过利他主义捐赠方式得到肾脏的可能性。”

电话另一头出现了一阵沉默，最终他问：“那么，这个利他主义的捐赠者是谁？”

“我们的一个朋友。”我撒谎说。

“那你们最好把他带过来，我需要对他做体检。我们必须在未来五天到一周内进行肾移植，你母亲的病情很严重，她每天都在一点点地接近死亡。”

“我知道，医生。”我迅速结束了通话，感觉全身无力而发抖。

在那以后，我不可能把注意力放在工作上了，这也让我受到了经理的训斥，而且他已经对我昨天未经批准就擅自离岗感到恼火。

两天过去了，妮荷只弄到了1万卢比。显然，她的伙伴不像她认为的那样慷慨。不过，她并不愿意认输。“我的几个朋友出城了，我在等他们回来，你放心，我会拿到全款的。”

唯一的好消息来自纳斯博士。“成功了！”他在给妮荷打手机时显得欢欣鼓舞，“我已经为你母亲找到了一个出色的捐赠者。她是一个十分年轻而健康的女孩，而且所有参数和你母亲完全匹配。你什么时候过来付款？我们想要全款，而且得是现金。”

“很快，医生。”妮荷向他保证，“我正在做这件事。”

5月2日，星期一，一清早就听到了奥萨马·本·拉登死亡的信息。我们惊奇地了解到，他在和深入巴基斯坦的美国人突击队交火时被打死了。

和本·拉登的死亡相比，更让我兴奋的是当晚妮荷带给我的消息。“我做到了，姐姐！我弄到了20万。”

“真的吗？”

她取来她的手提包，一个仿制的意大利时尚品牌“古驰”。“嗒——嗒！”她把两沓厚厚的1000卢比面额的钞票倒在床上，兴高采烈地模仿着吹喇叭的模样，“每捆10万。”

我拍拍她的肩膀：“我真为你骄傲。那么，谁是这位慷慨的朋友呢？”

“我不能告诉你那个男孩的名字。”

“男孩？你的意思是，他是个男的？”

妮荷突然变得谨慎起来：“听着，你是想要吃芒果，还是要去数有几棵树呢？重要的是我们有了钱，别管我是怎样弄到的，或者是谁借给我的。”

“你说得对。”我同意她的话，“重要的是我们现在能够给妈妈做手术了。”

我当晚是带着愉悦的心情上床睡觉的，奥萨马·本·拉登死了，但妈妈会活下来。

第二天上午，当我穿着白色夏尔瓦格米兹走进纳斯博士的房间时，里面弥漫着某种发腻的香水味。

这位专家带着一种青少年在初次约会时那种无耻的渴望接待我。“你妹妹呢？”他劈头就问，一边充满期待地注视着门口方向。

“妮荷有考试。她不会再来医院了。”我回答说，几乎是下意识地让围巾盖住胸口上方。

“哦。”纳斯博士试图掩饰他的失望，摆出了一本正经的公事公办模样，“我把换肾期限保留到后天，你明天需要把你母亲带过来，以便我们检测一下她的病情。”

“我会的。”

“你带现金了吗？”

“带了，正好 20 万。”我打开钱包，要把那两捆钱掏出来。

“等等。”他阻止了我，“我不处理现金。你需要把它交给楼下的出纳，再把收据拿给我。”

“我有一个请求。”

“什么请求？”

“我想要见见捐赠者本人，说声谢谢，你能给安排一下吗？”

“听我说，这种事情最好不要知道得太多，我们遵循的是和匿名收养同样的政策。”

“捐赠者术后身体不会有任何问题，对吗，医生？”

“当然，她会很健康，健康人有一个肾脏就够了。”

“至少告诉我她的名字。”

“这有什么意义呢？但既然你那么想知道，她叫悉达·黛维，就和《罗摩衍那》里的王子罗摩的妻子一样。满意了吗？现在去出纳员那里交款吧，再把收据拿回来交给我。”

我走出他的办公室，坐电梯到了一楼。收费窗口在接待区的边缘。正当我把钱交给那个出纳员时，我听见附近传来像是争论的声音。

“我以前就告诉过你别来这里。你脑袋是不是进水了？”这是一个男人在厉声呵斥。

“有什么办法呢，先生？我太着急用钱了，我儿子病得很重。”我听见一个女人饱含哀怨的呜咽声。我看不见她，因为一根柱子挡住了我的视线。

“你只能在明天手术以后才能拿到钱。但是我要警告你，悉达，如果你再敢踏入这里一步，我们就会终止跟你合作。那样的话，你们全家就是饿死了也别怪我，现在回诊所去。”

悉达，这个名字让我不禁竖起耳朵。我的脑袋几乎本能地转向声音传来的方向，斜过身子朝柱子后面望去。我本以为自己会看到一个健康的年轻女孩，但从柜台那里沮丧地转过身的恳求者，却是一个中年女人，穿着一件破旧的绿莎丽。她看起来活像具骷髅，有着凹陷的眼睛、憔悴的面孔和皲裂的薄嘴唇。她的头发又脏又乱，肋骨在衬衫下清晰可见，干瘪的皮肤就像是某种旧羊皮纸一样。

她慢慢地拖着步子，似乎刚刚经历过一次大手术似的。在联合肾脏研究所的时尚背景下，她显得格格不入，就像是耆那教的全套素食中的一盘肉菜一样。

不，我对我自己说。她不可能是妈妈的肾脏捐赠者，然而，就如同一个必须阅读的故事一样，关于这个女人的某种东西激发了我的兴趣。我把收据放到手提包里，跟随她走出医院的旋转门。

她耷拉着头，蹒跚地走到医院附近的一个公交车站。不到10分钟，一辆开往古尔冈市的德里运输公司的公交车就到达了这里，她上了车。我在经过片刻犹豫后也上了车，在她正对面的座位上坐下来。

坐在与悉达伸手可及的距离，我可以仔细地审视她。从她的后背处露出一条绷带，她的胳膊布满了针眼。这使我更加好奇地想同她说话，但她基本上没有注意我，在这辆装满陌生人的公交车上，我毕竟不过是另一个陌生人而已。她的手指不时地掠过下眼睑，擦掉不断流出的眼泪。

公交车经过外环路进入一条我不大熟悉的道路，这是一条拥挤的交通路线，汽车和行人川流不息。当我看着拥挤的街道和令人发狂的城市繁忙景象时，我突然涌上一种奇怪的情感。这座城市是多么巨大，又是多么孤独。人人都无暇去关注其他人。我们的生活是被时钟控制的，人人都被困在它的"滴答"声中，困在永无休止的商业竞争中。也许我们和汽车没有什么不同，每个人都像是自我封闭的蚕茧，都在与他人保持距离并匆忙前行，沿着一条条公路飞驰而下，却不知究竟要奔向何方。

我沉浸在自己的思绪中，没注意到时间的流逝。公交车已经到了古尔冈市，我的"猎物"从座位上站起来，准备下车。

公交车停在一个五光十色的购物街前，这里有各种服装精品店和时尚的咖啡馆。透过玻璃幕墙，我看见二层有一个面积很大的美食广场，挤满了沉浸于时尚氛围的公司行政主管和郊区嬉皮士，这个购物街是古尔冈市的一个象征。作为德里郊区的卫星城，这个暴发户城市拥有无数气派的写字楼、多层建筑和豪华住宅区，人们都说它更像美国达拉斯而不是印度德里，也许这就是它会成为众多跨国公司首选办公地的原因。

悉达带着渴望的眼神望着这个购物中心，带有"比萨饼"和"烤鸡"字样的霓虹灯招牌吸引了她。接着，带着那种屈服于人生命运的女人逆来顺受的姿态，她转过身穿过了马路。

我跟随她一连走过几个街区，她都没有发现我。最后，她进入一条小街，我发现自己置身于一个绿树成荫的住宅区。这里有一栋栋大房子和宽敞的人行道，而且行人寥寥无几。相对于购物中心的狂热和喧闹，这个住宅区是一个远离尘嚣的避风港，能够打破中午的迟滞和平静的，只有空调机组发出的呼呼声、汽车间或经过的声音，还有从某个打开的窗户那里飘出的轻柔的爵士乐。

悉达站在一栋不起眼的涂着白色油漆、带有绿色百叶窗的二层楼前。挂在外墙的一块木牌，只是简单地把这个房子标示为“3734”。没有任何居住者的名字。它的另一个令人好奇之处是这里有一个警卫室，里面站着一个穿制服的警卫人员。

悉达同那个警卫说了两句话，后者就允许她穿过了那道金属门。就在我考虑接下来该怎么办时，突然看见从道路另一侧出现了一张熟悉的面孔。那不是别人，正是迪拉克·拉杰，那家公立医院的护理员。他和一个男人一道走来。从那个男人衣服上的灰尘和污垢判断，他像是一个干杂活的日工。我藏在一棵树的后面，等着迪拉克·拉杰经过这里。但是，他的目的地也是这座编号为“3734”的房子。我看着他和那个警卫交流了几句，就和他的同伴走到里面。

现在，好奇心让我难以自制。我必须知道这所房子里到底在发生什么。我鼓起勇气走到那个警卫跟前。

“什么事？你要找谁？”他怀疑地注视着我。

“我是来见迪拉克·拉杰的。”我回答说，一边紧张地抓着手提包，“他告诉我说，他会在这里见我。”

“是的，他在里面。”那个警卫点点头，就拉开了金属门的门闩。

我穿过一道打开的门，进入一个像是等候室的房间。那个日工坐在一张塑料长椅上，和他坐在一起的还有悉达和两个男人，我没有看到迪拉克·拉杰。

我走出等候室拐入一条走廊，这是一座非常宽敞的房子，一层至少还有其他两个房间。

我窥视了第一个房间，看到一个人趴在一张金属床上，胳膊上插着一只吊瓶的针管。“我觉得很疼，护士。”他发出呻吟般的声音，显然是把我当成了护士。

我走近了一步，床头的一张标示牌表明，他名叫穆罕默德·伊德里斯，年龄是29岁。但是，他凌乱的灰白胡子和凹陷的脸颊，让他看上去至少要比这个年龄大10岁。“你瞧瞧这里，护士，就是这个地方疼。”他一边咕哝着，一边掀起了他的衬衫。我看到的情形，不禁让我浑身打了个冷战。他的肋部有一个10英寸的皱巴巴的伤口，密密麻麻地缝着黑色手术线，看上去就像是一个冷酷无情的外科医生所做的草率缝合。

“我要是知道会这么痛苦，我在答应卖肾之前，一定会好好考虑一下。”他说完就发出一阵咳嗽。

我走进隔壁房间，看到一个处于同样状态的女人：38岁的苏尼塔，被缠绕住她的胳膊和胸部的厚绷带固定在床上。她的黑皮肤紧绷住颧骨，眼睛周围是深深的黑眼圈儿。同伊德里斯一样，她也在完全相同的部位有一个刀口，尽管缝合线将皮肤毛糙的边缘固定在一起，但伤口处仍在流出液体。

与伊德里斯不同的是，她对手术并不后悔。“大夫说，第二个肾没什么用，而且白占地方，倒不如用它赚点儿钱。”

“你拿到了多少？”我问她。

“他们答应给我 30 万，但最后只给了我 20 万。不管怎么说，这至少够活六个月的。”她回答道。

毫无疑问，这两个人都出售了他们的肾脏，都处于术后恢复阶段。可是，是谁完成的手术呢？手术又是在哪里进行的呢？

当我顺着楼梯走上二层时，这个秘密解开了。我穿过一组旋转门走到一个过道里，一侧是洗手间，另一侧是嵌有两个小玻璃窗的金属门，正上方是一盏像信号灯似的红灯。我透过窗口向里面望去，不觉惊呆了。我的眼前出现的是一个可怕的、完全等同于恐怖片的场景：一个人躺在手术台上，周围是戴着口罩、穿着绿色手术服的医生和实验室工作服的技术人员。里面有麻醉机、呼吸机、氧气罐，还有我从未见过的其他各种奇妙的装置和设备。外科手术器械在手术台上整齐地排列着，架子上摆满了手术用品。我看到的是一个装备齐全的手术室。然而，从里面散发出来的不只是防腐剂的味道，还散发出铤而走险和剥削他人的味道。

我终于明白了我看到的一切，这就是那种导致所谓“器官移植旅游”现象的肾脏黑市。纳斯博士让贫困潦倒的人出售他们的肾脏，肾脏正是在这里被摘除，然后提供给有钱的印度患者和有需求的国外游客，他们都愿意为了肾移植拿出大笔钱。立法委员安瓦尔·努拉尼是这个链条的最后环节，是为这个邪恶交易提供政治保护的中心人物。

我不知道什么更让我感到羞辱：是这种公然索取人体器官的行为，还是我自己应当受到谴责的行为——企图收买一个活生生的肾脏捐赠者。这个不伦不类的诊所距离那个时髦的联合肾脏研究所不过 30 公里之遥，可是，在捐赠者和受赠者之间的距离却要大得多。米尔扎金属加工厂是由一群孩子运转的血汗工厂，这个地方更加糟糕：它是一个穷人的死亡陷阱。

我感到难受而且恶心，就转过身来离开手术室，却迎面碰上了迪拉克·拉杰。“你在这里干什么？”他睁大了眼睛。

“我是来看看要把她的肾提供给我母亲的那个捐赠者。我现在知道这是个错误，我真不应该来这里。”

“你说得没错，想吃肉的人不该参观屠宰场。”他咧嘴笑起来，他那阴险的笑容让我作呕。我意识到，他和纳斯博士一样，都是这种非法操作链条的一部分。

“不管怎样，悉达的手术将在今天进行。”他在陪我下楼走向等候室时补充道，“为你母亲准备的肾脏明天就可以交付。”

“我不想要它了。”

“你说什么？”迪拉克·拉杰的下巴掉了下来，“你不想要悉达的肾了？”他提高了嗓门，似乎是故意让等候室的每一个人都能听见。

“是的，我不能拿走她的肾脏，一个人的幸福不能建立在另一个人的痛苦之上。”

悉达从椅子上跳起来并向我冲过来。“你刚才说什么？”她质问我，她的眼睛闪着一种狂躁的光芒。

“我不想要你的肾脏。”我重复说，“这样做是一种罪过。”

“不！”她发出一声可怕的尖叫，“我儿子会死的，他们都答应给我30万了。我还能到哪儿弄这么多钱？我已经捐出了我的肝，我现在就剩下肾了。请你收下它吧。”

“我很抱歉。”

“抱歉？”她突然猫下腰来，像一头肉食动物那样围着我打转。“你们这些有钱人，以为只要说一声抱歉就不欠别人的了。我要杀了你，狗娘养的，臭婊子。”她猛然扑向我，像一个疯女人一样抓挠我的脸。

我大吃一惊，赶忙后退，结果撞倒在一张椅子上。

她把我摁在地板上，拳头开始雨点般地砸向我的肩膀和脑袋，脸上写满了疯狂和愤怒。我试图保护自己，拼命挥动胳膊想把她挡开，但无济于事。她的需求多于我的需求，她的怒火也大于我的怒火。

迪拉克·拉杰救了我，他用力将悉达从我身上拽开。“你疯了吗？”他捏住她的喉咙，抽了她两个耳光。

她仍在气愤地瞪着我，就像遭到训斥的孩子似的，她的鼻孔喘着粗气。

迪拉克·拉杰转向我：“我可以问你一个问题吗？”

我点点头。

“你为什么不想要悉达的肾脏？你完全可以放心，它百分之百是健康的，百分之百是有保证的。”

“这不是健康问题，而是道德问题。我曾经很脆弱，感到六神无主，所以，我一直想找到一条捷径，能让我摆脱困境。现在我知道了，对于真正的良心来说，捷径是不存在的。”

“我不理解你的话。”迪拉克·拉杰摆摆手，“你只需要明确告诉我，你是不是从别的诊所弄到肾脏了？”

“不，根本不是。”

“那么用他的肾脏怎么样？”他拍拍他刚带进来的那个男人的肩膀，“这是吉亚苏金，房屋油漆工。”他捏了捏这个男人的肱二头肌：“你瞧，很健康。”

“不，我也不想要他的肾脏。”

“你是担心他是穆斯林吗？肾脏属于印度教徒还是穆斯林教徒并不重要。重要的是，它属于为它出钱的人。”

“你没有理解我的意思。”我有些恼火地说，“我不想要任何来自这个地方的肾脏。”

“那么，你从谁那里为你母亲弄到了新的肾脏？”

“从我这里。”

“什么？你想捐出你自己的肾脏？”

“是的。”这个答案从一开始就在等待着我，我只是没有勇气去直面它。

悉达转动着眼睛。“你问我是不是疯了。”她对迪拉克·拉杰讪笑着说，“但这个女人比我还要疯，现在我该怎么办？”

“就算这个人不要你的肾脏，别人也会要，”迪拉克·拉杰劝说她，“你只需要再稍微等一等。”

“我不能等了，”她哭泣着说，“如果明天得不到治疗，我的巴布鲁就会死的。啊，巴布鲁，巴布鲁，巴布鲁。”她就像已经失去了儿子的母亲那样开始捶打胸膛。

“巴布鲁怎么了？”我问迪拉克·拉杰。

“白、血、病，”悉达插话说，她故意一字一顿地吐出这几个字，似乎是为了要让我牢牢记住，“他得了白、血、病。那家私立医院要 1 万卢比的治疗费。我怎么可能弄到这么多钱？谁会给我这么多钱？”

“我会。”我平静地说。

迪拉克·拉杰把脑袋转向我：“不要玩弄穷人的感情，他们病态的诅咒很可能会灵验的。”

我打开手提包，掏出了 3 天前从店里拿到的那个信封，里面是我 4 月份的薪水。我数出了 1 万卢比，把这些钞票折成一沓并递给悉达。

她怀疑地看着我，一动不动，仿佛一只谨慎的猫不敢去碰一碗陌生的牛奶。最后，希望占了上风。她一把抓过钱，蘸着口水数了一遍。

“是的，是整整 1 万卢比。”她发出一阵迷惑的嘟哝声，“你真的要把这些钱给我？”

“是的。”我试图露出微笑，但最终呈现的却是一张扭曲的面孔。我站在那里一动不动，我发觉很难抑制住满腔的泪水。我活在一个充满苦难和贫穷的悲惨世界里。对这些穷人而言，肾脏不是器官，而是一种可供出售的财产，可以用来供养他们的家人，挽救生病的孩子。而且这区区1万卢比，也只不过是干涸沙漠里的一滴水。

“这是一个神迹，”悉达尖叫起来，那种疯狂的光芒又回到她的眼睛里，“今天，我真的见到了一个神迹。”

我很想告诉她，更大的神迹是我已经醒来了，我已经走出了最近几天将我团团包围的雾霾。

她抬起头，带着警惕的感激之情看着我，好像担心我仍有可能改变想法似的。接着，她把现金塞进衬衫里，就像一个逃出烈火的人那样从楼内猛冲出去。

“你现在也可以离开了，”迪拉克·拉杰带着明显的挫败感摇摇头说，“都是从哪儿来的这种人，让我的佣金打了水漂？”当他把我轰出门时，我听见他在小声抱怨。我知道他指的是我，不是悉达。

我走出这个诊所，昂着头，感觉浑身轻松。终于摆脱了那种强烈的内疚感的折磨，我的心情变得那么畅快！当你成为治疗的一部分而不是伤害的一部分时，你会由衷地感觉到，你的人生又充满了无限的生机和活力！

我乘坐相同编号的德里运输公司公交车回到联合肾脏研究所，直奔那个出纳员的窗口。“肾移植这件事，我已经改变主意了，我想要把我的钱拿回来。”

那个出纳员立刻给纳斯博士打了电话，后者让我回到他的办公室。“出了什么事？我帮你争取到的，可是最理想的一笔交易，我们已经为这次肾移植做了所有准备。”

“我不想要悉达的肾脏了，我刚刚见过她。”

“刚刚见过她？在哪里？”

“我刚从你们在古尔冈的诊所回来。”

“你去了古尔冈的那个诊所？”他焦虑地皱起眉头，“请等一下。”他说，然后就走出房间。透过小玻璃窗口，我看见他在打手机。

过了一会儿，立法委员安瓦尔·努拉尼出现了。“你好，出了什么问题？”他向我露出一种略带傲慢的微笑。

“没什么。我已经改变主意了，我不想在这里做移植了，我想要回我的钱。”

“你能把收据拿给我看一下吗？”

我出示了收据，他仔细地看了一下，就塞进了他的印度土布汗衫上面的口袋里。

“你到底为什么不想在这里做移植呢？我们有整个德里最好的设备。”

“我已经看到了你们的交易，你们是在剥夺穷人的器官，这是非常可耻的。”

“我们只是服务供应商，是为了帮助像你这样的人。”他严厉地说，“听着，不管你是否要做移植，你想退钱太迟了。”

“这太可笑了！”

“不，这不可笑。你告诉我，德里哪一家商店会把钱退给你？我们也是一个商业机构，一旦你做了一笔交易，就别想着可以不付任何代价地单方面退出。”

“如果你们不退还我的钱，我就会投诉你们。”

“我们可以不承认我们收过你的钱，其实，我们从未收到她的钱，对吗？”他和纳斯博士交换了一个眼色，然后从口袋里拿出那张收据，我还没来得及做出反应，就惊恐地看到，他把收据撕成了碎片。

“你不能这样做，我现在就去报警。”

“随你的便。你以为你是谁？你认为他们会相信像我这样受人尊敬的政治家，还是相信像你这样微不足道的促销小姐？所以，接受我的建议吧，去把你母亲带来，让我们和平地解决这个问题。”

在那圆滑的笑容背后，我理解了他话语间隐含的冰冷的威胁。他已经在沙滩上画了一条线，向我发出挑战，看我是否能够不顾危险地跨过去。“我会考虑的。”说着，我离开这个房间。我的心里充满了被欺骗的感觉和厌恶感，我愤怒不已。

我刚走到医院外面，就掏出手机打了两个电话。第一个是打给米塔尔博士的。“我很抱歉，大夫，我恐怕说错了，我没有什么可以捐出肾脏的朋友，我要把我自己的肾脏捐给我母亲，你什么时候能进行移植手术呢？”

“最早在后天。”他回答道，显然对这种形势的变化感到高兴。

我的第二个电话打给了夏丽妮·格罗芙，阳光电视台的那个调查记者。“我要给你讲一个故事。”我开门见山地说。

墙上挂钟显示的时间是下午 4 点，我穿着医院标准的蓝色手术服，即将被推进手术室。在麻醉师走进来给我注射以前，米塔尔博士在术前准备室忙来忙去，询问护士各种问题，检查一切是否准备就绪。“恐怕你还没有意识到发生了什么，手术就会很快结束。”他轻轻地拍了拍我的肩膀，“你是一个非常勇敢的姑娘。”

我没有感觉到恐惧，也没有感觉到焦虑，只有一种深切、强烈和鲜活的方向感。现在是妈妈再次焕发生机的时刻，也是我重新赢得尊敬的时刻，我将会重新恢复我作为姐姐和长女的资格。

妮荷也在房间里陪着我，她已经接受了 20 万卢比的损失，却不能接受我成为一个活体捐赠者的想法。“你为什么非要坚持成为一个烈士呢？”她抓着我的手哭道。

“我不是烈士。”我回答说，“我只是家里的老大。”

“我希望我能有你的勇气。”

“米塔尔博士向我保证，手术是绝对安全的。你可以把它想象成从身体里取出 150 克多余的东西。”

“卡兰也想来，但米塔尔博士不允许，只有家庭成员才可以进入重症监护室。”

“妈妈怎么样？”我试图让自己的声音听上去若无其事，我希望妮荷没有注意到一个细节：当她提到卡兰的名字时，血液涌上了我的脸颊。我有一个多星期没看见他了，我对他无比思念。

“她在向所有的人夸你呢。”妮荷说。妈妈差点儿让整个计划破产，她一度异常坚决地拒绝接受我的肾脏捐赠。米塔尔博士告诉我，妈妈在准备室里又踢又哭。博士使出了浑身解数，才说服她相信器官移植的医学奇迹。

“现在该离开了。”米塔尔轻声地提醒妮荷。

她愁眉苦脸地看了我一眼，又拍拍我的胳膊以示安慰，然后站起身来，快速离开房间。

一分钟后，麻醉师走进来，一个听诊器在他白色工作服的衣领上晃来晃去。他是一个年轻英俊的男人，留着一头密实的黑发和一双机灵的眼睛。

他拉直我的胳膊，把一根针头扎了进去。我感觉自己渐渐失去了意识，只能模糊地感觉到房间里的声音、周围护士的活动以及医院杀菌剂的气味，直到一种舒适的失重感缓缓袭来，让我最终屈服于这一人工催眠并沉沉睡去。

我苏醒过来时，病房里刺鼻的杀菌剂气味仍未散去，不过我身体的麻木感已经消失了。事实上，我的皮肤上好像有很多只蚂蚁在爬来爬去，叫人感觉阵阵发痒。我睁开被麻醉剂弄得迷迷瞪瞪的眼睛，看到一个身穿白大褂的人朝我床边俯下身来，我猜他是米塔尔博士，然而，当那个人的形象突然清晰时，我发出了惊奇的声音，因为我立刻就认出了那个鹰钩鼻和那一头银发。他是实业家维奈·莫汉·埃加利亚，他穿着米色丝绸无领长袖宽袍，一条白色的长方形披肩绕过肩膀垂下来。虽然他穿戴得和我那天在猴神庙初次见到他时一模一样，但是，他整个人看上去完全不同。他的面孔更加苍白而憔悴，眼睛更加凹陷，身体似乎变得很单薄，体重显然下降了不少。

“恭喜你。”他微笑着在我旁边的那张椅子上坐下来，“你已经通过了第六个考验。”

我不由得呻吟了一声，我诅咒开始接受他提议的那一天。从那时起，我的生活就成为一个漫长的测试，诸神和这个实业家同时在考验我。

“这是对于决策力的考验。”他接着说，“决策力是制定决策的意愿，尤其是在面对相当程度的复杂性或者不确定性的情况下。一个首席执行官需要做出艰难的决定，并要忍受由此带来的结果。你最终下决心捐赠你自己的肾脏，这个勇敢的决定展示出了你的能力。这不仅是一种勇敢的举动，而且也是正确的举动，没有什么能比作为一个活体捐赠者更无私的。”

“可是，您是怎么知道我捐赠肾脏的事情的？”

“通过米塔尔博士。你知道吗？他现在为我工作。”

“他为您工作？”这个意外情况让我从床上坐了起来。我环顾四周，看看是否有护士在场，但房间里没有其他任何人。“摘除我肾脏的手术怎么样了，顺利吗？”

“没有什么手术，你的两个肾脏仍旧完好无损。”

我的手立刻摸向我的肋下，想要触摸到覆盖着缝合线的敷料，但我的手指碰到的只是光滑的皮肉。我的腹部周围没有任何刀口。

“那么妈妈怎么样了？她怎么完成肾移植呢？”

“你母亲身体很好，因为她没有肾病。”

我感到头晕，眼前突然一阵发黑：“那么，这一切是……”

“一个计划。好在没有被你及早发现。”

“这是从什么时候开始的？”我虚弱地问道。

“自从你的叔叔迪努威胁要把你们赶出公寓的那天起，当时是我让他这么做的。一个人为了金钱，什么事都做得出来，这是不是很令人吃惊呢？”

我困惑地皱起了眉头。

“我还安排了你的手提包在阔佬地广场被抢，里面有你母亲的金手镯。”

“不！”我喘着气说，“我不相信你的话！这都是你瞎编的。”

“好吧，那你可能很想看看这个。”他从他的衣服口袋里掏出两副金手镯。它们在荧光灯下闪烁，华丽的装饰图案清晰可见。我不必接过它们，就知道它们是属于妈妈的。

“这简直是疯狂！你为什么要做这种事？”

“因为我急着要让你参与我的七个考验。我想要确保你具有在艰险和混乱的商业世界生存的斗志。”

“也就是说，所有这些考验都是事先设计好的？”

“没有什么是设计好的。我所做的一切，就是为你的自然本能发挥作用创造条件。以第一个考验为例：我的任务只限于让你来到禅丹加尔村，那个家族荣誉谋杀的温床。当我们了解到巴卜莉和苏尼尔的情况以后，说服库尔迪普·辛格到大卖场购置嫁妆，不是多么困难的事情。”

“但是，假如巴卜莉没有把那个纸条交给我怎么办？”

“那样的话，我还会找到其他方式让你介入其中。自从9月份以后，我就在禅丹加尔安排了一个五人小组。不过我必须说，你敢于对抗部族长老会的举动让所有的人吃惊。”

“那么第二个考验呢？你也是步莉雅·嘉波儿光顾大卖场的幕后主使吗？”

“嗯，难道你不觉得她是一个受雇的演员吗？不过尽管如此，我还是费了很多心思，才说服她把订婚戒指留在你那里。她想过用一个廉价的仿制品，你没有归还戒指的那个星期，对她来说是一场噩梦。她成天都在向我激烈地抱怨，说她再也拿不回她的戒指了。”

“你都能让步莉雅·嘉波儿把一枚戒指栽赃给我，建个制锁厂并把它塞满童工，自然是易如反掌了？”

“不，那个工厂不是我建立的。我宁可去死，也不会去剥削无辜的孩子。是拉纳向你的朋友劳伦·洛克伍德透露了米尔扎金属加工厂的情况。”

“那么，那两个威胁我的傻瓜呢，他们是米尔扎的人还是你的人？”

“他们是我雇用的。”他有些局促地承认，“他们的任务只是吓唬你。他们不会伤害你。”

“我认为，在日本公园里受到强奸的威胁，不属于你对伤害的定义吧？”

“强奸？日本公园？你在说什么？”

“不要假装不知道，你对妮荷做过同样的事情。”

“我和你妹妹没有任何关联。我只是策划让她进入那个唱歌比赛，并安排她加入拉吉的团队。沉溺女色是拉吉的弱点，这在圈内是公开的秘密，但没人知道他一直在装瞎子。”

“你不知道吗？拉吉侵犯了妮荷，而且差点儿就得手了？”

“是你及时挽救了她。我承认，有时候附带伤害是难以避免的。”

“而且，要是妮尔玛拉·本死了，那也会是附带伤害，对吗？”

“啊，妮尔玛拉·本。我必须说，那个甘地主义者是一个独特的挑战。你知道，我的作用只限于在她的头脑中播下某种观念的种子，就是关于缓慢地撼动这个世界的观念。接下来发生的一切，就是顺理成章的了。”他搓了搓手掌，对我笑起来，“你必须承认，我的考验最终没有给任何人带来真正的伤害。”他轻描淡写而又巧舌如簧地对待这六个考验的态度，不禁让我咬紧了牙关。一直以来，我是一个多么可怜的傻瓜，我生活在一个幻想的世界里，周围仿佛都是团团烟雾和一面面镜子。埃加利亚是操纵木偶的人，而我就是那个木偶，随着他扯动的丝线起舞。

我怒火中烧。“你以为你是谁？是神吗？”我质问道。

“我不会自称是神。”他说，“但是，就像神一样，我创造了你的世界，然后任由你在其中生存、打拼。我设计了过程而不是结果。你凭借你的自由意志创造出了结果。”

“你是不是疯了？”

“我没有疯，只是我的做法不同寻常而已。”

“卡兰说得对，我当初就不该答应参与你那变态的计划。”

“哦，这就是说，你和第三方讨论过了我们的协议？”他不悦地皱起眉头，“你知道根据合同条款，这是不被允许的。”

“让你和你的合同都见鬼去吧。我再也不想看见你这张脸了。你是一个病态的人，你应该被关在精神病院里。”

“我预料到你会有这种反应，不过你得相信我，我所做的一切都是必需的。”

“为什么是必需的？是因为你有虐待狂的倾向吗？”

“是为了你的学徒资格。对于首席执行官的真正考验，就是看他怎样面对危机，这会表明首席执行官到底是个什么样的人。我为你创造了六个危机，而你都成功地解决了它们。通过这六个考验，你在这五个月内学到的东西，比在哈佛商学院五年时间能够教给你的东西还要多。而且，只要通过第七个考验，你就可以准备好担任ABC集团首席执行官了。”

“我不打算再接受任何考验了，我现在就要退出。”

“很抱歉，根据合同条款，你不能中途退出。你可以选择失败，但不能选择退出。还有，管理一家100亿美元的公司就要成为现实，你为什么要在这个时候退出呢？”

“看在老天的分上，别再对我花言巧语了。在这段时期，你一直都在欺骗我。”

“你这么说对我不公平。那个唯一欺骗你的人是卡兰·坎特，你所谓的男朋友。”

我迅速瞥了他一眼：“你这么说是什么意思？”

“看看这个，”他拿出了一个棕色信封，在我的床铺上方把它打开，六张大幅彩照掉落在我的膝头。当我看到这些照片时，我感觉胸口发痛，就要喘不过气来了。

你不会总是知道爱情何时开始，但你总是知道它在何时结束。我对卡兰的爱，在5月6日星期五上午6点35分结束了。

不管埃加利亚说什么或者做什么，都不能动摇我对卡兰的信任，然而，照相机是不会说谎的，我床上的这六个定格的瞬间，是对背叛和欺骗的令人憎恶的记录。它们显示出一对男女彼此拥抱的场面，而且背景像是我在罗希尼的公寓卧室。这些照片似乎是在白天拍摄的，使用的是长焦镜头，随着每一帧影像逐渐放大，我的心也跟着一点一点地沉下去，直到被最后一帧画面完全击溃：它清晰地显示出，我的妹妹和我最好朋友的嘴唇严丝合缝地贴在一起。

我仰面躺倒在床上，像一个受到伤害的动物那样呜咽起来。“把它们拿走。把它们都拿走。”我哭着说，“我不想看到它们。”

“那个卡兰，是一个心机很深的人。”埃加利亚说，他收起照片，把它们放回到信封里，“他这个人很不对劲儿，他竟然下那样的狠手，把根据我的指示派去跟踪调查的侦探打了个半死。”

我根本没有听进去，我的大脑仍在努力对抗这个意外发现带来的冲击。为什么我们最亲近的人会把我们伤害得最深？而且，世界上有那么多的人，为什么卡兰偏偏选择了妮荷？与卡兰严重的背叛和妮荷可耻的不忠相比，埃加利亚的欺骗行为已经变得不值一提。

实业家把手放到我肩上，我没有闪躲。不管是肢体接触还是温暖的话语，我迫切需要这种富有人情味的安慰。“我很抱歉，之前没把所有的真相都告诉你。”他说，“但是你必须相信我的话：你距离实现你的全部梦想只有一步之遥。”

“拜托……”我看着他的眼睛，试图读懂他的意图，“不要再和我玩游戏了。这是你的又一个考验吗？”

“暂时还不是。不过它会到来的——第七个考验，也是最后的考验。”

“为什么？为什么？为什么？”我恳求他，就像被猎人追赶得筋疲力尽的狐狸一样，“你告诉我：你为什么要选择我做你的豚鼠？你可以选择你公司的任何人，这个城市的任何人。有好几百万人都比我更有资格管理你的企业。”

“资格不重要，重要的是态度。你的奉献精神、你的学习意愿和热情，都给我留下了深刻印象。到目前为止，你做得非常出色，你展示出了领导力、正直、勇气、远见、足智多谋和决策力的多方面素质，现在你需要准备接受最后的考验。”

我疲惫地摇摇头：“我不认为我还有力量接受另一个考验，请让我退出合约吧。”

他突然从椅子上站起来，走到后门处并把它猛然推开。普通病房的消毒剂和疾病的气味立刻扑面而来。我望向一个狭长的大厅，里面挤满了一张张床位和一个个病人。空气中回荡着患者痛苦而孤独的呻吟，还夹杂着一个饥饿孩子的啼哭。

“你想要这样度过余生吗？”他指着我的病房门口呈现出的那个悲哀和不幸

的画面——“活在饥饿、可悲和贫穷的人群中间？”

“贫穷不是耻辱。”我反驳说。

“不要跟我说这种不合时宜的同情这个世界的弱者的话了。”他讥讽地说，“想帮助他们是一回事，想成为他们那样的人完全是另一回事。我准备给予你的地位，将使你远远超越普通大众那种可怕的平庸状态。但是，如果你甘愿选择像他们那样自生自灭，那就随你的便吧。只是你要记住，有三种东西是不会等待任何人的：时间、死亡和机会。一旦你错过了这个机会，它就永远不会再回来了，而你却正在选择放弃。”

我闭上眼睛，我不能够忍受他那嘲讽的目光。“即便假定我同意你的话，”在经过长时间的沉默后，我回答说，“我没有捐出肾脏这件事，该怎么对妈妈和妮荷解释呢？”

“米塔尔会处理好这件事的。”他说，“我只要求你在通过第七个考验之前，要对我们的协议保密。这就是说，你会继续接受考验，对吗？”

做出决定的时刻已经到来，我不能再逃避了。我的人生已经变成的那片荒芜之地，没有使人憧憬的事物，没有值得去爱的人，也没有可以带来满足感的工作。我看到的是一个失去了所有色彩和欢乐的未来。我已经再次成为失败者，而对于一个失败者而言，还有什么好担心失去的呢。“OK。”我呼出一口气，“我接受。现在请告诉我，最后的考验是关于什么的呢？”

“我不能提前告诉你。”他摇摇头，“那样的话就是作弊。我能够告诉你的就是：它将是所有考验当中难度最大的考验。”

“至少可以告诉我，我会遇到什么情况。”

他仔细想了一下，然后回答说：“意想不到的情况。”

出院手续不到一个钟头就办好了。米塔尔博士把妮荷叫到他的房间，给她介绍了一种名字非常奇特的新型特效药：肾免疫球蛋白。“这个神奇的药物是昨天刚上市的，想想看，既然你母亲的病情服用几颗药丸就可以治好，何必再做移植手术，你说是不是？”

他甚至没有勇气来见我，我和妈妈离开医院时，我看见他从门边偷偷溜过去，至少他还知道内疚——因为埃加利亚的授意而对我所做的一切。

从另一方面说，妮荷对她的行为没有表现出任何悔意。我们刚回到家，她就跳起了一小段快步舞。“这就是我所说的鱼和熊掌可以兼得。”她喜滋滋地说，“我们保住了你的肾脏，我们也保住了妈妈。肾免疫球蛋白片万岁！”

“你不想告诉我什么事吗？”我冷冷地注视着她。

“什么？”她回过头看着我，既没有掉转目光，也没有流露出哪怕一丁点儿的羞愧之情。她恬不知耻到让我震惊。

我不能忍受和她待在同一个房间里。我对着窗户站立，想起她在这里亲吻卡兰就感到心碎。现在，就连我周围的空气似乎都沾染了诡秘的背叛气息。

“没什么。”我回答说，勉强挤出一丝嘲讽的微笑。

与卡兰相处更叫人尴尬，作为一个擅长在背后捅刀子的人，他也没有表现出半点儿愧疚。我开始尽可能避免见到他，甚至晚上彻底不再去那个花园了。

我没有一个可以聊天的妹妹，一个可以求助的朋友，巨大的悲哀让我窒息。愤怒和挫折倒在其次，最痛苦的莫过于沉闷乏味和了无生趣，这种状态像阴影一样笼罩着我。

大卖场成了我的庇护所。一心一意投身于销售工作，成为一种自我疗救的手段，就连马登都对我大加赞赏。一连数日，白天我会不知疲倦地在大卖场忙碌，晚上则会想象埃加利亚向我承诺的第一桶金。它似乎就是我在黑漆漆的隧道里仅剩的一线光亮。现在，我把他的考验变成了转移注意力的一种手段。我只需再完成最后一个步骤，就可以得到那真正的、有形的回报，我由此感觉到体内肾上腺素的流动。100 亿美元！只要想到这么多钱，我身上就会起鸡皮疙瘩。我第一次感觉到命运的力量。正因如此，一天晚上下班回家时，我冲动地花了 95 卢比，从一个路边摊贩那里买了一本商业书。它是一个名叫史蒂文·卡森伯格的美国管理专家撰写的，书名叫作《怎样成为首席执行官：永葆巅峰状态的 50 个秘密》。

第七个考验

酸雨

成为首席执行官的第一个秘密就是要知道：成功没有秘密。成功总是努力工作、聚精会神、仔细规划和持之以恒的结果。成功不是赌博，而是一种体系，这本书将向你透露作者通过与全球顶尖的首席执行官深入交流而获得的50个秘密，它会告诉你如何在日常生活中贯彻这一体系，从而达到事业的巅峰。

这是我在大卖场过得相当缓慢的一天，因此，我只有通过吸收管理专家史蒂文·卡森伯格先生的智慧消磨时间。

普拉姬拍了一下我手里的书："你什么时候开始阅读商业指南了？"

"总比闲着没事去打苍蝇要好吧？"我回答说。

"你是打算去学工商管理还是怎么着？"她怀疑地看着我。

"谁会在我这个年龄去学工商管理呢？"我叹了口气，并试图改变话题，"你怎么样？我们的拉加·古拉蒂先生最近给你涨工资了吗？"

"反正有盼头了，"普拉姬说，"他昨天刚刚答应给我加薪，今年公司取得了创纪录的利润。"

"哦，我希望我也能得到加薪。"

"对了，尼拉姆给你写信了吗？"

我刚想问尼拉姆是谁，突然想起她是我们以前那个同事，她结婚都快三个月了。难道这就是所谓的人远情疏吗？我竟然这么快就把她的名字忘记了。"没有。怎么了？"

"因为我昨天收到她的信，从瑞典寄来的。"

"她说了什么？她的婚姻幸福吗？"

"幸福？她幸福得都要疯掉了。她们家房子是斯德哥尔摩一座有五间卧室的豪宅。她说那是世界上最干净的城市。她整天开着一辆捷豹到处转悠，她丈夫每月挣的钱相当于 60 万卢比。你能想象吗？每月 60 万卢比！这相当于每天两万卢比。"

"真为尼拉姆感到高兴。"

"我总希望有一个英俊潇洒的百万富翁走进大卖场，而我也疯狂地爱上他。"她满怀希冀地说，"有时候我感觉自己被牢牢地困住了，我不知道是不是连下辈子都要做这份工作，你难道就不幻想成为有钱人吗？”

我可以想象，如果我告诉她，我就要成为一家 100 亿美元公司的首席执行官时，她脸上的表情该有多么震惊。事实上，我只是向她重复了那句陈词滥调：“金钱买不到爱情。”

“谁说我想要爱情了？”普拉姬嗤之以鼻，“我想要的是我在安坡里奥商城看到的‘宝缇嘉’编织手袋。”

在相邻的大卖场通道，男销售员马特万正忙着在一台连接卫星电视天线的 LG 平板电视机上搜索频道，我突然在一瞬间瞥见了夏丽妮·格罗芙。“停，停，停。”我的喊声吓得他差点儿把遥控器扔掉了。

果然是阳光电视台的夏丽妮·格罗芙，她站在一座涂着白色油漆、带有绿色百叶窗的房子外面。“欢迎回到我们的头条新闻，这是 3734 号房子，臭名昭著的肾脏交易就是在这里进行的。”她说，“根据我们刚刚得到的消息，J.K. 纳斯医生——或者我们应该说‘肾脏大夫’——被德里警方逮捕了。他要为非法摘除 500 多人的肾脏负责，受害人大都是贫困的劳动者。将这些肾脏出售给富有患者的联合肾脏研究所已被查封，警方已经发出了抓捕整个交易的幕后主使、立法委员安瓦尔·努拉尼的通缉令。”她停顿了一下，一根手指指向镜头。“记住，这条独家新闻来自阳光电视台，一个始终如一而且坚持不懈地揭露真相的频道。”

我在午餐休息时，忍不住给夏丽妮打了电话：“恭喜你抢到了独家新闻。可是，你为什么花了这么长时间才报道这件事呢？”

“在你告诉我那家诊所的情况以后，我展开了一次全面而深入的卧底行动，包括对 20 多个受害人进行了采访。这用了一些时间，但不管怎么说，法网恢恢，疏而不漏，他们实际上是被当场抓住的。”她回答道。

“那个立法委员骗走了我 20 万卢比，我希望他至少坐 20 年牢。”

“他还没有被抓到。你要小心点儿，萨布娜。他知道我是从你这里了解这件事的，而且他可能是一个危险人物。”

“不要担心，别看他有肾脏大夫，我也有‘米尔基博士’保护我。”

“‘米尔基博士’？他是谁？”

“什么？你不知道‘米尔基博士’？他是女孩最好的朋友，他还有个名字叫胡椒喷雾剂！”

我在午餐后回来时，发现拉加·古拉蒂在后门口徘徊。他穿着紫色丝绸衬衫和紧身长裤，半敞着怀，看上去就像一个穿戴滑稽的无赖。他伸出胳膊拦在门口，挡住了我的去路。

"让我过去。"我冷冷地说。

"你为什么对我那么冷淡啊，冰美人？"他色眯眯地乜斜着眼睛说，"就连冰在夏天也会融化的嘛。"

"但白痴在每一个季节都是白痴。"我讽刺地回答说。

"你叫谁白痴，你这贱人？"他怒吼起来，他像一个喜怒无常的傲娇女王那样发作了，并且抓住了我的手腕。

"你敢碰我！"我奋力地想要挣脱他。

"先对我道歉。"他要求我。

"你这个浑蛋！"我扭过身，朝他脸上打了一巴掌。

他放开我的手腕，震惊地张大了嘴巴。"你会为此付出代价的，你这个婊子。"他发出嘶嘶的声音。我把他推到一边，走进大卖场。

就在下班前，马登把我叫到他的办公室。"我们正在做新一轮盘点。你星期天要来店里加班。"他头也不抬地说。

"那天是 6 月 12 号，对吗？是我父亲去世的周年纪念日。"我回答说，"我不能来。"

"你以为你是谁？"他朝我叫喊起来，"是什么女王吗？可以想来就来，想不来就不来？我受够了你的生日和死亡纪念日。如果你星期天不来上班，你就给我卷包走人。"

此时，我的心情仍在因为拉加的厚颜无耻而难以平静。马登的专横跋扈和仗势欺人，更是足以把我推进失业的鸿沟。"让你和你的商店都见鬼去吧，"我也朝他喊道，"我现在就不干了。"

"那是我们求之不得的，这样我们也就不用支付经济补偿金了。"他回答说，试图掩饰他声音里隐藏的幸灾乐祸。

一份工作的真正价值，是通过你放弃它所用的时间显示出来的。我对我的工作投入的时间是那样少，以至于花了不到 20 分钟，我就撤离了古拉蒂父子公司。大多数销售员都对我的离开感到高兴，他们现在可以觊觎销售冠军的地位了。普拉姬是唯一对我的离去真正感到伤心的人。"你的反应不该这么激烈，"她说，"如果你愿意的话，我可以去和马登谈一谈，争取把这件事处理好。"

"我和古拉蒂父子公司的关系彻底结束了。"我告诉她，"别担心，我会很快找到一份工作的，比拉加·古拉蒂找到一个酒瓶子还要快。"

6 月 8 日星期三傍晚 7 点 45 分，当我最后一次走出大卖场时，我头脑清醒、心情平静。在那一刻，我从未感觉过那样轻松而自由，犹如刚刚从监狱释放的囚犯——古拉蒂父子公司已经成了禁锢我心灵的一所监狱。我痛恨每天辛苦地通勤，过分拥挤的地铁里人们的推推搡搡，阔佬地广场的喧嚣刺耳的声音，大卖场里令人恼火的顾客，颐指气使的老板，态度冷淡的同事……这一切就像是无比可悲而又永无止境的日常苦役，因此，我很高兴终于摆脱了它。

坐在回家的地铁里，我拿出史蒂文·森伯格的那本书，随意地翻到某一页。书中引用实业家拉姆·穆罕默德·托马斯的一段话跳入我的眼帘：

我从生活中比从书本中学到得更多，而且生活告诉我，你只需要三种事物，就能够成为这个世界上真正幸福的人：你爱的人，你喜欢的工作，以及你追求的梦想。

我回味着他这一小段睿智的话。根据这个标准，我也许永远都不会成为真正幸福的人。我既没有一个可以去爱的人，也没有一份稳定的工作，不过，我的确有一个值得追求的梦想：成为 ABC 集团首席执行官的梦想。

这个梦想现在已经成为我的生活的强大动力，我每天晚上躺在床上时，都会幻想着七位数薪水的诱人前景。

到现在为止，那位实业家有一个多月没有和我通话了。也许他仍在设计第七个考验，第七个考验。每当我想起它时，心头都会突然产生一种强烈的信念，那就是，它可能已经开始了。埃加利亚说过，它将是所有考验当中难度最大的一个考验。

要是他设计、安排了我和拉加·古拉蒂的冲突，从而为我准备了另一场危机会怎么样呢？

我感觉额头渗出了冷汗。我一气之下放弃了工作，这样做是对的吗？赌注如此之高，风险如此之大，以至于现在有任何闪失都将是灾难性的。

无奈之下，我开始求助于卡森伯格的这本指南，我很快翻到了第 27 章，标题是：“第 25 个秘密：怎样处理危机。”

当我回到家里时，妮荷正穿着细高跟鞋，在客厅里昂首阔步地走来走去，臀部摆动得就像是一个走秀的模特一样。

“她是怎么啦？”我问妈妈。

“妮荷没告诉你吗？”妈妈说，递给我一个信封，“这是今天送来的。”

这封信来自一个总部在孟买、叫作“明星培训管理公司”的机构，他们给妮荷提供了一份模特合同。

“你难道不知道这意味着什么吗，姐姐？”妮荷以过分亲昵的姿态用胳膊圈住我的脖子，“这意味着我终于找到了我真正的使命，从现在起你将会看到，我怎样在这个世界上出人头地。”

“你确定这是一家有信誉的机构吗？”我问，并把她的胳膊挪开。

“是最好的机构之一。他们甚至正在纽约和福特车型展开合作。他们说，我最早在下个月就能到德里参加德里时装周的模特表演。”她喜不自胜地说，“而且他们认为，我参加印度小姐大赛也是十拿九稳的。”

我无法掩饰我脸上突然掠过的懊恼之情。我刚刚失去我的工作，而妮荷刚刚拿到一份有分量的合约。最近，我和妹妹之间的方程式，已经成为一种零和游戏。降临到我身上的每一种不幸，似乎都伴随着给妮荷带来好运的事物。

“那么你的学业怎么办？”我冷冷地问。

“谁还会在乎那个文学学士的考试呢？”妮荷轻蔑地说，“只要我成为模特，总有机会通过函授获得学位。”

晚饭以后，我再次把注意力集中在第27章，可是妮荷总是让我分心，她像一只渴望得到关注的猫一样围着我打转，直到我再也无法忍受为止。“现在你又要干什么？”我没好气地问。

她把一绺头发缠在手指上，眼睛里闪现出懒散和傲慢的神态：“你怎么不再去花园了？”

“为什么要去？难道饭后就非得去散步吗？”

“卡兰说，你对他已经表现得非常冷淡了。”

“我不在乎他怎么说。”

“他想让我告诉你，他就要离开咱们这里了。”

“那真是太好了。”

“你可真是忘恩负义。”

“忘恩负义？你和卡兰做了那种事，你竟然还有脸说我忘恩负义？”

妮荷愣住了：“姐姐，你这么说到底是什么意思？”

“不要假装什么都不知道。”我回答说，我声音里的嘲讽现在变成了愤怒。

“我真的不理解你到底在指什么。”妮荷说，她仍在假装是一个蒙在鼓里的小女孩。

我所有压抑的伤害和痛苦终于爆发出来：“你一直在背着我和卡兰交往。你们两个始终在把我当猴耍。”

她瞬间惊呆了，张大嘴巴看着我。她的震惊看起来是货真价实的，随即被一种好战的姿态所取代。“你最好说清楚，姐姐。”她回敬我，这是一个被当场抓住的贼想要狗急跳墙地挑战督察长的典型例子。

“我看到了你们俩就在这个房间里的照片。”

“照片？什么照片？”

“别装模作样了。你难道没在这里亲吻卡兰吗，就在这个窗口旁边？”

“哦，那个呀！”她垂下头，脸上终于露出一丝后悔的神色，“我承认我不该那样做，不过你不要把这件事想得太复杂了。我并不爱卡兰，他始终都只属于你。那也只是因为我太感激他了，是一时冲动才那样做的，那充其量只是个感谢之吻。”

“感谢之吻？感谢什么？”

“我本来不应该告诉你的——肾移植的那20万卢比是卡兰借给我的。”

“什么？”

“是的，这是真的。我所有的朋友都没有帮我。我实在无奈，只好向卡兰开口。他的表现实在太完美了：他首先去找纳斯博士，提出把他自己的肾捐给妈妈，但是经过化验，他的交叉配型是阳性的。然后呢，这个可怜的家伙卖掉了他的一半财物，又从他的公司贷了一笔款，才凑出了那些钱。我本想告诉你这件事，可是他不让我说。我们欠他的债永远都还不起。姐姐，我告诉你，你是这个世界上最幸福的人，因为你有一个像他这样的——”

我不等她说完，就冲出公寓。我顺着楼梯快速跑向三层，心里充满了悔恨和羞耻。我严重误会了卡兰，我犯了一个不可原谅的错误。

我敲打着B-35的房门，就像一个在风雨大作的夜晚寻求避难的旅行者。房门很长时间都没有打开，我几乎失去了希望。我的心猛然沉下去，因为我想到，卡兰可能已经永远离开了这里。

正当我绝望地准备转身离开时，门闩被拉开，卡兰的面孔探了出来：“是你？”他背着手站在那里，警觉地看着我，就像是一个陌生人遇到另一个陌生人。

“我是来请求你宽恕的。”我小声说。

“为什么要请求我宽恕？”

“因为在你为我们做了那么多事情以后，我还那样恶劣地对待你。妮荷把什么都告诉我了。”

他一声不吭地看着我，似乎是在做出某种判断。我屏住呼吸等待着，准备直面一种合情合理的愤怒之火爆发，就在这时，他突然伸出右手。

我目瞪口呆地凝视着他，完全不知所措。

“拯救是免费的，姑娘，不过100卢比的馈赠我不会拒绝。”他模仿起一个经常在阿斯塔电视频道高谈阔论的讲道大师，拖着腔调说，随即发出一阵大笑，并且向我伸出双臂，就像是一个坚不可摧的堡垒终于敞开大门。

他的笑声是我心灵的良药，我扑到他怀里。仅仅是感觉到他那具有男子气概的胸脯的挤压，就让我充满了巨大的喜悦和平静，让我忘记了周围的一切。泪水开始从我的眼睛里流下来，它冲走了我的痛苦和羞耻，以及早已冻结成冰柱、坚固地附着在我那锯齿状的灵魂边缘的内疚感。

卡兰原谅了我，我们又和好如初。对我而言，这比什么都重要。

当晚，我们在花园里进行了长时间的交谈，我对他讲述了我和埃加利亚之间发生的每一件事情。

“我的上帝！”他越来越惊讶地听我说完这一切，“所以，这一切都是精心策划的，就像我一直认为的那样。”

“是的。”我带着尴尬的微笑回答说，“我是埃加利亚构思和导演的一个私人性质的肥皂剧女主角。”

“那个人应该被枪杀！他一直让你和你的全家处于被监视状态。他甚至还让一个侦探跟踪我，不过，就在那个浑蛋四处窥探时，我把他抓了个正着，把他揍了个半死，他以后再也不敢靠近我了。”

“埃加利亚对我提到过这件事。不管怎样，它很快就会过去的。我有一种直觉：第七个、也是最后一个考验已经开始了。”

卡兰带着迷惑的神情皱起了眉头：“你的意思是说，在发生了所有这一切以后，你仍然不打算结束埃加利亚的这种把戏？”

“既然现在我已经走到了这一步，我为什么不坚持到底呢？”

“你怎么会这么想？”他沮丧地拍打了一下木椅，“你还认为，那个神经病真的想让你成为他的首席执行官？”

“听我说，他并不是神经病。他是一个非常渴望找到继任者的老人。而且他觉得，我具备领导他公司的素质。”

“他是个疯子！”

“但他这个人并不坏，他相信某种价值观。”

“那就是你疯了。”他狠狠地盯着我，“我没想到你这么渴望得到金钱。”

“我没有！”我大声说，我甚至对自己的反应会如此激烈感到惊讶，“人不是单靠食物而活着，平凡人的人生有时候也需要不平凡的火花。我们需要敬畏，需要奇迹，需要希望。即便埃加利亚提供的只是一个梦想，我也很高兴他向我展示了这一梦想。”

“也许你是对的。”他缓缓地说，“我们都需要生活中有某种与众不同的东西。不管怎样，那都是你的生活，你最有资格决定应该做什么。我只是希望你过得幸福。”

我们四目相对，我的心里涌起一股奇怪的感觉。我能够感觉到，我们之间开始有了更多的理解，那是在经过心痛与和解的考验之后缔结的新契约。

或许是因为那一轮满月，或许是因为空气中的某种东西——譬如像吸墨纸一样突然吸干了湿气的凉风，但是，我的确产生了一种强烈的、不可遏制的想要亲吻他的欲望。尽管我们坐在这张板凳上有一英尺距离，可是我的皮肤能够感觉到他身体的热量，它让我的身体开始发烫，那是一种极其强烈的欲望，甚至几乎是一种性欲。我汗津津的手掌变得湿滑，我的呼吸变得很不规则。

我认为卡兰能够觉察到我的身体正在散发的狂热信号，因为他突然转变了话题。“妮荷告诉过你，说我要离开这个住宅区的事吗？”

“是的。”我点点头，“这是事实吗？”

“这还不是全部的事实。我不只是要离开这里，我要离开这个国家。”

“离开印度？可是……可是为什么？”

“在印度不缺少梦想，萨布娜。”他说着，双眼直视前方，“这里缺少的是机会。所以，我决定去那块充满机会的土地，美国。”

“美国？但这太突然了！”我就像一个突然被墙撞到脸的人一样，震惊地看着他。

“我在加利福尼亚有个朋友最近给我打电话，向我提供了一个绝佳的工作机会。这是一个千载难逢的机遇，我不应当错过。”

“你是在犯一个错误，全世界的人都想到印度来，而你却要去相反的方向，为什么？”

他苦笑起来：“让我来告诉你吧，萨布娜。对于像我们这样的人来说，在这个国家是没有未来的。只有那些富有的人和那些真正的穷人才知道怎样在印度生存，我们甚至被剥夺了投票机会。”

我感觉到好像有一只冰冷的爪子抓住了我的心。我的心灵在发出尖叫：不要走，我爱你，没有你我会死的。但是实际上，从我的嘴唇蹦出的几个字却是：“那你什么时候离开？”

“明天。我已经拿到了签证，我的飞机是在明天上午 8 点 45 分起飞。”他停顿了一下，深深地呼了一口气，“现在既然我要离开了，我想要告诉你一件事。”他那棕色的梦幻般的眼睛注视着我，他在咽口水时喉结上下跳动着，我认为他就要说出某种特别的、甚至是感伤的话。我的脸颊开始发烫，我本能地感觉到，我们彼此的爱慕即将达到巅峰。卡兰最终准备打开那个黑匣子，向我透露他对我的真实感觉。刹那间，异常纷杂而激越的情感在我的内心翻腾。

我等待他说出我长久以来渴望听到的那三个神奇的字眼。

他的嘴唇颤抖着，但是，他吐露的字眼，与我所期待的完全不同："我是同性恋。"

我打算胳肢他的肋骨，因为他竟然要和我开这样的玩笑，可是他脸上痛苦的表情让我没有那样做。我可以本能地确认他说的是实话，而且我看得出来，这已经给他带来了多少痛苦。

一切都有了解释：他奇怪地不愿和我开始一段严肃的感情，他莫名其妙地没有回应我的亲吻，他神秘的生活方式，他离开印度的决定。然而这个情况是如此意外，我不禁感到一阵眩晕。

我对同性恋没有成见。他们属于世界上最好的人之列，他们善良、体贴、敏感、忠诚和无私。可是不知道为什么，卡兰原来是同性恋这一真相，对于我似乎是一个残酷的玩笑。我因为所有这一切不公平而咬紧了牙关。这不是一个偏执狂的愤怒，而是一个被抛弃的情人不能与现实达成和解而产生的挫折感。

"我希望我们仍然可以做朋友。"卡兰带着一种略显羞惭的语气喃喃地说，他似乎因为透露这个事实而不敢面对我。他此时看上去是那样脆弱，我害怕说错一个字都会让他完全垮掉。

我的心仍然站在他这一边。"当然，你永远都是我的朋友，我最好的朋友。"我紧紧地抓着他的手。但是，甚至就在我安慰他时，我也能感觉到彼此间已经有了距离。好像地球已经一分为二，而我们各自身处一边。卡兰将不再属于我，这个念头像咒语一样缠绕着我，也许他从来就没有属于过我。

我们陷入了长时间的沉默，气氛也变得尴尬起来。

"不管怎么说，祝你的新生活好运。"我勉强露出微笑，然后转身直接回到公寓。

我走进卧室，把脸埋在枕头里，用它捂住了因为巨大的悲伤而几乎要将我淹没的啜泣。我的每一个梦想都有卡兰的影子，而它们突然之间都破灭了，被碾压成了灰尘。我得到卡兰，只是为了永远失去他。

卡兰在第二天上午 5 点 45 分准时动身去机场，我看着他离开住宅区：他穿着一件印有"印度移动"标志的白 T 恤衫和磨损的牛仔裤，拖着一个破旧的手提箱走向门口。这个住宅区的门卫迪曼·辛格已经为他叫来了一辆嘟嘟车。卡兰头也不回地坐到后座上。但是，就在嘟嘟车准备开走时，他探出身子并抬起头，目光搜寻着B座的二层阳台。他看见了我，举起了右手，看上去既像是在向我告别，又像是在向我道歉，然后身体就被驶向公路的嘟嘟车猛地拉拽回去。

我站在那里看着嘟嘟车远去，直到它完全消失在飞扬的尘土中。就像一个月前我看着妮尔玛拉·本离开住宅区一样，我的朋友正在一个接一个地离开我，寻找更好的乐土。

爸爸过去总是说，人生的本质就是放弃和前进的过程。可是，我不可能像抹掉纸页上的一个错误一样，将卡兰从我的生活中抹去。每当我经过他的公寓房间时，各种记忆就会纷至沓来。他门上那把坚固的黄铜锁头仿佛在嘲笑我，就像是泼到我脸上的污水。

甚至连天气都开始和我过不去，它从炎热变为叫人无法忍受的闷热。虽然距离季风到来还有一个多月，空气却因沉沉的雨意而显得滞重。大气中凝结的湿气，犹如一个拒绝移动的庞大臃肿的飞艇。

没有了工作，也没有了卡兰，我的灵魂充满了痛入骨髓的空虚。对于填补这个突然到来的人生空洞感的强烈需求，促使我和妮荷变得格外亲近。她对于模特表演的强大激情是有感染力的，这正是我用来摆脱痛苦感觉和悔恨情绪的火花。我决定让自己一心一意地参与到她全新的职业生涯。我们整天钻研时尚杂志和宝莱坞期刊，为她的服装和化妆制订计划。然而，妮荷不仅仅满足于化妆。她想要改头换面，而这要从一个新的发型开始。“姐姐，头发对于模特很重要。”她宣布说，“你需要带我去本地最好的发廊。”

“我们住宅区边上就有一个。”我提出建议，“我觉得‘俏佳人’美容院就是一流的。”

“你饶了我吧！”她对我做了个鬼脸，“我需要一个专业发型师，不需要路边的理发馆。”

于是，在6月11日星期六下午4点，我们来到了在10区新开的市中心购物商场。我穿着一件白色紧身长裤，以及与之相配的一件绣花细薄布长袖衬衫。妮荷穿着长筒牛仔裤和一件粉红色的、上面绣着Hello Kitty的T恤衫。

商场里人头攒动，都是在周末到时尚精品店购物的顾客。今天是酬宾日，大多数商店都有10%的折扣。

我平时很少到市中心购物商场消费，这里的价格让人望而却步。但是，妮荷坚持要到位于商场二层的 “纳维德·哈比卜”发廊做头发。

这个发廊看起来令人印象深刻，具有当代设计风格和时髦的室内装饰效果，但看到价目表，我几乎倒吸了一口冷气：一个简单的洗剪吹就要 1500 卢比！这真是令人难以置信。我在俏佳人美容院理发只需要花 175 卢比。但我不会吝惜掏腰包。妮荷得到了一个梦幻般的机会，她的外形必须得到最好的配备。

我的妹妹在做本地最昂贵的发型，而我开始浏览一个高级精品店。当我看到欧莱雅眼影、露华浓唇膏和蜜丝佛陀睫毛膏的价格时，我开始对妮荷购买化妆品的可能性感到恐惧。我的现金储备正在快速下降，我不久就需要找到一份新工作，以便支撑我的财政收支状况。

下午 5 点钟，妮荷的发型做完了。我必须承认，发型师的工作非常出色。妮荷这个最新式的时尚发型，让她看上去比任何时候都更有魅力。均匀地将发梢进行分层削减的斜刘海发式，尤其使她椭圆形脸蛋的优点更加突出，也使她那双漂亮的眼睛更加迷人。当我们走出商场时，我发现那些男人都在对她眉目传情。在他们眼里，她已经是一个名模了。

一些开嘟嘟车的人立刻把我们围住。“坐我的车吧，坐我的车吧。”每个人都殷勤地叫喊着。我注意到了一个穿着汗衫、围着头巾的上了年岁的男人，满身汗水让他的古铜色肌肉闪闪发光。“你能带我们去 11 区的 LIG 住宅区吗？”

“30 卢比，小姐。”他说，一边用一块破布擦着额头。

“喂，你当我们是外地人吗？”我训斥他，“顶多 20 卢比。”

“得了吧，姐姐。”妮荷满不在乎地说，随即就坐到了嘟嘟车上。我稍微想了一下也坐了上去。我的结论是：既然都能花 1500 卢比去做一个发型，再为 10 卢比讨价还价是没有意义的。

今天是星期六，路上没有多少车辆，这辆嘟嘟车在驶向 11 区的路上几乎畅通无阻。当我们进入拉姆迪·帕西公路时，我听到身后传来一辆正在加速的摩托车的发动机的轰鸣声。一秒钟后它就与我们并行了，车上是两个穿牛仔裤的年轻人，他们都戴着头盔，头盔上的遮阳板挡住了他们的脸，看起来像是街头流氓。这些人整天沉浸于他们最喜欢的消遣：追逐女孩。实际上，那个驾驶者与我们的嘟嘟车是那样接近，几乎伸出手就可以碰到妮荷。我正要对他大声叫喊，他又迅速撤离了。只见那辆摩托车从我们身边呼啸而过，使得妮荷的头发都拍打到我的脸上。坐在后座的人举起一只握紧的拳头以示庆祝，他们是在戏弄我们。

“这些狗！”我压低嗓音骂道。

几分钟后，当我们快要到达步行街地铁站时，我再次听见后面传来摩托车的声音。我扭过头，看见那两个人正在加速向我们冲来，发动机的低吼声变得越来越大。

他们有某种邪恶的意图，我直觉地意识到了这一点。我还没来得及掏出我的胡椒喷雾剂，那辆摩托车就再次与我们并行了。

透过眼角余光，我看见后座上那个人拧开一个瓶子的盖子。我脑子里的警铃立刻响起来。

“妮荷！当心！”当那个流氓把瓶口甩向妮荷时，我不由得失声喊道。一股黑色的油状液体喷洒过来，紧接着，妮荷痛苦的尖叫声撕裂了空气。

那辆摩托车迅速开走了，只留下妮荷在嘟嘟车上不停地扭动着身体。“我着火了，姐姐，我着火了，”她尖叫着，“神啊，快救救我吧，快救救我吧！”这时我才意识到，泼向她的是硫酸。

硫酸灼烧着她的皮肤，她的身体在不停地抽搐。硫酸渗入她的头发，顺着脸颊淌到嘴里。当她试图把它擦掉时，那些液体又顺着手指往下淌，流到她的前臂上。

我把她搂在我的膝盖上，那种完全无助的感觉让我撕心裂肺，我无法阻止她的脸慢慢地被瓦解。她的头发正在被烧光，她的皮肤如蜡一般熔化。想到她此时经受的痛苦让我全身战栗。

“叫救护车！”我声嘶力竭地朝那个开嘟嘟车的人喊道，他像一尊雕像似的站在那里，因为恐惧而动弹不得。幸好有一辆路过的警车救了我们，风驰电掣般把妮荷和我送到了5区的夏斯特里公立医院。

三个钟头以后我仍在医院里，焦急地在手术室门前守候着，医生们正在里面全力挽救我的妹妹。

在手术室里面，妮荷在生与死之间挣扎；在手术室外面，我和妈妈在恐惧和疯狂之间挣扎。

“老天爷，我们到底干了什么，要遭这么大的罪？”妈妈盯住天花板，质问她的神灵。然后，她又开始痛苦地抽泣。“为什么老天不把我带走，放过我花朵般的闺女！”她死死地抓着我的胳膊说。

我没有回答她的问题。我的心里充满着愤怒和仇恨。我想到外面去，找到对妮荷下毒手的那两个残忍的小流氓，以同样残忍的方式毁掉他们。我想象我有机会挖出他们的眼睛，割掉他们的耳朵，捣烂他们的鼻子，把他们的手指一根一根地剁下来，而且当他们请求我宽恕时，我再用一块大石头砸烂他们的脑袋。

我多么希望卡兰陪在我身边。只有他能够把我从那个足以将我吞噬的仇恨深渊中解救出来。但是，他远在百万英里以外，我不可能联系到他。

对妮荷的硫酸袭击已经成为警方案件，一个来自罗希尼警察局、名叫S.P.巴迪亚的态度傲慢的副督察长被派来调查这一案件，他持续的盘问让我头痛欲裂。

“你认识驾驶摩托车的那两个青年吗？”

“不认识。他们都戴着头盔，所以我看不见他们的脸。”

“是不是有人想报复你妹妹？”

“我不知道，只有疯狂的精神病人才会做这样的事情。”

“你知道在德里有谁是这样疯狂的精神病人吗？”

“不知道。你知道吗？”

“你妹妹有男朋友吗？”

“可能有，其实我不知道。”

“你觉得，有可能是她的某个前男友下的手吗？”

“我不知道。”

“你似乎不太了解你妹妹。”

“也许是吧。”

他若有所思地抚摸着下巴：“是否有这种可能，你才是这次袭击的真正目标呢？”

这个问题吓了我一跳：“我？为什么会有人想要伤害我？”

“告诉我：你有什么不可告人的秘密吗？”

“不。没有。”

“不要说没有，每个人都有不可告人的东西，每个人都是潜在的犯罪分子，在理智和疯狂之间只有一步之遥。”

“我知道。”我点点头，“我同意你的话。如果你找不到凶手，我就会失去理智，变得疯狂。”

“整个城市已经疯狂了。”他叹了口气，“今天下午，立法委员安瓦尔·努拉尼的支持者在7区市场聚众闹事，抗议他被逮捕。”

“我的上帝！”我惊叫起来。我突然回想起我和夏丽妮·格罗芙的一次对话。安瓦尔·努拉尼是一个危险人物，她警告过我。而且这次硫酸袭击非常符合他报复心重的本性和反复无常的气质。“我敢肯定，这件事是努拉尼干的。”我带着出于女性直觉本能的信念抓住了副督察长的胳膊。

“但是，他现在被关在新德里的提哈尔监狱。”

“几年前，提哈尔监狱并未能阻止大毒枭巴布鲁·蒂瓦里在监狱里继续从事他的绑架勒索交易。你现在应当马上审问努拉尼，我确信是他策划了对妮荷的袭击，因为我协助揭露过他的肾脏交易。”

巴迪亚警官耐心地听我说完这一切，但他的眼神告诉我，他认为他是在浪费时间。最后，他“啪”地合上了笔记本并转向妈妈：“如果你的女儿还能苏醒过来，我需要向她了解一下情况。”

妈妈震惊地注视着他，眼泪再次夺眶而出。

副督察长匆忙修正了他的措辞：“我的意思是，等她苏醒过来时。”

夏斯特里医院的烧伤专家是阿图尔·班塞尔大夫，一个40多岁、态度温和的眼镜男，脸上始终带着死囚犯那种疲倦和淡漠的表情。我并不责怪他，在医院所有的科室，烧伤病房的气氛是最令人压抑的，似乎永远被悲剧的氛围所笼罩。严重烧伤的受害者随时都会出现在这里，其原因各不相同——有些人遭受的是瓦斯爆炸事故，有些人是被泼了硫酸或者被电流烧伤——但最终结果都是一样的：被毁掉的可怕面孔、暴露和悬垂的肌肉、皮肤上的无数水泡和疖子。如果你听到他们痛苦的尖叫在走廊里回荡，一定非常希望自己能够暂时性失聪。

“妮荷是很幸运的。”班塞尔大夫陪着我和妈妈走向重症监护室（妮荷在手术后被转移到这里）时说，“她只有40%的烧伤，主要是在右脸颊、脖子和胸口处。她原本很有可能失去眼睛和耳朵。”

从走廊另一端推来了一辆医院用的轮床。我瞥了一眼那个患者的面孔，身体立刻因为震惊和恐惧而抽搐了一下，这是一个中年男人，大约50多岁，他的整个面部皮肤被剥离开来，与其说那是一张变形的面孔，不如说是一张没有形状的面孔。人脸的肌肉、骨头和组织能够运作，是因为血液、纤维神经和血管彼此间相互作用，从而为这个结构赋予必要的力量和活力。但是对于这个不幸的人来说，在所需的最外层的表皮能够包裹住这个结构以前，这个过程仿佛就中途停止了，结果就是一团覆盖着一层奇特的深红色色泽的肌肉。在残存着一丁点儿皮肤的地方，已经形成了一个个透明的微小球体，犹如头部被浸在沸水中所导致的水泡。

“这个景象不怎么好看，是吧？”班塞尔大夫用那种见怪不怪的口气说，他已经看惯了这种每天都会出现的恐怖景象。

“是谁把他变成这样的？”

“和他结婚30年的妻子。”

我惊讶地耸起眉头。

“我知道你一定会感到吃惊。送到这里80%的烧伤患者都是女人。一般情况下，都是嫁妆纠纷的结果。这个是例外，丈夫虐待妻子，每天都会打她。昨天妻子进行了报复，在他睡觉时往他脸上泼了硫酸，让他一辈子都活在失明和破相的痛苦中。”

我能够想象，这个女人内心深处得有多大的仇恨，才能够采取如此极端而无法挽回的手段："那她现在呢？"

"她被抓起来了，很可能会被终身监禁，"班塞尔大夫说，然后从病人、家属和护士们之间走了出去。重症监护室犹如一部战争片里的战后景象，用各种方式包扎起来的严重受伤和四肢残损的躯体躺在那里。妮荷的床位在病房的一端，旁边就是一面白色涂料粉刷的墙壁，上面遍布着蜘蛛网一样的裂纹，一面四方形的小窗户面对着中央庭院。

当我走近妮荷时，一阵莫大的悲痛让我喉咙发紧。我妹妹的脸完全裹在绷带里，只露出两只眼睛，让我联想起科幻小说中的"隐身人"。我轻轻地握住她的手，给了她一个安慰性的挤压。然而，就好像是一个害怕触碰麻风病患者的人一样，她快速把手抽回去，并且抓住了妈妈的手，我内心的痛苦变得更加强烈。

从妮荷对我的举动来看，她有一种明显的近乎敌意的冷淡。也许她觉得，我当时并未尽全力去保护她。或者说，她认为在某种程度上，她的遭遇是我的过错所致。

我把班塞尔大夫拉到一边："等到绷带被拆掉，我们会看到什么结果？"

"一张永远伤痕累累的脸。"他回答道，"那将是一种痛苦的体验，无论对她还是对你。"

我的胸腔中发出一声沉重的呜咽。班塞尔大夫露出一副同情的苦相："你认识的那个妮荷再也回不来了。你们最好早点儿接受这个事实。"

"我们就不能想办法恢复她的样子吗？"

"当然可以做到，但这需要好几年的整形手术，而且要花费数十万卢比。"

"我会给你拿来这笔钱。"我毫不犹豫地说，并掏出了手机。我来到走廊，拨打了埃加利亚的电话。

他立刻就接听了电话："你才想起来给我打电话，是不是有点儿太晚了，萨布娜？"

"我从未求过你任何事。"我说，"但是今天，我需要你帮助我的妹妹妮荷。我需要钱给她做手术。"

"发生了什么事？"

"有人往她脸上泼了硫酸。现在她躺在医院里，生命垂危。"

他的舌头发出嘶嘶的声音："那真是太糟糕了。那帮小子被抓住了吗？"

"那帮小子？"我突然愣住了，"你是怎么知道这是谁干的？你还知道是男的，而且不止一个人。我从来没对任何人提过这件事。"

他很长时间不说话："我……我猜想一定不止一个人。"

"神啊！原来是你策划的这次硫酸袭击！"我喘着气说，突然，我像被闪电击中一样恍然大悟，“这是你的又一个疯狂的考验吗？”

“现在让我们先不要急于做出——”

“你都干了什么？”我冲他尖叫，我的手攥成了拳头，“你是一个毫无底线的疯子。”

“我不知道你在说什么。”

“不要对我撒谎了，你是这次硫酸袭击的幕后主使，是不是？”

“当然不是。但是我的确告诉过你，最后一次考验将是最艰难的。”

“你为什么非要把我妹妹卷入这件事当中？”

“我没有。这是神的旨意。难道我没有告诉过你，可能有一些……啊……附带伤害？”

“你把毁掉一个人的脸叫作附带伤害？”我叫喊着。

“日本有句话：shikata ga nai，意思是‘要面对现实’，该忍受的痛苦必须忍受。”

他那自命不凡的说教进一步激怒了我。已经没有必要再多说什么了。我这五个月所有的幻觉终于破碎了。卡兰一直都是对的。埃加利亚是一个暴力型的虐待狂，而我堪称是一个经过认证的傻瓜，因为我竟然愿意充当他那邪恶计划的一枚棋子。

仇恨在我的大脑里像火山一样爆发了，我咒骂的声音在走廊里回荡。愤怒的洪流在我的血液里流淌，让我的手指开始痉挛。我想要用它们掐住埃加利亚的咽喉并用力挤压，直到他的眼睛蹦出眼眶为止。“你是个怪物。我要杀了你！”我冲着手机怒吼。烧伤病房里的患者亲属们全都抬起头来。一个护士对我皱起眉头，把手指放在嘴唇上：“请安静。”

“你没必要那么激动。”埃加利亚说，“你为什么不来普拉塔纳呢？我会向你解释所有的事情。”

“我现在就过去。你给我等着，浑球！”我关掉电话，大步走出病房。

医院外面，天气已经完全变了，湿热的空气变成了疾雨，这不合季节的现象显得更加可怖。闪电像一把巨大的蓝色尖刀划破黑漆漆的天空，紧跟着响起一声炸雷，让公路对面的公交车候车厅顶棚“嘎嘎”作响。我没有雨伞，转眼间就被淋成落汤鸡。但这无关紧要。正如从中午到现在，我没有吃过一口饭一样无关紧要。除了我心里燃烧着的复仇欲望以外，其他的一切都变得无关紧要。

我用了 10 分钟时间找到了一辆嘟嘟车。我向司机解释了埃加利亚在瓦特维豪尔社区的地址。“你得给我 200 卢比，小姐。”他断然地说，把平常的价格提高了一倍。

“我会给你300卢比，赶紧把我送到那里。”

我们在急风暴雨中疾驰。在45分钟的旅途中，我始终像石头一样沉默不语。我的脑海里始终回响着妮荷那痛苦的尖叫，总是浮现出她的身体在我怀里扭动的幻觉。她那张缠满绷带的脸在我眼前不断闪现，阻断了我其他所有的思绪。我的整个世界四分五裂，再也没有什么能够把它们拼到一起。现在我将要毁灭埃加利亚的世界，我要向他下达我从地狱带来的判决。

嘟嘟车接近普尔维大街133-C号的那个社区时，我的心跳加速了，我反复握紧拳头又把它们松开。

在普拉塔纳那颇有气派的大门门口，两个配备耳机和无线电的保安人员拦住了我。“你是萨布娜·辛哈吗？”其中一个人举起一只手电筒照亮我的脸，问道。

“是的。”我回答说。

他挥手让我们的嘟嘟车进去。当我们准备通过门岗时，那里的两个穿制服的门卫开始争论。“让她进去吧。”一个说，“老板告诉过我们她会来。”

“不行，”另一个说，“不经过老板的确认并进行双重检查，任何人不得进入。”他拿起对讲机，摁了一个按钮：“先生，萨布娜·辛哈小姐在这里。”

“让她进来。”我听见埃加利亚粗暴地说。那个警卫点点头，拿给我一把雨伞。

我怒视着他：“你想让我冒这么大的雨走到住宅那里？我为什么就不能坐车进去？”

“很抱歉，小姐，嘟嘟车不允许进入普拉塔纳。埃加利亚先生已经做了严格的指示。你必须步行。5分钟就到了。”

我对这个荒唐的规则摇摇头，然后转向那个嘟嘟车司机。“在这里等着我。”我对他说，“我用不了多久就会出来。”他看看天空。大雨没有丝毫减弱的迹象。他扫视了一眼空荡荡的街道，很难有机会碰到另一个乘客。“没问题，”他说，把一个槟榔放在嘴里，“你还要再多给我100卢比的等候费。”

我撑开雨伞，开始沿着弯曲而漫长的车道向前走去。风变得很大，吹拂着修剪整齐的树篱，发出吹口哨一样的声音，像萦绕不去的摇篮曲。雨水击打在伞面上，一条条水柱顺着黑色乙烯基材料不断流淌下来。我迈着沉重的步子走向那座房子，鞋子“咯吱”作响，湿透的紧身长裤套装紧贴在身体上，就像是第二层皮肤一样。

走到离那所住宅还剩一半路途时，道路开始拐向右侧，正当我准备转弯时，发现几条模样凶恶的狗正冲我低吼，拦住了我的去路。它们都是杜宾犬，眼睛在夜晚依旧骇人，像火堆余烬似的忽明忽暗，细薄的黑色皮毛如同黑色砾石一样闪闪发亮。虽然它们被拴在一棵树干上，但我还是选择从路的远端绕过去，尽可能远离它们。又一道闪电划破了天空，将那座豪宅瞬间照亮，如同一张曝光的底片，另一阵狂风袭来，险些将雨伞伞面从里到外翻卷过来。

走到那个上面有顶棚的柱廊下面，感觉就像是一个重大胜利。我合上了雨伞，把头发上的雨水抖落，然后按下了门铃。

我几乎等了两分钟，却没有人开门。我第二次按门铃，还是没有人回答。这时我才注意到，门是虚掩的。我把它推开，踏上了一个显示出“欢迎”字样的精美脚垫。我条件反射似的在上面擦我的鞋，想要摆脱那种水淋淋的感觉。“埃加利亚先生？”我喊道，听到的却只是大理石门厅里发出的回音。

房间里诡异的沉默使人不安。我上次来到这里时，还有许多仆人在来回走动。今晚它就像一个闹鬼的城堡。当我穿过那些偌大而空荡荡的房间时，它们似乎诡秘而邪恶，墙壁上的阴影似乎在观察着我的每一个动作，针对我的胶底运动鞋在硬木地板上发出的响声，它们彼此间正在低语，似乎是在策划某种阴谋。

我穿过起居室和餐厅走进书房，那里也是空空荡荡的。我轻轻地打开那个连接着卧室的房门，朝里面看去。

一盏照明灯微弱的光束照在埃加利亚父亲的肖像上，闪烁着暗淡的光芒。除此以外，房间里几乎是一片漆黑。“埃加利亚先生？”我再次喊道，我想他可能是在盥洗室里面。

没有人回答。我小心翼翼地走进卧室，摸索着寻找电灯开关。摸索了一会儿以后，我的手指碰到一个塑料控制板，我按下所有的开关。突然照亮了整个房间的光束，让我一时间睁不开眼。

这个卧室和我上次看到的没有太多不同。还是那张铺着深紫色床单的桃木大床，那面黑色玛瑙石镜子，以及摆满一家人照片的靠墙高几。房间里唯一的变化，是多了那台 65 英寸的索尼电视机，它安装在床对面的墙壁上。

“埃加利亚先生？你在哪里？”我大声喊道，感觉到内心涌起一种沮丧和烦躁的情绪。很显然，他是在故意避开我。盥洗室似乎最有可能是他躲藏的地方。就在我迈步走向房间远端那扇用硬橡木做的盥洗室的窄门时，我听见脚下发出“咯吱”声。我低头看去，吓了一跳。我踩上了一摊红色的小水洼。我很快就发现，我看到的是红色的鲜血，它们像油污一样在地板上汇集。现在已经沾到了我的鞋跟上。

我的眼睛迅速扫过地板，疯狂地追踪血液的来源。血迹一直绕过床铺那边，当我迟疑地走过去时，我一下子僵在那里：只见大床另一边的地板上躺着一个人。他穿着一件米色丝绸无领长袖宽袍。从我站的位置望过去，我看不见那个人的脸，但他显然已经死了，一把匕首插在他的腹部，只有木柄露在外面，犹如插在生日蛋糕上的一根蜡烛。

我的喉咙几乎忍不住要发出尖叫，但我强行控制住了。这是我有生以来第一次目睹谋杀，它令我那样恶心，我蹲到地板上，险些要把我的午餐吐出来。卡兰在很长时间以前描述的画面在我的脑海里闪过，埃加利亚在深夜把我叫到他的家里，我如约而至，没有发现他的踪影，却看到了一具尸体——而且这桩谋杀与我关系密切！按照卡兰的口头描述，这个死去的人是埃加利亚的妻子。我壮着胆子稍稍近前一步，想看清一个死人僵硬的面孔，但这种念头本身就耗尽了我的勇气和好奇心。我知道我已经掉进了埃加利亚布置的陷阱。保安现在随时可能推门而入，放开他们的狗并撕咬我。仅仅是想到那两条凶猛的猎犬冲向我，用它们强有力的尖牙撕开我的皮肉，就让我毛骨悚然。不，我不能冒险被人发现潜伏在犯罪现场。我必须假装没有看见犯罪现场，而且要尽我所能地尽快离开。

我没有多想，立刻脱掉鞋并将它们握在手里，从卧室溜出来。我小心地踩着脚印返回前门，走到外面，再把鞋穿上。然后我打开雨伞，尽可能按照惯常姿态走向大门。

一声凶猛的咆哮几乎让我跳了起来，我正在接近那两条狗。它们看见我，就开始疯狂地吠叫，好像第六感已经告诉它们，在这座宅邸里发生了凶杀案。我如履薄冰地从它们旁边蹑手蹑脚地走过去。

当我绕过那个拐角，逃离了杜宾犬的视线时，体内的紧张感达到了顶峰。我终于走到门岗那里，才放缓呼吸，竭力让自己平静下来。

“你们这次会面时间很短。”当我把雨伞交还给值班保安时，他说。

“是的。”我勉强笑笑，就坐上了那辆在等待我的嘟嘟车，“把我送回罗希尼。”我不得不推推那个趴在车上打盹的司机。“要快！”

他盯着我：“你还好吗？怎么看上去像见了鬼似的？”

“不要讲话。”我咬牙切齿地回答说，“只管开车。”他不以为然地耸耸肩，一口吐出了槟榔汁，开始发动马达。谁知嘟嘟车却不听使唤，这让我本已狂躁的神经变得更加紧张。我的手又冷又湿，我的心脏在胸腔里猛烈跳动，我的胃里像有一台水泥搅拌车在搅动。马达终于打着了火并轰鸣起来，可是我再也坚持不住了。我们刚走了不到 50 米，我就在后座上呕吐起来。

对于我刚刚逃出的那个噩梦般的世界而言，灯光明亮的医院是一个令人感到欣慰的避难所。和在普拉塔纳死于谋杀的那具躯体的惨状相比，在烧伤病房那些残缺不全的面孔，仿佛更容易让人接受。

虽然已经过了半夜，妈妈仍守在妮荷的床边。“你那么突然地离开了，到底去哪里了？”她问我。

“去咨询一个整形外科医生。”我故作轻松地撒谎说。

“他是怎么说的？妮荷的脸能恢复原样吗？”

“是的，但我们负担不起。”

妈妈扭过脸，她已经想到了这个：“我会和妮尔玛拉·本说一说。也许她能帮我们筹钱。”

“你干吗不回公寓呢？”我把一只手放在她的肩头，“我留在这里陪着妮荷。”

“现在医院就是我的家。”她回答道，“你回去休息一下吧。”

我向窗外看去。雨已经停了，但空气中依旧有一种肃杀的气氛。谋杀的乌云就像裹尸布一样覆盖着这座城市。

我在妮荷床边的那张空椅子上坐下来。

我闭上眼睛，试图理清思绪，让大脑摆脱混乱状态。埃加利亚雇了两个年轻人朝妮荷脸上泼硫酸。然后，他在自己的住所杀了一个人，竭尽全力地想把这桩谋杀案嫁祸于我。不过我还是及时地逃了出来，尽管如此，警察一定会讯问我，我已经下决心向他们说出一切。我将揭露他七次考验的变态本质，将维奈·莫汉·埃加利亚的本来面目公之于世。但是有些事情我不会告诉警察，比如进入埃加利亚的卧室并发现一具尸体。

我走到洗手间，检查了我的衣服。衣服上没有血迹。我把运动鞋脱下来，彻底洗干净，清除鞋底所有血液的痕迹。然后，我坐回到那张椅子上，想眯缝一会儿，但那具尸体如噩梦般在我的脑海里盘桓。那把匕首在我眼前晃悠，而且挑逗性地刚好处于我能够触及的范围之外。我根本不可能睡着，不可能休息，不可能假装什么事情都没有发生。

我被饥饿和疲惫折磨得痛苦不堪，终于在凌晨 4 点左右断断续续地睡过去，但半个钟头以后，一个警察用警棍把我戳醒了。

“你是萨布娜·辛哈吗？”他问我，他的身后还有其他六个警员。

我点点头，仍旧睡意沉沉。妈妈立刻紧张起来，母性的本能让她意识到，不好的事情就要发生了。

“你被捕了。”他说。

“因为什么？”

“因为谋杀了维奈·莫汉·埃加利亚。”

我一下子变得睡意全无：“你一定是在开玩笑。”

“你觉得这像是一个玩笑吗？”他说，一边举起了一张上面写着我的名字的逮捕令。

“你们一定是误——”

母亲甚至没有让我把这句话说完。她发出一声痛苦的号叫，随即就晕了过去。

被捕很容易成为最残酷、也是最令人迷茫的人生体验。在被捕前和被捕后，你的世界会被一分为二。你突然被迫远离了日常生活，远离了你的朋友和家人，并被抛进一个完全陌生的环境。

我被押送到瓦特维豪尔警察局，以谋杀罪被记录在案。他们提取了我的指纹、DNA样品并拍摄了几张脸部照片。他们搜查了我的公寓，带走了我的电脑和我的私人日记。我昨天穿的衣服、我的鞋和手机都被没收了。我被带到一个地方法官那里，他拒绝让我获得保释，把我交还警方，要在那里至少关押一周。

现在我要接受警察局助理署长I.Q.汗的摆布。他身材颀长，长着一张棱角分明的面孔，留着整齐的小胡子。他的身上有某种不像是警察的东西；他还有一种军人作风和一个老贵族的优雅风度。

一个名叫普什帕·坦维的女警官负责看押我，她就像一个连体双胞胎一样和我如影随形。这是一个体态臃肿、胸部丰满的女人，肤色黝黑，咽喉炎让她说话的声音像是鸭子在叫。她不但如老鹰似的死盯着我，而且还具有一种使人不安的习惯：每当提醒我注意时，总是用手捅我一下。

当我坐到助理署长汗的对面时，他连眼皮都不眨巴一下的注视更加让我不安。已经过去的那个夜晚的疲惫感，再加上凌晨以来的种种折腾早已让我精疲力竭。我的脑海里唯一挥之不去的念头就是：我正在做一个可怕的噩梦，而我很快就会从这噩梦中醒来。

我们在汗的办公室会面，这是一个大而冷清的房间，沉重的天鹅绒窗帘让它变得更加憋闷。粉刷的墙壁装饰着甘地、尼赫鲁和钱德拉·鲍斯的相框，以及爱因斯坦和纪伯伦的名言。一台壁装式飞利浦LCD电视机是关闭的，但它旁边的一个挂钟正在“嘀嘀嗒嗒”地走着，显示现在的时间是下午3点55分。

“你准备好供认罪行了吗？”他目光炯炯地看着我。

我转移目光，他那近乎冷酷无情的逼视让我感到畏缩：“我没有什么可供认的。”

“你昨晚去了埃加利亚先生的住所，你不会连这个都要否认吧？”

“我的确去了埃加利亚的住所，可我没有杀他。更确切地说，我甚至都没有见到他。我不停地按门铃，但是没有人回应。所以，我就直接回医院了。”

“那就是说，你并没有在他的卧室里发现他的尸体？”

“没有，我从未进过他的卧室，其实，我还是不能相信他死了。”

“那就看看这张照片吧。”他说，将一张亮光纸打印照片从桌子对面推过来。

这是警方摄影师拍摄的被谋杀者的“官方照片”。我看见在满头银发下面覆盖着的一张面色苍白如蜡的面孔，看起来确实很像维奈·莫汉·埃加利亚。他躺在血泊中，穿着一件米色丝绸长袖宽袍。他的眼睛是睁着的，但他的确是死了，他那仿佛被冻结的面孔痛苦地扭曲着，一把匕首插在被鲜血染红的胸口处，几乎只有木柄露在外面。

当我凝视着这张照片时，我的全身不由自主地开始发抖。尽管我亲眼目睹了这具被谋杀的躯体，但我还是难以摆脱埃加利亚的死亡带来的非现实感，似乎我仍然期待看到他走进警察局，并宣布说：“你没能通过第七个考验！”

我并没有遗憾的感觉。埃加利亚犯下了可怕的罪行，他死有余辜。可究竟是谁杀了他，为什么要杀他？这是一个有待解决的谜团。

我把照片推给汗：“是谁发现尸体的？”

“是卡比尔·赛斯博士，埃加利亚先生的私人医生。埃加利亚上个礼拜都在孟买，住在塔塔米莫里尔医院。他是昨天才回德里的，昨天晚上，他在 22 点 50 分给赛斯博士打电话，说他感到不舒服，让他到普拉塔纳。当赛斯博士刚好在半夜前赶到他家里时，发现埃加利亚先生躺在血泊中，就立刻通知了门口的保安，让他们注意监视可疑人员。可以想象，即便你没有谋杀埃加利亚先生，你也一定与此事有关。”

“你凭什么认为可能是我谋杀了埃加利亚？”

“哦，那我们就来分析一下。在晚上 10 点钟，夏斯特里医院至少有 20 个人听见你在手机里对着埃加利亚先生大吼大叫，威胁要杀死他。你冒着暴雨在 10 点 58 分赶到了他的家里，门口那个警卫本人用步话机和埃加利亚先生通过话，并得到指令让你进去。”

“是的，我也听见他说话了。”

“这就是说，你本人可以证实他在 23 点整还活着。法医确认死亡时间不会早于 22 点整，也不会晚于 23 点一刻。既然埃加利亚先生在 23 点时很可能还活着，这就表明他是在 23 点整到 23 点 15 分之间被杀的。在那个时间，你是唯一在那所房子里的人。所以，只有你有可能杀害埃加利亚先生。”

“你怎么知道当时只有我在那所房子里？真正的杀手一定藏在里面。”

“普拉塔纳是一个堡垒。不夸张地说，不经许可，连一只鸟儿都飞不进去。在 6 月 11 日星期六，进入那片地产的只有两个访客，一个是拉纳，埃加利亚先生的助手，他是在 19 点 30 分到那所房子去的，和埃加利亚先生待了一个钟头，然后在 20 点 35 分离开了，另一个人就是你。”他停下来察看了他的笔录，又接着说，“埃加利亚先生在上午10点钟从孟买回来以后，一整天都没有离开家。他和往常一样在13点30分吃午餐，在19点吃晚餐。他当晚打发走了所有的仆人，告诉他们说，他在任何情况下都不想被打扰。所有的仆人在20点30分都离开了。拉纳是在5分钟后离开的，也就是20点35分。在那以后一直到你去那里之前，没有人进入过那所房子，门口警卫对这一点非常肯定。这就是说，当你进入普拉塔纳时，那所房子里只有你和埃加利亚先生两个人。10分钟后他死了，而你坐着一辆嘟嘟车逃跑了。”他停顿一下，再次目不转睛地盯着我：“那么，你为什么要杀害埃加利亚先生呢？根据我对他的了解，他是一个非常温和而善良的人，一个真正慷慨的慈善家。”

“他是一个怪物。”我咬牙切齿地说，“你根本不了解他。他毁掉了妮荷的一生，他现在也毁掉了我的一生，这全都是因为那七个卑鄙的考验。”

“什么七个考验？”

我深吸一口气，开始讲述：“这一切都开始于那个冬天的中午，他当时在猴神庙主动和我搭讪……”

我连续讲了一个多钟头，告诉他所有的事情，从在阔佬地广场那个决定性的见面开始，到用硫酸袭击妮荷。

汗以最大的耐心聆听我讲述，在一个薄笔记本上做着笔记。当我说完以后，他呼出一口气，若有所思地挠挠鼻梁，并用乌尔都语引用了几句诗行：“我是被杀者也是罪人，我的罪行就是：爱上了自己的谋杀者。”

“埃加利亚并不爱我，我也不爱他。”我纠正了他。

“那就让我们走着看吧。”他说，这时一个警员走进房间并潇洒地向他敬礼。“长官先生，许多媒体记者聚集在外面。我应该对他们说什么呢？”

汗懊恼地叹了口气，又点点头：“告诉他们，我这就过去向他们通报。”

他从椅子上站起来对普什帕·坦维说：“看好她。”接着，他大步走出了房间。

现在房间里只剩我们两个人了，普什帕的脸上露出了一副幸灾乐祸的笑容。她走到窗前，拉开厚厚的窗帘向外看去。“他们都来了。”她“嘿嘿”地发出一阵轻微的傻笑声。

“是谁来了？”

“阿赫－塔克新闻、Zee-TV卫星频道、星空新闻、IBN-7、NDTV、阳光频道、ITN……看来我终于能够实现上电视的梦想了。”她掏出一面小镜子，忙不迭地开始检查起她的牙齿。

汗离开了一个多钟头。当他回来时，他的肢体语言与此前完全不同。“我希望你能明智地利用这段时间好好忏悔。”他仿佛是居高临下地站在我的面前。

我坐在那里，若有所思地注视着水泥地面，一边不自觉地揪着我的淡蓝色莎丽的丝线。他意味深长而又略显感伤地微笑着，又用乌尔都语引用了几句诗行：“谁是那个幸运的人，竟然有忏悔这种奢侈，我甚至没有足够多的时间去犯罪。”

他坐到椅子上，看上去心情不错：“我们刚看到了埃加利亚先生的遗嘱。”

“然后呢？”

“他把名下的全部个人财产都捐给了慈善机构。所以，如果你希望继承一笔财产的话——我很抱歉。”

“埃加利亚是反对继承文化的。他只是答应过让我做他的首席执行官，而不是他的继承人。”

“恐怕我还有一个坏消息要告诉你。”

“又是什么坏消息？”

“法医刚刚确认，你的运动鞋上的血迹和埃加利亚先生的血液完全匹配。你采取了预防措施，试图把鞋子上的血迹冲刷干净，但是在此过程中，你并没有注意到渗进鞋帮和鞋底之间缝隙的血迹。”

我的心猛然一沉，感觉到一股热血涌入大脑。我正要说话，他抬起手。“等一下，还有更糟糕的，法医还确认，那把谋杀埃加利亚先生的匕首上的指纹也和你的匹配。”

“这根本不可能！我从来没碰过那把匕首。”

“也许这个会让你想起来。”他举起那个裹在一个塑料袋里的凶器。现在我在如此近的距离看到它，它似乎的确很眼熟。我能够辨认出木柄上刻印的“KK精钢刀具”，我立刻想起了一件事，而这就像是有人朝我的腹部猛击了一拳似的：这和我在日本公园外被三个流氓袭击的那天晚上，从那个街头小贩手里购买的是同一把刀。

“这在技术上被称为‘明显的案件’。”汗啪地合上笔记本，说，“所以，别让你自己受漫长的审讯折磨了，老老实实写下你的供词吧。”他满怀希望地看着我。

我摇摇头：“我没有谋杀埃加利亚，不过现在我知道是谁杀了他。”

“那好，说来听听。”

“是拉纳，只有他有机会拿到这把上面留有我指纹的匕首。”

“怎么拿到的？”

“你难道看不出来吗？作为他的第三个考验，埃加利亚让那些流氓在日本公园外面袭击我。他们拿走了我的匕首，然后一定是交给了埃加利亚或者拉纳。现在，有人用这把匕首谋杀了埃加利亚。这意味着只有拉纳有可能做这件事。”

“但是拉纳在 20 点 35 分就离开了普拉塔纳，直到半夜才回来。”

当我开始考虑这个问题时，我又突然产生了另一个想法：“如果这不是谋杀，而是自杀呢？”

他心无旁骛地看着我：“你现在是要决定以精神错乱的理由进行抗辩吗？”

“如果这真的是自杀呢？”我重复说，“记得第七个考验吗？埃加利亚说过，这将是所有考验中难度最大的一个考验。对，就是这么回事。”

“你这么分析没有任何意义。”

“听着，是埃加利亚让那些恶棍在日本公园外面袭击我的，所以，他能够拿到那把上面留有我的指纹的匕首。然后，他用硫酸袭击妮荷并把我引到他家中。当我开始走向那所房子时，他用同一把匕首插进了他的身体，只是为了诬陷他是被我谋杀的。这很容易成为我一生最大的危机，这也成为他对我的最后的考验。证明完毕。”

“你把这些奇思妙想去跟法院为你指派的律师说吧。”汗笑起来，并向那个女警员做了个手势，意思是这次审讯暂时结束了。“把她带到女子监狱。”

“是，尊敬的长官先生。”普什帕向汗做了一个有气无力的敬礼动作，又戳了一下我的额头。“跟我走。”

她押送我走过一条短走廊。我们经过男子监牢，里面关着几个瘫坐在地的胡子拉碴、蓬头垢面的男人。我捏住鼻子，无法忍受他们散发的浓烈酒精气味。

在走廊另一端是女子监牢，里面空无一人。普什帕打开坚固的牢门锁头，让我走到里面，又用力把门关上，铿锵作响的金属回音如惊雷一般在我耳边回荡。我在里面站了一会儿，凝视着暗淡而肮脏的光线通过铁门的格栅照进来，使劲眨巴眼睛不让眼泪流出来，我不得不接受我终于成为一个囚犯的事实。

在纸面上，警方拘留的意思是被告被关在警察局，在接下来开始的审判之前，暂时接受警方的严密监视。实际上，它意味着一个囚犯被囚禁在散发着恶臭、使人感觉压抑的监牢里，你会由衷地感觉到，那里面弥漫着人类的苦难。女子监牢的墙壁上满是霉菌、涂鸦和经年的污垢。地板是粗糙的、光秃秃的水泥。没有窗户和阳光，使它即便在中午也十分昏暗。床上铺着凹凸不平、有虱子出没的棉花床垫。最糟糕的是，卫生间和牢房其他部分并不是分开的。在一堵矮墙后面，就是那个典型印度风格的卫生间：里面没有马桶，没有卫生纸，也没有自来水。它散发着以前被监禁者的屎尿味道。角落处的一只铁桶上沾满了排泄物，那刺鼻的气味让我作呕。

我以坚定的毅力忍受了逮捕和审讯的折磨，但是，我没法忍受待在这个可怕的、臭烘烘的牢房里。它使我生不如死。我知道，要是我在这个极度污秽的地方再待上 24 个钟头，我就会失去理智。

四面墙壁带来的压抑感和单调感向我逼来。我尽了最大的努力去克服它，但我根本不能正常呼吸。我拖着沉重的步子走到监牢门口，握住铁栏杆。“救救我！”我像被关在精神病院的人一样疯狂地喊叫：“放我出去！看在上帝的分上，求求你们了。”

“干什么？”普什帕·坦维立刻出现了，“你为什么要大吵大嚷的？”

“我不能待在这里。”

“你还能指望去那里？喜来登酒店？”

“我……我需要上厕所。”

“那你为什么不上？”她咆哮起来，“就在你的右边。”

“我不能在这里解手。拜托你，你至少可以带我到外面像样点儿的厕所去，行吗？”

“不行。”她像一个终审法官那样不容置疑地宣布，“关在监牢里的人必须使用监牢里的厕所。”

“我求求你，”我哭着说，“请你对我发发慈悲吧。”

汗听见了我哀怨的哭声，顺着走廊大步走来。他看见了我的满脸泪水，就表示理解地点点头。“OK，作为例外，我可以允许你使用女警员使用的卫生间，普什帕。”他对那个女警员说：“带她去，但自始至终都要看好她，要在卫生间外面上锁，带好钥匙。”

“是，长官，我知道了。”普什帕生硬地说，显然对自己的命令被否决感到不爽。

她把我带出监牢，在一个中间有一棵高大的番石榴树的四方形露天庭院绕了一圈。这个庭院被十几个房间所包围，我看了一下每个房间前面的木制铭牌：计算机室、审讯室、调查员室、无线通信室、证据室……

女洗手间在庭院西北角，朝向这个建筑物的背面，对面是女士休息室，有几个女警员正在里面围坐在一台电视机前，观看一部连续剧。普什帕用一把钥匙打开卫生间的门，粗暴地把我推到里面。“你完事以后就使劲敲门，我会在对面和我的朋友们看《非常女士》。”

那把钥匙在外面的锁头上“咯噔”旋转了一下。一种人格遭到贬低的耻辱感，让我感觉胸口好像被重击了一拳。我的人生为什么会走到这一步？我一遍又一遍地扪心自问。现在我甚至连小解都必须向别人提出请求。

我坐在有裂缝的马桶座圈上，闭上眼睛，试图想象自己是在别的什么地方。一个阳光明媚的星期天下午，不绝如缕的白云在碧蓝的天空中缓缓飘浮。在远处，松林覆盖的山峦之间雾气升腾。我拿着一本诗集蜷缩在一棵橡树下。在我身后，妈妈和爸爸坐在藤椅上，正在聊天说笑。艾尔嘉和妮荷懒洋洋地躺在草地上，沐浴在温暖的阳光中。那是一个没有恐惧、没有悲伤，也没有警察的地方。我在这个久违的世界里迷失了自己，直到有人在大声敲门，让我一下子远离了幻想。普什帕·坦维刺耳的嗓音和那“嘭嘭”的撞击声把我拉回到现实中：“喂，你是在拉屎，还是在为了参加聚会化妆？都半个钟头了！”

回到监牢时，一份含晚餐的午餐在等着我。它是一份意想不到的美食，包括烤肉串和传统香料炖鸡。我从普什帕那里知道，这些食物是汗从家里带来的。“你对他使了什么妖法，让他对你这么照顾？”她带着醋意问。

汗的善意让我眼里涌出了泪水，也让这个牢房略微可以忍受了。尽管如此，我还是靠着墙壁，而不是冒险躺在那个虱子肆虐的床垫上过了一个晚上。

第二天早晨迎来了新的一天，也迎来了一个让我牵挂的探访者：妈妈。在普什帕目光锐利的监视之下，我们在会客室见面了。

“你还好吗，闺女？”妈妈那样关切而又忧心忡忡地问，以至于我没有勇气告诉她真相。

“我很好，妈妈，一切都好。妮荷怎么样？”

“她恢复得很好，她让我转达她对你的爱。”

泪水从我的眼里淌下来，我无法遏止地长时间哭泣，我感觉自己的心都要碎了。妈妈把我拉到她的怀里，抚摸着我的头，默默地表达着她对我的爱和体贴。我们就这样拥抱着将近10分钟，这是一种不需要言语，也不必要动作的心灵感应的交流。而且我能够感觉到她传递给我的某种东西，那是一种保护性的安慰，她告诉我，我并不孤独；那是一种治疗性的精神能量，足以让我摆脱一切紧张和消极的心态。

那天上午，我第一次真正体会到母女关系的深度，那难以撼动的韧性，那坚不可摧的本质，尤其是那救赎性的力量。

就在中午以前，那个法院指定的律师姗姗来迟。特里洛克·昌德先生是一名个子矮小、骨瘦如柴的男人，穿着一件不合身的黑色上衣，初次打交道就让我大失所望：他能够给人带来的信心，简直就如一种劣质的国产卫生巾一样。

“我提前看过了这个案件的档案。”他鬼鬼祟祟地低声对我说，“而且看上去不大顺利。”

“对我还是警察？”我不得不问。

“对于你。证据对你非常不利，你的鞋上有那个被谋杀者的血液，那把匕首上面有你的指纹。你对警察撒过谎，说你并未进入过那所房子。你有动机、工具和机会，确保一桩谋杀罪成立的三个因素都具备了。”

“你听起来更像检察官，而不是我的辩护律师。”

“你不需要律师。”他舔着皲裂的嘴唇说，“你需要一个不公正的法官。”

当天最令人吃惊的事情出现在下午3点，汗把我叫到他的办公室，他一只眼睛瞟着放在桌子上的手机，另一只眼睛看着那台在播放阳光电视台节目的液晶电视，夏丽妮·格罗芙正站在被警车包围的京都大厦前面。

“这很可能是本年度最重大的新闻。”她气喘吁吁地对着麦克风说，“在实业家维奈·莫汉·埃加利亚被谋杀这一轰动性事件发生两天之后，当警方搜查了ABC集团豪华的公司总部，以便寻找到更多有关他突然死亡的线索时，他们发现了完全出乎意料的情况。在埃加利亚先生私人办公室被锁起来的保险柜里，调查人员意外发现了一些秘密文件，这使得‘维基解密’[①]披露的消息似乎像一个幼稚的恶作剧。”这时镜头切到一个犯罪科侦探的原声采访摘要：“我们还在研究从他的保险柜获得的所有资料，但初步分析使我们相信，在埃加利亚和阿特拉斯投资公司之间存在关联。”

“不！”我喘着气说。

“是的。”夏丽妮反驳了我，“阳光频道可以肯定地声明：维奈·莫汉·埃加利亚已被揭穿是阿特拉斯背后的主谋，阿特拉斯就是那个神秘的、几乎导演了在最近一段时期出现的所有骗局的幌子公司。”

汗用遥控器关闭了电视机。“很怪异，是不是？”他转向我，“这个人把所有财富都捐给了慈善机构，然后我们又发现，他的财富都是非法获得的。埃加利亚假装是正义的化身，其实是这个国家有史以来最大的骗子。”他随后又引用了另一个很有说服力的诗行：“啊，高尚的人，我是多么崇拜你，可你原来是一个比我还要可怕的罪人。”

“这对我的案子会有什么影响吗？”

“谋杀就是谋杀。”他嘲讽地说，“无论你杀死的是一个强盗还是一个修女，惩罚保持不变。”

“那么埃加利亚的公司以后会怎样呢？”

---

① 又称维基揭密、维基泄密，是一个国际性的非营利媒体组织，专门公开来自匿名来源和网络泄露的文档。

“我不知道。如果税务机关对埃加利亚的黑色收入惩罚性地征收高额税收，那么他的公司可能会破产。或者说，董事会也许会做出决定，将它出售给另一个企业集团。我听说阿杰伊·克里什那·埃加利亚，也就是埃加利亚先生的孪生弟弟，非常渴望收购ABC集团。他很有可能成功。”

“那样的话可太有讽刺意味了，埃加利亚对他的弟弟恨之入骨。其实，他有一次还对我吐露说，他认为AK才是阿特拉斯幕后的主谋。”这时我突然有了新的判断，它甚至让我一时间激动得喘不上气来。我抬起头看着汗：“我想到了！是AK谋杀了埃加利亚，这样他就能接管他哥哥的公司了。”

汗不以为然地慢慢摇头：“我已经考虑到了那个可能性。在埃加利亚被杀害的当天晚上，AK是在丽晶大酒店。”

“他在丽晶大酒店做什么？”

“主持一个由1000个代表参加的医疗保健会议。他没有杀害埃加利亚的可能性。”

“我还是觉得，拉纳是整个案件的关键。你难道不认为，该对他进行审问吗？”

“我已经传唤他了。再过5分钟，他应该就会来这里。”

拉纳走进了汗的房间，看上去和我上次看见他时有点儿不同。也许这和他穿的马球衫、卡其裤和高档鞋有关，他多了一些阔气的感觉。

“我希望你在地狱里烂掉。”当他在我旁边坐下来时，他愤怒地低声说。

汗以一个经验丰富的调查人员的干练和高效率对他进行盘问：“你和埃加利亚先生之间是什么性质的关系？”

“我是他的主要助手，您可以把我看成是一个机要秘书。”

“埃加利亚先生考虑过选择萨布娜·辛哈小姐担任ABC集团的首席执行官，这是真的吗？”

他一脸痛苦地点点头：“那是个错误。我告诉过老板。”

“是什么原因让埃加利亚先生选择了萨布娜小姐？”

“我不清楚，老板并不会把什么事情都告诉我。我自己的猜测是，他因为某种原因被这个女人吸引住了，所以在去年9月份，他秘密地收购了古拉蒂父子公司。”

“但那发生在他认识我以前！”我插话说。

“说下去。”汗鼓励地说，“也就是说，埃加利亚先生购买了萨布娜小姐就职的那家公司。然后，他遇见了萨布娜小姐并告诉她，他想让她成为他的首席执行官，只要她能通过他的七个考验，对吗？”

拉纳点点头。

“而且，你帮助过埃加利亚先生实施过那七个考验？”

“不是七个，只有六个。”

“这是什么意思？”

“埃加利亚先生最近病得很重，没有时间策划第七个考验。”

“这是一个彻头彻尾的谎言！”我再次插话说。

“督察长先生，您可以和孟买的塔塔米莫里尔医院的基特尼斯大夫谈谈，他会向您展示埃加利亚先生的医疗记录，他将证明我老板患有胰腺癌，晚期。无论如何，他很快就会死的。但是这个女人——”他停顿了一下，看了我一眼，毫不掩饰他的轻蔑之情——“根本就不想等那么久。”

“他是在编故事。”我断然声明。

汗严厉地瞪了我一眼，又继续他的提问：“你知道埃加利亚先生是阿特拉斯背后的主谋吗？”

“我对此毫不知情，这件事让我感到非常震惊。”

“可你是他最信赖的助手，他怎么会不把秘密银行账户的情况告诉你呢？”

“我想，这当中有某种永远不能与人分享的秘密。不过我可以告诉您一点：埃加利亚先生是个好人，而不像媒体所宣扬的是一个魔鬼。”

我对拉纳的故作姿态感到惊叹。他仍然戴着那个平庸的奴性的面具，仍在假装成忠实的仆人、忠诚的助手。

“我可以问问你，你最后一次看见埃加利亚先生活着是在什么时候吗？”

“是在星期天晚上 8 点以后，我在那时离开了普拉塔纳。”

“你在离开埃加利亚先生的住所以后去了哪里？”

“我回家了。”

“你家的地址是在哪里？”

“瓦桑特昆赫辖区，C-1 区，DDA 公寓 4245 号。”

“你那天晚上一直在家？”

“没有。我在 10 点半离开家去了‘红外线’，巴桑特洛克大街的那家酒吧。”

“你在那里待了多久？”

“待到半夜，我当时接到了普拉塔纳的保安打来的电话，通知我老板遇害了。”

“然后你做了什么？”

“我立刻动身去了埃加利亚先生的住所，我在那里遇见了赛斯博士，警察 10 分钟后也赶到了。”

审问又拖了10分钟，但是毫无进展，我也越来越不耐烦。“如果埃加利亚没有策划对妮荷的硫酸袭击，那这件事是谁干的呢？”我怒视着拉纳质问道。

“我怎么会知道？”拉纳回答说，“那是需要警察去调查的事情。”

“我们会调查出来的。”汗说。

劳伦在当晚来探望我，陪她一起来的是一个黑头发的高个儿男孩。

“你还记得他吗？”她问我。

我看了看那个男孩，一下子就想起来了：“古杜，对吗？制锁专家。”

古杜的脸上露出一丝腼腆的微笑。“是的，小姐。我过去在米尔扎金属加工厂工作，是您和劳伦小姐救了我。”

“你现在做什么？”

“我在基金会学电脑。”

“坚强起来。”劳伦说，“‘如果没有冬天，春天不会如此怡人；如果不偶尔遭逢不幸，幸福就不会如此甜蜜。’”她引用了美国女诗人布雷兹特里特的名句。

我的沮丧是如此强烈，我只能引用奥斯卡·王尔德描述监狱生活的“里丁监狱之歌”作为回应：“我们狱中人只知道／四面墙壁坚不可摧／而且每天都像一年／每天都过得漫长而疲惫。”

傍晚6点钟，汗再次把我传唤到他的办公室。当我在他对面坐下来时，他严肃地看着我。“情况看起来对你不太妙。”他说，“我刚刚和孟买塔塔米莫里尔医院的基特尼斯大夫交流过，他证实了拉纳对我们说的话。埃加利亚先生确实患有转移性胰腺癌，患者通常只能存活三到五个月。埃加利亚先生的病情恶化到极其严重的程度，基特尼斯大夫甚至不得不告诉他，他的生命仅仅有两星期了。”

我惊奇地睁大了眼睛：“关于他的癌症，埃加利亚从未向我提到过一个字！”

“我也调取了‘红外线’的监控录像。拉纳从22点45分到23点55分之间确实待在‘红外线’里，这意味着他也有一个无懈可击的不在场证据。”

“那就是他对摄像头动了手脚。我很确定，当我走进埃加利亚的住所时他就在那里，是他杀害了埃加利亚，并蒙骗了门口的警卫设法逃脱了。”

“可是，拉纳为什么想要杀死他的老板？”

“因为那个最基本的原因：仇恨。拉纳因为埃加利亚没有选择他担任首席执行官而仇恨他，也因为他选择了我而仇恨我。所以，他杀死了埃加利亚并且嫁祸于我，这是一石二鸟。”

“如果你通过了第七个考验会怎么样？难道你真的认为，埃加利亚会让你做他的首席执行官吗？”

“我不知道。”我咬着嘴唇回答说。

“我认为他是在设置圈套让你当替罪羊，那样的话，你就会背负起面对阿特拉斯乱局的责任。”

“是的。”我慢慢地点点头，“他比他看上去要狡猾得多。”

汗将手掌合在一起十指相对，盯着我的眼睛：“你现在准备好坦白了吗？”

我也盯着他：“你真的认为是我杀了埃加利亚？这件事真的就那么简单吗？”

他呼出一口气。“谋杀从来都不那样简单。”他说，“但我们必须尊重事实，而且事实对你很不利。不管怎样，我不再负责这个案子了。它对于这个警察局而言太过重大了，国家刑事犯罪科已经接手它了。从现在起，将由他们对你进行审问。”

我和刑事犯罪科第一次打交道是在当晚8点钟。“他们想让你到审讯室去。”普什帕通知我，一种紧张感刺痛了我的脊髓神经。我想象到一个昏暗的地下室，悬挂在一张桌子上方的光线模糊的一盏灯，桌子旁边围坐着几个表情严峻的男人，香烟烟雾在他们眼前缭绕上升。

事实上，审讯室灯火通明，具有一个舒适的教室的气氛。里面有一张木桌，周围是坚固的金属椅，甚至还有一块黑板。然而，桌子周围的那三个男人却丝毫不像老师。他们穿着相同的没有明显特征的西装，就像政府侦探一样面无表情。

他们让我单独在他们对面坐下来，这显然表明我与他们是对立的，是一个对三个。

然后审讯开始。起初他们显得很文明，询问我一些基本情况：我的家庭，我在古拉蒂父子公司的工作，以及我和埃加利亚的交往。接着，气氛逐渐发生了变化。他们的提问开始变得尖锐、充满暗示而且惹人反感。“你和埃加利亚发生过性关系吗？”“他有多少次叫你进入他的卧室？”“你知道埃加利亚和阿特拉斯的关系吗？”

刑事犯罪科调查员无情地审讯了我三个钟头，试图威逼我承认，是我谋杀了埃加利亚。当我坚持自己的立场时，他们冲我大喊大叫，对我进行威胁和恐吓。“你要是不坦白，我们会以谋杀罪把你吊死。”

“那就把我吊死吧。”我反抗说，“但我不会承认我没有犯的罪行。”

我意识到，受到警方调查，就像陷入流沙一样。不管你多么努力地想要挣脱出去，最终只能越陷越深。刑事犯罪科的侦探一点一点地收集了不利于我的证据，把所有的线索联系在一起，最终使之成为一个致命的指控。从我能够获知的情况来看，对我展开调查的结果如下：我是埃加利亚的情人，和他有暧昧关系；埃加利亚承诺，只要我成功地通过他的七个考验，就让我做他公司的首席执行官；在完成了六次考验后，我变得不耐烦，想染指他所有的金钱；在此过程中，发生了一个完全无关的事件：对妮荷的硫酸袭击；我认为这是埃加利亚干的，所以携带一把匕首到他的住所去敲诈他；埃加利亚拒绝了我的要求，而我在盛怒之下，用那把刀子去攻击他，并最终将他杀害。

我必须承认，这个假设听起来很有道理。其实，到第三轮逼迫性的审讯结束时，连我自己几乎都要相信这样的假设了。也许我确实杀死了埃加利亚，这一经历给我带来了沉重的创伤，以至于我把记忆锁在体内并扔掉了钥匙。

作为其策略的组成部分，刑事犯罪科人员尝试使用了各种智力游戏。我不仅被剥夺了充足的睡眠和食物，而且他们还发出将我视为一级嫌疑犯的指令。现在每天晚上，一位男看守都在我的牢房外面值班，仿佛我是胡迪尼①式的人物，可以随时从没有窗户而且上锁的牢房逃脱似的。

媒体对这一案件的关注毫无减弱的迹象。在瓦特维豪尔社区警察局外面的采访车辆，比在印度首相官邸外面的还要多。我被逮捕是印度最大的新闻，有关此事的报道的受欢迎程度，甚至超过了电视台播放的肥皂剧。一位著名导演宣布了一项计划：要将我的一生拍摄成一部传记片。正如他所说的那样："所有有趣的丑闻都离不开金钱、谋杀或者性爱。因此，当你同时具备这三个要素时——就像萨布娜·辛哈的案件所体现出的那样——那么你就能够拍出一部超级大片！"

在我被捕的第五天，妮尔玛拉·本来探望我。她即将探访的消息在警察局引起了不小的轰动。"你居然认识大本钟？"普什帕·坦维诚惶诚恐地问我，她看我的眼神多了一种前所未有的尊重。

那个甘地主义者在下午 1 点钟到达警察局，但并没有被直接带到我这里。她首先被邀请到汗的办公室喝了一杯茶，后者又护送她对警察局进行了一番巡视。她参观了庭院周围的各个房间，又摆好姿势供人们拍照，还留下了亲笔签名。"大本钟，大本钟。"我听到有节奏的呼喊声和欢笑声。当妮尔玛拉·本女士步入被清扫干净、用鲜花装点而变得焕然一新的会客室房间时，我预期的热闹场面达到了顶峰。

她穿着一件朴素的白色莎丽，看起来十分优雅。一群争先恐后乱成一团的平

① 著名的魔术大师，享誉国际的脱逃艺术家，能不可思议地自绳索、脚镣及手铐中逃脱出来。他同时也是以魔术方法戳穿所谓"通灵术"的反伪科学先驱。

面媒体摄影记者和电视台摄影师像海啸一样紧跟在她后面。记者们提出各种问题，每个人都不遗余力地进行现场采访。他们并不是每天都有机会记录下印度最著名的反腐败斗士和这个国家最著名的被拘留者的一次会面。

当闪光灯从各个方向聚焦到我的脸上时，普什帕站在我旁边搔首弄姿。记者们拥挤着向我进一步靠近，他们的麦克风匕首似的向我伸过来。我双手遮住面孔，明亮的灯光和刺耳的声音让我退缩，所有的人都想让我那不幸的命运成为一大看点。

在拍照过程结束之后，汗试图让那些记者和电视台工作人员离开，但是没有人听他的。最终，妮尔玛拉・本帮他解决了这个难题。“各位，这是一次私人探访。”她双手合十地说，“请允许我单独见见我的干女儿，然后我会到外面和你们所有的人互动。你们看这样可以吗？”

这就像是一个魔术师在进行一次集体催眠一样，他们立即成群地散开，只留下我和这个甘地主义者、汗以及普什帕在一起。

妮尔玛拉・本注视着我的眼睛，仔细地探索着它们，从中发现她正在寻找的真相。就如一个妙手神医只要通过切脉，就能知道病人出了什么问题一样，她察觉出我正在经受的一切，她能够理解我遭到的折磨。

“勇敢点儿，我的好女儿。”她说，“记住，勇敢不是身体的素质，而是灵魂的素质。”然后她伸出双臂搂着我，我伏在她的肩上。紧紧地抱住她，寻求我曾经从妈妈那里体验到的同情和理解之源。虽然我竭力不让自己哭泣，但我灵魂深处那种深刻的悲哀和绝望还是让我抑制不住感情，我像迷路的孩子一样开始抽泣。她抚摩着我的头发安慰我：“不用担心，一切都会过去的。我也告诉苏西拉了，我会尽我最大的努力去帮助妮荷。”

20 分钟后，妮尔玛拉・本准备离开了。“每天晚上睡觉前，别忘了做祈祷，这可能会让你拥有一个平静的夜晚，免受噩梦的折磨。”她把我的手握在她的手里，将这句话作为临别赠言。我感觉到某种金属一样的东西滑进我的手中，就立刻本能地把手握成一个拳头。她低头做了个印度式的合十礼，就走出了房间。

“这是一个多么了不起的女人。”汗在护送我回牢房时说。

“我得到了和她的合影照，长官。”普什帕面露喜色地说，得到的却是她的上司不悦地皱起的眉头。

我松开拳头，看见了一把小小的钥匙。

妮尔玛拉・本一去不返，把一个谜留给了我。这把钥匙是做什么用的，它能够打开什么，还有，她为什么要把它交给我呢？

我把钥匙在手里摆弄着，这是一把普通的不锈钢钥匙，没什么特别的。就像是那种用来锁住橱柜的钥匙。但在这个监牢里没有橱柜。当我把它放进衣服口袋里时，我猜想，这很可能是因为妮尔玛拉·本的盗窃癖又犯了。

当天晚些时候，一个医生来给我做体检。刑事犯罪科无休止的讯问对我的健康造成了损害，不管在精神上还是在身体上。恐惧、悲伤、绝望和无助带来的多重伤害，在我的内心深处挥之不去。这些都不可避免地影响了我的肠胃，导致严重的腹泻发作，我甚至不得不在深更半夜急急忙忙地去解手，这让普什帕非常恼火。

已经是后半夜了，但我睡意全无。虽然我每天都因为难以摆脱的沮丧感而备受打击，可是今晚我尤其感觉意气消沉。我已听说他们要将我转移到专门关押要犯的提哈尔监狱。我将一生身陷囹圄的前景，像贫瘠、荒凉而凄惨的西伯利亚冬天一样开始在我眼前闪现。

我仍然对汗抱有信心，然而，他已经被降低到一个无助的旁观者地位。刑事犯罪科的侦探们是一群自行其是的家伙，而且他们会不惜一切代价确保一桩谋杀罪的成立。我能够感觉到，所有的大门都在向我关闭。“现在只有奇迹能够拯救你。”我的律师说。甚至杜尔伽女神似乎都遗弃了我，使我的信念开始动摇。

我思绪混乱，甚至没有听见牢房门被打开的声音。是普什帕·坦维和她那张一贯刻薄的面孔。“我受够了你的朋友。”她宣布。

“为什么？”我问，“发生了什么事？”

“有人在这个时候给你打电话来。”

“从哪里打来的？”

“科钦。”

“科钦？我在喀拉拉邦没有认识的人啊。”

“那你最好去告诉那个发疯的夜猫子，叫他不要在这个时间打扰我们。”她说，然后把我带到了报告室。在那里，三个警员围住一部老式转盘电话，就像几只狗围住一块骨头一样。

我拿起话筒：“喂，您好，是哪位？”

“是你吗，萨布娜？”我听见一种夹杂着长距离通话产生的静电的声音。那是我即便从100光年以外的距离也能够辨认出的声音。

“卡兰？”我惊喜地问，“你是从哪里打来的？”

“从加利福尼亚的科切拉。”

他真实的声音是治疗我受伤的灵魂的一剂良药，转眼间就弥合了我们之间的巨大的时空鸿沟。

“我非常抱歉。”他接着说，“我刚刚听说埃加利亚的消息。我正在凑钱，我会尽快飞回德里。”

“不要费心了。”我告诉他，“你有比我更重要的事情——”

“对我来说，没有什么比你更重要，”他打断我说，“我刚在这里开始一份新工作，但晚几天再上班也来得及。我必须首先把你救出这个火坑。”

“你什么也做不了，卡兰。”

“我已经在这边着手做这件事了，萨布娜。我让印度移动的朋友把拉纳最近的通话记录清单发给我。猜猜看，自从埃加利亚死后，拉纳每天在和谁通电话。”

“谁？”

“阿杰伊·克里什那·埃加利亚。我确信埃加利亚是被拉纳和AK合伙设计谋杀的。AK的长相和讲话都跟他哥哥一模一样。如果他那天晚上也在普拉塔纳会怎么样呢？”

“我的上帝！”我喃喃地说，“我从未想过这种可能性。”

“我会揭露整件事情的真相的。你就等着吧，萨布娜。我就回来。”他说，然后又传来电话断开的静电音。

我回到牢房，内心注入了新的勇气和新的希望。卡兰可能是同性恋者而且在地球的另一边，但他仍然是我的磐石，有他支持我，我或许能够证明自己的清白。

尽管如此，我突然产生了一种不可抗拒的念头：我需要自力更生，把命运掌握在自己手里，走出这个使人窒息的监牢。

在接下来的两个钟头，我在牢房里走来走去，不停地盘算着逃生计划，就在这时，我的胃部再次感觉恶心。胃部痉挛让我疼痛难忍，我不禁大声呻吟起来。我艰难地走到牢房门口，向那个正在打盹的看守喊道：“我需要上厕所，请帮我叫一下普什帕。”

几分钟后普什帕出现了，揉着惺忪的睡眼。“就是一个巫婆也不会这么晚还不睡觉。”她一边打开牢房的锁头，一边脸色阴沉地嘟囔着，“神啊，看看你给我带来了多大的痛苦。”

庭院如坟墓一般寂静。我甚至能够听见从几个房间传来的鼾声。普什帕嘴里还在咕哝着什么，把我推进了女卫生间。“我只要几分钟。”我含糊地说。

“你就是整晚上烂在这里我也不管。”她回答说，并在口袋里摸索起卫生间的钥匙。

没找到钥匙让她更加恼火。“活见鬼，它到哪里去了？”她低声抱怨着，把一只手伸进裤兜里面。“萨拉已经弄丢了她自己那把钥匙。难道是哪个狗娘养的现在开始偷我们卫生间的钥匙吗？”

她终于从胸前口袋里掏出那把钥匙。“找到了！”她举着钥匙，得意扬扬地说，就像从考古发掘中发现了古代人工制品一样。我注视着它，不由得浑身一震。

“你现在可以尽情地拉屎了，我给你30分钟。但是你今晚不许再打扰我，你听见我说的了吗？”她狠狠地瞪了我一眼，就猛地关上门，从外面把它牢牢地锁上了。

我把一只手伸进衬衣口袋里，掏出了妮尔玛拉·本交给我的钥匙。它看起来酷似普什帕的那把钥匙。

我突然弄清楚了这把钥匙的作用：它能够打开女厕所的门。警察局有五个女警员，她们每个人都有这个卫生间的钥匙。妮尔玛拉·本一定是从她们当中哪个人身上把它偷来的。

这个突然出现的可能性让我不禁开始发抖。我拥有的不只是这个卫生间的钥匙，更是拥有了重获自由的钥匙。一种冲动的、疯狂的想法占据了我的头脑，使我不再顾及由此可能带来的一切后果。我等待着，直到听见普什帕距离门口的脚步声越来越远。我默默地从一数到二百，然后将钥匙插入插槽。它非常适合。我念念有词地做了一次快速祈祷，然后尽量轻地扭转它。接下来我听到的声音，乃是一个囚犯在一生当中所能听到的最美妙的声音：打开门锁的“咔嗒”声。

我悄悄走出卫生间，再次将它锁好，又快速地向周围看了一眼。没有普什帕·坦维的踪迹，也没有从女士休息室传来的短促的尖叫声。庭院看起来还是冷冷清清的，这是一个被沉默笼罩的夜晚。

我蹑手蹑脚地走到西面走廊里。我刚刚通过无线电室，就听见身后传来关门声。这把我吓得浑身发抖，几乎站立不住。我竭力让自己保持理智，迅速躲到一根柱子后面。我向刚才的方向偷窥，看见一个人笨拙地走出调查员室房间，身上只穿了一件背心和条纹内裤。他带着一丝困惑，睡眼惺忪地站了一会儿，然后又放了一个响屁。接着，他挠挠他那毛茸茸的后背并转向左边，显然是要去男厕所。

我还没有从这个意外的冲击中回过神，就听见另一个声音从走廊对面传来。那是一阵轻轻的敲击声，就像有人在用一根手杖敲打地板一样。这可能只是夜晚值班的警卫在巡逻。我确信他已经发现我了，顿时像一个被当场擒获的小偷那样浑身僵硬。但是，他奇迹般地停了下来，很可能是遇到了那个穿条纹内裤的人。我先是听见一阵低沉的交谈声，又听见彼此打趣的笑声。我意识到，这是我唯一的机会，就快速进入那个半开半掩的调查员室。

我在暗影中蹲伏着，等待那个警卫通过这里。他迈着像全世界最悠闲的男人那样的步伐。随着脚步声越来越近，我的额头开始冒汗。他停下脚步，几乎就站在门口。我的呼吸都要停止了。房间天花板上的一个风扇正在全力旋转，但我的耳朵只能听见血液在血管里全速奔流的沉闷的撞击声。我听见那个警卫清清喉咙，吐出了什么东西。然后，他沿着走廊从我的眼前走过去，靴子在石板上咯吱作响，就像生锈的铰链一样。

如释重负的感觉，犹如一束早晨的阳光，照进了我的体内。这时，我的视线开始适应这个又小又脏的房间里的黑暗景象。我看到了一张桌子、一张铁床和一个上面放着水壶的床头柜。很明显，这房间是某个高级警员的卧室。正当我准备溜出房门时，我被两件东西吸引住了：一件是床铺对面的墙壁衣钩上挂着的制服。另一件是放在桌子上的一只手枪皮套。

我的脑子里又产生了一个大胆的想法，它让我耳朵发热。我踮起脚尖，一只手伸向那个衣钩。

我走出调查员办公室，看上去就像是一个要去参加化妆派对的人。这件衬衫对于我而言尺寸太大，至少大出两码。这条裤子太长，裤脚包住了我的鞋，就像一对宽松的丝袜一样。不过我告诉自己，此时此刻，样子像一个小丑比像一个逃犯要好得多。

我走到走廊的尽头，迅速朝每扇房门看了一眼，我没有转向通向女子监牢的左侧，因为这会有和那个警卫撞个正着的危险，所以我转向和庭院相连的前排办公室的右侧方向。汗的房间是锁着的，但在报告室有几个值夜班的警察。他们完全沉迷于打扑克，当我从打开的窗户前面经过并走向大门时，他们几乎没有注意到我。“喂，普什帕！”他们当中的一个向外面喊道，“那个娘们儿是不是又给了你一个不眠之夜啊？”其他人都哄笑起来。

走向大门口时，我体内的每一根神经都像绷紧的弹簧。想到有人会发现我在莎丽外面套着一件不合身的男人制服并发出警报，就让我心惊肉跳。现在，我每一秒钟都在等待警笛声突然响起，然后有人从后面一把抓住我。但是，我没有遇到任何盘问。当我快步走出那扇金属大门时，没有人无情地将我拦住。

警察局距离位于瓦特维豪尔社区的普里亚闹市区很近，那里因为聚集了众多酒吧和餐馆而闻名，而且那也正是我要去的地方。我不时地掐掐皮肉，确认这不是一个幻觉。很难相信我最终获得了自由。我的命运现在掌握在我自己手里。

甚至在这么晚的时刻，闹市区仍然充满了生机。寻欢作乐者仍辗转于各个酒吧，街道上依旧车流不断。我发现一辆嘟嘟车刚刚放下一对年轻人，就立刻坐上去。“送我到瓦桑特昆赫辖区，要快。”我告诉那个司机。

“先付150卢比。”他回答说，甚至都没有扭头看看是什么人坐上了他的车。

“从什么时候开始，司机竟然要求提前付钱了？”我大声质问他。

他扭过头来，我看见了一张黝黑的缀满天花疤痕的面孔。这时他才注意到我的制服，整个态度也发生了变化。“很抱歉，小姐。您可以根据里程表付钱。”他温顺地说着，并打开了计价器。我因为实现了那个最宝贵的创举而得意地抿嘴一笑——让一个德里汽车司机变得规矩起来。

我们刚刚进入纳尔逊·曼德拉公路时，就听见了一声警笛，它的尖叫声划破了夜晚的宁静。这让那个司机变得兴奋起来。“估计是有小偷逃跑了。”他说。

“是的。”我庄重地点点头，“好像是这样，不知道是什么样的小偷。”

当我们的嘟嘟车发出“轧轧”的响声驶向瓦桑特昆赫辖区时，纳尔逊·曼德拉公路显得空旷而荒凉。这条八车道的高速公路是连接瓦特维豪尔社区和瓦桑特昆赫辖区的动脉，它的两边有五星级酒店、几所顶尖的教育机构和德里两个最大的商场。但是，它也作为天黑以后首都最不安全的地段之一而臭名昭著，这是巡逻警力有限、光线不足、住宅区寥寥以及植被茂盛浓密所致，但所有这一切都非常符合我的心意。

我们进入接近于贾瓦哈拉尔·尼赫鲁大学的那个上坡路段时，第一个危险的迹象出现了。我远远就看见正在被转移到道路中央的金属路障，以及一个正在设置的检查点。一阵莫大的恐惧让我浑身痉挛。我没有想到，我逃跑的消息会这么快传递到这个城市所有的警察单位。

“停！停！停！”我拉了一下司机的衣领，“我就在这里下车。”

“在这里？”他重复了一遍，“可是这里什么也没有，而且在几英里范围内也没有人。”

“你看到那个了吗？”我指着路边一个废弃的、很可能曾是一个茶室的锡皮棚屋，“我是被派来调查它的。”

“我听你的。”他耸耸肩并关闭了发动机，“52卢比，小姐。”他读着一张打印出来的单据——通常是里程表显示的收费数字加上25%的夜晚附加费。

我下了车，在制服口袋里翻找，希望能找到一些现金，但我没那么幸运。“你是在向一个当班的警官要钱吗？”我厉声喝道，尽可能让自己看上去像是那种既粗鲁又蛮横的警察。

“我没听说警察就不需要付车费，”他质问我，“上月有个督察长就想这么做，我们的工会直接找到了廉政署，威胁要立即举行罢工。”

“没钱给你。”我摇摇头，“倒是可以给一颗射进脑袋的子弹。”我从裤兜里掏出那把偷来的左轮手枪，就像好莱坞警匪片中的恶棍那样，戏剧性地对准他的脸。

他惊恐地睁大了眼睛，突然而至的恐怖感和熟悉感同时在他的眼里闪现。“我的天！你就是我在电视上看见的那个女孩，那个凶手。”

我把手枪在他眼前晃动，感觉它在我手里显得沉重而笨拙：“没错。而且就算把你一块儿干掉，我也压根儿就不会感到良心不安。”

“不……不要。请你放过我吧。我还有老婆和三个女儿。没有我，她们就活不下去。”

“那就立刻离开，原路返回，而且不要对别人提一个字。”

“我不会的，我发誓。我这就走……我这就走。”他打开发动机，浑身都在发抖。他掉转车头，朝向瓦特维豪尔社区的方向，然后按下油门，一路狂奔而去。

我看着那辆嘟嘟车，直到它变成远处的一个小点。然后，我大步跑向那个锡皮棚屋，在屋后一屁股坐下来，疲劳和失眠让我全身酸痛。我需要稍微休息一下，盘算下一步的计划。我的脚下是一大片影影绰绰的树林，看上去黑暗而且令人生畏，它实际上是被称为中南岭的古老的阿拉瓦利山脉的支脉。

我坐了还不到10分钟，就听见空气中响起多个警笛的嘶鸣。我从锡皮棚屋后面向外偷看，只见10多辆警车正从瓦特维豪尔社区方向驶来，闪烁的车前灯就像是一个UFO到来的信号。我转过头来，看见同样数量的巡逻车从瓦桑特昆赫辖区方向逼近，它们似乎都在向这个棚屋会聚。

我意识到，那个出租车司机泄密了，现在警察正要赶过来抓我，我不能再待在路边了。我转向我唯一可能的避难所：脚下这片森林。

我朝眼前这个陡峭的斜坡向下望去，它通向下面的峡谷，看上去崎岖无比而且岩石密布，但是，绝望的时刻需要绝望的举措。我把我同样是偷来的裤子向上提提，不顾危险地开始向下面冲去。树枝和荆棘扎进我的脚踝，松散的沙土落入我的鞋里，锋利的锯齿状石头撞击着我的膝盖。我以迅速而谨慎的动作继续下行，直到我突然失去了立足点，顺着岩石斜坡一头栽了下去。我的膝盖擦伤了，一阵疼痛感袭遍我的全身。我的头随即撞到一块巨石上，一瞬间昏厥了过去。

当我苏醒过来时，我发现自己躺卧在地，就像一个张开四肢的布娃娃。我的嘴里全是沙土，还有一些渗入了我的头发。我呻吟着站起来，开始观察周围的情况。

周围都是彼此连接成一个个茂密的树冠的高大树木。我眼前的地面上布满了各种多刺的荆棘，它们覆盖住了一大片碎裂的砂岩地质。这片原始森林回荡着它的夜间居民的种种叫声。猫头鹰在咕咕鸣叫，昆虫发出唧唧啾啾的声音。有什么东西从我的左侧蜿蜒滑过，我惊恐地向后跳了一步，只希望它不是一条蛇。

接下来，我听到的那个声音让我打了一个寒战：那是一阵阵刺耳的狗叫声，是从头顶上方的某个地方传来的。我倚靠在一棵大树上，抬起头盲目地向上望去，我看见照进天幕的几道光束，警察并不是单独来的，他们带来了探照灯和警犬。

现在，第一次，身为逃犯的现实感像一颗缓慢飞行的子弹一样击中了我。我的脑海里浮现出埃加利亚住所豢养的那些凶猛杜宾犬的画面，于是我开始疾步奔逃。

当我在这片野生森林里不顾一切地狂奔时，悬垂的树枝像鞭子一样抽打在我的脸上；荆棘丛像带刺铁丝网一样要把我绊倒；强韧的树叶像无数根钢针似的刺痛了我的脸颊。我不知道我正在奔向哪里，可是我知道，我需要尽可能远离那些狗。

我被绊倒过几次，衬衫被划破得不像样子，脸上和胳膊上有无数割伤和淤伤，但我仍在继续奔跑。我的每个毛孔都溢满了汗水，我肌肉僵硬，我气喘吁吁，我的喘息声夹杂着不规则的呜咽，我的心在胸腔里疯狂地跳动，然而我始终都没有减缓脚步。我只能够感觉到清新的森林香味，在我脚下喀嚓作响的小树枝，以及沙沙地掠过枝叶的疾风。支撑我的更多是纯粹的意志，而不是恐惧和本能。我的脑海里的某个声音不断催促我前进，它给予我那种原始的决心，使我忽略了身体对于水、食物和睡眠的全部需求，让我只能不顾一切地前进。今晚我要奔向我的自由，没有什么可以阻挡我。

在经过三个钟头断断续续的奔跑之后，黑暗开始消退，周围的树木逐渐变得稀少。黎明的第一缕光线像长矛一般刺穿了树冠，驱散了昏暗。鸟儿开始啁啾，我甚至听见了潺潺的溪流声。但是，另一种声音盖过了所有这些声音：在附近一条主干道上快速行驶的车辆发出的不和谐的喧嚣。

我跟随道路传来的声音，又走了数百米，突然停下来：我已经到达了树林尽头，进入露天地带。青翠的森林不见了，我发现自己置身于一个周围铺满大量混凝土管的砾石坑。毫无疑问，这是在准备建设又一个五星级酒店或者豪华商场，这个山区的绿肺正在缓慢而又确凿无疑地成为商业开发祭台上的牺牲品。

我远远地望向某个有着闪闪发光的穹顶的建筑群后端，那里看起来非常熟悉。我搜索着我的记忆，突然想起我在《安普里奥商城杂志》上见过它：我已经到达了瓦桑特昆赫辖区。

这是一个我对于其地理情况相对了解的区域，主要是因为爸爸在这个辖区的瑞安国际学校短暂地教过书。

远方的地平线变成了一个神秘的磁铁，迅速将我拉向那里。肾上腺素在我的血管里涌动。此时，我的双腿早已麻木，甚至感觉不到疼痛和疲劳。

我脱下已经破破烂烂的警服，把它扔进一条管道里。我双手举起那把左轮手枪，象征性地瞄了一下，把它插进我的裤子口袋里。我平整了一下莎丽，用力擦净脸上的尘土，把头发在脑后绾成两个拳头大小的发髻。然后，我深深地吸了几口气，最后一次奔跑起来。

我奔向那条路，奔向C-1区，奔向拉纳所在的地方。

C-1区属于从瓦特维豪尔社区外围进入瓦桑特昆赫辖区的第一个分区，而且就在主路边上。阿卜杜勒·加法尔公路刺耳的车流声，是一个使人宽慰的信号：我逃跑的消息还没有打破当天的正常节奏。

我到达入口处的大门时，这个住宅区的居民恐怕刚刚醒来。门口的一个看上去很年轻的保安怀疑地盯着我。“喂，你是新来的吗？”他用那种随意而粗鲁的语调同我讲话，似乎是在同一个地位低下的人对话。

一开始我并不明白他的意思，随后我意识到，他以为我是一个新来的佣人。

我不会责怪他，我长得很平凡，没什么值得称道的特点，我的脸上没有哪个器官出类拔萃，再加上我头发上的泥土和衣服上的污垢，他只能把我看成是一个女佣。我可能是每天流动于德里的大街小巷和千家万户的贝拉、查姆巴、普尔玛蒂或者达拉姆瓦蒂，或者是成千上万女佣当中的任意一个。

“是的。”我急切地点点头，“我是今天才开始来这里上班的。”

“谁家？”

“拉纳先生，4245号。”

“他不是已经有蒲特丽在帮他干活吗？”

“她昨天离开了，回到她农村老家去了。”我即兴杜撰，“所以我才会来这里。接蒲特丽那摊活儿，直到她回来为止。”

“哦，那你是临时帮工，你拿到警方核实证明了吗？”

“没有，那是什么？”

“问问拉纳先生吧，那是居民协会针对所有帮佣的一种强制性规定。”

“你的意思是，在拿到它之前我不能工作？”

“你当然能，我们必须互相帮助，对吗？”他朝我眨眨眼睛，挥手让我走进虚掩的大门，“对了，你还没告诉我你的名字呢。”

“哦，我叫冰姬。”

“好的。再见，冰姬。”

我走进大院，朝周围看了一眼，一层公寓有整洁的花园和修剪过的树篱，屋顶上是闪闪发光的碟形天线和储水罐，几乎每家阳台上都有盆栽植物和吊篮。荫凉处停放着一些 SUV 和其他各种豪华轿车，这里散发出一种郊区中产阶级舒适而富庶的生活气息。

拉纳的公寓是在左侧靠近界墙的那座建筑物里，当我走到四楼楼梯口时，我开始感到一阵紧张。我缓慢而又小心地从口袋里取出那把左轮手枪，把它握在右手里。然后，我按下“4245”的门铃开始等待。

我可以想象，当拉纳把门打开，低头看见一把手枪的枪口对准他时，他的脸上会露出何等震惊的表情。我会粗鲁地把他逼到里面，让他跪到地板上，强迫他叙述整个肮脏的故事：他如何跟 AK 合谋杀害了埃加利亚并嫁祸于我。接下来，我会打手机给汗，让他记录下拉纳的供述，从而结束那个自被捕以来就让我饱受折磨的噩梦。

情况不会按你的计划进行——这样的可能性永远都是存在的。拉纳可能会再次吼叫，认为我不会向他开枪。那他就大错特错了！这把手枪在我手里已不再那样笨拙，我感觉到它的确是一种致命的武器。而且我由衷地意识到，如果我必须那样做的话，我就一定会扣动扳机，一宗谋杀案的最大嫌疑犯已无任何退路可言。

差不多 5 分钟过去了，没有人打开门。我试着去扭门把手，发现它是牢牢地锁住的。我反复按了几下门铃，但拉纳没有出现。在徒劳地按了 10 分钟门铃以后，我得出了结论：我的猎物不在里面。我的心沉了下去。因为我泄气地想到，拉纳也许已经逃离德里了。这是我根本不曾考虑过的一种可能性。

当我沮丧地转身准备离开时，某样东西吸引了我的目光。那是从主路的某个方位忽然闪过的一抹蓝色。我望向阿卜杜勒·加法尔公路，在清晨一波又一波车流的短暂间隙里，我瞥见了一群挤作一团、穿着运动服和网球鞋的跑步者，他们正在跑向 C 区某个方向。我看到的那一抹蓝色正是出自那里。可它似乎消失了。不，等等，就在那里。那是一个穿着深蓝色“锐步”运动服的跑步者，他的动作优美流畅。当我的视线继续跟踪他时，我感觉到手掌泛起一阵刺痛感。那个人不是别人，正是拉纳。

我内心的沮丧感被一种可怕的满足感所取代，就好像一个耐心的猎手终于发现了他的猎物一样。是的，上帝还在天堂，正义终将兑现。

那群人现在快要跑到马路另一侧 4 号门的正对面，我看见拉纳从人群中跑出来，朝那些继续跑步的人挥挥手。当他准备等待车流过去以便穿过马路时，他在路边俯下身去，就像一个疲惫的奔跑者需要弯腰喘口气似的。

现在，他站直了身体，从口袋里掏出手机。他把手机贴到耳朵上，好像是在接听一个电话，并开始大步穿越马路。他还没有到达中央分界线，身后就突然驶来一辆轻型卡车，以危险的高速飞驰而过。拉纳似乎把全部注意力都集中在手机通话上，以致在那辆卡车撞上他之前，他甚至都没有看见或者躲避它。我听见金属撞击皮肉和骨头产生的那种令人毛骨悚然的声音，手机从他的手里飞了出去。他的身体被弹射到半空中，带着一种令人作呕的爆裂声撞到人行道上。那辆撞飞拉纳的卡车顺着街道继续飞奔，没有听到任何刹车的尖叫声。正相反，那个司机甚至加大了油门，以最快的速度不顾一切地逃之夭夭了。

这一切发生得如此迅速，我只能怀着无助的恐惧注视着眼前的情景。很快，我的大脑将各种紧急讯息连接在一起，它们告诉我，要是拉纳没了，那么证明我清白的最后机会也就没了。“不——”我尖声叫喊起来，疯狂地冲下楼梯。

我跑出大门，一边躲避着车辆，一边不计安危地加快速度，终于到达了马路另一边。当我跑到拉纳跟前时，他还活着，但只剩最后一口气了。路面溅满了他的鲜血，他的面部右侧是一堆完全暴露的肌肉和涌出的脑组织。在几英尺以外，散落着他那被摔成碎片的手机。我跪在人行道上，把他的头轻轻地抱在我的膝盖上。“拉纳……拉纳，”我低声而急促地喊道，“我是萨布娜。”

“萨布娜？”他声音沙哑地低声重复。然后他咳嗽起来，吐出了一口鲜血。他的喘息变得越来越短促。他脖颈的脉搏在不规则地悸动，我知道他没有多少时间了。

“这……这到底是怎么回事？这是谁干的？”

“他……我……是个骗子。”他前言不搭后语地吃力地说道。

“那人是谁？告诉我，快告诉我。”我说，试图诱使他说出真相。

“对不起。”他以嘶哑的声音说出了最后一句话，带着一种清醒和懊悔的神态凝视着我。他再次咳嗽了一声，瞳孔开始放大。他的颈动脉越来越微弱，然后就一动不动了。

这时，一大群旁观者围在我的周围。“啊呀，赶紧叫救护车！”有人喊起来。“不需要了。”另一个人说，“已经来不及了。他死了。”

“他是你丈夫吗？”又一个旁观者问我。

“不，”我摇摇头，“我……我只是认识他。”

令人惊奇的是，各种车辆继续在阿卜杜勒·加法尔公路上奔驰，似乎什么事情也没有发生一样。拉纳的死只不过又增加了一起交通事故的冰冷数字。在一个危险的城市里，又多了一个不知名的倒霉蛋。

但是，警察是必须到现场察看的。很快就传来了警笛声，它淹没了人群的嘈杂声，我知道该是离开的时候了。我站起身来，发现我的莎丽沾上了鲜血，我的运动鞋上甚至都挂着一层拉纳的内脏。“我现在必须走了。”我说，并从旁观者形成的紧密的包围圈中寻找空隙。

“我的上帝！你不是萨布娜·辛哈吗？那个杀了维奈·莫汉·埃加利亚的女人？”不知从哪里传来一声尖叫，突然感到不寒而栗的围观者开始后退。

我像一尊雕像一样僵住了，我的全身因为恐慌而感到麻木。快冲出去！我的脑海里响起清晰的警铃声。现在就冲出去！我一头扎进人群，就像一头公牛正在发疯地冲击马戏场一样，我终于奋力从人群中钻出来。我不知道该往哪个方向去，所以只是随意地跑向马路对面，险些被一辆公交车撞倒。

“抓住她！”一个人怒吼起来。

就在这时，我想起了那把枪。我把它从里面的口袋里掏出来，停住脚步并转过身。“谁再敢靠近我，我就打穿他的脑袋。”我对着那些追逐者大喝一声。他们看见了左轮手枪，立刻像一群鸽子似的散开了。

我如此专注地注视着他们纷纷避开我，却没有注意到早就从后面悄悄向我靠近的那个男人，他的右手握着一只板球球拍。当我转身看见他时为时已晚。他的嘴里骂了一句脏话，把那只球拍用力向我抽来，正打在我的腹部。这凶狠的一击把我肺里的空气打了出来，我差点儿一头栽倒在人行道上，身体摇摇晃晃，只觉得头晕目眩。那把左轮手枪脱手而出，掉进路边的一个排水沟里。

我竭力让自己站直身体，跌跌撞撞地再次跑起来，只觉得腹内恶心作呕。那个手持球拍的家伙试图从旁边拦截我，我使尽全身力气一头撞向他，把他撞得突然向后翻倒，掉进同一条排水沟里。

这时人群变得活跃起来，围捕一个逃犯的快感，足以让他们热血沸腾。一打以上的男人开始追赶我。我现在只能不顾一切地奔跑！我经过了一排整齐的小商铺，以及一个专售“母亲牛奶场”牌乳制品的货摊，丝毫不敢回头看，但我能感觉到，那群人还是像影子一样紧追不舍。

“再快点儿！”我脑子里的那个声音在向我发布命令，可我的双腿已经没有那么多力量了。我的心脏就要爆炸了，我的大脑就要裂开了！

当我看见一辆红色的国产马鲁蒂“风神”汽车在我身边停下来时，我此时几乎就要瘫倒在路面上。后排乘客座位一侧的车门打开了，我听见一个女人大声说：“快上来！”

我像一个盲目服从某种指令的信徒一样，飞快地钻入后排座位。我刚刚坐稳，汽车就从人行道上转弯并开始加速。我抬起头，发现一个穿着蓝色T恤衫的女人正从前排乘客座椅上盯着我。她很像阳光电视台的夏丽妮·格罗芙。司机是一个头发蓬乱、面容瘦削的男子，我以前从未见过他。

“你还好吗，萨布娜？”那个女人问，我顿时如释重负地放松了下来。她确实是我的朋友夏丽妮。

“你是怎么……怎么找到我的？”

“最近这两天，我一直在监视拉纳的房子，想要证实他和埃加利亚谋杀案之间的联系。我刚才看见他被那辆卡车撞了，而且一分钟后我看见了你，你挥舞着一把左轮手枪，身上像着火一样逃跑。当我发现那伙人想要抓你时，我就让迪索萨——我的摄影师——成为你逃跑的交通工具。”

“嘿，我是迪索萨。”那个司机从方向盘那里向我挥挥手。

夏丽妮用打火机点燃一支香烟，让我吸上一口。这时，我才注意到在汽车内饰表面像花纹一样的尼古丁油印子，她一定是个烟不离手的人。

“不，谢谢。”我谢绝了，我的心脏由于勉强死里逃生仍在激烈地跳动。

“我正在想，你是从监狱跑出来的。”夏丽妮过了一会儿说。

我紧张地点点头：“你会把我交给警察吗？”

“难道我疯了吗？”她笑起来，“我为我最宝贵的消息来源想出了一个更好的计划：我要把你送到我们在达里甘赫辖区一所安全的房子里。”

“这有什么意义吗？”我问，一股胆汁的苦味上升到我的喉咙里，“拉纳的死已经让我的全部希望落空了。”

“正相反，这恰恰证明，你只不过是一个复杂游戏中的一枚棋子。从那辆卡车撞到拉纳的方式来看，很像是预先策划的。那不是一个意外，是谋杀。”她说，把一个烟圈吹到我的脸上。

“就在卡车撞到他之前，有人打他的手机。”

“是的，而且我想到了那个人是谁。”

“谁？是 AK 吗？”我问。

“不，他很可能是印度移动公司的老板，斯瓦潘·卡拉克。”

“你为什么这么说？”

“卡拉克和拉纳之间一定有事情。我昨天看见他走进拉纳的公寓，在那里待了两个多钟头。”

“可是，什么样的生意会让印度移动的老板和拉纳产生交集呢？”

“那正是我要挖掘的。你现在让自己放松一下，争取睡一会儿。”夏丽妮说，并打开了汽车音响开关。

印度老歌手潘迪特·詹斯·拉杰演唱的《卡玛斯拉格曲》悠扬的旋律从扬声器中飘出，让包围住我的那个混乱世界变得安静下来。在刚过去的超过 24 小时的时间里，我第一次得以安心地合目而睡。朋友令人欣慰的信任和汽车稳稳当当的前行，使我逐渐陷入急需的睡眠状态，直到一阵警笛声将我猛地惊醒。

“该死，该死，该死！”我听见迪索萨在诅咒，“三辆警车在追我。”

“一定是刚才有人报告了我们的车牌号。”夏丽妮嘟哝着说，一边看着后视镜。

“是你让我卷入了这个烂摊子，现在你得把我弄出去。”迪索萨带着哭腔说。

“你给我安静点儿。”夏丽妮厉声说，又点燃了一支香烟。

当我努力确定我所在的方位时，我眨巴了几次眼睛，迫使自己变得更加清醒。我们似乎在印度门附近，而且正在接近一个红灯。

“我他妈的到底该怎么办？”迪索萨气哼哼地问。

“听我的，不要管红灯，冲过去。”夏丽妮平静地说。

“什么？”

“冲过去！”

当迪索萨加速穿过路口时，各种汽车喇叭声嘶鸣起来，大小车辆纷纷避让。

“现在你真的惹上麻烦了。”我苦恼地对夏丽妮说。

“不用担心，”她说，“我们会告诉警察，说你劫持了我们。”

就在这时，我想到我们是在耍弄警察，果然，更多的警笛声在空气中回荡，变得越来越尖利。

迪索萨离开主路，把车拐进了一条僻静的小街。他将一只手紧紧按住汽车喇叭，一路曲折前行，穿过条条迷宫似的小巷，就像一个不稳定的指南针一样不断改变方向。但我们未能彻底甩开尾随着我们的那辆孤独的警用“吉卜赛”车。情急之下，在极有可能撞上迎面驶来的车辆的情况下，迪索萨不顾死活地连续跨越了三个车道，突然冲入简巴特市场大街早高峰时期的混乱车流中。

事实上，这是一个灾难性的举动。当我们在阔佬地广场外围陷入全面堵塞的车海中时，夏丽妮知道，我们不可能到达那所安全的房子了。“停车！”她向她的摄影师发出指令。

迪索萨点点头，在皇家电影院附近猛然把“风神”停下来。

“你最好在这里下去，寻找一个藏身之处。”夏丽妮建议说，“我们会再开出几公里，直到警察追上我们为止，这至少可以帮你把他们引开。”

我快速打开车门跳了出去。夏丽妮本能地从座椅那里把手伸出来，以一种姐妹同心的姿态握紧我的手。“继续战斗，萨布娜。”她说，“永不放弃。对了，带着这个。”她拿起放在脚下的一个棕色皮革肩背包。“这是我的紧急旅行装备。里面有一些现金，一套换洗衣服、卫生纸、手电筒、小折刀，甚至还有胶带呢。”

我抓起那个应急包，勉强对夏丽妮露出微笑，希望她能够从我的眼睛里，读出那种隐藏在恐惧不安外表下的感激之情。“你为我所做的这一切，我该怎样回报呢？”

“很简单。等你证明了你的清白以后，你要允许我对你做一次独家专访。现在快走，快，快！”她说，与此同时，迪索萨再次将汽车缓缓开进车流中。

我一动不动地站了一会儿，就像一个面对一场车祸而变得不知所措的人一样。夏丽妮想让我在阔佬地广场藏起来，但我在这里不知道任何藏身之所。其实，你不可能藏在这个城市最活跃、最忙碌的中心地带。

当我的目光被吸引到人行道的一个角落处，看到一个小贩已经铺开售卖的宗教海报时，我感觉到顺着我的脊梁骨缓慢爬升的那种恐慌情绪。这时，杜尔伽女神在召唤我，就像一座灯塔在召唤一艘被风暴困住的船只一样。我于是知道，我在阔佬地广场的确有一个可以避难的地方。

我把我的莎丽服衣领向上掀起，部分地挡住了我的脸，加入到正在走向写字楼和商场的行人队伍中。在左转进入巴巴卡拉克·辛格公路以后，我开始走向那座猴神庙。

虽然刚过上午 9 点，不过这座庙宇建筑群已经人头攒动。文身和手绘艺人、手镯销售商以及路边占卜师已经搭起各自的摊位。一个上了年岁、提出要为他的服务收取 101 卢比“吉祥费”的印堂占卜师和我搭讪。“想知道你的未来吗？”他问。甚至连天神都不知道我的未来，我很想告诉他。

我把运动鞋交给庙门入口处那个老妪之后就走上楼梯，一步跨过两个梯级。几秒钟后，我就见到了杜尔伽女神。仅仅是看见她那神圣的面孔，就让我的内心充满平静，以至忘记了我所有的痛苦。今天恰好是星期五，据说这位女神总会在这一天显灵，这是一种美妙的巧合。也许杜尔伽女神一直在召唤我，而我也必然会在今天来到这里。

一群穿着红色莎丽、带着水果和鲜花供品的女人坐在大理石地板上，准备聆听一个身穿白色莎丽的虔诚中年信徒吟唱祈祷歌。我谨慎地在她们中间找了个位置坐下来，一直低着头，确保没有人看见我的脸。

祈祷歌产生了奇效，祷告者的身体很快一起晃动起来，都沉浸在一种宁静和忘我的氛围中，体验着圣灵传达的信息所饱含的虔诚的大爱和简单的道理。

我在这座庙宇待了将近 9 个钟头，直到饥饿感变得让我无法忍受为止。

当我走到外面时，黄昏已经降临，灰色的暮霭包裹住周围的一切。闪烁的路灯在人行道上洒下不祥的阴影。夏丽妮的肩背包里足足有 3000 卢比，我从一个路边摊贩那里要了一盘奶酪煎饼。

我坐在一条长椅上，看着人流经过。在经历了又一天的辛苦工作之后，渴望回家的银行职员和政府雇员正在匆忙地去赶地铁。在相邻的那个长椅上，一对情侣正在低声倾诉着悲悲戚戚、伤心欲绝的离别情话。一个卖长笛的小贩靠近他们，十分应景地吹奏起宝莱坞电影《爱没有明天》中的一首悲歌。它的旋律使阔佬地广场在交通高峰时的那些惯常杂音趋于喑哑，直到被一阵警笛的嘶鸣声打破。

很快，在街道的每一个角落处，都出现了仿佛虎视眈眈的身穿制服的人。在道路交叉口正在设立拦截和盘查汽车的路障。在A街附近的停车场那里，我看见一个督察长正在盘问停车场服务员，并向他出示一张照片。我毫不怀疑那是我的照片。我的呼吸加快了。汗水让我的手掌变得湿滑。我甚至想结束这一切。我想投降。这种总是处于恐惧和躲藏状态的悲惨生活比死亡还要糟糕。但与此同时，在我内心深处，那种与生俱来的坚韧品质占了上风，它告诉我必须坚持到底，即便不是为了我自己，也要为了妈妈和妮荷这样做。

在接下来的两个钟头，我四处躲藏，让自己在人潮涌动的集市上和繁忙拥挤的车流中逶迤穿行。刚过晚上9点钟，我置身于外环的L街附近，就在“耆那旅行社”前面。我的视线落在提供去往根戈特里、凯达纳特、伯德里纳特、阿尔莫拉和奈尼塔尔等城市的夏季特价路线的橱窗玻璃上。

奈尼塔尔。仅仅是看到这个字眼，就勾起了我太多的回忆，以至于我的眼里几乎溢满泪水，我于是当即做出了决定。

当我要购买一张去奈尼塔尔的汽车票时，那个夜班服务员，一个表情疲惫的老年人，正在忙于翻阅一本电视杂志。

“800卢比。”他以那种宁愿坐在家里看电视剧（而不是翻阅电视杂志）的人的不耐烦语气说，“大巴车今晚10点30分发车，发车点就在前面。一经售出，不可退票。”

当我来到候车地点时，我发现我的同路人是当地一所大学的一群学生，他们穿着休闲牛仔裤和T恤衫，带着手提箱和背包。我低着头，坐在公交车很靠后的位置，把脸埋在一本杂志里。

大巴车接近警察检查站时，我全身的每一根神经都变得紧张起来。一个满头汗水的警员登车检查，我的心提到了嗓子眼。他粗略地看了一下那些笑嘻嘻的年轻面孔，便走下去了，不耐烦地摆摆手表示放行。

由于一路上的安全检查，环线上出现大规模的交通堵塞，公交车用了两个钟头才到达24号国道。它离开德里市区以后，我过度紧张的情绪才得以缓和下来。

余下的旅途充斥着长途旅行的大学生通常具有的典型活动：唱走调的歌曲，

讲下流笑话，喋喋不休地聊天，不停地喧哗打闹。我注视着每一个人，观察着车内发生的一切，始终一言不发。大学生们也没有理睬我。他们沉浸在他们那无忧无虑的世界里，全然没有意识到，同他们一起旅行的是一个在全印度通缉的女人。

豪华的空调、马达持续的“嗡嗡”声和公交车轻微的晃动，很快让我进入了梦乡。当我睁开眼睛时，温暖的阳光从窗帘缝隙里渗进来。我从窗口向外眺望。尘土飞扬的平原上褐色和平坦的地貌，已经变成了苍翠繁茂、上下起伏的山峦，那是喜马拉雅山山麓。第一眼看见笼罩在雾霭中的朦胧远山，我不禁感到心醉神迷。

盘旋曲折的道路变得更具挑战性，汽车不断通过一个个狭窄的U字弯处。我们在哈德瓦尼当地的一个餐厅停下来吃早餐。食物美味可口，凉爽清新的空气令人舒畅。这个餐厅还设有一个销售各种小玩意儿的小商店，我拿起一副超大的墨镜。我观察着镜子里的自己，并且满意地注意到，这副太阳镜足以把我的脸掩盖住相当大的一部分。但是接下来，我碰巧看了一眼安装在墙上的电视机，了解到那个使我感到震惊的消息：夏丽妮·格罗芙以协助一个逃犯的罪名被警方逮捕。我的内心感到无比悲伤，趁着没人注意到我那忧心如焚的表情，我独自悄悄地溜回了大巴车里。

在剩余40英里的路途中，我始终泪眼蒙胧。到了7点钟，我回到了那座我生于斯长于斯的城市。

在盛夏的晨光里，奈尼塔尔看起来像一个拥挤的火车站。“商城路”大街满是衣着俗丽的度蜜月的人和喜欢吵吵嚷嚷的旁遮普人。摩托车蹒跚地穿过街市，不停地鸣着喇叭让前面的人让路。

我眼前的奈尼湖湖水熠熠闪光，非常诱人，一股带着波光的缓慢水流，如同肩膀一样支撑着当地知名的“水上娱乐俱乐部”。湖泊四周那七座壮观的山峰，为整个背景增添了一种庄严而神秘的感觉，这和德里肤浅的人造美景形成了鲜明的对比。当我将眼前的全景画面——公寓大楼、奈纳德维女神庙、国会电影院、坦迪商业街——尽收眼底时，有关我过去生活的林林总总的记忆又回到我的脑海中。

有人碰了一下我的肩膀。我惊惶地退缩了一下，却发现是来自南印度的一家人正在注视着我——父亲、母亲和两个年轻的女孩。那个穿着洁白无瑕的亚麻布外套、额头上有一个黄色种姓标记的父亲再次走近我。“不好意思，小姐，您能告诉我去‘玫瑰客栈’的路怎么走吗？”他有初来乍到的旅游者那种犹豫不决的神色，手指紧握住一个磨损的黑色行李箱的把手。

“我很抱歉。”我回答说，把那副大墨镜朝脸部上方推了推，“我也是刚到这里来的。”

我转身离开他，凝视着湖面另一段玛里塔尔辖区的格兰特大酒店。那是一座低矮的殖民地风格建筑，具有长长的开放式游廊。我的视线缓缓上移，追踪到酒店后面那种山丘上被低云覆盖的一个地点，那里是温莎学院过去所在的位置。

几乎是被一只无形的手推动着，我开始向那所学院所在的方向攀登。略显弯曲的道路，引领我经过几家俗气的纪念品商店、低价位的旅行社，也经过卫理教教堂和奈尼塔尔印德学院。到达温莎学院的入口处时，我已疲劳不堪地大口喘息着。

带有蓝白相间校徽标志的铸铁大门似乎在向我发出邀请。这所学院一定是因放暑假而处于关闭状态，因为我没有看到任何登记和检查人员。我从行人入口处进入，沿着两边生长着高大喜马拉雅雪杉的石板路上行走。这条道路在山顶处分叉，一条岔路通向校长办公室和学院主楼，另一条通向员工住宅区。

我走向左边的岔路，向我们过去将其称为“教师之家”的地方前进。它由一些整齐排列成网格状、被几条宽阔的鹅卵石路分割开来的粉刷平房构成。艾尔嘉觉得这种整齐划一、极端有序的校园住宅区令人生厌。我却总把它视为避难所，因为它可以让人远离外面那些旅游者带来的过分喧嚣和混乱的局面。

这片住宅区出奇的安静。眼前一个人影儿也看不见，居民们可能仍在享受他们的周末午睡。当我经过有编号的房屋时，一个个名字自动进入我的脑海。12号，伊曼纽尔先生；13号，达•科斯塔女士；14号，潘特先生；15号，西迪基先生；16号，爱德华兹女士；而且，在我尚未察觉到之前，我已经走到了我们全家人过去居住的那所房子跟前。

我站在17号前面，震惊地注视着它。这所房子看起来根本不像是一所房子。它简直如同一个被弃置的猪圈。我过去总是坚持浇水的那块华丽的草坪变成了一块荒地，上面长满了各种丛生的杂草和密密麻麻的灌木。墙壁被霉菌覆盖而显出一块块绿色的痕迹。我们过去在灯节用各色彩带装饰的前门廊那里，散落着被风吹来的垃圾。枕梁支撑的烟囱像塔楼似的从低坡度屋顶探出，上面架着一个鸟窝。

我对于将17号住宅变得如此凄凉的现住户感到一阵愤怒。这是我在此度过我的童年的房子，是我了解到成年生活冷冰冰真相的所在。我人生最温暖的记忆——对于印度特有的“杜塞莉”品种芒果树和火炉边温馨故事的记忆，对于那个在悲剧将其击溃之前，那个曾居住在此的那个幸福之家的记忆——无不与其息息相关。

我继续凝视着这所房子，各种记忆也跟着纷至沓来。现在，妮荷似乎随时都会从厨房里跳出来，练习演唱那个有怪癖的老年音乐教师教的拉格曲调。我仿佛看到爸爸坐在藤椅上，放下他的报纸，带着不乏严肃的挚爱之情注视着我，而艾尔嘉——我那亲爱的迷人的艾尔嘉，似乎突然从后花园那棵古老的橡树后面冲出来，喊叫着说："好神奇啊，姐姐！"

每一个怀旧的回忆，都伴随着一种不安的情绪。各种熟悉的声音在我的脑海里回荡，我身体的某些纤维好像正在连接起这所房屋、这座城市。我不禁反思我的人生那张资产负债表，反思自从搬到德里以来的得与失。

一阵发出颤音的铃声打破了我的沉思。我转过身去，看见一个骑着三轮自行车的小男孩正在等我让路。这个年龄大约4岁的孩子，以不加掩饰的好奇心注视着我。

"你能告诉我，谁住在这个房子里吗？"我微笑着问他。

"鬼。"他简洁地回答。

"你说什么？"

"这里没有人住，只有那个在这里死的女孩的鬼魂。不要待在这里太久，她会吸干你的血，这是我妈妈说的。"他以分享一个重大秘密的那种夸张语气说。然后，他向我摆摆手，就骑着自行车离开了。

我意识到这所房子是空的。很可能自从我们搬走以后，这里就一直无人居住。艾尔嘉的死亡使它蒙受了丑闻和自杀的污点，因此，现在没有人想要它。

我穿过杂草丛来到房子后面，看到的是与房前相同的破败凄凉景象。后花园已经成为邻居的一个垃圾场，散发出污水池的恶臭。一大堆废弃的家具和破损的家用设备，正好堆放在厨房后门前。我绕过一个倾覆的浴缸，透过门上的窗玻璃向里窥视。渗进积满灰尘和污垢的玻璃窗的微弱光线，让厨房沐浴在一种怪异气氛中，让它有了一种被遗弃的鬼船的外观。

我注意到门上的一块窗玻璃已经破裂。用手轻轻一推，它的碎片就散落到地板上。我把右手伸到里面，打开了门闩。

当我走进屋内时，这所昏暗和不祥的房子完全符合我的情绪，霉菌和潮湿的味道刺激着我的感官，使我开始打喷嚏。我跌跌撞撞地走到餐室打开百叶窗。一缕阳光刺破了昏暗，映照出在空气中飞舞的尘埃。在柔和而温暖的光线中，我看见的是被一层薄薄的灰色尘土所覆盖的房间。高高的天花板上，挂着像钟乳石一样的蜘蛛网，硬木地板上到处都是老鼠粪便。若非因为我对这所房子熟悉得不能再熟悉了，它实在就像是恐怖片里那种充满鬼气的地方。

我壮着胆子深入这所房屋，过去的一幕幕在眼前迅速闪现。随着我的脚步渐渐深入每一个房间，记忆的洪水开始一浪高过一浪地冲击我的心灵。我们在那里一边嚼花生、一边看电视的起居室，艾尔嘉在那里进行了她人生最后一次反抗的书房，妈妈将里面的小壁龛变成她自己的私人神龛的主卧室，还有我妹妹妮荷的房间，我们过去经常从它的凸窗那里监视18号住宅，以及我自己的卧室，在那里，我过去经常倚靠着枕垫在我的秘密日记上涂鸦，幻想着有朝一日成为作家。至于艾尔嘉的卧室，那是我唯一不能鼓起勇气走进的房间。

现在，这里的一切完全变了模样，它不再是我梦想中的那个家园。那些空荡荡的、因为没有家具而显得格外宽敞的房间，就如同没有灵魂的空洞躯壳。我突然觉得，自己很像是闯入一个陌生家庭的不速之客。

我意识到，某些记忆应该让它永远成为记忆，应该让它们不受干扰地藏在心灵的某个幽深角落。倘若让它们与现实的光线接触，它们立刻就会燃烧起来，并且变成齑粉。

查看了整所房子以后，我决定把它变成我的临时住所。鬼宅的恶名，将会帮助我对付那些不怀好意的偷窥者。去追查AK之前，先在这里住上几天，能够使我恢复精力。但是，我首先需要对我的外表做点儿什么。

夏丽妮的应急包再次派上了用场，因为它里面有一把小剪子。我走进过去的浴室，在那个陈旧而且有裂纹、依然残留着牙膏污渍的镜子里看着自己。仅仅想起我以前每天早晨就站在这个镜子前刷牙，就让我的内心五味杂陈，让我的眼眶溢满泪水。我知道，那些太平日子再也不会有了。

想到这一点，也让我感到了一种莫名的愤怒。我为什么要遭受这样的命运，这种像动物一样被逐猎的人生？我体内那种原始的怒火开始燃烧，我把剪子对准了头发，马上剪掉一绺下来。

这些房间里每一面破裂的镜子，每一扇百叶窗窗户，每一个蜘蛛网，都在向我讲述过去的一切。随着每一次记忆中影像的浮现，我的哭泣一次比一次强烈，剪刀的刀刃也开始“咔嚓咔嚓”地响个不停。

几分钟不到，我那一绺一绺的长发不见了，取而代之的是假小子一样的超短发。当我终于不再啜泣时，我也脱掉了那件气味难闻的莎丽，穿上夏丽妮肩背包里放着的那件紧身牛仔裤和黑色T恤衫。

当我戴上墨镜，再一次在镜子里打量自己时，我看见了一个同时也在凝视着我的陌生人。在某种程度上，这种崭新的外表非常适合我。因为这就是我现在的真实身份：一个出现在我自己家里的陌生人。

幸运的是，水龙头仍然好用，厨房的煤气罐里还有些煤气。所以，在当天余下的时间里，我将房子做了彻底清扫，让厨房的各种用品各就各位。我清除掉卧室的灰尘和浴室的污垢，以及覆盖在厨房柜台上那一层薄薄的苔藓一样的痕迹。这种我平时不太去做的家务劳动，恰恰是我目前所需要的，它可以使我摆脱那些让我越来越心痛的回忆。

随着夜幕降临，我也随之拥有了走出校区的信心。我尽可能在阴影里行进，开始走向在校门口附近塔帕开设的“便利商店”。

这家商店的经营者塔帕，是一个上了年岁的消瘦的尼泊尔人，有着一头短发和被一口坏牙损毁的微笑。他睁着浑浊的眼睛瞅着我：“我过去从未见过你。你是不是南希小姐，学校新来的生物老师？”

“不是。”我回答说，试图让我的声音变得随意而中性化：“我是妮莎，从那格浦尔市来的。”

我从塔帕这里买过十多年的食品杂货，可是他今晚竟然认不出我来。我把它视为一个小小的胜利，于是就放心大胆地选购了更多的东西。

半个钟头以后，我悄悄返回17号房屋时，已经拥有了足够用上一周的物资。用来做早餐的茶、牛奶、糖和面包，用于每天晚上照明的火柴和蜡烛，用于快捷午餐和晚餐的面条和现成食品，以及用于保持清洁的数量充足的洗浴用品。

吃完一顿草率无味的晚饭以后，我信步走出后门。夜晚的空气颇为寒冷，尽管我在T恤衫外面搭上了我的克米兹长裤保暖，仍觉得有点儿发抖。

我在那棵橡树下面坐下来，默默注视奈尼湖。在星光闪烁的夜空下，碧波荡漾的黑黝黝的水面，像一个充满旋涡状花纹的万花筒。那些花纹是“水上娱乐俱乐部”明亮的灯光和奈尼塔尔闹市区缤纷闪烁的霓虹灯彼此交融的结果。夜晚的湖水看上去是如此美好，又是如此忧伤。

我开始不间断地想起我的家人和朋友。我想知道现在妮荷怎么样，妈妈是如何应付的。我是那样强烈地想和夏丽妮通话，而且我愿意相信，卡兰正在返回印度的途中。想到远离这些我最在乎的人，不免让人感到心碎。

最终，被思绪折磨得疲惫不堪的我回到房子里，躺在我过去的卧室冰冷的地板上，很快就沉沉睡去了。

在罗希尼，我习惯了被LIG住宅区外面轰隆而过的卡车高分贝的喇叭声吵醒。在温莎学院的家属区，我是被鸟鸣声唤醒的。我从卧室窗口向外望去，看见一只蓝顶红尾鸟悠闲地栖息于一根松枝上。空气清明如镜，我能看清附近的一切，包括那遥远的地平线周围的景物，在早晨的天空下，那些被白雪覆盖的锯齿状山峰显得分外妖娆。轻盈而柔美的粉红色云彩在山间浮动，就像是一个个沐浴在第一缕晨光中的棉花糖。一阵微风轻轻拂过被闪闪发光的露珠浸湿的野花。我感觉到了奈尼塔尔的悠远、静穆和庄严带给我的喜悦和慰藉。在经历了灰色的混凝土城市丛林的严峻生活之后，回到静谧的湖边和旖旎的山间，就是回到了一个充满温柔和色彩的世界。

我还注意到，在16号住户门廊上放着一摞卷起来的当日报纸。那个送报人一定是很早就把它送来了。一种查阅新闻的不可遏止的冲动，促使我潜入我的邻居的前院，并偷走了他们的报纸。

这其实是个错误。报纸上充满了关于我的令人沮丧的信息片段。警方称这是自2008年11月26日孟买恐怖袭击案[①]以来最大的搜捕行动，并且宣布悬赏20万卢比，以求获得有助于将我逮捕归案的重要情报。尽管那把左轮手枪已经离我而去，但我还是被描述成“携带武器的危险人物”。他们甚至试图将拉纳的死与我联系起来。唯一的好消息是女警员普什帕·坦维已被停职，以及夏丽妮·格罗芙得到了保释。

我也从商业版了解到，ABC集团董事会已经批准将公司出售给鼎立集团。在配文照片上，阿杰伊·克里什那·埃加利亚笑容满面地站在京都大厦前面。这个谋杀埃加利亚的幕后主谋，正在一天天巩固他的地位，而我仍然是一个在逃的疑犯。

我把照片撕下来，用指尖去挖出AK的眼睛，扯烂他的嘴，把他撕成细小的碎片，我在那个廉价的印刷品上发泄着全部的恐惧和沮丧。

时间在单调和惊惧的感觉中流逝。每当我清醒时，我就像妄想症患者一样，以为警察会突然袭击我。每当我入睡时，各种闪回画面和噩梦导致的幻觉效应，如同旋涡一样在我的潜意识深处打转。关在黑暗、阴冷的房子里，我似乎正在变成那种因长期禁闭而发疯的精神病人。难道我是用一所监狱取代了另一所监狱吗？我对此感到迷惑。

每天晚上，我都会制订一个揭露AK面具的最新计划，只是在白天的更具现实感的冷光里，我才发现它们是多么不现实、无意义甚至愚蠢。我甚至不知道AK住在哪里。而且，没有手枪，没有同伴，也没有过人的身手，要抓住那个实业家，就和试图穿着橡胶拖鞋攀登珠峰一样没有任何可能性。

到第四天晚上，一种使人麻痹的疲惫感向我袭来。我没有胃口，睡不着觉，而且最重要的是，我开始懒于思考。

---

①2008年11月26日晚到27日凌晨，印度第一大城市孟买发生连环恐怖袭击。遇难人数逾百，另有300多人在袭击中受伤。

卡兰现在是我唯一的希望。只有他能够创造奇迹，找到某些旨在揭露 AK 险恶的阴谋，让我重获自由的关键性证据。

现在是晚上 8 点钟，我坐在餐室里。用熔化的白蜡固定在硬木地板上的一根蜡烛，是房间里唯一的光源。在它柔和的光芒里，我尝试让自己兴奋起来，以便为打赢与 AK 之间的战斗做好准备。我绞尽脑汁苦思最新计划，任何计划。但是，不管我如何努力，我的大脑始终是一片空白。

只是为了让自己转移注意力，我拿出剩余的现金开始数起来。自从上次购置杂货以后，我只剩下 1420 卢比了。我把夏丽妮的肩背包倒转过来，想看看是否还有什么遗漏的，结果从里面掉出了一枚 5 卢比硬币。就像一个脱落的轮毂一样，它沿着木地板滚动起来。我的眼睛紧跟着它，看着它轻快地越过平滑的地板，然后转向右侧，穿过那条短走廊，最后从艾尔嘉的房间门缝里溜进去，并且消失了。

带着一声沮丧的呻吟，我站起身来，把那根蜡烛从它的蜡巢里拔出来。然后，我放轻脚步走出餐室。

我在艾尔嘉的门前踌躇了一会儿，似乎里面关着一个邪恶的幽灵，只要你一打开门，它就会逃窜出来似的。我觉得，我好像听见从房间里传出奇怪的低语声，就像有人在用一种无法破解的语言悄悄讲话一样。我把它看成是我的想象力进行的虚构，这恐怕也是我看了太多鬼片的缘故。但是接下来，我察觉到一种低沉的摩擦声，好像有人或者有什么东西在房内的硬木地板上来回走动。这让我大为惊恐，便不由自主地退缩了一步。

过了一会儿，当我鼓足勇气去面对我的魔鬼——不管是想象的魔鬼还是真正的魔鬼时，我耳边响起的唯一的声音，是我自己急促的呼吸和心脏的狂跳。我做了一次深呼吸，清空头脑中所有念头，壮着胆子抓住门把手，把门轻轻地推开。一只发出吱吱声的小老鼠突然窜出来，让我的胃部因为恶心而揪成一团。

当我走进艾尔嘉的房间时，那些低语声越来越大。摇曳的烛光在墙上投射出诡谲的阴影，让周围的一切变得似乎更加怪诞。这个房间完全是空荡荡的，然而在我的脑海中，我似乎能够看到艾尔嘉的木床。我的眼睛几乎是不由自主地向上望去，望向天花板，于是艾尔嘉的尸体在我眼前闪现，如同一个黑暗的舞台突然被一道光束瞬间照亮。我能够清晰地看到她从吊扇上悬垂下来时那张脸，她的头歪向一边，一条打着结的黄色围巾套在她的脖子上。这个可怕的记忆，像洪水一样冲击着我的感官，它是那样真切，使得我开始喘息起来。

我用尽全部的意志力，才让我的脑海摆脱掉这个灼人的画面。我曾经爱过这个房间，我提醒我自己。我回忆起我在这四面墙壁之间与妹妹分享笑话的那些艳阳天，以及穿着睡衣的艾尔嘉依偎着我，津津有味地聆听我即兴杜撰有关聪明国王和邪恶巫师故事的无数个夜晚。

我冷静下来，试着把艾尔嘉的影像完全抛到脑后，把注意力集中于眼前的任务：找到那枚 5 卢比硬币。我在地板上没看见它的踪影。在冒着黑烟的烛光中，我找遍了每一个方向，包括每一个黑暗的角落，但还是找不到那枚硬币，它似乎没有一丝踪迹地彻底失踪了。

我从不相信魔法，所以，这意味着只有一种可能性：硬币滑进了地板之间的夹缝里。我蹲下身，开始用指关节敲击木板，看看是否有哪一块是松动的。这着实花了我一点儿时间，但我还是在过去是艾尔嘉的木床所在位置的房间正中央，有了一个宝贵的发现：此处的这块木板已经褪色，比其他木板磨损得更厉害，而且会发出我正在寻找的那种空洞的声音。

我试图揭起这块木板，不过木板边缘之间的缝隙宽度有限，并没有大到可以让我把手指伸进去并抓住它的程度。我并没有被这个小麻烦难倒，而是马上从夏丽妮的应急包那里取来小刀，用它把木板的一端撬起来。我把两手伸进去，把凸起的边缘抓在手指之间，这一次，这块木板终于被我抬起来了。

我把木板移开，朝下面的空洞窥视。那枚 5 卢比硬币在那个由积聚的尘土形成的小土堆上闪闪发光。但是，在硬币下面还有另一样东西：一个细长的硬纸盒。

我感到的更多是惊愕而不是好奇。我把那个纸盒取出来。它发出一股霉烂的腐臭味，让我的鼻子一阵发痒。我手指颤抖着打开盒子，发现里面藏着一摞信件。我一时间感到内疚，就像因为偷看某种本应属于私密或者被禁止的东西而被抓住的窥视狂一样。然后，好奇心占了上风，我开始翻阅它们。在这些充满炽热的甜言蜜语和疯狂的爱情宣言的信件中，开头称呼都是“我亲爱的艾尔嘉”，而末尾只是简单地署上“希伦”。

希伦。这个字眼触发了我内心深处的某种东西，但它只是在我的记忆边缘闪过，在我能够追踪到它之前，它就很快溜走了。令人不安的是，有些信件似乎是用鲜血写成的，还有一些装饰着撒旦的标志。其中一封信，让人感觉像在冰冷地宣布：“你是我黑暗中的光芒，有谁胆敢阻挡我们永恒的爱情之路，我就一定会找到他们并予以毁灭。”

在这摞信件下面是一张单独的生日卡，无疑是在艾尔嘉的 15 岁生日送的。当我把它翻开时，几张彩色照片滑了出来。我看了它们一眼，感觉周围的世界开始旋转，整个身体变得异常麻木。

这些照片上出现的是一个英俊的男孩，身材很高，体形健美，一头平直的黑发从额头垂下来，嘴巴周围浓密的黑胡子，成为他的阳刚之气的点睛之笔。是他的那双眼睛暴露了他的身份，我在任何地方都会认出那双眼睛。

不，不可能是他，我试图告诉我自己，但我知道他就是那个人。一张照片下面的题字，也让我知道了他的全名——艾尔嘉·辛哈+希伦·卡拉克=世界最伟大的爱情故事。

所以，艾尔嘉的爱人是希伦·卡拉克。当一个个场景开始在我的脑海里闪现时，各种矛盾的情感把我的内心变成了一片熊熊的火海。我想起夏丽妮所说的有关印度移动老板斯瓦潘·卡拉克和拉纳的关系的那些话。我回忆起劳伦的男朋友詹姆斯在观天广场天文台附近告诉我说，他看见小卡拉克出现在妮尔玛拉·本的绝食现场。而且，爸爸的遗言像空谷足音一样在我的脑海里回荡。劳伦想起她听见的是“希兰”（印地语对鹿的称呼），现在我知道，爸爸其实说的是“希伦”。

我的血液开始变冷，我感到眼前一阵发黑，我必须用手撑住地板，才能让自己不至于一头栽倒在地。

突然，就像面对不可避免的死亡一样，真理之光在我的脑海里闪现。就在这一刹那，我知道自己必须做什么。

我把信件和照片塞进棕色的肩背包，拿起我所有的钱，沉默地离开这所房子。

当我走出温莎学院时，我已经被一种强烈的目标感控制住了。对于我为什么会出现在这里，是什么让我来到这里，我的内心不再有任何疑问。这里是那一切开始的地方，这里发生的一个创伤性事件，引起了一个精心策划、而且是肆无忌惮的毁灭过程的连锁反应。正因如此，从这里开始结束这一切，将具有 种诗性的正义。

我走向在手机电话出现以前作为本地公用电话亭使用的“拉瓦特通信中心”，发现它的业务仍在运转。我走进那个小小的木头结构的电话亭，里面的墙壁上涂满了无数电话号码。我拨打了劳伦的手机。

她在铃声响了第五次以后有了回音。“劳伦，我是萨布娜。”我压低了声音说。

“萨布娜，真的是你——”她刚一开口，我就打断了她。

“我没有多少时间，劳伦。我需要你帮我一个忙。让古杜明早6点在LIG住宅区前面见我。”

“你找古杜做什么？你是从哪里打来的电话？”

“你最好还是不要知道。”我说，然后就挂断了电话。

我在付话费时问那个年轻的服务员：“你知道去德里的夜车是几点吗？”

“10点。”他回答说，“你是从学院来的吗，姐姐？”

我点点头。

“他们说，那个女孩的鬼魂已经回到17号了。”

“真的吗？”

“真的。两天前，实验室管理员看见那所房子里有忽隐忽现的烛光，还有一个老师听见从里面传出奇怪的声音。”

“我不相信鬼。”我苦笑着对他说，“而且即便有鬼，我敢保证，它明天就会被赶走的。”

正是雨季。

西南季风比正常日期提前5天到来，整个城市都被水雾所包围。当我在早晨5点钟从奈尼塔尔回到德里时，稀薄的、间歇性的毛毛雨，已经演变成铺天盖地的大雷雨，愤怒的乌云在铅灰色的天空中翻滚肆虐，继而在建筑物、街道和田野上方充满恶意地爆裂开来。倾盆而下的雨水形成密密麻麻的帘幕，中间穿插着锯齿状的蛇形闪电。

我站在门前挂着坚固铜锁的B-35公寓前面。“来吧。”我催促古杜，“你说过你能打开任何锁头。现在看看你能否把这个打开。”

古杜立刻开始工作，他反复试验着一堆钥匙。事实证明，他的确是一个高明的锁匠，没用上3分钟，他就打开了那把锁。为了表达我的感谢，我给了他500卢比，这其实是夏丽妮的紧急现金当中最后一点钱。我知道我不再需要它了。我已经走到了我的旅途的尽头。

“现在你可以走了。”我告诉古杜，“接下来的事情我自己能应付。”

古杜离开以后，我打开门闩，走到公寓里面。它看起来像一个典型的单身汉公寓，屋内装备简陋，有一台大电视机、一个PS3游戏机平台和已经多日没有使用的厨房。我穿过客厅，走进第一个卧室。里面只有一个衣橱，没有其他任何东西。第二个卧室在我走进去时一片漆黑，但它充满了一种香甜得发腻的气味。

我按下开关，一个灯泡发出的昏黄光芒洒满了这个小房间。当我环顾四周时，不由得震惊地睁大了眼睛。我感到一阵头晕，这个房间被布置成了艾尔嘉的一个圣坛。四面墙壁上都贴满了我妹妹的大幅照片。在一个角落处，挂着一条像一个花环似的黄色围巾，就像是艾尔嘉用来结束她自己生命的那条。然后就是血液、死亡、头骨、毒蛇和恶兽的病态的图片。这一切证明，我现在置身于一个有着病态心理的罪犯的巢穴。

在接下来的半个钟头，我搜索了整个房间，打开抽屉，翻箱倒柜，甚至将床垫翻转过来。我发现大量的现金和可卡因，还有艾尔嘉写给希伦的十几封信。

当我开始读信时，我不禁呆住了。我看到了一个思想单纯、充满绮丽幻想的

15岁女孩田园诗般的世界。有那么多信都提到了我，我看到艾尔嘉是那么依恋我，那么信任我，使我再也不能自持。我抓紧艾尔嘉这最后的遗物，颓然地坐到地板上。当我哀悼我那死去的妹妹时，我在她死去当天拒绝掉落的眼泪，现在就如断线的珠子一样，开始大滴大滴地滚落下来。

哭泣让我感觉良好，我感觉到灵魂深处被泪水清洗了一遍，好像心上的一种有害的堆积物已经被冲走了。

我过于沉浸在悲痛情绪中，甚至没有注意到前门被打开，有人蹑手蹑脚地走进来。我还没有意识到危险的降临，一根冰冷的金属枪管就顶在了我的后背上。

我转过身，注视着那个握着手枪的人。他穿着白色的阿迪达斯运动服，看起来很邋遢。他的头发又恢复到在那些旧照片里的样子，又长又直。他的胡子也长回来了，甚至比以前更浓密。

“嘿，你好，卡兰。”我对这个正在凶狠地盯着我眼睛的男人说，“也许我应该叫你希伦？”

“某种第六感告诉我，你可能已经回到了这个住宅区。但是，我没料到你会出现在我的房间里。”他感觉难以置信地压低嗓音说，“我本以为我隐藏得很好。”

“你确实隐藏得很好，可是一枚有灵性的5卢比硬币让我发现了你。告诉我，你真的去美国了吗？”

“我从来都没有离开过德里。”他笑起来。

“你究竟多大？”

“我20岁了，大到足以知道失去这个世界上你最爱的人意味着什么。”

“我也失去了一个妹妹，艾尔嘉——”

“你居然还敢提艾尔嘉这个名字。”他狂怒地喊叫起来。他弯下腰抓住我的头发，把我猛然一拉。一阵剧痛迅速掠过我的头皮和脖子。他用另一只手拉扯我的T恤衫，把它撕裂开来，露出我的胸罩。“只是想检查一下，你身上是否有窃听器。”他又夺下我的背包，把它翻转过来。“很好。”他点点头，“这里也没有录音机。”

“我不是警察派来的。”

“我也看出来了，这就是说，没有人知道我的秘密，除了你。”

“你要把我怎么样？”我问。一道闪电照亮了房间，就像一只愤怒的眼睛注视着正在发生的一切。

“很简单，杀了你。”他面无表情地说着，并再次把枪口对准我，一声响亮的惊雷震撼着墙壁，掀开了那扇窗户，“在这样的大雨中，没有人能听见枪声，而且我能够很容易地把尸体处理掉。”

“如果你一定要杀死我，那你就动手吧。”我平静地说，“但你至少可以告诉我，你为什么要做这一切？就这一次，你能说出真相吗？”

“真相，呃？”他冷笑一声，“你从来都是一条道貌岸然的母狗。就像你的父亲一样。”

“你恨他，是吗？”

“恨是一个太过温和的字眼。我从骨子里憎恶他，我憎恶他当初那样对待艾尔嘉，我憎恶你对艾尔嘉所做的一切。”

我指着拐角处那条黄色围巾：“你怎么会有这条围巾？”

“它是我和艾尔嘉的约定的一部分，”他说着。开始陷入悲伤的回忆，让他的声音多了一丝柔和的语调，“就在她死的那天晚上，我从窗户进入了她的房间。我们发誓要一起逃跑，然后在一个雅利安社[①]的神庙结婚。到时候，我们将把两条黄色的围巾系在一起，作为结婚的标志，一条是她的新娘结，一条是我的新郎结。她让我再给她几个钟头时间收拾包裹，我就在汽车站等，一直都在等，可是艾尔嘉没有来。她太爱她的家庭了，一个根本不值得她去爱的家庭。她没有选择和我私奔，而是选择了自杀，她的新娘结最后成了套在她脖子上的绞索。”

他用那种末日审判的目光盯着我，又继续说：“你夺走了我生命中那个唯一重要的东西。在艾尔嘉死掉的那一刻，我也死掉了。世界变成了一团黑暗，上学似乎毫无意义。我退学了，我的心里只有一个愿望：我要复仇。”他停顿了一下，音调改变了。那个悲伤的情人消失了，取而代之的，是一个心态扭曲的变态狂：“我原本立刻就能把你们一家都干掉，但那样就太便宜你们了，我想让你们受折磨，就像我所爱的人死去以后我所受的折磨。”

“所以，你就跟着我们来到了德里？”

“是的。我首先除掉了普拉莫德·辛哈那个害人虫。是我把他引到了鹿鸣公园，没有什么能比亲眼看到他被那辆卡车碾过更让我觉得舒畅了。”

“那么妮荷呢？她为什么也要被卷入到你那邪恶的阴谋里？”

“艾尔嘉一向都和她处不来，妮荷太自恋了，她是那么痴迷她的美貌。我不会介意上她一回，但她拒绝了我。她说，一个吻是我能得到的全部。那么好吧，我必须给她一个教训。所以，我就是那个骑在摩托车上用硫酸泼她的人。”他蔑视地皱起嘴唇，“那贱人终于得到了报应。”

我知道我的眼前是一个真正的恶魔。悲愤在我脑海里发酵的时间是如此之长，以至于接近沸腾，使我一时间说不出话来。在那阴森可怖的沉寂中，房间里

---

① 印度教改革团体，又称圣社，由印度教改革家达耶拿陀·娑罗斯法蒂于1875年在孟买建立。

能够听到的唯一声音，就是雨水持续不断的滴答声。

“但是，我最大的复仇行动是为艾尔嘉的告密者准备的——那就是你。”他说，他的脸因为愤怒和憎恶变得丑陋不堪。

“所以，是你让埃加利亚策划了那七个考验？”

“不，我和那个疯子没有任何关系。其实，我到现在还是不能理解，他为什么会突然选择你作为他的首席执行官。”

“可是他的死确实和你有关，对吗？”

“太他妈的对了。既然我不能说服你退出埃加利亚的智力游戏，我就决定玩几个我自己的游戏。在第二个考验以后，我认识了拉纳，给了他一个他不能拒绝的提议。”

“是你让那几个流氓在日本公园袭击我的？”

“还能是谁？我需要那把带着你指纹的匕首。”

“然后，你就用那同一把匕首杀害了埃加利亚，并且陷害我。”

“对极了！这个计划原本可以让你至少坐20年的牢。”

“你不妨告诉我，在谋杀案的那个晚上发生了什么。”

“它也完全是按照计划进行的。在料理完妮荷以后，我就藏在拉纳的车里，到了埃加利亚的家中。我们让他吃完了晚饭，然后进了他的卧室。我把枪对准他的脸，叫他闭上嘴不许说话。你知道最精彩的部分是什么吗？我让那些白痴的仆人误以为我就是埃加利亚，并在当晚把他们都打发走了。拉纳5分钟后离开了，但我一直陪着埃加利亚，用枪顶住他的脑门。当你从医院打埃加利亚的手机时，是我接的电话。我一直是个出色的模仿者，而且要模仿埃加利亚独特的声音太容易了。”

“你到底是什么时候杀害埃加利亚的？”

“就在你打完电话以后。就在你动身去普拉塔纳的那一刻，你就签署了他的死刑执行令。你真应该看看，当我把一把匕首捅进那个老怪物的肚子时，他是怎么惨叫的。他倒在地上死掉以后，我就很快把那把匕首换成了有你的指纹的那把。然后，我就等待你走进这个陷阱。”

“也就是说，当我赶到时，你就躲在普拉塔纳里面？”

“那当然。我就是那个回答对讲机的人。我藏在车库里，一直待到你离开以后。拉纳在后半夜回来，我蜷缩在他的车里原路返回。你必须承认，它是有史以来最绝妙的谋杀计划。”

我沉默不语，仍在思考他刚刚说过的话。

“如果你愿意，我还可以告诉你这个故事和阿特拉斯有关的部分。”

“我认为我已经知道了，印度移动公司是阿特拉斯的实际操作者，是吗？”

“正确。只是我的爸爸，斯瓦潘·卡拉克，在很长时间以后才向我透露这个秘密。要是我一开始就知道，我怎么也不会答应模仿萨利姆·伊利亚斯的。”

“你不但杀害了埃加利亚，你还要陷害他。”

“这是给爸爸的一份礼物。”他说，“我父亲从未喜欢过我，他总是更欣赏我哥哥比伦而不是我。我退学以后，他几乎和我断绝了关系。但是，当他脖子上的那条阿特拉斯绞索开始拉紧时，他惊慌地来找我。我为他解决了这件事。这个过程很简单：让拉纳把我爸爸的秘密银行文件放进埃加利亚的保险箱。所以，实际上我的策略是一箭双雕。”

“然后，你出卖了拉纳。”

“那是一条贪婪的黄鼠狼。他想要得到更多的好处。因此，我和爸爸决定把他处理掉。而且现在，我也要把你处理掉。”

我竟然爱过这个男人，这似乎是不可思议的。我现在对他满腔仇恨。我不想看着他就这样逍遥法外。我向周围瞟了一眼，目光落在一个上面有印度移动标志的玻璃镇纸上，它刚好在手臂够到的范围之内。我的手里仍抓着艾尔嘉那些信，我当即把它们扔向他，他刹那间吓了一跳。与此同时，我的右手迅速伸出去，抓住那个镇纸并朝他猛掷过去，它砸在他的胸口上，让他失去了平衡。我飞快地站起来，但是，就在我站稳脚跟之前，希伦的一条腿就猛踢过来，一下子将我踹倒在地上。我痛苦地哼了一声，希伦冲上来把我牢牢按住，用鞋后跟连续蹬踹我的腹部，我感到疼痛难忍。

“你有胆量，但没准头儿。”他低低地咆哮着说，他的牙齿像狼一样露出来。

“我只想再问你一个问题——”

“不要再说了，”他打断我的话，“我要直接进入杀戮环节了。”他举起那把枪，对准了我的脸。

我产生了一种不祥的熟悉感，身体遭到危险而产生的冰冷的肾上腺素，让我的感官变得更加灵敏。我看着他那张冰冷、无情的面孔，看着那双闪着凶光的眼睛，我知道，我不能指望从他那里得到任何怜悯。

当我泄气地意识到，我已经无法完成自己的使命时，取而代之的是一种更平实、更成熟的心态。正义、复仇和报应，最好留给因果报应的神灵——假如果真有这样的神灵的话。我就要见到艾尔嘉和爸爸了，我需要带着一颗平静的心离开这个世界。在那个时刻，我驱逐了大脑中所有的念头，甚至包括有关天神的想法。我放弃了所有的怨艾、懊悔、悲痛和仇恨，留下的只是一种无法摆脱的忧伤感，那就是我再也不能为妈妈和妮荷尽自己的本分了。

“动手吧。”我说，外面响起另一声惊雷。

希伦将左轮手枪插进我的嘴里，我的嘴唇感受到了金属般冰冷的死亡气息，好在它至少会进行得很快。

一个悲剧性的场面即将出现，它也意味着一个无比清晰而又无比残酷的噩梦即将结束。希伦的嘴唇吐出一句下流的脏话，他扣动扳机的手指抖动了一下，我听见“砰”的一声枪响，不由得浑身一震。但是，我并没有倒下，而是看见希伦踉跄后退了几步，脸上露出痛苦而疑惑的表情。他抓住他的左肩，一大块鲜血像花朵一样在他的运动服顶端绽放。

汗警官冲进了房间，他握着一把手枪，枪口周围缭绕着丝丝烟雾。刺鼻的火药气味冲击着我的感官。

“逮捕他！”他向簇拥在他身后的警员们下令。跟着他们一起进来的是夏丽妮·格罗芙。

她拥抱住我：“感谢上帝，还好你没事儿。”

我像一个刚刚恢复知觉的昏迷病人一样困惑地望着她：“这是怎么回事？是谁告诉汗的？还有，你怎么会来这里？”

“说来话长，不过说实话，你需要感谢这个。”

她拿起放在地板上的那个棕色肩背包：“我的应急旅行包也是一个完整的间谍工具包，扣环里有一个微型摄像头，皮包盖儿里缝着一个微型音频录音机，底部藏着一个无线发报器。当你从德里去奈尼塔尔时，你的每一步行动都在我的跟踪范围内。但是，当我发现你回到德里时，我就通知了汗。我们通过磁带监听到了希伦说的每一句话，这是他怎么也想不到的。”

当我穿过一大堆巡逻车、警察和护理人员的队伍时，尖叫着的警报声和警方无线电的“咔嗒”作响形成的背景噪声，在被雨水浇透的空气中久久回荡。

站在前面的庭院里，我抬头看着天空。雨已经完全停了，天空开始放晴。它预示着今天将是一个阳光灿烂的日子。在经历了所有这一切以后，那个简单的信念重新唤醒了我许久不曾体验过的一种感觉：希望。

我已经解决了一个旧账，过去最终被埋葬了。在东方的地平线上，未来在召唤，尽管仍然模模糊糊，但它必将渐渐变得清晰起来。

尾声

这是一个沉闷的阴天，断断续续地下着雨。我坐在我在萨卡特的新住所的窗边，喝着咖啡，听着从院墙边上那棵凤凰树上掉落的雨滴发出的轻快的拍打声。树上那些正在开放的红如火焰的花朵，为狂暴的铅灰色天空提供了一抹动人的亮色。

我选择这所房子，只是因为有这棵树的缘故。它使我感到舒适，在一个繁忙的城市角落，它的树荫能够带来清凉和静谧。它就像是一个能够给我带来某种庇护的绯红色避风港。

自从 6 月份那些创伤性事件以来，已经过去了 3 个月。在最初几周里，媒体无休止地追逐我，我成为几家杂志的封面人物，成为微博的热点，也成为脱口秀节目讨论的主要对象。

我最近的名气产生了一个有益的结果：我争取到了一份在帕博利卡出版社做小说编辑的工作。这是一家规模不大、但知名度很高的出版机构。我有一份不错的薪酬，更重要的是，这是一份能够给我带来很大回报的工作：我可以通过它实现自己的梦想。

除了编辑别人的故事以外，我也在撰写我自己的故事。英国的一家顶级出版公司已经委托我撰写我的处女作，本质上是一本讲述在那动荡曲折的 6 个月里，有关我的一段人生经历的回忆录。

我的英国出版商还给我提供了一笔不菲的预付金。这些钱能使我开始为妮荷进行整容手术治疗。她脸上的笑容一天多似一天，而且医生说，用不了多久，她就能够重新开始以前的生活。

妈妈已经加入了妮尔玛拉・本的事业，并且搬到甘地・尼杰坦社区与她生活在一起。与信念、简朴和慈善有关的清苦生活很适合她，她的健康状况也有了大幅度改善。

夏丽妮·格罗芙出现在今天报纸的头版，她获得了“勇气新闻奖”。当我凝视我的这位朋友的照片时，我的内心同样充满了自豪。不管怎样，她已经不需要对我进行那个独家采访了。头版还有一则新闻：希伦·卡拉克和斯瓦潘·卡拉克的保释申请再次被拒绝。汗警官（他上月被提升为德里警务处副处长）对我说过，即使他们能逃过死刑，这对父子也将面临最少20年的铁窗生涯。印度移动公司（媒体将其称为“阿特拉斯强盗”）已进入清算程序，它的资产被冻结。

我刚把咖啡杯放下，门铃响了起来。我有些不快地叹口气，这一定又是哪个讨厌的记者。我从椅子上站起来，带着一个政府工作人员在下班时间那种不耐烦的姿态打开房门，随即便惊恐地几乎跌倒在地。因为站在门口的是一个鬼魂。它是维奈·莫汉·埃加利亚，穿着一件米色丝绸无领长袖宽袍，一条白色的长方形披巾从肩膀垂下来，他的额头正中央有一个朱红色的吉祥痣，看上去和他第一次与我见面时一模一样。

“我……我不相信。”我喘着气说，我感觉头晕目眩，两条腿站立不住。幸亏我的造访者快速伸出手拽住我，我才没有瘫倒在地板上。

“要是我吓到了你，我要向你道歉。”他一边说，一边扶着我站稳脚跟，“我是阿杰伊·克里什那·埃加利亚，ABC集团的老板。”

“你的意思是，你是AK？维奈·莫汉·埃加利亚先生的弟弟？”我虚弱地说。

他点点头：“我可以进来吗？”

当他在客厅的藤椅上坐下来时，我还是觉得自己被一团超现实的迷雾包裹着。“你看上去和我上次在埃加利亚先生家里看到的你非常不同。”我说。

“我已经变了。”他回答道，“我哥哥的死亡，让我开始严格地审视自己，也审视我自己做事情的方式。”

“拉纳是你安插在ABC集团的间谍，对吗？”

“是的。”他叹了口气说，“拉纳是一个无赖，随时准备把他的灵魂出卖给出价更高的人。自从2009年以来，他就从我这里领工资。但是，当他为了蝇头小利就协助希伦谋杀了维奈·莫汉以后，我内心的某种东西才终于苏醒过来。说起来这叫人伤心而遗憾，可我确实是在哥哥死亡以后，才开始真正认识他。我想，你一定很高兴知道一件事：我刚刚为你朋友劳伦的慈善机构捐赠了2000万卢比的慈善资金。”

“那么，您今天来找我有什么事呢？”

“我想让你看看这个。”他说，递给我一张折叠起来的纸。

“这是什么？”

“是我哥哥写给你的一封信。我是昨天在整理维奈莫·汉过去的文件时发现的，我想你应该看到它。”

我打开这张纸片，这是写在印有埃加利亚姓名首字母图案的浅黄色手工纸上的一封信，日期是6月10号，在他被谋杀的前一天，下面就是这封他用漂亮而流畅的笔迹书写的亲笔信：

我的亲爱的萨布娜：

如果你正在阅读这封信，那么我已经离开了这个世界。

胰腺肿瘤让我的生命结束得比我预期的要早了一点点。

我是在塔塔米莫里尔医院的私人病房里写这封信，医生即将在这里给我动手术。我可能挺不过这次手术了，而且，即便我能挺过去，医生也告诉过我，我的生命也不会超过三星期。我的肿瘤起初转移至胰腺周围的淋巴结，现在已经发展到肝和肺。就算采用攻击性化疗，我的生存机会也小于5%。面对这样的概率，我拒绝了化疗，我宁可选择有尊严地死去。就像我的女儿马雅过去经常说的那样，重要的是生命的质量，不是数量。

我最近几年有过很多遗憾，但是，最大的遗憾莫过于我不能够像我所希望的那样，花很多时间和你在一起，你让我更多地想起我的女儿。

当我在12月10日那个寒冷的灰色下午第一次遇见你时，我告诉你说，我看到你的眼睛里有一种光芒，但那并不是全部的真相。你还有一些别的品质，一种在这世间很难找到的慷慨精神。

我想知道，8月23日这个日期你是否还有印象？对于你来说，它很可能只是普通的一天，但是对我来说，它意味着一种新生。

我的血型是最罕见的血型之一：类孟买血型。去年8月23日，我不得不接受一次紧急手术。我的情况很危急，需要5个单位的血液，然而整个城市的所有血库都没有类孟买血型。医生几乎放弃了，直到你自愿捐赠你的血液为止。

那天你拯救了我的生命，那一天也是我决定让你做我的首席执行官的一天。我对你说过，你是第七个候选人，但这不是真的，你始终是唯一的一个。

当我给你设置那些考验时，你一定会把我想象成是一个无情的虐待狂。但是继承一个位置很容易，保住它却是一件难事。现代企业是一个竞争激烈的领域，充满了风险和陷阱。我要确保你具备那些接管我的公司以及推动它前进所必需的素质。更为重要的是，我想让这个首席执行官职位成为一个成就，而不是一个礼物。

通过这六个考验，我已经让你证明了自己的多种品质：领导力，正直，勇气，远见，足智多谋和决策力。遗憾的是，我将设置的第七个考验不能实现了。不过我想要通过这封信，把我的最后一课传达给你。

成功的一个悖论是：你得到的权力越多，你失去对于权力的控制的概率就越大。不管你多么富有远见、善于规划或者足智多谋，你都不能完全不受变幻莫测的外部世界的影响。

过去的表现不足以确保未来的结果。事实上，没有什么是一成不变的。你今天可能高高在上，但内部和外部永远都有想要把你拉下马的对手。当发生这种情况时，你需要具备一个领导者最必不可少的素质：智慧。

许多人认为，智慧与年龄有关，但这并不是事实。只有白发和皱纹才与年龄有关，智慧来自于直觉和价值观的组合，来自于理性地做出选择，以及在选择的过程中学习。它也来自于处理失败和承受他人拒绝的能力。我的六个考验都分别教给你宝贵的一课。不过，人生最宝贵的一课是信任你自己内心的声音。了解这个世界是一种聪明，了解你自己是一种智慧。

所以，不管你做什么，都要成为你自己。在任何时候都要倾听你的内心，做你认为正确的事，捍卫你信奉的原则。其他的一切都会跟随而来。

为了证明我是一个言出必行的人，我再次提名你担任 ABC 集团的首席执行官。我要把我的事业交给最有资格的候选人：你。

现在需要由你来决定公司未来的方向，并将我的遗产发扬光大。我最好的祝愿将永远伴随你。

祝你好运，愿天神祝福你。

像父亲一样爱你的
维奈·莫汉·埃加利亚

我合上信，泪如泉涌。在他那严峻的外表下面，埃加利亚是一个慈爱的父亲和一个执着的老师，直到生命的最后一刻，他都在尽力传授他的真知灼见。他甚至从坟墓中传达了最后一课。

“谢谢你。”我对 AK 说着，一边擦去眼角的泪水，“我很高兴你把这个拿给我看。”

“我来这里，不只是为了让你看这封信。”他回答道，“我来是为了让你接受那个他原本要亲自向你传达的提议——假如他没有被那些恶棍残忍地谋杀的话。”

“我很抱歉，我不理解您的意思。”

“成为ABC集团的首席执行官。只有这次不再涉及任何考验。你已经证明了你的素质。”

我沉默不语，我微微闭上眼睛，有关埃加利亚的考验的记忆，像一个快进的新闻短片似的在我脑海中接连闪过。

“你觉得每年薪酬1000万卢比怎么样？”

1000万卢比。在“1”这个数字后面有整整7个“0”！仅仅是想到这么多钱，就让我的嗓子发干。

当最初的震惊开始消退后，我开始冷静地思考这个提议。所有那些“0”像洪水一样淹没了我的思维，现在我试着聆听我的内心。

我立刻就得到了答案，而且我知道它是我做出的唯一决定。“我不想要它。”我说。

他皱起眉头：“对不起，请再说一遍。”

“我不想成为ABC集团的首席执行官，我其实并不适应竞争残酷的商业世界。”

“我认为你低估了你自己，”他说，“你能够为公司带来很大帮助。”

“我相信我内在的声音，就像埃加利亚先生希望我做的那样。我知道为成为一个作家而奋斗，会比成为企业巨头更让我感到幸福。”

“难道真的没有什么能让你改变想法吗？”

“没有。”我坚定地说。

“那么，好吧。我尊重你的愿望，萨布娜。”他呼出一口气，站起身来。

目送那位实业家坐进他的私人司机开的宾利时，我丝毫没有后悔的感觉。我已经意识到，在这个世界上，仅仅有金钱，并不会给你带来真正的幸福。真正能支撑我的，是我家人的爱和支持，朋友的关心和帮助，陌生人的理解和同情，以及天神每天赋予我们的那些小小的奇迹。

一个奇迹就在我眼前出现了，阴霾突然消散，太阳破云而出。接着，出现了一道壮丽的彩虹，为天空描绘出它那梦幻般神奇的色彩，让我的灵魂充溢着莫大的喜悦和无尽的遐想。它让我的心灵深处没有一丝一毫的怀疑。我知道我是谁，我想成为什么样的人。

有时候，我们需要接受烈焰的检验，才能够战胜我们最大的恐惧，并由此发现我们究竟是用什么材料做成的。我已经通过了七个考验，但更多的考验还在后面。我会为此做好准备，因为埃加利亚已经教给了我最重要的人生课程。

我不相信运气，我相信我自己。生活并不总是让我们得到那些渴望的东西，但它最终会给予我们应得的一切。

鸣谢

这本书诞生于我在几年前不期而至的一个意象：在阔佬地广场的猴神庙，一个上了年纪的亿万富翁正在寻找某个人。

从这一粒种子开始，当我尝试弄清楚他是如何以及为什么会出现在那里时，一个故事开始萌芽。这个旅程使我最终找到了萨布娜·辛哈。18 个月以后，我清晰地描绘出她的道路。萨布娜不再是一个单纯的人物角色，她拥有了属于自己的声音，一个让我开始信任和尊重的声音。

我是幸运的，因为我有机会得到我的家人和朋友为设计那七个考验而提出的建议。我的父亲帮助我解决了作品涉及的某些复杂的法律问题。希尔·马杜尔和霍利安德·乔杜里博士为我提供了关键性的创意。考沙尔·米塔尔大夫和埃德蒙·鲁滕伯格大夫丰富的医学知识为本书提供了有益的补充。法鲁纳·斯塔瓦成为我的第一个读者和最大的支持者。

汗引用的诗句的一部分，出自印度学者马昌迪·辛格（诗人阿丁）的著作。

我的妻子阿帕娜慷慨地与我分享了她对于女性世界的意见，我的儿子阿迪蒂亚和瓦伦既是激烈的批评者，也是宝贵的意见反馈者。

本书受惠于我的代理人彼得和罗斯玛丽·巴克曼提出的建议。

我要表达对以极大热情欢迎这本小说问世的苏珊娜·巴博诺——英国西蒙 & 舒斯特出版公司的出版总监——的感激和尊敬之情。我也有幸得到像克莱尔·哈伊这样的编辑的支持，其敏锐的见解为本书最终定稿提供了帮助。

最后，我由衷感谢所有的读者，感谢你们的耐心、忠诚和鼓励。这是你们为我这个作者提供的最宝贵的动力。